ULLSTEIN

Das Buch

Mit ihrem Mann Jørgen und den zwei Söhnen lebt Julie auf dem Hof der Schwiegereltern, die sie wie Magd und Knecht behandeln und gar nicht daran denken, dem jungen Paar den Hof zu überschreiben. Die schwierige Situation auf Storvik führt die Ehe bald in eine tiefe Krise. Zwar sind beide auf ihre Weise Träumer, aber wo Jørgen weich und nachgiebig ist, erweist sich Julie als stark und zielstrebig. Als sie zum drittenmal schwanger wird, ruht ihre ganze Hoffnung auf dem Ungeborenen.

Mit der Fortsetzung von *Julies Erwachen* hat die glänzende skandinavische Erzählerin Anne Karin Elstad einen einfühlsamen Entwicklungsroman über die Lebensgeschichte einer starken Frau in den schwierigen dreißiger Jahren in Norwegen geschrieben.

Die Autorin

Anne Karin Elstad, 1938 am Valsøyfjord in Nordmøre geboren, gehört mit Gaarder zu den bekanntesten und erfolgreichsten Schriftstellern Norwegens. Elstad ist in ihrem Heimatland so populär, daß sie schon für Schlagzeilen sorgt, wenn sie nur ein Manuskript im Verlag abliefert.

In unserem Hause ist von Anne Karin Elstad bereits erschienen:

Julies Erwachen

Anne Karin Elstad

Julies fremde Heimat

Roman

Aus dem Norwegischen
von Sigurd Schmidt

Ullstein

Ullstein Taschenbuchverlag 2000
Der Ullstein Taschenbuchverlag ist ein Unternehmen der
Econ Ullstein List Verlag GmbH & Co. KG, München
Deutsche Erstausgabe

Titel der norwegischen Originalausgabe: Som dine dager er
(H. Aschehoug & Co., Oslo)
Übersetzung: Sigurd Schmidt
Redaktion: Friederike Arnold
Umschlagkonzept: Lohmüller Werbeagentur GmbH & Co. KG, Berlin
Umschlaggestaltung: Bauer + Möhring, Berlin
Titelabbildung: Sir William Rothenstein, The Bridgeman Art Library
Gesetzt aus der Sabon, Linotype
Satz: Josefine Urban – KompetenzCenter, Düsseldorf
Druck und Bindearbeiten: Elsnerdruck, Berlin
Printed in Germany
ISBN 3-548-24806-3

Die Fenster der Küche gehen auf den Fjord und die Bergkette hinaus, die vor dem offenen Meer Posten steht. Das ist ein Anblick, an dem sie sich nie sattsehen kann, ganz gleich, ob es stürmt oder Stille herrscht. Ein Anblick, der in ihr eine ganz eigene Freude aufkommen läßt, aber auch Unruhe, Sehnsucht und eine sonderbare Wehmut. An diesem frühen Maimorgen liegt der Fjord unbewegt da, nur eine einzelne Eiderente schwimmt weiter draußen, zeichnet hinter sich ein vollkommen ausgeformtes V, ein Fisch schnellt empor, und dann ist wieder alles wie unberührt. Auf der glatten Wasserfläche an den Ufern entlang spiegelt sich die Landschaft. Eigentlich sollte sie von Glück erfüllt sein, so wie sie da steht, mit dem einen Kind auf dem Arm und dem anderen, dem ältesten Sohn, der friedlich am Küchentisch mit Papier und Farbstiften spielt. Sie starrt in den herrlichen Morgen hinaus, schaukelt das Kind, das nach dem nächtlichen Weinkrampf noch leise wimmert, ohne richtig bei der Sache zu sein, spürt nichts als diese bleierne Müdigkeit im Körper. Das ist einer dieser Tage, an denen sie das Gefühl hat, nicht richtig atmen zu können. Aus der Speisekammer dringen die Geräusche der Zentrifuge herüber, wo Synnøve wie jeden Morgen die Milch schleudert. Das erinnert sie daran, daß *sie* hier ist, immer.

Die Zentrifuge ist nicht mehr zu hören, Synnøve kommt zur Tür herein, trocknet sich die Hände an der Schürze ab, schaut auf den halbgedeckten Küchentisch.

»Werden die Männer nicht gleich kommen und ihr Frühstück haben wollen?«

»Ich bin sofort fertig«, sagt Julie ruhig.

Während sie das Kind auf ihrer Hüfte trägt, deckt sie den Tisch, und dann kommen sie nach und nach herein. Kristoffer und Jørgen, der Knecht Anders, der eine feste Anstellung auf dem Hof hat, seit Jørgen ganz klein war. Mehr Leute haben sie jetzt nicht zwischen den Erntezeiten. Zur Heuernte und im Herbst stellen sie für die Arbeiten, die draußen und drinnen anfallen, Hilfskräfte ein. Dies ist der erste Winter, seit sie hierhergekommen ist, daß sie kein Dienstmädchen gehabt haben. Mit drei Frauen im Haus müssen sie auch so über diese Jahreszeit kommen, während für das Holzfällen tageweise Hilfsarbeiter, je nach Bedarf, eingestellt wurden. Wie die Zeiten nun einmal sind, müssen sie an allen Ecken und Kanten sparen, meint Kristoffer.

Astrid steht in der Tür, und sofort quengelt der kleine Jostein und streckt die Arme nach ihr aus. Sie hebt ihn aus dem Schoß der Mutter hoch. Es versetzt Julie einen Stich, das Kind so zufrieden zu sehen. Anschauen zu müssen, wie er sich an sie klammert, die beiden rothaarigen, lockigen Köpfe aneinander geschmiegt. Der Goldjunge, denkt sie bitter und schämt sich ihrer Gedanken, aber so ist es nun einmal. Ein echter Storvik, sagt Synnøve, dasselbe rote Haar wie sie und Astrid, unverkennbar die Gesichtszüge der Storviks, dieselben hellblauen Augen, helle Haut, lange Gliedmaßen. Er ist nach Julies Vater benannt worden, den Namen Johannes wollte sie ihm aber nicht geben, so wurde er Jostein getauft. Doch was den ältesten Sohn betraf, den Erstgeborenen und Erben, das war keine Frage, er konnte nicht anders als Kristoffer heißen. Seit Generationen gibt es Kristoffer und Jørgen hier auf dem Hof. Man hielt es für Getue, wenn sie den Namen so aussprach, wie er ausgesprochen werden soll, Kristoffer. Krestafer, sagt man hier, aber in der Beziehung war sie unnachgiebig geblieben, sie wollte nicht, daß ihr

Sohn, ein kleines Kind, Krestafer genannt wird. So war es schließlich ein kleiner Triumph für sie, als der Kleine, nachdem er größer geworden war und sprechen konnte, die Sache selber in die Hand nahm und sich Krister nannte.

»Krestafer heißt du«, versuchte es Synnøve immer wieder.

»Nein, Krister heiße ich, Krister«, sagte der Kleine und sah die Großmutter ernst an. »Krestafer, das ist doch der Großvater.«

So mußten sie sich damit abfinden, aber noch immer empört sich Synnøve darüber, daß der Name des Großvaters nicht gut genug sein soll. Und hat schon einmal jemand von einem Menschen gehört, der Krister heißt?

»Im Vergleich zu uns hier auf dem Hof ist er ein bißchen aus der Art geschlagen«, pflegt sie zu sagen. Ja, und damit hat sie nicht ganz unrecht. Mit dem schwarzen, vollen Haar, dem goldenen Schimmer der Haut und den braunen Augen kommt er ganz nach ihrer Familie. Seine Augen sind Synnas Augen so ähnlich, daß sie einen Schreck bekommt, wenn er sie anschaut. Im Herbst wird er vier, er ist still und artig, beschäftigt sich alleine, malt und will schon Buchstaben schreiben. Alles will er wissen, er fragt und gibt keine Ruhe, mehr als einmal hat dieses – ihr Kind – sie in Erstaunen versetzt. Jostein hatte in dem einen Jahr, das er auf der Welt ist, mehr Mühe gemacht als Krister seit seiner Geburt. Die ersten Monate schrie Jostein jede Nacht stundenlang, und sie konnte in diesem Jahr noch kein einziges Mal durchschlafen. Er hat auch ein ganz anderes Temperament als Krister, bald ist er wütend, bald lacht er, bald weint er. Oft kommt Astrid zu ihnen ins Schlafzimmer und fragt, ob sie ihn nehmen soll. Und bei ihr beruhigt er sich, sobald die Mutter aus seinem Blickfeld ist. Eines Nachts, nachdem Astrid ihn wieder einmal geholt hatte, schlich sie sich zu ihr hinüber, öffnete die

Tür einen Spalt und beobachtete die beiden in der schummrigen Morgendämmerung. Astrid hatte ihr Nachthemd aufgeknöpft. Das Kind lag auf dem Bauch und war an ihrer entblößten Brust eingeschlafen. Julies erster Gedanke war, das Kind von dieser Brust wegzureißen, an der es nichts verloren hatte. Doch in Astrids Antlitz sah sie ein Glück, das sie rührte, ein Glück, vermischt mit Trauer. Sie schlich sich mit einem Gefühl davon, als habe sie etwas gesehen, das für ihre Augen nicht bestimmt war. Der Anblick verfolgte sie noch lange. Er kommt jedesmal in ihr hoch, wenn sie diesen Stich von Eifersucht verspürt, sobald Jostein seine Ärmchen lieber Astrid entgegenstreckt als ihr, seiner Mutter.

Wenn sie in sich geht, weiß sie, daß sie achtgeben muß, um keine Unterschiede zwischen ihren beiden Söhnen zu machen. Daß sie aufpassen muß, Krister nicht zuviel Platz in ihrem Herzen einzuräumen. Wie die Dinge jetzt liegen, ist es Jostein, der sie am meisten beansprucht. So sehr, daß sie manchmal das Gefühl hat, von ihm mit Haut und Haaren gefressen zu werden. Hartnäckig und widerspenstig heult er, bis er seinen Willen bekommt, und bekommt er ihn nicht von ihr, findet er jemand anderen, an den er sich wenden kann, Astrid oder Synnøve. Trotzdem hat sie das Gefühl, von diesem Kind aufgerieben zu werden. Ganz anders ist es mit Krister. Er fordert nichts, doch wenn er sie mit Synnas Hundeblick anschaut, weiß sie, daß sie ihm niemals etwas abschlagen könnte, daß sie ihn viel eher verwöhnen würde. Oft fragt sie sich, wie es möglich ist, daß das eine Kind mehr Macht über einen gewinnen kann als das andere. Ob ihre Mutter dasselbe für Synna empfand?

Am Frühstückstisch geht es friedlich zu. Achtgeben muß sie nur auf die Kinder. Die Männer sprechen über die anfallende Arbeit. Kristoffer sagt, sie müssen die Zeit bis zur Ernte nutzen und die Zäune der umliegenden Weiden reparieren.

Synnøve meint, sie bräuchten ein paar Frauen zum Großreinemachen. Das sei unbedingt notwendig, da sich doch Veränderungen im Programm ergeben hätten. Allein mit Astrid könne sie es nicht schaffen, sagt sie mit einem verstohlenen Seitenblick zu Julie herüber. Julie wird es heiß, aber sie hält dem Blick stand. Auch Jørgens Augen spürt sie auf sich gerichtet, doch ihrem Blick weicht er aus.

Als sich Jørgen vom Tisch erhebt, bittet er sie, mit nach draußen zu kommen.

In der scharfen Frühlingsluft fröstelnd, steht sie vor ihm auf der Treppe. Seine ganze Gestalt, die hängenden Arme, das Gesicht, in dem sie wie in einem offenen Buch lesen kann, wenn er unglücklich ist. All das läßt Zärtlichkeit in ihr aufsteigen.

»Du darfst nicht so ärgerlich auf mich sein«, sagt er.

»Ärgerlich? Bin ich doch gar nicht.«

»Du weißt, ich versuche mein Bestes. Aber so, wie die Dinge liegen, komme ich hier nicht weg. Und du, du läufst herum und gibst mir das Gefühl, schuld an allem zu sein. Denkst du denn, ich würde mir nicht wünschen, mal für eine Weile von hier verschwinden zu können?«

»Nicht so laut. Es hat keinen Sinn, weiter darüber zu reden. Ich nehme Krister mit und fahre allein, obwohl du weißt, wie schwer es mir fällt, den Kleinen hier zu lassen.«

»Ich weiß mir einfach keinen Rat«, sagt er und streicht sich mit der Hand schnell über das Gesicht. Diese Geste, die sie rührt und zugleich ärgert. In der letzten Zeit ist sie zum Zeichen für seine Schwäche geworden, die sie nicht mehr mit ansehen kann, nicht mehr erträgt.

Synnøve hat Jostein auf dem Schoß und gibt ihm Saft aus einer Babyflasche.

»Na?« sagt sie und schaut Julie fragend an.

»Nichts weiter, es ging nur um die Reise.«

Im selben Moment, in dem sie die Worte ausgesprochen hat, steigt der Ärger in ihr hoch. Ist es schon so weit gekommen, daß auch sie das Gefühl hat, sich vor ihnen verantworten zu müssen für alles, was Jørgen und sie sich vornehmen, selbst wenn es um die persönlichsten Dinge geht?

»Wo ist Krister?«

»Er ist mit Astrid im Büro«, sagt sie und streicht Jostein über das Haar.

»Ich sähe es lieber, wenn er jetzt aus der Tasse trinken würde«, sagt Julie.

Erst vor kurzem hat sie ihm das Stillen abgewöhnt, und nach dem Kampf, den das kostete, will sie nicht, daß er sich an die Flasche gewöhnt.

»Aber das Kind hatte Durst, und so gefällt es ihm. Und du bringst es übers Herz, dieses kleine Kerlchen hier allein zurückzulassen?«

Julie steht über den Abwasch gebeugt. Jetzt dreht sie sich zu Synnøve um, ihre Augen funkeln, von den Händen tropft das Abwaschwasser, hinterläßt dunkle Flecke auf ihrer Schürze. Ihre Stimme, in mühsam erzwungener Ruhe, zittert.

»Nein, ich bringe es nicht übers Herz. Ihr zwingt mich dazu.«

»Wir zwingen dich? Du bist doch wohl erwachsen genug, um zu begreifen, daß du nicht mit zwei kleinen Kindern allein auf eine so lange Reise gehen kannst. Und schon gar nicht mit einem Säugling.«

»Es war keine Rede davon, daß ich allein fahren wollte.«

»Meinst du denn im Ernst, daß Jørgen dich begleiten kann, wo es soviel zu tun gibt und wir kaum Hilfskräfte auf dem Hof haben? Willst du denn nicht begreifen, daß das gar nicht in Frage kommt? Es reicht schon, daß du fährst. Das kostet genug, will ich meinen, wir müssen in der Zeit, die du weg bist, zusätzlich eine Hilfe ins Haus holen.«

»Mein Vater bezahlt uns doch die Reise.«

»Das mußt du mir nicht sagen.«

»Gönnt ihr mir etwa nicht, daß ich meine Familie zu Hause besuche?«

»Natürlich gönnen wir dir das. Aber zu Hause sagst du? Wir haben stark angenommen, daß Storvik jetzt dein Zuhause ist. Und als ich jung war, gab es hier auf dem Hof sowas überhaupt nicht, daß ich in den Urlaub fahren und tun konnte, wozu ich gerade Lust hatte. Das ist bei uns im Dorf nicht üblich. Als Bäuerin auf einem Hof hat man Verantwortung zu tragen.«

Der Zorn macht Julie ganz ruhig, die Stimme ist jetzt wie Eis.

»Ich bin keine Bäuerin, und Jørgen ist kein Bauer. Knechte sind wir.«

»Es ist für mich nicht gerade erfreulich, dich so reden zu hören. Ich weiß, daß ihr erpicht darauf seid, hier alles zu übernehmen, aber bevor Kristoffer den Hof überschreiben läßt, muß Jørgen zeigen, daß er mit Geld und Verantwortung umgehen kann«, sagt Synnøve trocken. »Nein, sowas, nun schläft unser kleiner Mann wohl. Du kannst jetzt noch nicht schlafen, wir müssen doch nun los und zu Tante Astrid reinschauen, wir beide.«

Synnøve geht, das Kind auf dem Arm, sie geht weg von den Worten, die gefallen sind, aber vor allem von den vielen unausgesprochenen Worten, neue Steine, die die Mauer zwischen ihr und Julie erhöhen. Nichts gehört ihr, denkt Julie. Nicht einmal die Kinder, so ist es. Und sie, die von Kindheit an Einsamkeit suchte, Einsamkeit, die wohltat, sobald sich eine Gelegenheit dazu ergab, hier gibt es keinen Ort für solche Dinge. Der einzige Ort, den sie hier für sich selbst hat, ist die Welt, die sie in sich trägt. Die Welt der Gedanken, in die sie flüchtet, wenn das Leben zu schwer wird. Auf diese

Weise ist es fast wie ein Geschenk, allein sein zu können. Die Gedanken drehen sich um das, was war, und um das, was ist. Um das, was aus ihrem Leben noch werden soll.

Denkt sie an sich als junges Mädchen, verspürt sie jetzt wohl eher Scham als Kummer, wenn sie daran denkt, wie naiv sie war. Diese himmelhohen Erwartungen, die sie an das Leben stellte, an die Liebe. Sie hatte geglaubt, die Liebe würde ihnen alle Wege öffnen, ihr Zusammenleben würde ganz anders werden, als sie es bei anderen erlebte. Bei ihnen sollte es niemals so werden wie bei all diesen grauen Ehegemeinschaften, deren Zeugin sie geworden war. So unglaublich kindisch und dumm war sie. Wenn sie damals an sich und Jørgen dachte, sah sie nur sie beide, vergaß, daß sie sich mit einer ganzen Familie verheiratete. Sich selbst hatte sie als Bäuerin gesehen, hatte Jørgen geglaubt, wenn er sagte, daß sie, wenn sie erst verheiratet wären und das Altenteil renoviert sei, gemeinsam den Hof übernehmen könnten. Alles blieb Gerede. Seit sechs Jahren teilt sie nun die Küche mit der Schwiegermutter. In diesen Jahren haben Jørgen und sie keine einzige Mahlzeit allein miteinander in der Küche auf Storvik eingenommen. Synnøve führt das Kommando über Haus und Vieh, Kristoffer über Wirtschaft und Geld. Astrid verwaltet das Postamt, aber Kristoffer verfügt über die Einkünfte, die dort erzielt werden. Ist es verwunderlich, daß sie sich manchmal wie ein Dienstmädchen auf dem Hof vorkommt und Jørgen sich wie ein Knecht fühlt? Ist es verwunderlich, daß sich Enttäuschung in ihr breitmacht und in Zorn umschlägt, den sie an ihm ausläßt? Daß sie findet, er ist schwach, weil er sich dreinschickt? Das ist nicht nur hier bei uns auf dem Hof so, sagt er, auf anderen Höfen im Dorf ist es doch genau dasselbe Elend. Die Alten fürchten sich davor, das Ruder den Jungen zu überlassen. Dabei geht Kristoffer auf die siebzig zu. Wie lange will er es noch hinauszögern? In letzter Zeit ist ihr an Jørgen auch eine gewisse Resignation aufgefallen. Daß er hier eines Tages der Bauer sein könnte, scheint ihm eher ein Wunschtraum als Wirklichkeit zu sein. Obwohl sie von ihm enttäuscht ist, leidet sie auch mit ihm. Jørgen muß zeigen, daß er mit Geld und Verantwortung umgehen kann, sagte Synnøve. So gemein kann sie manchmal sein. Wie demütigend diese Aussprache für sie, aber auch für Jørgen war. Wie soll er lernen, Verantwortung zu tragen, wenn er mit jeder Kleinigkeit zu seinem Vater gehen muß? Wenn ihm niemals zugetraut wird, daß er ganz auf sich allein gestellt mit einer Arbeit fertig werden kann? Wenn er zum Vater gehen muß und um jede Øre für sich, für sie und die Kinder bitten muß? Wenn sie sich schon gedemütigt fühlt, wie muß Jørgen das erst empfinden? Er wird bald dreißig, hat Frau und Kinder und wird behandelt wie ein kleiner Junge. Sie hat große Angst, daß sie daran zerbrechen, daß dadurch alles zwischen ihnen zerstört werden könnte.

Sie muß an die schlimme Zeit denken, als sie befürchtete, sie würde kein Kind bekommen. Damals hatte sie keine Ahnung und dachte, wenn man erst einmal verheiratet war und mit einem Mann geschlafen hatte, so müßte man ein Kind kriegen. Dann vergingen Monate, ohne daß etwas passierte. Sie erinnert sich an Synnøves Blicke und an all die Fragen der Frauen im Dorf. Ob es nicht bald einen Kinderwagen in Storvik gäbe. Sie denkt daran, wie sie im Schlafzimmer über der Küche saß und Gott weiß zum wievielten Male Jørgen mit den Eltern über die Übernahme des Hofes diskutieren hörte. Erinnert sich an Synnøves Antwort, die sich ihr ins Gedächtnis gebrannt hat:

»Es sieht nicht danach aus, daß ein Kind unterwegs ist. Und solange es keinen Kinderwagen auf Storvik gibt, hat es wohl auch keine Eile mit der Übernahme des Hofes, denke ich mir.«

Was hat sie an diesem Abend geweint. Nachdem Jørgen eingeschlafen war, schlich sie sich in die Küche hinunter, saß dann dort die halbe Nacht und schüttete der Mutter in einem langen Brief ihr Herz aus. Vergaß völlig, daß ihre Mutter auch nicht immer so fürsorglich gewesen war.

Sie schickte den Brief ab, ohne das Geschriebene noch einmal durchzulesen. Hinterher wurde sie von einer Unruhe ergriffen, ob sie nicht mehr verraten hatte, als sie hätte tun sollen, aber bei wem sollte sie Trost suchen, wenn nicht bei der eigenen Mutter?

Als die Antwort kam, wurde ihr klar, daß sie nicht ohne Grund von dieser Unruhe ergriffen worden war. Der Mutter war es gelungen, ihr die ersten Tröpfchen Gift einzuträufeln, was die Beziehung zu Jørgen betraf. Diese Tröpfchen wurden ständig mehr, sie verfehlen ihre Wirkung nicht, wenn es zwischen ihnen kriselt. Wenn alles in Ordnung ist, sind sie vergessen. Die Briefe der Mutter, aus denen so ganz allmählich Mitleid mit der Tochter zu sprechen begann, weil sie ihr Leben an einen solchen Mann weggeworfen hatte. Weil sie seinetwegen auf eine aussichtsreiche Ausbildung verzichtete. Und hatte sie Julie nicht gewarnt, als Jørgen zum erstenmal zu Besuch bei ihnen war? Daß er schwächlich sei, daß er offensichtlich gesundheitliche Probleme habe? Und sie dagegen, Julie, habe nie eine Krankheit gehabt, der es zuzuschreiben wäre, daß sie keine Kinder bekommen könnte. Außerdem sei ihr auch kein Fall von Kinderlosigkeit in ihrer Verwandtschaft bekannt. Demzufolge mußte es an Jørgen liegen, wenn sie kinderlos blieben, meinte Helga. Das waren keine schönen Briefe, keine Briefe, die Trost spendeten, das waren Worte, die Gedanken in ihr auslösten, die sie sich nicht einzugestehen wagte.

Mehr als zwei Jahre waren sie verheiratet, bevor Krister kam. Die Geburt dauerte lange und war schwierig, sogar der

Arzt mußte zur Entbindung hinzugezogen werden, aber nie wird sie das Glück vergessen, das sie empfand, als sie dalag und ihn in ihren Armen hielt. Auch nicht, mit welchem Stolz sie im ersten Sommer danach ihre Familie zu Hause besuchten. Krister war acht, neun Monate alt, als sie ihn der Verwandtschaft und den Freunden präsentierten. Das waren Augenblicke, in denen sie sich für unbezwingbar hielt. Krister wurde im September 1923 geboren, im selben Monat, in dem auch sie Geburtstag hat, ein Herbstkind wie sie.

Seitdem ist sie nicht mehr zu Hause gewesen. Die Eltern waren mit den jüngeren Brüdern und der kleinen Ingrid zu Besuch hier, als Jostein getauft wurde. Zur Taufe getragen wurde er von ihrer Mutter. Johanne hat sie nicht mehr gesehen, seit sie das letzte Mal zu Hause war. Johanne absolviert das letzte Jahr auf der Schule in Volda. Es versetzte ihr innerlich einen Stich, als sie erfuhr, daß Johanne dorthin gehen sollte. Johanne, die ihr so schöne Briefe schreibt, die Christin geworden ist, dieses Mal im rechten Glauben, einen Freund hat sie auch, aber all das soll Julie erfahren, wenn sie sich treffen. Denn Julie fährt nun nach Hause.

Jørgen war es, der vorgeschlagen hatte, daß sie nach der Frühjahrsbestellung mit den Kindern zu ihren Eltern fahren könnten, und mit dem Gedanken daran war sie leichter über dieses Frühjahr gekommen.

Seitdem Astrid die Post verwaltet, weiß sie genau Bescheid über alle Post, die abgeht und ankommt. Dies gilt sowohl für das Haus als auch für das Dorf. Gestern abend, als sie am Abendbrottisch saßen, kam Astrid mit dem fatalen Brief.

»Es ist ein Einschreiben für dich gekommen«, sagte sie und reichte Julie den gelben Zettel und einen Stift. »Es ist von deinem Vater.«

Während Julie unterschrieb, lag der gelbe Geldbriefumschlag auf dem Tisch, für alle sichtbar. Synnøve schob ihn zu Julie herüber. »50 Kronen« stand auf der Vorderseite des Umschlages, auf der Rückseite der rote Lacksiegel des Vaters.

»Fünfzig Kronen, du lieber Himmel«, sagt Synnøve.

»Ist das so zu verstehen, daß wir hier auf unserem Hof nicht gut genug für dich sorgen, Julie?« fragt Kristoffer gleichmütig, aber seine Worte sind verletzend, und zwar mehr als es Synnøves gelegentlich sind. Meistens überläßt er Synnøve auszusprechen, was gesagt werden muß, aber sagt er einmal selbst zuerst etwas, dann mit einem unerschütterlichen Gewicht, das keine Widerrede duldet, das sie erröten läßt, als wäre sie ein kleines Mädchen.

»Nein, das ist bloß Geld für die Reise«, sagt sie.

»Ja, das versteht sich«, sagt Synnøve.

Mehr wird nicht gesagt. Die Stille brütet schwer über dem Tisch. Sie schaut zu ihnen hinüber. Synnøve und Kristoffer, Jørgen und Astrid, die verschlossenen Gesichter, alle konzentrieren sich auf das Essen, nur Anders, dem Knecht, ist Verlegenheit anzusehen, während er krampfhaft auf seine Schüssel starrt. Glücklicherweise kann man sich auf Anders verlassen. Er ist loyal und trägt nicht gleich alles unter die Leute, wie es anderes Dienstpersonal tun würde.

Sie murmelt eine Entschuldigung, erhebt sich vom Tisch und geht nach oben, schleicht sich in das Schlafzimmer, wo sie in der Stille allein ist mit den leichten Atemzügen der schlafenden Kinder. Aus der Küche unter ihr sind immer noch die Geräusche von klirrenden Tassen zu hören, von Menschen, die essen.

Außer den fünfzig Kronen sind Briefe von beiden Eltern in dem Umschlag. Das ist in der Regel immer so. Ein langer Brief von der Mutter, ein kürzerer vom Vater. Dieses Mal sind es nur knappe Grüße von beiden. Die Mutter schreibt, sie freue sich auf den Besuch, die Kinder wiederzusehen, besonders freue sie sich auf den Jüngsten, »auf deinen kleinen rothaarigen Troll«, schreibt sie, und »wir werden ihn hier schon bändigen«. Der Vater schreibt vor allem von dem Geld, dieses Mal habe er eine ausreichende Summe schicken wollen, damit sie auf der Reise nichts entbehren müßten. Außerdem wolle er für sie einen Termin beim Zahnarzt in Molde machen, und für ein neues Kleidungsstück oder zwei werde wohl auch noch etwas übrigbleiben, schreibt er. Denn er verstehe, daß es für sie auch nicht immer ganz leicht sei.

Den Geräuschen aus der Küche, dem Schurren der Stühle auf dem Fußboden, dem Schlagen der Türen entnimmt sie, daß sie vom Tisch aufstehen. Dann ist es wieder eine Weile still, bis sie ihre Stimmen hört, so deutlich, als wären sie hier bei ihr im Zimmer. Starr, mit klopfendem Herzen in der Brust lauscht sie.

»Nein, es kommt gar nicht in Frage, daß du wegfährst, wo wir hier so wenig Hilfe haben«, sagt Kristoffer.

»Du kannst doch für die Tage, die ich weg bin, jemanden einstellen!«

»Und du bezahlst ihn wohl?« fragt Synnøve schneidend.

»Nein, Jørgen, du bleibst hier. Sie kann allein fahren, wenn sie unbedingt von hier weg muß. Aber daß du mitten in der Arbeit alles stehen und liegen läßt, lasse ich nicht zu. Du solltest endlich beweisen, daß du erwachsen bist, Junge, und kein Wort mehr darüber«, sagt Kristoffer, und die Tür schlägt hinter ihm zu.

»Ich verstehe euch nicht«, sagt Jørgen aufgebracht. »Ich habe schon vor langem gesagt, daß wir verreisen wollen.«

»Dein Vater hat bestimmt nicht gedacht, daß du es ernst damit meintest, mitten in der geschäftigsten Zeit wegzufahren.«

»Und wann gibt es hier nichts zu tun?«

»Du hast gehört, was dein Vater gesagt hat. Wenn die Angelegenheit so dringend ist und sie unbedingt fort muß, dann kann sie Krister nehmen und allein fahren.«

»Krister? Und was ist mit dem Kleinen?«

»Nein, sie kann unmöglich mit zwei Kindern auf eine so lange Reise gehen. Und Jostein ist noch ein Wickelkind. So erwachsen sollte sie immerhin sein.«

»Glaubst du wirklich, Julie würde ihr Kind zurücklassen?«

»Ja, wenn es so ist und sie uns nicht zutraut, daß wir die paar Wochen, die sie weg ist, mit ihm zurechtkommen, dann muß sie eben hierbleiben.«

»Findest du, daß das alles hier leicht für mich ist, Mama?«

»Was dein Vater über das Erwachsenwerden gesagt hat?«

»Erwachsen. Werde ich wie ein Erwachsener behandelt?«

Mit einem Knall schlägt die Tür hinter ihm zu. Wütend und gedemütigt sitzt Julie da und lauscht auf seine Schritte auf der Treppe, aber sie hört nur das Krachen der Haustür. Er ist also weggelaufen, wieder einmal. Sie stürmt die Treppe hinunter, reißt die Haustür auf, ruft ihm hinterher, doch er antwortet nicht. Als sie vor Synnøve steht, glüht ihr Gesicht, sie unterdrückt die Tränen, ihre Stimme zittert.

»Niemals werde ich ohne mein Kind fahren.«

»Dann mußt du die Reise halt bleiben lassen, verstehst du.«

Die Streitigkeiten mit leiser Stimme im Bett, wo die Worte zu Eis werden, weil sie sich beide mäßigen müssen, so daß niemand im Haus hört, was sie sagen, setzen ihr zu. Sie schaudert, wenn sie ihr eigenes Fauchen hört.

»Feige bist du, Jørgen, und nichts weiter. Daß du nicht einfach einmal auf den Tisch haust, wenn du mit ihnen sprichst? Daß du dich damit einverstanden erklärst, daß ich zusehen soll, wie mein Kind hier bei ihnen bleibt.«

»Ich war nicht damit einverstanden, du mußt verstehen, daß das auch für mich schwer ist.«

»Aber du bist davongelaufen, ohne zu protestieren, oder?«

»Hab' ich doch, so gut ich konnte. Wir dürfen uns deshalb nicht entzweien, Julie. Es gibt Dinge, die wir nicht ändern können, weder du noch ich. Du wirst sehen, eines Tages wird alles besser. Und für dich und Krister kann es eine angenehme Reise werden, und du könntest dich ausruhen!« sagt er und versucht, sie an sich zu ziehen, doch sie entwindet sich seinen Armen. Wieder kommt Wut in ihr hoch. Er soll nicht glauben, daß es so einfach ist, daß sie miteinander schlafen, und alles ist vergessen.

»Nein, ich glaube, es wird nie besser. Nicht, solange sie über uns bestimmen werden. Hast du schon einmal etwas von Scheidung gehört, Jørgen? Ist es das, wovor du Angst hast, fürchtest du, daß ich nach Hause fahre und nicht mehr zurückkomme? Ist das der Grund, weswegen ihr euch gezwungen seht, Jostein als Geisel hier auf dem Hof zu behalten, während ich fort bin?«

»Jetzt bist du aber gemein, Julie.«

Sie legt ihr Gesicht an seinen Rücken, umfaßt ihn, doch er schiebt ihre Arme weg. Danach liegt sie genauso steif da wie er, starrt in das Dunkel der Nacht, bis sie sein ruhiges Atmen hört, nachdem er eingeschlafen ist. Dann weint sie, aber leise, leise. Denn niemand soll sie hören.

Sie muß dann wohl geschlafen haben, schweißgebadet und

unruhig, denn Josteins Weinen weckte sie. Noch bevor sie sich aus dem Bett erheben konnte, war Jørgen auf den Beinen, ging mit dem Kind auf dem Arm im Zimmer auf und ab und summte leise.

»Ich kann ihn doch nehmen, damit du schlafen kannst.«

»Nein, schlaf nur, Julie. Ich kann in dieser Nacht sowieso kaum ein Auge zumachen.«

Jostein wachte in dieser Nacht noch einmal auf. Machte sich an ihrem Nachthemd zu schaffen und verlangte die Brust. Schlug ihr die Tasse mit der Milch aus den Händen. Da weinten sie beide, sie und das Kind. Zum Schluß setzte sie sich mit ihm in einen Korbsessel an das Fenster, wickelte eine Decke um sie beide. Dort saß sie noch lange, nachdem er eingeschlafen war, und das fürchterliche Wort hallte als Echo in ihr wider. Scheidung. Es war für sie bloß ein Wort. Nun schien es, als ob dieses Wort immer zwischen ihnen stünde. Weil es ausgesprochen worden war und nicht mehr aus ihrer beider Erinnerung getilgt werden kann. Denn sie fühlte sich so sehr verletzt, daß sie ihn ebenfalls verletzen wollte. Alles würde sie dafür tun, wenn sie dieses Wort ungesagt machen könnte.

Es war wohl vor allem wegen Jørgen, daß sie vor Synnøve klein beigab, als sie am nächsten Morgen zusammen mit ihr die Kühe versorgte.

»Ich werde es wohl so machen und Krister mit auf die Reise nehmen.«

Für einen Moment standen sie sich gegenüber, die beiden Frauen, einander musternd, und Julie sah etwas in Synnøves Augen, das sie schon früher gesehen hatte, etwas, das wie Respekt aussah.

»Ja, wir müssen den Verstand walten lassen, wir Frauen, wenn die Männer es nicht können, nicht wahr?«

Wahrscheinlich gelingt es Synnøve bald, es so hinzudrehen, daß es Julies freier Wille war, das Kind hier zurückzulassen, während sie selber so etwas Unerhörtes wie eine Urlaubsreise unternahm.

Als es auf die Mittagszeit zugeht, sieht sie die Männer quer über das Feld kommen, Jørgen ein Stückchen vor den anderen. Mit Jostein auf dem Arm geht sie ihm entgegen. Jostein streckt die Arme nach dem Vater aus, und als Jørgen ihr das Kind abgenommen hat, tritt sie verstohlen auf ihn zu und streicht ihm schnell über die Wange.

»Ich möchte mich für das, was ich gestern abend gesagt habe, entschuldigen. Du weißt doch, daß ich das nicht so gemeint habe. Ich war nur so empört, so enttäuscht. Es ...«

»Nein, das ... das besprechen wir später.«

Doch er lächelt sie an, ein sonderbares schmerzliches Lächeln, das alles in ihr wachruft, was sie für ihn empfindet, das größer ist, als sie in Worte fassen kann.

»Ja, denn du weißt doch, Jørgen, wie gern ich dich habe.«

»Das weiß ich, Julie.«

»Ich möchte dich nicht verlieren, niemals, das weißt du«, sagt sie mit einer ihr ungewohnt erscheinenden Heftigkeit. Ungewohnt ist es auch, daß sie über solche Dinge miteinander reden, doch heute spüren sie, daß es um viel geht, das es zu retten gilt.

Wieder lächelt er, dasselbe schmerzliche Lächeln, er nimmt ihre Hand und drückt sie heftig und ganz kurz, bevor er sie wieder losläßt.

Die Stimmung am Mittagstisch ist gelöster als am Abend zuvor. Vielleicht deshalb, weil sie selber zuversichtlicher ist, oder vielleicht sind die anderen erleichtert, weil sie ein Problem gelöst haben. Da wird die Unterhaltung der Erwachsenen durch Kristers helle Kinderstimme unterbrochen.

»Was ist eigentlich *Scheidung*?«

Am Tisch herrscht ohrenbetäubende Stille. Für Sekunden, die ihr wie eine Ewigkeit vorkommen, schaut sie in die Gesichter, die sie umgeben. Jørgen ist so rot geworden wie sie selber vermutlich auch. Erschüttert blickt sie ihren Sohn an. Er muß gestern abend wach gewesen sein, ohne daß sie es gemerkt haben. Es ist auch schon vorher vorgekommen, daß er wach war und keinen Ton von sich gab.

»Ich will wissen, was das eigentlich ist«, fordert er hartnäckig.

»Was du so alles fragst, Junge«, sagt Synnøve. »Wie kommst du denn darauf?«

»Die Mama und der Papa haben gestern abend davon gesprochen, und ich weiß nicht, was das ist.«

Julie hat sich jetzt besonnen.

»Ach, wir haben bloß darüber gesprochen, weil der Papa und ich davon in der Zeitung gelesen haben.«

»Aber ich will wissen, was das bedeutet.«

»Das bedeutet, daß Eheleute nicht mehr miteinander verheiratet sein möchten«, sagt Astrid ruhig. »Daß sie nicht mehr zusammen wohnen möchten.«

»Wollen die Mama und der Papa nicht mehr zusammen wohnen?«

»Natürlich wollen Papa und ich zusammen wohnen. Iß jetzt und sei still!«

Wenn sich doch der Boden unter ihr öffnen würde, wenn sie doch nur von hier fliehen könnte. Doch Krister gibt sich damit noch nicht zufrieden.

»Und was ist denn eigentlich eine Geisel?«

Julie schnappt nach Luft. Hilflos schaut sie Jørgen an.

»Eine Geisel?«

»Ja, denn davon habt ihr auch gesprochen. Und ich will wissen, was das ist.«

Wieder ist es Astrid, die für eine Antwort sorgt.

»Na ja, Krister, eine Geisel, das ist fast dasselbe wie ein Gefangener. Ein Gefangener, das weißt du, der wird ins Gefängnis gesperrt. So ungefähr ist es mit einer Geisel auch.«

»Aber die Mama hat gesagt, hier auf dem Hof gibt es eine Geisel.«

»Niemals hat deine Mama so etwas gesagt, das kannst du mir glauben.«

»Nun sei aber still, Kind, und iß endlich! Hab' ich dir nicht gesagt, daß du den Mund halten sollst, wenn sich Erwachsene unterhalten«, fügt Jørgen so laut hinzu, daß Krister auf seinem Stuhl vor Schreck zusammenzuckt. Er verzieht den Mund und fängt fast zu weinen an.

»Bestimmt hat schon einmal einer von euch hier im Haus das Sprichwort gehört, das da lautet ›Auch kleine Kinder haben Ohren.‹«, sagt Synnøve.

Fürchterlich ist das, fürchterlich, was das Kind da in Gang gesetzt hat, noch schlimmer ist es, daß es den erbitterten Streit zwischen den Eltern, die entsetzlichen Worte mitanhören mußte.

An diesem Abend geht Synnøve zu einer Zusammenkunft in der Seemannsmission. Kristoffer und Jørgen sind fort zu einer politischen Versammlung. Vermutlich dreht es sich um feste Höchstpreise für Milch und die damit im Zusammenhang stehenden Abgaben. Darum hat es in der letzten Zeit große Diskussionen gegeben. Bestimmt wird es auch Storvik hart treffen, denn sie verkaufen viel Milch in kleinen Mengen an Kunden in der Ortschaft Øra. Jedenfalls, so kommt es, daß Astrid und Julie an diesem Abend allein in der Küche zurückgeblieben sind. Für jemanden, der sie so dasitzen sehen könnte, wäre das ein Bild der Eintracht. Zwei junge

Frauen, die in einer sauberen und aufgeräumten Küche friedlich beieinander sitzen und die beide mit einer Handarbeit beschäftigt sind. Doch wenn sie zu zweit sind, herrscht immer eine gespannte Atmosphäre.

Sie dachte, als sie hierherkam, daß sie in Astrid eine enge Freundin finden würde. Sie sind gleichaltrig, und sie könnten sehr viele Gemeinsamkeiten haben. Am Anfang war es wohl auch so. Astrid hatte zu dieser Zeit Liebeskummer, sie vertraute sich Julie damit an, und es verging eine lange Zeit, bis sie darüber hinwegkam. Später hatte sie einen anderen, der in der Holzmühle in Øra arbeitete, er war nicht von hier aus dem Dorf. Julie erinnert sich, wie sehr die beiden einander mochten, daß sie darin ihre eigenen Gefühle, die sie in der ersten Zeit für Jørgen hatte, wiedererkannte. Sie sah es den Gesichtern der beiden an, wenn sie ihnen zusammen begegnete, wenn sie miteinander tanzten, wenn die zwei einander in der Nähe wußten. Für einige Monate war es auch wie ein Wiederaufleben der Zeit mit Synna und Hans. Sie deckte Astrid, wenn sie sich zu heimlichen Treffen hinausschlich. Julie fragte sie, ob sie ihn nicht bald einmal mit nach Hause bringen wolle, so daß die Eltern ihn kennenlernen könnten. Das habe keine Eile, meinte Astrid, doch eines wisse sie, sie wolle ihn haben und sonst keinen. Ihr war wohl bewußt, welchen Streit es geben würde. So kam es, wie es kommen mußte. Kristoffer und Synnøve bekamen Wind davon, und es gab einen Aufruhr, den sie nur langsam vergessen werden.

Astrid, die ansonsten ruhig und besonnen ist, die es gelernt hat wie jedermann hier im Haus, ihre Gefühle unter Kontrolle zu halten, raste und flehte die Eltern an, weinte und bat. Julie erinnert sich, wie erschrocken sie damals über Kristoffers gnadenlose Kälte war. Astrid wurde mitgeteilt, daß sie den jungen Mann auf den Hof einladen solle, damit die Sache auf anständige Weise erledigt werden könne.

»Lieber Papa, bitte«, weinte Astrid.

»Es kommt gar nicht in Frage«, sagte Kristoffer. »Ich werde es niemals zulassen, daß meine Tochter einen simplen Arbeiterflegel heiratet.«

»Er ist kein Flegel, er ist ein ordentlicher Junge. Könnt ihr ihn nicht wenigstens treffen und in Augenschein nehmen, bevor ihr ihn verurteilt?«

»Er ist doch vielleicht gar nicht so übel«, versuchte es Julie.

Kristoffer sah sie mit eisigem Blick an.

»Du solltest dich nicht in Dinge einmischen, die dich nichts angehen. Ich verlange von dir, Astrid, daß du dich anständig aufführst, und jetzt kein Wort mehr davon.«

Sogar Synnøve schwieg.

Man ließ den Burschen benachrichtigen, und er kam auf den Hof. Die beiden erhielten lediglich ein paar armselige Minuten im Wohnzimmer, bevor Kristoffer zum Zeichen, daß der Besuch beendet war, an die Tür klopfte. Nie wird Julie den Anblick vergessen, wie der Junge vom Hof radelte. Dieses weiße Gesicht, den gebeugten Rücken, niemals.

Astrid, eine erwachsene Frau, bekam Hausarrest, wie man das wohl nennen muß. Das wäre nicht notwendig gewesen. Der Junge verließ das Dorf, und Astrid wurde krank. Sie wollte niemanden außer Julie sehen, und es war Julie, die sie tröstete und die sie wieder auf die Beine brachte. Und sie bemerkte, daß, obwohl Synnøve die Sache mit keinem Wort erwähnte, sie nicht unbeeindruckt davon blieb.

»Es wird sich schon wieder geben, wir müssen nur geduldig sein, die Zeit heilt alle Wunden«, sagte sie, doch es war eine Trauer, eine Sorge in ihren Augen, die Julie ergriff, die sie mitten in all dem Bösen versöhnlich stimmte. Denn sie fürchtete damals, das Ganze würde auf Astrids Gemüt schlagen.

Im Postamt fragten die Leute nach ihr, ob sie krank sei.

»Oh, sie hat sich eine schlimme Grippe eingefangen, die langwierig ist«, antwortete Kristoffer.

»Geht denn wieder eine Erkältungswelle um?« wollten die Leute wissen und rechneten zwei und zwei zusammen und fanden die Antwort, die sie haben wollten, selber. Es ist hier nicht besser als woanders. Es war nicht unbemerkt geblieben, wie niedergeschlagen der Junge an jenem Tag von Storvik gekommen war.

Dann eines Abends, nachdem Julie zu Bett gegangen war, kam Astrid und fragte, ob Julie zu ihr herüberkomme, sie müsse mit ihr reden. Julie setzte sich zu ihr auf die Bettkante, sah ihr vom Weinen verschwollenes Gesicht, und da erzählte ihr Astrid, daß sie glaube, schwanger zu sein.

»Was soll ich machen, Julie? Ich habe solche Angst«, flüsterte sie.

Sie hielt Astrid in ihren Armen, spürte, wie ihr ganzer Körper steif war von dem Versuch, das Weinen zu unterdrücken, das Weinen, das niemand, niemand hören durfte.

»Es kommt so weit, daß sie mich vor die Tür setzen, Julie, sie schmeißen mich raus.«

»Nein, dazu haben sie doch gar kein Recht.«

Sie versprach Astrid, niemandem etwas davon zu sagen, sie würden es noch früh genug erfahren.

Am Morgen danach war sie wieder an ihrem Platz in der Küche. Bleich und still verrichtete sie die Arbeit, die ihr aufgetragen wurde, und Julie mußte mit ihr leiden. Das Postamt wurde jetzt von Kristoffer verwaltet, er hatte die Kontrolle über alle Post, die im Haus ankam und abgeschickt wurde. Eine unheilvolle Stimmung lag über dem Hof.

Dann eines Morgens, als sie und Astrid allein sind, sagt Astrid:

»Julie, das, worüber wir gesprochen haben, dazu kommt es nicht.«

»Du meinst...?«

»Ja, das ... das hat sich von selbst erledigt.«

»Aber das ist doch gut.«

»Ja, gut«, sagt Astrid kalt. Sie hat rote Wangen, aber am schlimmsten ist der Ausdruck in ihren Augen, eine Kälte, ein Widerwille, der an Haß erinnert. »Und du, Julie, du mußt mir schwören, daß du niemals jemandem etwas davon sagen wirst, auch Jørgen nicht, denn wenn du das tust, dann ... Es soll vergessen sein.«

Julie versucht zu begreifen. Sie kann verstehen, daß Astrid Scham empfindet, weil Julie weiß, daß sie mit einem Mann zusammen gewesen ist, bevor alles zwischen ihnen geregelt war. Was sie aber nur schwer billigen kann, ist Astrids Abneigung gegen sie, gerade als wollte sie ihr das Geschehene zur Last legen. Und sie ist traurig über den Verlust der Freundschaft, an die sie so große Hoffnungen geknüpft hatte.

Mit den Jahren wurde es wieder, aber die Vertrautheit, die sie einmal hatten, ist nicht mehr vorhanden. Trotzdem empfindet sie Zuneigung für Astrid. Das Leben, das sie hier hat, muß für sie nicht leicht sein. So wie es hier um sie steht, dem Willen der Eltern total ausgeliefert, sollte sie eigentlich unbedingt versuchen wegzukommen. Und wenn sie unverheiratet bleibt, kann sie sich nicht mit Jørgen und Julie anlegen, weil sie eines Tages von ihnen abhängig sein wird. Wie die Dinge jetzt stehen, könnte das durchaus passieren. Immer seltener ist Astrid im Dorf mit anderen Jugendlichen zusammen.

Julie ist so in Gedanken versunken, daß sie zusammenfährt, als Astrid sie anspricht.

»Wir sitzen wohl heute beide da und hängen unseren Gedanken nach, Julie. Ich denke an dich und Jørgen. Der Junge hat mir heute einen schönen Schreck eingejagt, als er das Wort Scheidung sagte. Es kann doch wohl nicht wirklich so schlimm sein, daß ihr, du und Jørgen, davon gesprochen habt?«

»Nein, was redest du denn? Wir verstehen uns gut, Jørgen und ich. Scheidung? Nein, bist du noch bei Trost?«

»Ich begreife gut, daß es für euch nicht so einfach ist. Unser Vater, der ist starrköpfig, das weiß niemand besser als ich«, sagt Astrid, als habe sie die Gedanken, die Julie gerade durch den Kopf gingen, gelesen. »Unsere Mutter, mit ihr ist es auch nicht gerade einfach, aber du mußt schnellstens lernen, daß es bei ihr, unserer Mutter, in erster Linie nur das Mundwerk ist. Du mußt ein bißchen mehr dagegenhalten, laß sie nicht jedesmal den Sieg über dich davontragen.«

Es ist ungewohnt für Julie, daß Astrid so mit ihr spricht. Die Ereignisse der letzten Tage müssen auch sie erschüttert haben, sonst würde sie so nicht reden.

Sie versteht, sagt Astrid, daß dieser Umstand, daß sie den Hof nicht überschrieben bekommen, schwierig für sie sei. Aber Julie muß versuchen, die Eltern auch zu verstehen. Ihre Mutter hat selber nicht erlebt, wie es ist, die Küche mit der Schwiegermutter teilen zu müssen, denn sie war schon tot, als Synnøve auf den Hof kam. Deshalb ist es wohl besonders schwer für sie, das Steuer und die Macht aus der Hand zu geben. Und was den Vater betrifft, so hat er Angst vor den schwierigen Zeiten. Ja, denn Julie ist ja wohl nicht entgangen, wie viele Höfe in der letzten Zeit unter den Hammer gekommen sind. Und sie auf Storvik müssen sich mit großen Schulden abplagen.

»Steht es wirklich so schlecht?«

»Aber das weißt du doch, Julie?«

»Jørgen hat es mal beiläufig erwähnt, aber wieviel es wirklich ist, habe ich nie erfahren.«

»Ja, um welche Summen es geht, weiß ich auch nicht, aber es ist ein großes Darlehen für den Bau des neuen Kuhstalls aufgenommen worden. Weitere Schulden mußten gemacht werden, weil das Wohnhaus ein neues Dach brauchte und alle Gebäude zu eurer Hochzeit neu gestrichen wurden.«

»Das wußte ich nicht«, sagt Julie schockiert.

»Nein, aber so ist es nun mal.«

Sie wisse, wie enttäuscht Julie sei, weil sie alleine auf Besuch nach Hause fahren müsse. Deshalb, dachte sie, müsse sie mit ihr über diese Dinge sprechen, dann sei es vielleicht leichter, alles zu verstehen. Auch zu verstehen, warum der Vater Widerstand leiste, den Hof gerade jetzt aus den Händen zu geben.

»Glaubst du denn nicht, daß Jørgen das schaffen könnte?«

»Doch, das glaube ich schon, aber einen Hof zu übernehmen, das kostet Geld. Das würde noch mehr Schulden bedeuten, und gerade jetzt haben wir nicht die besten Zeiten für sowas. Und unser Vater hat bestimmt ein bißchen mehr Erfahrung mit solchen Dingen. Nun verstehst du vielleicht auch, daß es nicht nur daran liegt, daß er knauserig ist, wenn er von Sparen spricht. Ich dachte nur, ich sollte dir das sagen.«

»Muß ich ein schlechtes Gewissen haben, weil ich verreise?«

»Überhaupt nicht. Du darfst dir auch nichts daraus machen, daß sie knurren, weil dein Vater dir das Reisegeld geschickt hat. Ein bißchen Stolz besitzen wir doch alle, nicht wahr? Und eigentlich hast du doch Glück, Julie.«

»Habe ich das?«

»Ja, etwa nicht? Du hast einen Mann, der dich liebt, der stolz auf dich ist, das sieht jeder. Und du hast zwei wunderbare Kinder. Bei allen Schwierigkeiten solltest du das nie vergessen. Sieh mich an, was habe ich? Was meinst du, was für eine Zukunft vor mir liegt?«

»Aber du bist doch noch jung, du kannst etwas aus deinem Leben machen. Sieh zu, daß du hier wegkommst, Astrid.«

»Jung, nein, jung fühle ich mich nicht mehr. Man kann mich fast eine alte Jungfer nennen, und wie die Dinge jetzt stehen, denke ich, kann ich mich hier nützlich machen. Post-Astrid nennen sie mich im Dorf. Das ist das, was ich bleiben sollte. Wir sind jetzt zwei hier auf dem Hof, denen man einen Spitznamen verpaßt hat, ihm, dem Anders-Knecht, und mir, der Post-Astrid. Darauf kann man nicht gerade stolz sein.«

»Aber darum mußt du dich doch überhaupt nicht scheren. Die Leute hier haben bestimmt für jeden einen Spitznamen. Ich glaube, mich nennen sie Romsdals-Julie, wenn sie sich nicht einen anderen Namen ausgedacht haben.«

»Nein, weißt du, was sie über dich sagen? Daß du die schönste Frau bist, die je ins Dorf gekommen ist.«

»Dummes Gerede«, prustet Julie.

Und da sie schon einmal frage, man sage auch über sie, daß sie nur schwer zugänglich sei und hochnäsig.

Das sage man von ihr? Sie kommt sich doch gar nicht als etwas Besseres vor. Ein bißchen schüchtern und zurückhaltend, wenn sie auf Fremde trifft, das ist sie immer gewesen. Doch sie hatte stets das Gefühl, daß die Leute hier nur schwer zugänglich sind. Daß sie nach wie vor als Fremde angesehen wird, die nicht hierher gehört.

Astrid sagt, sie müsse versuchen, entgegenkommender zu werden, dann werde es für sie leichter, hier im Dorf zu leben. Denn Julie wisse wohl selber, daß sie mitunter ziemlich abweisend erscheinen könne.

Astrid hat ihr einiges zum Grübeln gegeben. Aber warum hat Jørgen ihr nichts von all den Schulden erzählt? Sie weiß noch, wie stolz sie war, als die Eltern zu ihrer Hochzeit gekommen waren. Als sie ihnen den Hof zeigte. Das weiße Wohnhaus, die roten Nebengebäude, den gepflegten Garten mit dem Lattenzaun darum, alles frisch gestrichen. Und das alles war mit geborgtem Geld neu gemacht worden? Seit sechs Jahren ist sie hier und wußte nichts davon? Einen besseren Beweis für die Offenheit zwischen den Menschen in diesem Hause hätte sie nicht bekommen können. Auf wen soll sie sich verlassen? Kann sie sich auf Jørgen noch verlassen? Wie es auch immer hier gewesen sein mag, sicher hat sie sich jedenfalls auf dem Hof gefühlt. Aber jetzt? Plötzlich merkt sie, wie sehr sie den alten Jørn vermißt. Er, der beste Freund in der ersten Zeit, als für sie hier noch alles so fremd war. Er starb, als sie mit Krister schwanger war. Sie war mit ihm allein in der Küche. Er saß auf dem Feuerholzkasten und unterhielt sich mit ihr. Sie hatte ihm den Rücken zugekehrt, als sie plötzlich einen merkwürdigen Kehllaut hörte. Sie drehte sich um und begriff sofort, was geschehen war. Sein Kopf lag gegen die Wand gelehnt, sie bekam ihn gerade noch zu fassen, bevor er auf den Fußboden fiel. So stand sie eine Weile da und hielt ihn fest, bevor sie um Hilfe rief. Immer noch kommt es ihr vor, als könne sie die Schwere seines Körpers in ihren Armen spüren, und dann war da noch das Kind, das in ihrem Bauch strampelte. Eine schwere, tiefgreifende Wahrnehmung, die durch ihren Körper ging, das gleichzeitige Erleben von Leben und Tod. Ein Gefühl, das sie nie vergessen wird.

Seite an Seite liegen sie still nebeneinander. Sie müßten miteinander reden, es gibt so vieles, was zu besprechen gewesen wäre. So vieles, daß sie beide nicht mehr die Kraft aufbringen.

»Halt mich fest, Jørgen«, flüstert sie. »Bitte halte mich.«

Sie versinken ineinander, versuchen mit der Glut ihrer Körper, mit Zärtlichkeiten, mit den Händen und der Haut einander all das zu sagen, was Worte nicht ausdrücken können.

Sie hatten für die Reise so große Pläne geschmiedet. Am sechzehnten Mai wollten sie hier losfahren, am siebzehnten zu den Feierlichkeiten des Nationalfeiertages in Kristiansund sein und am achtzehnten dann nach Molde weiterfahren. Obwohl Jørgen nun nicht mitkommt, will Julie nichts daran ändern.

Krister hatte sie ziemlich ernst angeschaut, als sie ihm sagte, daß der Papa und der kleine Bruder hierbleiben würden.

»Das ist ja traurig, Mama, wenn unser Papa nicht mitkommt.«

»Aber uns beiden wird es trotzdem Spaß machen, meinst du nicht?«

»Ja, aber ich will wieder nach Hause.«

»Natürlich fahren wir wieder nach Hause. Wir bleiben vierzehn Tage, und dann geht es zurück.«

Zum Glück hat Jørgen es nicht geschafft, dem Onkel in Kristiansund zu schreiben und um Unterkunft für sie zu bitten. Alleine mit dem Jungen hat sie keine große Lust, dort zu wohnen. In dem vornehmen Haus hat sie immer Beklemmungen und kommt sich verloren vor. Seit sie weiß, daß sie nur zu zweit fahren werden, will sie Randi schreiben und anfragen, ob sie bei ihr unterkommen können. Sie haben Kontakt gehalten, schreiben sich, aber es ist nun schon lange her, seit sie sich zuletzt sahen. In die Stadt kommt sie höchstens ein- oder zweimal im Jahr.

Randi und Yngvar sind in eine neue Wohnung in Clausengen gezogen. Vor ein paar Jahren hat Yngvar als Böttcher aufgehört, nachdem er eine neue, bessere Arbeit bei der Mechanischen Werkstatt in Storvik gefunden hatte, deshalb meinten sie, sich das leisten zu können. Die neue Wohnung hat auch zwei Zimmer, ist aber neu und modern. Diese Wohnungen wurden während des Krieges gebaut, sie haben fließend Wasser, Gasanschluß und elektrisches Licht. Die Zimmer sind größer als in der winzig kleinen Wohnung, die sie vorher auf Innland hatten. Sie ist zentral gelegen, befindet sich sozusagen mitten in der Stadt.

Die Freundschaft zwischen ihr und Randi wird hier nicht besonders gern gesehen. Vor allem nicht, seitdem Yngvar begonnen hat, in Zeitungen scharfe Leserbriefe zu schreiben, in denen er den Arbeitern das Wort führt oder die Arbeitgeber kritisiert und jene, die für das öffentliche Wohl und Wehe der Stadt verantwortlich sind oder für die Mißwirtschaft, wie er das nennt. Durch diesen Einsatz hat er sich in der Arbeiterbewegung in der Stadt hervorgetan, so allmählich beginnt sein Name auch über die Stadtgrenzen hinaus bekannt zu werden. »Ein Aufwiegler«, sagt Synnøve und versteht nicht, daß Julie sich mit solchen Leuten wie Randi und Yngvar Thorsen abgibt.

Was diese Sache betrifft, hat ihre Mutter dieselbe Auffassung wie Synnøve. Ihr Vater war es, der ihr beigebracht hat, daß man die Qualität eines Menschen nicht nach seinem Stand oder seiner Stellung beurteilen soll. Und nach und nach wurde Randi ihre beste Freundin, die sie je hatte. Eine Freundin, der sie in allen Dingen vertrauen kann.

Hier im Haus abonnieren sie alle Zeitungen, die in Kristiansund erscheinen. Es ist ungewöhnlich, daß jemand auf einem Bauernhof die Arbeiterzeitung *Tidens Krav* hält, doch Kristoffer meint, das sei notwendig, wenn sie in der Politik an allen Fronten Bescheid wissen wollen. *Tidens Krav* druckt die Leserzuschriften von Yngvar Thorsen am häufigsten ab, während die linksorientierte Zeitung *Romsdalspost* und die konservative *Møre Dagblad* sie nur sporadisch bringen und dann oft mit Verdrehungen, die ihn lächerlich machen sollen. Aber nicht einmal diese Zeitungen können ihn übergehen.

Jørgen und Kristoffer sind sich nicht einig, was Yngvars politische Ansichten betrifft, aber sie bewundern ihn beide, Jørgen wegen seines Weitblicks, seines Mutes und seiner spitzen Feder, Kristoffer wegen seines politischen Gespürs.

»Er kann es weit bringen, wenn er sich in seinem Eifer nur nicht versteigt«, sagt Kristoffer. »Ich würde es gut finden, mit diesem Menschen einmal ins Gespräch zu kommen.«

»Das könnte ich ohne weiteres für dich regeln«, sagt Julie.

»Aufwiegler und Querulant«, schnaubt Synnøve, und Julie kommt es fast vor, als höre sie ihre Eltern über solche Sachen diskutieren.

Es ist nun schon länger her, seit Julie etwas von Randi gehört hat, aber in ihrem letzten Brief schrieb sie, daß sie Angst habe, Yngvar könne zu weit gehen und müsse dafür bezahlen. Er hat eine gute Arbeit auf der Werft, ist unter den Arbeitskollegen beliebt, und sie haben ihn zum Vertrauensmann gewählt. Konflikte am Arbeitsplatz hat er abgewendet, sich aber doch für andere eingesetzt. Das bereitet Randi Kummer, denn es sei noch immer so, wer das Geld habe, habe die Macht. Und bei dem Elend, zu dem die Rezessionszeit in der Stadt führe, mit Arbeitslosigkeit, Wohnungsnot und nackter Armut derer, die ganz unten sind, könne sich niemand sicher fühlen, meint sie. Auch sie selbst hat ihre Arbeit in der Goma Fabrik verloren und versucht nun, ihr Einkommen durch Gelegenheitsarbeiten aufzubessern. Sie verdingt sich in privaten Haushalten als Reinemachefrau, und dann hofft sie darauf, wenn die Saison beginnt, bei der Fischverarbeitung unterzukommen. Die Wohnung ist märchenhaft, doch die Miete hoch, und seit sie ihre Arbeit verloren hat, ist es knapp für sie geworden.

Seitdem hat Julie von Randi nichts mehr gehört, aber sie ist sich sicher, daß Randi und Yngvar mit ihrem Optimismus und mit dem Elan, den sie immer an den Tag gelegt haben, auch über diese schwierigen Zeiten kommen werden. Wie ihr Vater das ja auch immer getan hat und tut mit seiner bodenständigen Vorsicht, wenn es um Geld und Geschäfte geht. Noch immer steuert er seinen kleinen Betrieb mit festem Kurs und sichert unverändert das Auskommen.

Die Verhältnisse in der Stadt sind kritisch, jeden Tag sind die Zeitungen voll davon. Menschen, die vorher Arbeit hatten, die sich früher ein einigermaßen anständiges Leben leisten konnten, haben ihre Arbeit verloren, mußten Heim und Herd verlassen, mit der Armenfürsorge als einzigem Ausweg, damit sie über die Runden kommen. Kürzlich las sie in der Zeitung, daß dreiundzwanzig Prozent der vorjährigen Steuereinnahmen in die Fürsorge geflossen sind. Was die Kommune rettete, war der Umstand, daß der Anteil der Steuereinnahmen, die für Zinsen und Tilgungen aufgebracht werden mußten, in den letzten Jahren von fünfzig auf vierzig Prozent gesunken sind. Doch der Zulauf auf die Armenfürsorge ist seit der Zeit vor dem Weltkrieg um mehrere hundert Prozent gestiegen, und er wird mit jedem Tag, der vergeht, größer. Die Menschen beantragen Zuschüsse für Miete, Heizung, Kleidung und Schuhe, für Konfirmationen und Beerdigungen. Das ist wie eine Lawine, die man nicht mehr aufhalten kann. Und die Stadt ist so verletzbar, mit den schwierigen Verkehrsverbindungen, abhängig von der See, der Schiffahrt und der Fischerei.

Auch hier auf dem Lande bekommen sie die Rezession zu spüren, auch wenn sie sich nicht ganz so schlimm auswirkt wie in den Städten. Sie haben ebenfalls dieses beklemmende Gefühl von Angst vor der Zukunft, das sich im Schatten der vielen Zwangsversteigerungen, von denen die Zeitungen berichten, breitmacht. Noch hat es hier niemanden getroffen, trotzdem schaffen die Geschehnisse ringsum im Land Verunsicherung bei den Menschen. Auf Storvik schränken sie das Personal ein, obwohl jetzt immer mehr billige Arbeitskräfte zu haben sind. Von den Produkten, die sie auf dem Hof erzeugen, verkaufen sie alles, was sie erübrigen können; gute Butter zum Brot gibt es nur manchmal an den Wochenenden und wenn sie Gäste haben; ansonsten geht alles an den Händler. Genauso verhält es sich mit dem Geschlachteten. Jørgen ist ein passionierter Fischer, dadurch haben sie für den eigenen Gebrauch ausreichend Fisch aus dem Meer und aus dem See auf der Alm. Für die Arbeiter sieht es schlechter aus. Solange sie überhaupt eine Arbeit haben, geht es, doch es gibt welche, denen der schwere Gang zur Armenfürsorge nicht erspart bleibt. Dieses Elend geht Julie nahe. Kristoffer ist Sprecher der Armenfürsorgeverwaltung, und jede Woche kommen Leute, die in Not geraten sind. Ein entscheidender Unterschied zur Stadt besteht darin, daß es auf dem Lande mehr auffällt. Alle kennen die häuslichen Verhältnisse ringsum, und sobald bekannt wird, daß eine Familie nackte Not leidet, findet sich jemand, der hilft. Doch hier wie anderswo auch haben die Menschen ihren Stolz und wollen allein zurechtkommen, solange es irgend geht, denn die Armenkasse, wie sie die Fürsorge hier nennen, ist für eine Familie die größte Schande, die es nur gibt.

Was Industrialisierung und Arbeitsplätze angeht, war dieses Dorf nach der Jahrhundertwende die Gemeinde in Nordmøre, die am meisten expandierte. Anfang der neunziger Jahre im vorigen Jahrhundert wurde in Øra das Sägewerk errichtet und in Betrieb genommen. In seinen besten Zeiten fanden siebzig Arbeiter in dem Betrieb Lohn und Brot. Die meisten davon waren Zugezogene, aber auch mancher aus dem Dorf fand dort Beschäftigung. Jugendliche, die früher gezwungen gewesen wären fortzugehen, um ihren Lebensunterhalt zu verdienen, wurden im Heimatort ansässig. Darüber hinaus gab der Betrieb auch den Bauern, die Wald besaßen, zusätzliche Arbeit, ihre Fuhrwerke wurden für den Transport und für andere anfallende Arbeiten benötigt. In der Saison, wenn sie Faßdauben schnitten, kamen auch Frauen und Kinder der Arbeiterfamilien in dem Betrieb unter, ein willkommener Extraverdienst für alle.

Mit dem Bau der Holzschleiferei wurde 1912 begonnen, und im Winter 1913 nahm sie den Betrieb auf.

Vom Staudamm am Ende des Almsees, aus dem man auch die Wasserkraft für das Sägewerk gewinnt, wurde durch das steil abschüssige Tal eine Druckrohrleitung verlegt, um die Wasserkraft für die Schleiferei zu nutzen, aber gleichzeitig um die Familien in Øra mit elektrischem Licht zu versorgen. Auf diese Weise hatten die Leute dort viel früher Strom als der einfache Mann in Kristiansund, während der Rest des Dorfs nur davon träumen konnte.

In der ersten Zeit, nachdem die Holzschleiferei ihren Betrieb aufgenommen hatte, war es schwer, genügend Hilfskräfte zu finden. Die Arbeit wurde als gesundheitsschädigend angesehen, doch die gute Bezahlung lockte. Das führte zu einer neuen Welle von Zuwanderungen in die Gemeinde. In Øra und im Umkreis wurde Bauland freigegeben, und nach und nach entstand ein dichtes Siedlungsgebiet mit einem Milieu, das eher an eine Stadt als an eine Landgemeinde erinnerte. Sägewerk und Schleiferei verschafften auch vielen Menschen von den Bauernhöfen zusätzliche Arbeit. Sie wurden hinzugezogen, wenn der Holzschliff auf Schiffe verladen wurde. In dieser Zeit gab es genügend Arbeit für alle.

Dieser Aufschwung hielt bis in die ersten Nachkriegsjahre an. Dann ging es mit dem Sägewerk bergab, und 1921 wurde dieser Teil des Unternehmens geschlossen. Das war ein Schlag für die Kommune, die sich auf einmal mit Arbeitslosigkeit als einem neuen und großen Problem konfrontiert sah. Daß es junge Leute traf, war schon schlimm genug, aber viel schlimmer war es für die Familienväter, für alle Haushalte, deren Verhältnisse plötzlich Kopf standen.

In Øra weiß jeder, daß es unmöglich ist, in der Schleiferei unterzukommen. Dieser Betrieb beschäftigt sechzig Mann, die in drei Schichten arbeiten, die Arbeitsplätze in der Schmiede und in den Werkstätten mitgerechnet.

Nun wird jedesmal gemurrt, wenn Bauern zusätzlich für Verladearbeiten am Kai eingestellt werden. Die Arbeiterpartei, die sich im Dorf explosionsartig entwickelt hat, setzt sich eisern in der Gemeindeverwaltung für ein Verbot ein, daß Bauern solche Arbeiten übernehmen dürfen, statt dessen sollen Arbeitslose genommen werden. Das ist eine der Angelegenheiten, die den Streit zwischen Bauern und Sozialisten auf die Spitze getrieben hat. Øra gilt als der röteste Fleck in ganz Nordmøre, und die Bewohner der angrenzenden Siedlungen fürchten nun, daß die Arbeiterpartei demnächst auch die Mehrheit in der Gemeindeverwaltung haben wird.

Nach der Stillegung des Sägewerkes hat sich Mißmut breitgemacht. Es werden verschiedene Notstandsprogramme gestartet, aber das ist nicht besonders hilfreich. Die jungen Leute gehen wieder fort. Seit 1923 sind schon viele aus dem Dorf nach Amerika ausgewandert, aber in letzter Zeit hat das wegen der schlechten Verhältnisse, die auch da drüben eingekehrt sind, nachgelassen.

Auf Storvik wie auf den anderen Höfen hat man feste Milchkunden aus Øra, der Ortschaft, die im Umfeld des Sägewerkes und der Fabriken am Fjord liegt. Abends kommen sie mit ihren Milchkannen. In der Regel schickt man die Kinder vor, vor allem, wenn es an Bargeld fehlt und die Milch *angeschrieben* werden soll.

Hier zeigt sich Synnøve von einer ganz anderen Seite, von einer Generosität und Wärme, für die Julie sie schon von Anfang an, seit sie hier ist, respektierte. Wenn Synnøve weiß, daß es einer der Milchkunden ganz besonders schwer hat, nimmt sie es nicht so genau und mißt reichlich ab, und wenn sie anschreiben soll, schreibt sie weniger an, als verkauft wurde. Nicht selten kommt es vor, daß sie den Kindern einen Butterklumpen zusteckt, ein Stück Speck oder Nikkjefett, wie sie die gesalzenen und getrockneten Rollen des Bauchfettes vom Schaf nennen, die in kleinen Mengen zu Herings- und zu Kartoffelbällen gegessen werden.

»Das braucht niemand zu wissen«, sagt sie, wenn sie dem Kind die Dinge gibt, die sie in Zeitungspapier eingewickelt hat. Sie weiß, daß man es dort, wo es hinkommt, gut gebrauchen kann.

Im Dorf wird von Synnøve Storvik gesagt, daß sie warmherzig und gütig sei, streng, aber gerecht, sie ist ein Mensch, dem man Respekt zollt. Anders, der Knecht, wird als lebendiger Beweis dafür angesehen. Er hatte das harte Schicksal, ein uneheliches Kind zu sein. Seine Mutter stammte von einem kleinen Gehöft im Dorf. Dort besorgte sie ihrem Vater, der Witwer war, den Haushalt, während sie ein paar Kronen dazuverdiente, indem sie auf Bauernhöfen Schwerstarbeit verrichtete. Solange Anders klein war, nahm sie ihn mit. Als er zwölf, dreizehn war, starb sie an Lungenentzündung, und der Junge wurde zu Verwandten ins Nachbardorf gebracht. Synnøve kam zu Ohren, wie schlecht es ihm ging, daß er wie ein Erwachsener arbeiten mußte, zerlumpt herumlief und fast nie zur Schule ging. Da gab sie nicht eher Ruhe, bis sie ihn zu sich auf den Hof geholt hatte. Sie kleidete ihn ordentlich, schickte ihn in die Schule, richtete seine Konfirmation aus. Seitdem ist er auf dem Hof. Hier hat er ein Dach über dem Kopf, Essen und Kleidung, und ein paar Kronen als Lohn bekommt er auch. Er ist jetzt fast vierzig, eine Frau hat er nicht. Es heißt, er sei vom Verstand her etwas minderbemittelt, doch Synnøve sagt, so wie er in der Schule und sonst überall geschunden worden sei, habe ihn die Kindheit zugrunde gerichtet. Die beiden haben eine seltsame Zuneigung füreinander. Versucht jemand, Anders hochzunehmen, lernt er eine Synnøve kennen, mit der nicht gut Kirschen essen ist, und niemand darf etwas Schlechtes über Synnøve sagen, wenn Anders das hört. Julie hat er auch gern, und er versteht es unglaublich gut, mit den Kindern umzugehen.

»Du mußt dich nicht daran stören, was Synnøve sagt. Sie meint es nicht böse. Sie ist halt so«, sagt er zu Julie und beweist wahrlich genügend Sinn und Verstand.

Oft denkt Julie, wenn Synnøve nicht ihre Schwiegermutter wäre, wenn sie nicht gezwungen wären, die ganze Zeit auf engstem Raum miteinander auszukommen, würde sie sie besser leiden können als manch anderen, den sie kennt. Wenn sie in sich geht, stellt sie fest, daß es der unglückselige Kampf um die Macht ist, der ihr Verhältnis zerstört. Dann weiß sie, daß sich der Teil ihrer Persönlichkeit, der aus Trotz, Reserviertheit und der Fähigkeit besteht, andere auf Abstand zu halten, noch verstärkt hat, seit sie hierher kam. Wenn sie unglücklich ist, läßt sie niemanden an sich heran, zeigt niemals, wie schlecht es ihr geht. Und das wiederum hat zur Folge, daß Synnøve scharfe und oft auch verletzende Bemerkungen fallen läßt, die sie selbst, wenn sie ihr zu weit gehen, dazu veranlassen, mit derselben Münze zurückzuzahlen, meistens in Form einer knappen, eiskalten Antwort. Deswegen ist sie so darauf aus, mit Jørgen den Hof zu übernehmen. Wenn sie und Synnøve nicht mehr die Küche und die Verantwortung teilen müßten, wäre es besser für sie beide. Nach dem Gespräch mit Astrid hat sie viel darüber nachgedacht, und sie versucht, die Sache mit Synnøves Augen zu sehen. Wenn sie nur einmal darüber miteinander reden könnten. Aber wie sich die Dinge jetzt zwischen ihnen entwickelt haben, glaubt sie, daß es sinnlos ist.

Der Brief von Randi ist kurz. Sie schreibt, daß Julie mit dem Kind mehr als willkommen sei, daß sie sich riesig darauf freue, sie wiederzusehen. Doch einiges hat sich bei ihnen verändert. Das ist der Grund, warum sie sich bei Julie so lange nicht gemeldet hat. In letzter Zeit habe sie kaum etwas abknapsen können, schon gar nicht für einen Brief. Yngvar habe seine Arbeit auf der Werft verloren. Nachdem er eine Zeit arbeitslos gewesen sei, sei er nach Gylstrand zu sogenannter Notstandsarbeit einberufen worden. Über all das solle Julie mehr erfahren, wenn sie da sei. Yngvar komme am siebzehnten Mai nicht nach Hause, so daß für sie und Krister ausreichend Platz sei. Allerdings sei es momentan gerade nicht so gut bestellt um sie, deshalb müsse Julie mit dem Einfachen vorliebnehmen, was sie haben.

Julie hält es für ausgeschlossen, mit leeren Händen zu Randi zu fahren, so wie die Dinge bei ihnen stehen, doch sie traut sich nicht, einfach ins Vorratshaus zu gehen und sich zu bedienen. Das wäre fast so, als würde sie stehlen, obwohl es gar keinen Grund gibt, so zu denken. Am Tag vor der Abreise geht sie mit bangem Herzen zu Synnøve, um sie um einige Lebensmittel für Randi zu bitten.

»Randi hat es nicht gerade leicht«, setzte sie an.

»Yngvar hat seine Arbeit verloren und ...«

»Ja, ich beneide keinen, der in diesen Zeiten in der Stadt wohnt.«

»Ich sollte wohl vielleicht ein bißchen was für sie mitnehmen?«

»Natürlich mußt du was mitnehmen, wenn du dich bei Fremden einquartierst«, antwortet Synnøve schneidend. »Ich will sehen, was ich finde.«

Synnøve kommt aus dem Vorratshaus mit einem Tablett voller Lebensmittel. Mehrere Stücke Pökelfleisch, Eier und Butter, Speck und Schmalz, sie hat ein mächtiges Stück vom Schinkenspeck abgeschnitten, und sie bringt eine ganze geräucherte Hammelkeule mit, die noch nicht angeschnitten ist.

»Aber das ist doch viel zuviel«, sagt Julie überwältigt.

»Die werden das bestimmt gut gebrauchen können, denke ich. Und außerdem darfst du nicht vergessen, Julie, daß wir hier auf Storvik niemandem etwas schuldig bleiben. Außerdem möchte ich, daß deine Freundin sieht, woher du kommst.«

Die letzten Worte hätte sie sich sparen können, doch sie wäre nicht Synnøve, wenn sie nicht eine solche Bemerkung fallenlassen würde.

Ein ganzer Pappkarton ist voll, als alles eingepackt ist.

»Für Storviks sollte ich dir vielleicht auch was mitschikken, aber ich habe ja Ivar schon etwas mitgegeben, als er letztes Mal hier war. Außerdem leidet der Bankchef bestimmt keine Not, nehme ich an.«

Ivar wird im Hause des Onkels in der Stadt wie ein Sohn behandelt. Er hat das Abitur gemacht, die Handelsschule besucht und arbeitet als Kassierer in der Bank des Onkels. Ansonsten hat es ihm die Musik angetan. Obwohl er noch so jung ist, gilt er als versierter Geiger und spielt im Symphonieorchester der Stadt bei Edvard Bræin. Wenn Synnøve von ihm spricht, hört man Stolz, aber auch Verletztheit in ihrer Stimme.

»Ja, Ivar hat es geschafft, er hat jetzt sein Auskommen«, sagt sie. »Aber er gehört nun nicht mehr hierher.«

So etwas läßt sie innerhalb der eigenen vier Wände verlauten, aber sie hütet sich peinlichst davor, daß es einem Fremden zu Ohren kommt.

Julie ist das auch nicht entgangen. Mit seiner eleganten städtischen Kleidung und seinen städtischen Manieren wirkt Ivar fast wie ein Fremder auf dem Hof, wenn er zu Besuch kommt. Er hat etwas Weiches und Verfeinertes an sich. Etwas von derselben Weichheit, die sie manchmal auch an Jørgen feststellt. Doch Jørgen ist zäh und stark, wenn er arbeitet, Ivar würde sich als Bauer nicht eignen.

Beide Töchter des Onkels sind von zu Hause ausgezogen. Die jüngere der beiden, Sigrid, ist unverheiratet. Sie hat in Kopenhagen Gesang studiert und ist jetzt dort im Opernchor. Nichts deutet darauf hin, daß sie zurückkommen möchte. Anne, die Älteste, war verlobt mit einem jungen Mann aus Kristiansund, doch sie hat die Verlobung gelöst und ist nach Berlin gegangen, wo sie Klavier studierte. Dort hat sie einen deutschen Orchestermusiker geheiratet. Mit dem Klavierspielen hat sie es nicht weiter gebracht als bis zur Lehrerin, die ihre Schüler zu Hause empfängt, genau wie sie es zuvor in Kristiansund getan hat. Kinder hat sie noch nicht. Daß beide Töchter sich im Ausland niedergelassen haben, bereitet Selma und Erling Storvik großen Kummer. Deshalb ist es sicher nicht verwunderlich, daß sie Ivar wie an Kindes Statt angenommen haben. Er wohnt bei ihnen, seit er auf der Mittelschule anfing. Dann ist es nicht verwunderlich, daß Synnøve das Gefühl hat, in gewisser Weise ihren jüngsten Sohn verloren zu haben. Vergangenen Sommer war Ivar in Berlin, dort wohnte er bei Anna und ihrem Mann, er nahm in dieser Zeit Geigenunterricht bei einem Freund der beiden. Julie weiß nicht, ob Kristoffer oder Erling Storvik für diesen

Spaß aufgekommen ist. Doch davon spricht Synnøve gern, denn nicht viele Jugendliche hier aus dem Dorf haben Gelegenheit, so etwas zu erleben.

An einem strahlend blauen Maimorgen, so zeitig, daß die Luft noch in den Wangen beißt, fährt Jørgen Frau und Kind mit der Kutsche zum Kai.

»Ich habe Ivar angerufen. Er holt dich am Kai ab und fährt dich zu Randi. Du kannst das ja nicht alles allein schleppen«, sagt er.

»Das hast du gemacht? Das wußte ich gar nicht.«

»Nein, ich habe vergessen, es dir zu sagen. Ich hatte die letzten Tage den Kopf voll.«

Er läßt sich viel Zeit, um das Pferd anzubinden, weiß nicht, was er ihr in der kurzen Zeit, bis der Dampfer am Kai anlegt, sagen soll.

Krister schaut ihn ernst an: »Wir kommen wieder mit dem Schiff. Mama auch.«

Jørgen ist von dem Ernst in den Augen des Jungen, von den Worten aus seinem Munde unangenehm berührt und hebt ihn hoch auf seinen Arm.

»Natürlich kommt ihr nach Hause zurück«, sagt er bestimmt und drückt das Kind fest an sich.

Er hilft ihnen mit dem Gepäck an Bord, verstaut alles ordentlich. Dann gibt er ihr zum Abschied die Hand, tut dasselbe mit Krister.

»Du mußt jetzt ein großer Junge sein und gut auf die Mama aufpassen.«

»Das mache ich, Papa«, sagt Krister erwachsen, während er vor ihm steht und ihn mit seinen ernsten Augen anschaut und mit einem Gesicht, das vor Anspannung blaß ist.

Er steht am äußersten Ende des Kais und winkt ihnen zu.

Sie steht da mit dem Jungen auf dem Arm. Schlank und rank wie eine Säule, denkt er, und so unglaublich stark. Ihr schwarzes Haar, zu einem Kranz geflochten, glänzt in der frühen Morgensonne, während ihr Gesicht im Schatten liegt. Sie hat denselben blauen Mantel wie damals an, als sie zum ersten Mal hierher kam, doch sie hat ihn umgeändert, hat ihn ein wenig gekürzt und der Mode angepaßt, wie sie das nennt. Darunter trägt sie einen engen, wadenlangen Rock. Für Krister hat sie aus einem alten Mantel, der ihm einmal gehörte, einen kleinen Mantel genäht mit einer passenden Schirmmütze dazu. Sie ist sehr geschickt, sie kann nähen, versteht, aus wenig etwas zu machen. Das ist es auch, geht ihm durch den Kopf, wie er so dasteht, was sein Schuldgefühl, das ihn plagt, ständig plagt, noch verstärkt. Sie hätte etwas Besseres verdient. Wenn er es sich leisten könnte, dürfte sie sich kaufen, was immer sie sich wünschte. Dann müßte sie keine alten Sachen umändern, wenn sie oder die Kinder ein neues Kleidungsstück benötigen. Aber was soll er machen, wenn er um jedes bißchen Geld, das er braucht, zu den Eltern gehen muß, bevor er darüber verfügen kann? Und er muß über jede Øre, die er ausgibt, Rechenschaft ablegen. Ein solches Leben ist kaum auszuhalten. Früher hatte er Muße, um auf die Jagd zu gehen, konnte ein bißchen Feuerholz machen, um es zu verkaufen und damit ein paar Groschen extra zu verdienen. Jetzt reicht die Zeit für so etwas nicht mehr aus. Er bleibt stehen und schaut dem Dampfer so lange hinterher, wie er meint, daß es kein großes Aufsehen erregt. Er fühlt sich elend, hier so zu stehen. Auf diese Reise hatte er sich genausosehr gefreut wie sie. Und jetzt muß er dableiben und zusehen, wie sie allein fährt, sie und der Junge. Ja, der Junge, der ihm einen Schreck eingejagt hat mit seinen verständigen Worten. Versichern mußte er ihm, daß sie wieder nach Hause kommen werden, alle beide.

Nach dem häßlichen Streit, den sie miteinander hatten, haben sie darüber gesprochen, wieviel Krister davon gehört haben mochte, wieviel ein Kind von knapp vier Jahren überhaupt verstehen kann. Nach diesem Abend hat er so viele merkwürdige Dinge gesagt, daß man sich darüber wundern muß.

»Deine Frau ist verreist?« fragt einer der Männer laut, die vor der Tür zum Kaufmannsladen herumlungern.

»Ja«, sagt Jørgen, und manövriert den Postsack, den er abgeholt hat, vorsichtig in die Karriole.

»Es handelt sich wohl nicht bloß um eine Kurzreise, soviel Reisegepäck, wie sie mitgenommen hat?«

»Nein, sie wird ein paar Wochen bei ihren Eltern bleiben.«

»Ein paar Wochen, mitten in der arbeitsreichsten Zeit? Na ja, wer hat, der hat.«

»Ihr Vater ist krank, deshalb muß sie fahren«, lügt Jørgen.

»Krank? Es wird doch hoffentlich nichts Ernstes sein«, setzt der Alte sein Verhör neugierig fort, offensichtlich dankbar für jeden Tratsch, den er mit nach Hause nehmen kann zu seiner ebenso neugierigen Frau, die dort wartet.

»Nein, was Ernstes scheint es nicht zu sein, aber sie hielt es für besser, selbst nach dem Rechten zu sehen.«

»Na, das versteht sich. Ein kleiner Urlaub möglicherweise?« fragt der Greis in einem Ton, als hätte er etwas Unanständiges gesagt.

Jørgen schäumt vor Wut, weil er der Versuchung zum Lügen erliegen muß, nur um die Neugierde dieser Menschen zu befriedigen.

Als er die Anhöhe hinauffährt, sieht er die Rauchfahne über dem Fjord. Bereits jetzt verspürt er ein nagendes Gefühl von Sehnsucht nach ihr in seiner Brust. Soweit ist es gekommen, eine solche Macht hat sie über ihn gewonnen.

Seit sie an Bord sind, ist die Reise für Krister ein einziges Abenteuer. Er zerrt die Mama überall hin, wo Passagiere auf dem Schiff Zugang haben. Er bohrt und fragt und will alles wissen.

»Warum gibt es auf diesem großen Schiff kleine Schiffe?«

»Rettungsboote sind das.«

»Warum heißen die so?«

»Weil man sie benutzen kann, wenn mit dem großen Schiff irgendwas Schlimmes passiert.«

»Kann denn mit dem großen Schiff was Schlimmes passieren?« fragt er erschrocken.

»Nein, bei dem schönen Wetter heute brauchen wir keine Angst zu haben.«

»Warum verreisen denn die Kühe auch?« will er wissen und zeigt auf die Tiere, die in einem Verschlag auf dem Vordeck stehen.

»Die hat vielleicht jemand gekauft, verstehst du.«

»Aber warum muhen die denn so fürchterlich? Ob sie Angst haben, was meinst du?«

»Ich weiß nicht, ob es ihnen auf See gefällt.«

»Aber mir gefällt es. Dir auch, Mama?«

»Ja, heute schon«, sagt sie und ist froh, daß die Sonne bereits so warm ist, daß sie an Deck bleiben können und es ihnen erspart bleibt, in dem stickigen Salon sitzen zu müssen.

Die Tür zum Maschinenraum steht offen. Sie hat sich mit Krister so hingestellt, daß er hinunter zu den lärmenden Maschinen sehen kann. Warme Luft und der Geruch von Öl schlägt ihnen durch die offene Tür entgegen.

»Oh«, sagt Krister andächtig, »was es hier nicht alles gibt, mein lieber Junge!«

Einer von der Mannschaft, der im Vorbeigehen hört, daß das Kind Fragen stellt, bleibt stehen und nimmt sich Zeit zum

Zeigen und Erklären. Krister sieht ihn erst ernst an, taut dann aber bald auf, deutet auf vieles und fragt.

»Du bist mir vielleicht der Richtige«, lacht der Matrose, »vielleicht wird aus dir einmal ein richtiger Seemann, wenn du groß bist!«

»Nein, das geht nicht, denn ich werde einmal Bauer, ganz bestimmt.«

Krister wird es auch nicht leid, vom Achterdeck aus auf die schaumigen Streifen des Kielwassers zu schauen, aber er klammert sich dabei fest um den Hals der Mutter.

An einem windgeschützten Plätzchen auf Lee, gleich bei dem Schornstein, setzen sie sich auf eine Bank und holen ihren Proviant hervor. Danach schläft Krister auf ihrem Schoß ein.

Gute sieben Stunden dauert die Reise. Der Dampfer schlängelt sich in die Fjorde hinein und wieder hinaus, läuft die Inseln draußen an. Zum Schluß schläft auch sie ein, den Kopf nach hinten gegen den warmen Schornstein gelehnt, sie wird von Kristers schneidender Kinderstimme geweckt. Da hebt und senkt sich der Dampfer unter ihnen.

»Sieh nur, Mama, was für große Wellen.«

Sie zeigt in die Ferne.

»Sieh nur, Krister, das ist das Meer. Talgsjyn heißt das hier.«

Das ist der Teil der Überfahrt, auf dem sie bei schlechtem Wetter jedesmal seekrank wird. Doch heute scheint sie drumherum zu kommen, auch Krister sieht aus, als würde ihm die See nichts ausmachen.

Als der Dampfer in Kristiansund anlegt, steht Ivar am Kai und nimmt sie in Empfang. Er hilft ihnen mit ihrem Gepäck, und dann erwartet Krister ein neues Abenteuer, denn Ivar führt sie hinüber zu dem glänzenden schwarzen Ford des Onkels.

Das Kind vergißt alle Verlegenheit.

»Sieh nur, Mama, wir fahren mit dem Auto!«

»Ja, ich muß schon sagen, das ist ein königlicher Empfang«, bemerkt Julie lächelnd. »Das wäre doch nicht nötig gewesen.«

»Jørgen meinte, ihr hättet viel Gepäck zu tragen, und da habe ich gedacht, es ist am besten, wenn ich mir das Auto leihe«, erwidert Ivar. Aber als er sich hinter das Lenkrad setzt, kann er nicht verbergen, wie stolz er ist.

»Du bist mir vielleicht ein ausgekochter Bursche, Ivar!«

»Das, nicht...«, sagt er und ist noch nicht so erwachsen geworden, daß er nicht mehr rot wird.

»Der Onkel und die anderen sind hoffentlich nicht beleidigt, weil ich bei Randi wohne?«

»Darüber mußt du dir keine Gedanken machen.«

»Tue ich auch nicht, denn Randi bekomme ich sehr selten zu Gesicht, und euch sehe ich ja im Sommer, wenn ihr in den Ferien zu uns kommt.«

Krister kniet auf dem Rücksitz des Autos und schaut mit großen Augen auf das Treiben der Stadt. Das vorige Mal, als sie ihn auf die Reise mitgenommen hatte, war er noch zu klein, um sich daran erinnern zu können.

»Sieh nur, Mama, wie viele Häuser es hier gibt und wie viele Menschen.«

Er jauchzt vor Vergnügen, als Ivar wegen Pferdefuhrwerken und Fußgängern, die mitten auf der Straße gehen, hupt.

»Bitte noch mal, Onkel Ivar!«

Julie kommt während der kurzen Fahrt nicht mehr dazu, sich mit Ivar zu unterhalten. Sie fahren an den Kaianlagen entlang und den Kaibakken hinauf, wo sie links abbiegen, und schon sind sie im Fløiveien, wo Randi wohnt.

Randi hat sich verändert, seit sie sie das letzte Mal gesehen hat. Sie ist dünner geworden, ihr Gesicht gezeichnet und ausgemergelt, sie sieht mitgenommen aus, aber sie freut sich über das Wiedersehen. Die beiden Mädchen, das eine in Kristers Alter, das andere ein paar Jahre älter, schauen interessiert auf den Ankömmling, der sich verlegen an die Mutter schmiegt. In der geräumigen Küche riecht es nach gebratenem Essen und gekochtem Kohl. Auf einer kleinen Herdplatte stehen Schüsseln übereinander gestapelt. Der Küchentisch ist für zwei gedeckt.

»Ja, wir haben schon gegessen, ich habe aber versucht, das Essen warm zu halten. Es ist kein Festtagsmahl, das nicht gerade, aber ihr habt bestimmt Hunger«, sagt Randi und bittet sie, am Tisch Platz zu nehmen, während sie Fischbuletten in brauner Soße, Kartoffeln und Kohl auftut. Dazu serviert sie rote Obstsuppe.

»Ich hoffe, es schmeckt euch, auch wenn es nur ein einfaches Gericht ist.«

»Es schmeckt wunderbar, Randi.«

»Wo ist der Junge hin?« flüstert Krister.

»Du meinst Hallvor?« fragt Randi. »Er ist in der Schule, aber er kommt bestimmt bald nach Hause.«

»Ich schäme mich fast, es zu gestehen«, sagt Randi, »aber ich muß euch für ein paar Stunden allein lassen.«

Eigentlich ist sie jetzt bei der Arbeit, aber sie hat sich ein paar Stunden frei geben lassen, um den Besuch in Empfang nehmen zu können. So leid es ihr auch tut, sie muß zurück und ihre Arbeit verrichten. Sie hat in einem Haus oben im Langvei zu tun, wo sie bis morgen alles in Ordnung bringen muß. Ob Julie so nett sein und darauf achten könnte, daß Hallvor etwas ißt, wenn er nach Hause kommt. Er ist es zwar gewohnt, allein zurechtzukommen, aber es passiert schon manchmal, daß er vergißt, die Kochplatte abzuschalten, und obwohl die niedrigste Stufe eingestellt ist, kann das Essen dann ungenießbar sein.

»Aber was ist mit deinen beiden Kleinen, läßt du sie immer allein?«

»O ja, sie haben gelernt, sich selbst zu versorgen.«

Oder sie kann die Kinder bei dem schönen Wetter mit auf einen Spaziergang nehmen.

Die drei Kinder schauen sich gegenseitig forschend an:

»Kommst du mit nach draußen zum Spielen?« fragt Kari, das ältere der beiden Mädchen.

»Ja, geh nur«, sagt Julie, »aber paß auf, daß du deine neuen Sachen nicht schmutzig machst, Krister.«

»Ich passe auf ihn auf, ich persönlich«, sagt Kari altklug.

Julie schaut sich die Wohnung an. So sauber und aufgeräumt überall, im Verhältnis zu dem aber, wo sie herkommt, doch sehr armselig. Im Schlafzimmer stehen zwei Betten, Randis und Yngvars Ehebett und eines, das für die Kinder sein muß. Außerdem steht hier ein Kleiderschrank, gleich neben den Wandhaken, an denen Sachen hängen. Dort sind auch schon die Trachten der Kinder für morgen aufgereiht, frisch gebügelt und fertig zum Anziehen für die Feier zum 17. Mai. Im Wohnzimmer stehen ein Sofa, eine Vitrine und in der Mitte ein runder Tisch mit Stühlen. In den Fenstern mit den weißen Häkelgardinen stehen Topfpflanzen. Randi versteht es, Gemütlichkeit um sich herum zu schaffen. Das Beste von allem jedoch ist die blau angestrichene Küche. Ein großer Küchentisch, Kochplatte und Gasherd neben dem kleinen handlichen Ofen, der mit Holz geheizt wird. Neben dem Küchenschrank ein Wasserhahn, darunter ein Eimer auf einem Hocker. Der Ausguß befindet sich draußen auf dem Flur. All das ist ein Luxus für Julie, der ihr völlig fremd ist. Am sonderbarsten an diesen Häusern sind die Toiletten, die draußen vor jeder Wohnung wie Starkästen an der Wand hängen. Sie muß dieses Örtchen aufsuchen, und es ist ihr ganz peinlich, als sie alles, was nach unten in den Sammelbehälter im Hof fließt, wie einen Wasserfall rauschen hört, und es kommt ihr so vor, als können dies alle im Haus hören. Randi hat erzählt, daß die Toiletten nachts bis in die frühen Morgenstunden hinein geleert werden. Der Elfuhrzug wird das Gefährt in der Stadt genannt, und wenn es kommt, steht ein fürchterlicher Gestank in den Straßen, in denen es Außentoiletten gibt. Es bleibt nicht aus, daß Ratten und anderes Ungeziefer angezogen werden, aber das kann man alles nicht mit dem vergleichen, wo sie vorher wohnte.

Hallvor kommt nach Hause. Er ist ein unbekümmertes und artiges Kind, das nach der ersten Verlegenheit auftaut und ihr von der Schule erzählt und was er so macht. Aus der Hinterstraße von draußen ist das Gejohle von spielenden Kindern zu hören, und sie bittet Hallvor, nach draußen zu gehen und seine Schwestern und Krister hereinzuholen, denn sie wollen zum Stausee wandern und sich die Schwäne ansehen.

Julie ist erstaunt, wie erwachsen und tüchtig Randis Kinder sind. Die Mädchen binden die Schürzen ab, und Kari holt für sich und die kleine Solveig saubere Strickjacken hervor.

»Wir müssen uns fein machen, wenn wir in die Stadt gehen«, sagt sie. »Aber du, Hallvor, mußt daran denken, daß du dich umziehst, wenn wir wieder zu Hause sind, damit die Mama nicht mit dir schimpft. Hast du daran gedacht, die Tür abzuschließen?« fragt sie ihn, als sie unten auf dem Bürgersteig stehen.

»Ich bin doch auch nicht ganz dumm.«

»Hast du den Schlüssel unter die Matte gelegt?«

»Ja, nun ist aber Schluß.«

Kari ist erst sechs Jahre alt, aber sie kümmert sich schon um alles.

Es ist ein schöner Tag mit einem strahlend blauen Himmel über dem blauen Meer. Die Luft ist scharf und klar, aber die Sonne scheint so warm, daß Julie den Mantel aufknöpfen muß. Die Bäume im Park sind mit einem frühlingsgrünen Schleier überzogen, auf den Beeten blühen Frühlingsblumen, Krokusse, Lilien und Tulpen. Zu dieser Jahreszeit kann sie nicht hier sein, ohne an die erste richtige Begegnung mit Jørgen zu denken. Wie stolz er war, als er sie in der Stadt herumführte, wie glücklich sie war. Wie sie voller Träume und großer Erwartungen an das Leben und an eine helle Zukunft waren. Wie sie nach Hause kam und heimlich verlobt war! Sie erinnert sich an ihre kindliche Begeisterung, als sie hier am Staudamm zusammen mit ihm gestanden hatte, die schönen Vögel beobachtete, die majestätischen Schwäne und die Pfauen. Die Erinnerungen an diese Tage, die sie sich immer ins Gedächtnis ruft und an denen sie sich aufrichtet, wenn ihr das Leben allzu schwer erscheint. Erinnerungen, die sie aufmuntern, die sie aber auch wehmütig stimmen und mit einer Sehnsucht erfüllen, die schmerzt.

Jetzt erlebt Krister dasselbe wie sie damals, er jauchzt über die Pfauenhähne, als sie sich mit ihren prächtigen Schwanzfedern aufplustern.

»Sieh nur, Mama, sieh!«

Wenn doch Jørgen hier wäre und das gemeinsam mit ihnen erleben könnte.

Krister ist Hallvor den ganzen Tag über auf Schritt und Tritt gefolgt, auch während er seine Hausaufgaben machte, saß er neben ihm. Hallvor geht in die zweite Klasse, und Krister schaut mit grenzenloser Bewunderung zu ihm auf. Deshalb protestiert er auch nicht, als er zusammen mit Hallvor in das aushilfsweise auf dem Fußboden des Schlafzimmers gemachte Bett muß. Die Kinder sind wegen morgen so aufgeregt, daß Randi und Julie energisch werden müssen, bevor die Kinder da drinnen zur Ruhe kommen.

Randi bricht fast in Tränen aus, als Julie ihr den Karton mit den Lebensmitteln überreicht.

»Was für ein Segen«, sagt sie überwältigt, »wenn du wüßtest, wie gut wir das gebrauchen können. Aber ist das nicht viel zuviel?«

»Das hat mir meine Schwiegermutter mitgegeben. Von mir bekommst du außerdem noch etwas extra dafür, daß wir uns bei dir einquartiert haben.«

»Na, das wäre ja noch ein Ding, Julie, wenn ich von dir als Besuch Geld nehmen würde. Kein Wort mehr davon, aber grüß deine Schwiegermutter von mir und sag ihr vielen Dank.«

»Ich hoffe, du bist mir nicht böse?«

»Wie werde ich denn, wo es mir gerade so gutgeht.«

Randi sagt, sie werde Yngvar vieles von dem, was sie mitgebracht hat, schicken. Er hat in der letzten Zeit kaum ein Fleischgericht zu Gesicht bekommen. Und wenn sie das alles für die Wochenenden aufheben wollte, würden sie hier lange Zeit wie die Made im Speck leben.

Randi macht Frikadellen und Soße und stellt alles für den nächsten Tag fertig vorbereitet in die Speisekammer. Julie kann nicht umhin, sich zu fragen, was sie dieses Mahl gekostet haben mag.

»Du hättest doch nicht bloß unseretwegen ein solches Essen zubereiten müssen.«

»Ich bitte dich, Julie«, sagt Randi mit einem scharfen Ton in der Stimme. »Ich habe den Kindern zum 17. Mai Frikadellen versprochen.«

Sie sitzen am Küchentisch, beide eine Tasse Kaffee vor sich, wie schon so viele Male im Laufe der Jahre.

»Jetzt mußt du aber erzählen, was mit Yngvar passiert ist.«

Wie Julie wohl verstehen werde, ist Yngvar nicht bei allen

sozialen Schichten in der Stadt gleichermaßen beliebt, sagt Randi. Aber beide haben sie sich Mühe gegeben, »gute Kristiansunder« zu werden, sie haben ihren Dialekt abgelegt und haben das Gefühl, sich gut in dem Milieu, zu dem sie gehören, den Arbeitern, ihrer Klasse, wie Randi sagt, eingelebt zu haben. Sie hat ihn in fast allem unterstützt, aber er kann es ja nicht lassen und engagiert sich für alles, für die großen Dinge genauso wie für die kleinen, und manchmal, meint Randi, weiß er nicht, wo die Grenzen sind. In erster Linie betrifft das die Politik. Er nutzt jede Gelegenheit, sich zum Fürsprecher der Arbeiter zu machen. Bei der nächsten Kommunalwahl hätte er die Chance gehabt, auf einen vorderen Listenplatz der Arbeiterpartei zu kommen, aber wer wird für jemanden stimmen, der Notstandsarbeiter ist? Er ist auch in der Vereinsarbeit engagiert und nicht zuletzt im Sport. Als sie ihn in Kristiania kennenlernte, war er Mitglied in einem Ringerklub. Die Sportvereine, die es hier in der Stadt gibt, hält er für zu bürgerlich. Eine Weile war er mal Mitglied und Trainer in der Ringerriege des Sportvereins Braatt, aber aus diesem Grunde ist er wieder ausgetreten. In letzter Zeit hat er sich für die Gründung von Arbeitersportvereinen in der Stadt eingesetzt, worüber Julie bestimmt etwas in den Zeitungen gelesen habe. Niemand kann bestreiten, daß Yngvar tüchtig ist, zudem hat er Ausstrahlung und Feuer, weswegen er in der politischen Landschaft der Stadt wahrgenommen wird. Auch wenn er viele Anhänger besitzt, so ist es doch kein Wunder, daß er sich auch Feinde gemacht hat, und das sind Menschen mit Macht.

Yngvar ist ein tüchtiger und zuverlässiger Arbeiter gewesen. Doch als gewählter Vertrauensmann hat er keinen Fingerbreit nachgegeben, wenn er Unrecht gegen Arbeiter aufgedeckt hat. Mehr als einmal hat sie ihn gebeten, etwas leiser aufzutreten und daran zu denken, daß er nicht nur für sich selbst verantwortlich ist, sondern eine Familie hat. Doch er hat sie nicht für voll genommen und gesagt, er hat so viele hinter sich. Er räumte allerdings ein, daß man ein wachsames Auge auf ihn hat. Dann, gleich nach Weihnachten, passierte etwas auf der Werft, was man einen Fast-Unfall nennen kann. Ein Arbeiter fiel bei der Ausführung einer Arbeit, für die Yngvar verantwortlich war, vom Gerüst. Der Unfall ging glimpflich aus, er kam mit einem gebrochenen Arm und einer leichteren Gehirnerschütterung davon, doch für die Betriebsleitung war das der Anlaß, auf den sie gewartet hatte, um Yngvar Thorsen loszuwerden. Als Yngvar an diesem Tag nach Hause kam, schäumte er vor Wut und Verzweiflung, am schlimmsten war dabei seine Enttäuschung darüber, daß seine Arbeitskollegen es nicht wagten, für ihn einzutreten. Er meldete die Kündigung bei der Gewerkschaft, doch bis jetzt konnte man ihm noch nicht helfen. Ein Trostpflaster ist es gewesen, als eine Delegation von Arbeitskollegen zu ihm nach Hause gekommen ist und sie ihm versichert haben, daß sie alles tun würden, damit er seine Arbeit so schnell wie möglich wiederbekäme. Sie sagten, man müsse in dieser Angelegenheit taktisch denken, denn sie dürften sich nicht der Gefahr aussetzen, wie Yngvar rausgeschmissen zu werden, und das ist ein Argument, das Yngvar versteht, wenn es um andere geht. Wie er sich auch immer selber verhält, von anderen erwartet er nie die gleiche Kompromißlosigkeit.

Die Zeit im Winter nach Weihnachten ist grauenhaft gewesen. Zum ersten Mal hat sie erlebt, daß auch Yngvar allen Mut verlieren kann. Er saß hier nur herum. Eine Zeit sah es schon so aus, als hätte er zu nichts mehr Lust. Sie jagte ihn hinaus. »Sieh zu, daß du etwas unternimmst«, sagte sie. »Schreib für die Zeitung, irgend etwas. Du kannst nicht herumsitzen und dich hängen lassen.«

Mitten in all dem hatte sie eine Fehlgeburt. Sie hatte sich mit der Arbeit übernommen, hatte mehr angenommen, als sie schaffen konnte. Sie verlor das Kind im dritten Monat der Schwangerschaft. Das Ganze hätte sie fast umgeworfen. Zuerst wurde sie schwanger, beide wollten sie keine Kinder mehr, sie glaubten, alle Verhaltensmaßregeln zur Verhütung beachtet zu haben, und dann verlor sie das Kind und wurde von Schuldgefühlen geplagt. Merkwürdigerweise bewirkte das nun wieder, daß Yngvar Boden unter die Füße bekam. Nun war er es, der trösten und stark sein mußte. So kamen sie beide gemeinsam darüber hinweg.

»Ach, Randi, meine Liebe, was mußt du gelitten haben. Warum hast du mich nichts davon wissen lassen?«

»Ich war in dieser Zeit einfach nicht imstande dazu, Julie. Und du hast wohl genug mit dir selber zu tun, denke ich. Dann wurde ihm die Arbeit an der Trasse zwischen Gyl und Treekrem angeboten. Vom Staat finanzierte Notstandsarbeit. Die Bezahlung ist schlecht, aber noch immer besser, als gar nichts zu haben. Seit dem ersten Mai war er nun schon nicht mehr zu Hause.«

»Das ist aber traurig für euch, wenn er morgen nicht hier sein kann.«

»Traurig? Nein, nicht für Yngvar. Er hat den 17. Mai schon seit Jahren nicht mehr gefeiert.«

»Was sagst du? Den 17. Mai nicht gefeiert?«

»Nein, hier bei uns im Haus ist der 1. Mai der eigentliche Festtag. So halten es nicht wenige in der Stadt. Viele verbieten den Kindern, am siebzehnten rauszugehen, aber ich nehme unsere immer mit. Ich will nicht, daß sie deshalb gehänselt werden, und später, wenn sie groß sind, können sie selber entscheiden, was sie tun wollen. Yngvar und ich, wir haben so manchen Streit ausgefochten, das kann ich dir sagen. So gesehen ist es fast besser, daß er nicht nach Hause gekommen ist.«

Julie ist schockiert. Jetzt sieht sie, welche Kluft es zwischen ihrem und Randis Leben gibt, und das betrifft nicht nur das Milieu und die Lebensweise, sondern auch die Einstellungen. Wenn sie darüber nachdenkt, fällt ihr ein, daß es in Øra Leute gibt, die den 17. Mai nicht feiern, die Gegner der Monarchie und des Königshauses sind, aber sie hat noch nie gehört, daß jemand seine Kinder an diesem Tag zu Hause läßt. Wie Yngvar halten sie sich von der Kirche und vom Christentum fern. Sie hat in solch einem Zusammenhang nur nie an Randi gedacht.

«Was meinst du, ob der Sozialismus eine Art Religion ist?«

»Für Menschen wie Yngvar auf alle Fälle«, erwidert Randi.

»Und du, wie denkst du darüber?«

»Na, ich stimme mit ihm in vielem überein, aber auf alle Fälle glaube ich an Gott. Damit muß er sich abfinden.«

Randi sagt, daß Yngvar das sozialistische Milieu in Julies Heimatgemeinde, in Øra, beeindruckend finde. Kurze Zeit hätte er tatsächlich mit dem Gedanken gespielt, dorthin zu ziehen. Aber das hätte sie ihm wieder ausreden können.

»Das hätte durchaus zu einer zu großen Belastung für unsere Freundschaft werden können, Julie.«

»Ach, letzten Endes hätten wir selber darüber bestimmt, aber leicht wäre es nicht geworden.«

Allein schon bei dem Gedanken daran wird es Julie heiß. Aber Randi sagt, Julie könne das gleich wieder vergessen, denn soweit sie verstehe, können Auswärtige nicht mehr einfach in das Dorf kommen und auf Arbeit hoffen. Und sie und Yngvar seien in der Stadt fest verwurzelt. Wenn sich nur alles ordnete und Yngvar seine Arbeit wiederbekäme und sie nur nicht zur Armenfürsorge gehen müßten. Der Gedanke daran bereite ihr nachts manchmal Alpträume.

Vor ein paar Jahren hat Randi beide Eltern innerhalb kurzer Zeit verloren. Eine Brustfellentzündung, die die beiden gleich nach dem Krieg bekamen, wuchs sich bei ihnen zur Tuberkulose aus.

»Begreifst du das, Julie, stark und gesund, wie sie waren?«

Randi hat einen älteren Bruder, der verheiratet ist und den Hof, auf dem sie ihre Kindheit verbrachten, übernahm. Die jüngste Schwester ist noch nicht konfirmiert und wohnt bei dem Bruder. Bevor der Vater starb, konnte er noch regeln, daß der Bruder die Geschwister, die den Hof verlassen hatten, ausbezahlen mußte. Für sie waren das ein paar Hunderter, die sie auf der Bank hat. Ihr Traum war es gewesen, sich dafür eine Dreizimmerwohnung anzuschaffen, sobald hier jemand ausziehen würde. Aber es wird jetzt wohl lange Zeit bei dem Traum bleiben. Denn nun ist das Geld ihre Versicherung gegen die Armenfürsorge, und sie versucht, solange es geht, einen Ausweg zu finden, ohne die Rücklagen anzurühren, aber in diesem Winter ist ihr das nicht gelungen.

»Du mußt denken, es ist hoffnungslos mit mir, Julie. Ich habe bestimmt den ganzen Abend nur von mir geredet. Aber es gibt ja sonst niemanden, mit dem ich über solche Dinge sprechen kann. Aber nun zu dir, wie geht es dir?«

»Im Verhältnis zu dir habe ich es sicher so gut, wie es nur jemand haben kann. Außerdem können wir über mich auch ein anderes Mal sprechen.«

»Geht es dir gut, Julie? Fühlst du dich wohl als Hausfrau und Mutter?«

»Ja, o ja, das tue ich. Mutter zu sein, das ...«

»Yngvar und ich, wir denken, wir haben nun genug mit denen zu tun, die wir haben. Es ist ja nicht damit getan, Kinder zu bekommen, man muß sie aufziehen, und aus ihnen soll auch was werden. Aber du möchtest wohl noch mehr haben, stimmt's?«

»Ich hätte zu gern eine Tochter.«

»Dann müßt ihr euch halt eine anschaffen«, sagt Randi und lächelt.

»Ich werde nicht so leicht schwanger. Du erinnerst dich bestimmt, wie es mit Krister war?«

»Aber nun hast du doch zwei. Außerdem kannst du auch froh darüber sein. Wir müssen jedesmal, wenn wir miteinander schlafen, aufpassen. Trotzdem ging es schief, wie ich dir erzählt habe. Doch wenn wir erst anfangen, über solche Dinge zu reden, dann bleiben wir bestimmt die ganze Nacht hier sitzen.«

Randi hat für Julie das Sofa im Wohnzimmer hergerichtet. Sie hätte auch bei ihr im Ehebett schlafen können, aber dann hätten sie bestimmt die ganze Nacht ununterbrochen geredet. Und jetzt ist es am besten, wenn sie schlafen gehen, denn morgen haben sie einen langen und anstrengenden Tag vor sich.

Julie liegt wach und lauscht auf all die fremden Geräusche, Türenschlagen, Gejohle von Leuten, die bestimmt schon mit dem Feiern begonnen haben, ein weinendes Kind. Sie muß daran denken, was Randi ihr erzählt hat. Wie verschieden das Leben ist, das sie beide führen, trotzdem gibt es, von ihren engsten Angehörigen abgesehen, keinen Menschen, dem sie sich so verbunden fühlt.

Die Kinder wachen in aller Frühe auf und sind blaß vor Erwartung und Spannung. In den frühen Morgenstunden liegt Nebel vom Meer über der Stadt, doch bevor sie gefrühstückt und sich fein gemacht haben, schlägt das Wetter um, und der Wind kommt von Südost. Über der Kirchturmspitze und den Dächern stößt die Sonne mit scharfen Pfeilen durch den Nebeldunst, und ein frischer Wind bläst den Nebel fort. Über den Grünflächen und in der geschmückten Stadt flattern Fahnen im Wind, Blasmusik, die zu hören ist, läßt die Erwartungen der Kinder noch höher steigen.

Als erster verläßt Hallvor das Haus, er geht in seiner Schulhose, hat aber die neue Jacke an, die ihm Randi zum 1. Mai genäht hat. Er geht in die Schule, wo sich seine Klasse zur Aufstellung für den Kinderumzug trifft. Die beiden Mädchen haben zum 1. Mai auch neue Sachen bekommen. Sie sind gleich angezogen, haben blaue Kleider aus Barchent an, und obwohl der Stoff billig ist, hat Randi als Schmuck weiße Schnüre und Biesen aufgesetzt, dazu noch eine lange Leiste mit Knöpfen, und zwar aus demselben weißen Stoff wie die großen Kragen über den Schultern. Dazu weiße Strickjacken, weiße Strümpfe und weiße Stoffschuhe mit Riemen über dem Spann, riesige blaue Seidenschleifen in den hellblonden Haaren, die sie die Nacht über zu Zöpfen geflochten trugen und jetzt in einer Wolke von gekräuselten Locken bis zum Rükken reichen. Hallvor hat Randis rotblonde Locken geerbt, die Mädchen Yngvars helles, glattes Haar, aber ansonsten haben sie mehr Ähnlichkeit mit Randi. Dasselbe runde, freundliche Gesicht, dasselbe Sommersprossengesprenkel über der Nase. Wie sie so fertig angezogen und steif in ihrer Festkleidung dastehen, sind sie der Beweis für Randis Tüchtigkeit, und sie sind ihr Stolz.

»Wie es auch immer steht, die Kinder müssen wie Menschen aussehen«, meint sie.

Sie habe überlegt, sagt sie, ob sie den Mädchen die Haare kurz schneiden solle, aber bisher habe sie es noch nicht übers Herz gebracht.

»Das solltest du lieber bleiben lassen«, sagt Julie.

»Willst du dir nicht die Haare abschneiden, Julie. Dir würde das stehen.«

»Die Haare abschneiden? Du, das würde ein Spektakel geben.«

Randi hat kurze Haare, eine modische Frisur, im Nacken kurz geschnitten und zum Gesicht hin länger werdend. Über den Ohren trägt sie Haarspangen, um die wilden Locken zu bändigen.

»Ihr seht aber schön aus«, sagt Julie zu den beiden Mädchen.

»Ja, aber der Krister auch«, erwidert Kari.

»Für einen Jungen sieht er ja beinahe zu schön aus«, flüstert Randi Julie heimlich zu.

Krister trägt den Matrosenanzug, den sie ihm zu Weihnachten genäht hat, dunkelblau mit Kniehose, an einer roten Kordel die Signalpfeife in der Brusttasche, dunkelblaue Strümpfe und schwarze Lackschuhe. Unter der Bluse hat er einen Wollpullover an, damit er nicht friert. Mit Randis Worten im Ohr bleibt sie stehen und betrachtet ihren Sohn. Die schwarzen Haare fallen in dicken Locken über die Stirn, die golden schimmernde Haut, diese reinen Gesichtszüge, die kurze, gerade Nase, Grübchen, die Andeutung einer Kinnspalte, aber in erster Linie sind es die Augen, braun und ernst dreinschauend, umrahmt von dichten, dunklen Wimpern, die fast zu lang sind für einen Jungen. Ja, Randi hat recht, ihr Junge ist hübsch, und für einen kurzen Augenblick der Angst durchfährt sie der Gedanke, was das Leben für dieses Kind wohl bereithalten mag.

Vor Ungeduld treten die Kinder von einem Bein auf das andere. Randi bindet ihnen die Maischleifen um und gibt ihnen die frisch geplätteten Fahnen.

»Gehen wir nicht bald los?«

»Hört auf zu quengeln, wir haben noch viel Zeit, wir müssen uns auch noch zurechtmachen, wir Erwachsenen«, schimpft Randi und beordert sie in die Küche, wo sich jeder auf einen Stuhl setzen muß. Und wehe, wenn sie sich schmutzig machen, noch bevor es losgeht.

Randi trägt einen olivgrünen, knielangen Mantel, dazu einen Rock in derselben Farbe, der bis an die Wade reicht.

Eine weiße Bluse und einen weißen Leinenhut in Eimerfasson mit einer Stoffrose auf der Krempe, an den Füßen weiße Leinenschuhe mit halbhohen Absätzen und Riemen über dem Rist. Julie erkennt den Mantel wieder. Jetzt sieht sie, er ist umgenäht wie ihrer auch. Sie hat denselben Rock und Mantel an wie auf der Reise, aber eine neue weiße Bluse mit Rüschen am Hals. Schwarze Lederschuhe in derselben Art wie Randi. Aber sie geht ohne Hut. Sie hatte keinen passenden gefunden; die Hüte, die sie besitzt, sind unmodern, die kann sie nicht mehr tragen. Sie ärgert sich jetzt ein bißchen, daß sie sich gestern hier keinen neuen gekauft hat, aber ihre Überlegung war, daß sie damit warten kann, bis sie nach Molde kommt. Der Vater hatte etwas von einem Kleidereinkauf angedeutet.

Die Stadt ist festlich geschmückt. Heute erinnert nichts daran, wie schwer die Zeiten sind. Keine roten Fahnen und kämpferischen Demonstrationsschilder, an diesem Tag soll dergleichen vergessen sein. Die Boote und Schiffe im Hafen haben geflaggt und sind mit farbenprächtigen Wimpeln geschmückt. Die Schaufenster sind mit Fahnen und Birkengrün dekoriert, das um die Rahmen der Bilder der Königsfamilie gesteckt ist. Den Kaibakken und den Langveien entlang bilden Flaggen eine zusammenhängende Fahnenburg. Getünchte Gräber, würde Yngvar sagen, bemerkt Randi, und daß die Kommune nicht mit Geld spare.

Die Straßen füllen sich mit Menschen, die sich entlang der Bürgersteige versammeln, um auf den Umzug der Kinder zu warten. Julie läßt sich von der fröhlichen Stimmung anstekken. Sie verdrängt die innere Unruhe, die sie verspürt, wenn ihre Gedanken zu Jørgen und dem kleinen Jostein wandern.

Sie gehen dem Umzug entgegen und halten Ausschau nach einem Platz, von dem aus sie Hallvor abfangen können. Da sieht Julie Familie Storvik auf dem Bürgersteig auf sie zukommen. Da, wo sie gehen, ragen sie aus der Menge heraus. Erling Storvik mit Filzhut, Jackett und gestreifter Hose dazu, Ivar im dunklen Anzug und mit Studentenmütze, Selma in einem hellen, eleganten Frühlingskostüm und mit einem ebenso eleganten Hut. All das bewirkt, daß Julie sich unpassend angezogen und unförmig vorkommt, aber sie kann dieser Begegnung nicht ausweichen. Sie sieht, daß sie sie schon bemerkt haben. Sie begrüßen sie lächelnd mit Handschlag und wünschen ihr viel Spaß am heutigen Tag. Als sie ihnen Randi vorstellt, verzieht keiner von ihnen eine Miene, und sie sagen ihr genauso lächelnd guten Tag.

»Dann sind Sie Julies Freundin?« fragt Selma. »Wie schön, Sie kennenzulernen. Und dort ist der kleine – Kristoffer.«

»Krister«, sagt das Kind ernst.

»Ja, das stimmt, du nennst dich Krister. Wie groß du geworden bist, seit wir dich zuletzt gesehen haben«, sagt Selma und streicht ihm über das Haar. »Und Jørgen und der Kleine, die konnten dich nicht begleiten?« fragt sie, an Julie gewandt.

Julie spürt, daß ihre Wangen heiß werden.

»Nein, Jørgen hat keine Zeit, und der Kleine ist halt noch zu klein für eine so lange Reise, wenn ich allein unterwegs bin.«

»Ja, ich hab' das von Jørgen gehört.«

Nach dem Festtagsgottesdienst in der Kirche, sagt Storvik, habe er ein paar Freunde zu sich nach Hause zu Kaffee und zu einem Gläschen Portwein eingeladen. Ob Julie nicht kommen und ihnen Gesellschaft leisten wolle.

»Ja, Sie sind auch herzlich willkommen«, sagt er zu Randi.

Die Storviks wissen, was sich gehört, aber Randi hätte er bestimmt nicht eingeladen, wenn er davon ausgegangen wäre, daß Julie die Einladung angenommen hätte. Denn selbstverständlich lehnt Julie dankend ab, sagt, sie müssen sich um die Kinder an diesem für sie so wichtigen Tag kümmern. Selma sagt, Julie müsse auf dem Rückweg auf jeden Fall bei ihnen wohnen.

»Ja, denn du weißt doch, daß du uns *jederzeit* willkommen bist?«

»Was für einen komischen Hut der Onkel Erling aufhatte!« sagt Krister, als sie gegangen sind. »So einen Hut hat der Großvater auch, er hat ihn bestimmt noch, aber er setzt ihn nicht mehr auf.«

»Jedenfalls nicht bei uns im Dorf«, sagt Julie.

»Daß du bei mir wohnst, ist wohl nicht so gut aufgenommen worden?«

»Ach, das ...«

»Portwein in feiner Gesellschaft beim Bankchef. Wenn ich mir vorstelle, ich in diesen Kreisen. Das wäre was für Yngvar gewesen«, sagt Randi kichernd.

Der Kinderumzug kommt auf den Markt marschiert. Krister jubelt in heller Freude über die Musikkorps, über die vielen Kinder, Julie muß ihn auf den Arm nehmen, damit er alles sehen kann.

»Sieh nur, dort ist Hallvor«, kreischt er.

Wer nach dem Kinderumzug in der Kirche keinen Platz findet, geht zum Kaffeetrinken nach Hause oder in ein Café oder Restaurant. Julie und Randi gehen mit den Kindern nach Hause, um zeitig Mittag zu essen, so daß sie den Rest des Tages für alles, was noch kommt, zur freien Verfügung haben. Es rührt Julie, die Freude der Kinder über das gute Essen zu sehen.

»Das ist ja hier fast wie Weihnachten, Mama«, sagt Kari.

Der Tag vergeht wie im Flug. Sie eilen von einer Veranstaltung zur nächsten. Der Umzug der Einwohner ist ein festlicher Anblick mit all den Verbänden und Vereinen, die unter ihren Fahnen aufmarschieren. Hier sind die Turner und die Krankenpfleger in ihren verschiedenen Trachten. Julie und Krister, die so etwas noch nicht gesehen haben, verschlägt es fast den Atem. In Vågen veranstaltet der Ruderclub eine Regatta. Dort gibt es ein Wettrudern mit Vierriemen- und Geitbooten rund um Innlandet. Daran nehmen auch Gäste aus der Umgebung teil. All das sind große Erlebnisse für Krister, doch den Höhepunkt bilden die Veranstaltungen für groß und klein auf dem Sportplatz. Den meisten Spaß gibt es beim Stangenklettern.

Die Stange, an der die Jungen ihre Kletterkünste zeigen können, steht mitten auf dem Platz. Sie ist mit Kernseife eingeschmiert, und an der Spitze hängen verlockende, tolle Preise. Es sind geräucherte Dauerwürste dabei und Leckerbissen der verschiedensten Art, Kochtöpfe und andere Haushaltsgeräte. Wer es bis nach oben schafft, kann versuchen, etwas davon zu erhaschen. Vor der Stange steht eine lange Schlange. Einige schaffen es lediglich ein kleines Stück hinauf und rutschen dann wieder herunter, manche kommen bis ganz nach oben, ohne daß es ihnen gelingt, etwas von den Herrlichkeiten zu ergattern. Andere lassen sich mit der Beute, die sie geholt haben, souverän heruntergleiten. Einer, der das schafft, ist Hallvor; mit einer Wurst in den Händen kommt er zu seiner Mutter.

»Du lieber Himmel, das ist ja ein erfolgreicher Tag«, sagt sie überwältigt. Hallvor läuft schnell wieder zu der Schlange hin, kommt jedoch gleich wieder zurück. Er durfte es nicht noch einmal versuchen, weil er bereits einen der Preise gekapert hat.

Nach den Spielen für die Kinder führt der Turnverein etwas vor, und zum Abschluß kommt das große Ereignis des

Tages, die Ringer veranstalten Schaukämpfe. Mehrere Ringkämpfer aus Kristiansund haben international Erfolg und sind die Helden der Stadt. Ein ohrenbetäubender Jubel bricht aus, als Arne Gaupseth das Podium betritt. Er hat Norwegen bei den Olympischen Spielen 1924 vertreten und erreichte einen achtbaren fünften Platz.

An Randis Küchentisch lassen sie den Tag mit Kakao und selbstgebackenen Brötchen ausklingen. Die Kinder, die nach den Erlebnissen an diesem Tag müde sind, gehen ohne Protest ins Bett. Und schon nach wenigen Minuten ist es an diesem Abend im Schlafzimmer still.

Randi und Julie sind auch erschöpft. Nachdem Ruhe in das Haus eingekehrt ist, sitzen sie noch zusammen bei einer Tasse Kaffee.

Randi sagt, Julie hätte wohl eigentlich an der Abendveranstaltung im Festsaal teilnehmen müssen, Ivar spiele dort im Symphonieorchester, und Erling Storvik halte die Festrede.

»Wenn du Lust hast hinzugehen, dann mußt du dich beeilen. Krister ist hier gut aufgehoben, wie du weißt.«

»Ich weiß, daß Storvik die Rede hält, aber sie müssen mich entschuldigen. Heute kann ich nicht mehr.«

»Ich hoffe, ich habe dich heute nicht beleidigt mit dem, was ich zu der Einladung von Storviks gesagt habe? Du weißt ja, wie ich bin, ich rede, bevor ich denke.«

»Beleidigt? Nein, überhaupt nicht.«

Es sei ja auch so, sagt Randi, sie könne über Storviks überhaupt nichts Schlechtes sagen. Sie kennt Frauen, die dort im Hause arbeiten, und die sagen über Frau Storvik nur Gutes. Sie selber aber, die bei den vornehmsten Familien in der Stadt saubermacht und auch zu festlichen Anlässen kocht, hat das

Storviksche Haus vermieden. Da sie Julies Freundin ist, wäre das schwierig geworden.

Julie sagt, es sind angenehme Menschen, nett und gastfreundlich, daran hapert es nicht. Aber sie führen ein so anderes Leben als sie, von Randis Leben ganz zu schweigen.

Als Randi sie weckt, hat sie das Gefühl, gerade eben eingeschlafen zu sein.

»Auf Nordlandet ist die Fahne bei der Fischverarbeitung hochgezogen worden«, flüstert sie. »Das bedeutet, Fisch ist angekommen. Ich muß mich beeilen, daß ich hinkomme.«

Die beiden kleinen Mädchen stehen schlaftrunken und fröstelnd hinter ihr in der Tür.

»Nimmst du sie mit?«

Ja, sagt Randi, Kari habe schon gelernt, sich nützlich zu machen, das gäbe noch ein paar Øre extra pro Tag. Und auch die Kleine wisse, daß sie nicht im Weg herumstehen dürfe, und deshalb nimmt sie die Mädchen mit. Julie müsse sich selbst versorgen, bevor sie abfahren, und so tun, als ob sie hier zu Hause sei. Und ob sie, bevor sie losgehe, darauf achten könnte, daß Hallvor aufsteht, damit er rechtzeitig in die Schule kommt? So ist Randis Alltag.

Seitdem Jørgen die beiden zum Dampfer gebracht hat, kommt er sich wie von Dunkelheit umgeben vor. Leere und Fremdheit in der Küche, in den Zimmern, bei Tisch. Stumm und mit finsterem Gesicht nimmt er an den Mahlzeiten teil und vermißt Kristers Stimme und seine unaufhörliche Fragerei. Einsilbig antwortet er auf die leicht zu durchschauenden Beschwichtigungsversuche der Mutter und von Astrid. Ebenso spricht er mit dem Vater, wenn es um die Arbeit geht, die ansteht. In seinem Innern baut sich ein wachsender Zorn auf. Nicht gegen Julie, sondern gegen die anderen um ihn herum, die schuld daran sind, daß alles so gekommen ist, wie es ist. Und darunter, tief im verborgenen schwelt Angst, eine unbekannte Angst und eine Unruhe, die ihm die Brust zusammenschnüren.

Den 17. Mai bringt er irgendwie hinter sich. Nachdem sie fertig angezogen sind und zu den Feierlichkeiten aufbrechen, kommt es zu einem Zusammenstoß mit seiner Mutter. Er besteht darauf, daß er selbst Jostein im Kinderwagen mitnimmt und beginnt, ihn den Hofweg hinunterzuschieben. Hastig kommt ihm die Mutter nachgelaufen.

»Was ist denn mit dir los?«

»Das ist mein Sohn.«

»Willst du dich etwa vor allen im Dorf blamieren?« faucht sie.

»Benimm dich bloß, wie es sich für anständige Leute gehört«, sagt sie und nimmt ihm den Wagen weg.

In diesem Jahr beginnt der Tag mit einem Festgottesdienst

in der Kirche. Die Gottesdienste finden abwechselnd in den drei Kirchen der Pfarrei statt, dieses Mal sind sie dran. Danach wird Einzug ins Jugendhaus gehalten, wo der Tag gefeiert werden soll. Die Kirche ist brechend voll, die Leute stehen in den Gängen und sogar bis draußen auf den Vorplatz. Als die Orgel einsetzt und die Nationalhymne durch den Raum tönt, zieht sich seine Brust schmerzvoll zusammen. Bis an die Grenze des Erträglichen.

Jostein sitzt auf seinem Schoß und ist merkwürdigerweise ruhig, er nickt ein und schläft während des Gottesdienstes in seinen Armen. Die Körperwärme des Kindes breitet sich wie Blei in seinen Gliedern aus und verstärkt das Durcheinander seiner Gefühle. Hinterher kann er sich kaum an den Gottesdienst erinnern.

Im Verlaufe des Tages muß Jørgen viele Sticheleien wegen seiner Frau, die weggefahren ist, ertragen. Nachdem der formelle Teil der Feier im Jugendhaus mit Auftritten des Chores, des Blasorchesters und mit der Festrede vorbei ist, geht er nach Hause.

Als er durch das ausgestorbene Dorf geht, hat er das Gefühl, der einzige Mensch zu sein, den es hier gibt. Die Fahnen über den Grünflächen, vor dem Blau des Fjords flattern in dem frischen Wind, außer ihm ist kein einziger Mensch auf der Straße, die Häuser, an denen er vorbeikommt, sind geschmückt und verlassen, still und öde die Höfe. Als er zu Hause ist, will er gleich ins Bett, die letzte Nacht hat er fast nicht geschlafen, vermißte Julie, die Geräusche von den Kindern, von ihr. Jetzt geht er in das Zimmer und sieht, daß Astrid das Bett frisch bezogen und den Raum saubergemacht hat. Es riecht nur nach Seife, nicht nach Julie. Er gräbt sein Gesicht in das Kissen und kann sich nicht mehr zurückhalten. Er, ein erwachsener Mann, liegt im Bett und weint. Er weiß gar nicht mehr, wann das das letzte Mal vorgekommen ist. Er weint aus Angst und vor Entsetzen, daß er sie verlieren könnte. Jetzt sollte sie ihn sehen.

Josteins Weinen, Stimmen in der Küche, Geklapper von Gefäßen und Geschirr wecken ihn. Dann steht die Mutter in der Tür.

»Du liegst im Bett?«

»Ja, ich war müde.«

»Du bist zeitiger gegangen?«

»Ja.«

»Du kannst jetzt essen kommen.«

Wenn ihm das doch erspart bliebe, wenn er doch weiterschlafen könnte, nur schlafen und alles andere vergessen.

Doch es gibt kein Entkommen, er muß bei Tisch sitzen und so tun, als ob alles in Ordnung sei. Auch vor dem Fest am Abend im Jugendhaus gibt es kein Entkommen. Er ist Vorsitzender des Jugendvereins und soll durch das Programm führen, das wurde schon vor langem festgelegt.

Er hilft der Laienspielgruppe beim Schminken für die Aufführung, die unter seiner Leitung eingeübt wurde. Es ist Tradition, daß der Jugendverein am 17. Mai ein Theaterstück aufführt. Meistens studieren sie drei Stücke im Jahr ein; eins wird an diesem Abend, eins auf dem traditionellen Herbstfest und ein weiteres zu Weihnachten aufgeführt. In der Küche, die ihnen als Garderobe dient, herrscht Lampenfieber, es riecht nach Schminke und Schweiß, gemischt mit dem Duft von frisch gekochtem Kaffee, der in großen Kupferkesseln auf dem Herd für das Fest bereitsteht.

Das Jugendhaus ist bis auf den letzten Platz gefüllt. Alle, die keine Sitzgelegenheit gefunden haben, stehen im Gang und an den Wänden entlang. Das Fest wird traditionell mit der Nationalhymne eröffnet. Astrid begleitet den Gesang auf dem Klavier. Danach spielt sie noch ein paar Stücke. Im Jugendhaus gibt es kein Klavier, deshalb wurde das Instrument für diesen Zweck von Storvik hierhergebracht. Als nächstes steht der Chor von Øra auf dem Programm. Bevor Jørgen den Redner des Abends ankündigen kann, werden all die bekannten Heimatlieder gesungen wie »Mein Land will ich wahren«, »Es liegt ein Land vor dem ewigen Schnee«, »Altes Noreg, nördlichstes Land«, »Norge, mein Norge«, »Wenn der Fjorde Blau ich seh«. In diesem Jahr hat der Geschäftsführer der Holzschleiferei die Ehre, die Rede zu halten. Es ist eine Huldigung des Grundgesetzes, von Königshaus und Vaterland, großartige und pompöse Worte, wie eine solche Rede eben sein soll, ohne Streitpunkte und irgendwelcher politischer Anspielungen.

Dieser festliche Teil des Programms wird mit einem gemeinschaftlichen Gebet abgeschlossen, und von dem Kirchenlied »Gott segne dich, teures Vaterland« singen sie die obligatorischen drei Strophen, die zu solchen Anlässen immer gesungen werden. Danach kündigt Jørgen eine kurze Pause an, bevor es mit der Aufführung, dem großen Ereignis des Abends, losgehen soll. Jetzt fängt das Vergnügen erst richtig an, und nicht wenige Männer nutzen die Pause, um sich draußen einen großen Schluck aus der Flasche zu genehmigen.

Jørgen steht hinter den Kulissen und versucht, die nervösen Akteure zu beruhigen, doch als erste Lachsalven durch den Saal schallen, bekommen sie allmählich Spaß an dem Spiel und ernten schließlich donnernden Applaus.

In der Küche herrscht beim Abschminken und Umziehen ein totales Chaos. In der Ecke hinter einem Wollvorhang ziehen sich die Mädchen um, ungeduldig klopfen die Küchenfrauen an die Tür und wollen rein, um den Kaffeeverkauf vorzubereiten, sie kreischen auf, als sie die Tür öffnen und die Männer da drinnen zu Gesicht bekommen, die mehr oder weniger bekleidet sind.

»Warum kommt ihr nicht rein, ihr werdet doch schon mal einen Mann in Unterhosen gesehen haben?« schallt es ihnen gutgelaunt entgegen.

»Hat man denn sowas schon gehört?« kichern die Frauen.

Jørgen atmet auf, hängt seine Jacke über den Stuhl, krempelt die Ärmel hoch, lockert den Schlips und öffnet den Hemdkragen. Das hat er anständig hinter sich gebracht, denkt er, und ohne daß ihm jemand angesehen hat, wie es in seinem Innern wirklich aussieht.

»Das war doch gut«, hört er von allen Seiten, und man klopft ihm auf die Schulter.

»Ja, das war in Ordnung«, sagt er.

Nun kreist die Flasche.

»Nimm einen richtigen Schluck, Jørgen, du hast es verdient.«

Er weiß, daß er das nicht ablehnen kann, doch er benetzt kaum die Zunge mit dem starken Getränk. Heute abend will er nüchtern bleiben, fürchtet, daß er, wenn er zuviel getrunken hat, zu hitzig auf die gutmütigen Hänseleien seiner Freunde reagieren und sich zu Äußerungen hinreißen lassen könnte, über die er sich hinterher nur ärgern würde. Denn böse gemeint ist das ja alles nicht. Wenn er die Sache aus ihrem Blickwinkel betrachtet, ist es schon seltsam, daß sie gerade jetzt, unmittelbar vor dem größten Festtag des Jahres, verreisen mußte. Hätte sie nicht warten können, bis das hier vorüber ist, dann wäre ihm das Spießrutenlaufen erspart geblieben.

Der Saal ist zum Tanzen hergerichtet, für die Musik sorgen zwei Akkordeonspieler.

»Nun nutze heute abend die Gelegenheit als Strohwitwer und amüsiere dich mit den jungen Mädchen, Jørgen.«

Er lächelt nur, tanzt aber nacheinander mit allen Mädchen,

die an der Aufführung beteiligt waren, er tanzt mit den Frauen in der Küche und mit denen, die dem Festkomitee angehören. Niemand soll kommen und sagen, Jørgen Storvik wisse nicht, was sich gehört. Für gewöhnlich tanzt er auch immer mit der Schwester eine Runde, wenn sie gemeinsam ausgehen, doch er kann Astrid nicht finden. Auch gut, denkt er, er hat damit getan, was von ihm erwartet wurde, und kann nun das Fest mit gutem Gewissen verlassen.

Unten auf der Straße trifft er einen Freund.

»Sag bloß, du willst schon nach Hause, Jørgen? Du, der ohne Eheweib unterwegs ist heute abend! Das müßte mir mal passieren. Eine solche Gelegenheit ohne Weib am Hacken würde ich mir nicht entgehen lassen.«

Während er langsam in dem blauschummrigen Maiabend dahinradelt, folgt ihm die Tanzmusik, die aus dem Jugendhaus noch zu hören ist. Ein würziger Geruch kommt von den Äckern, auf denen es grünt und sprießt, es riecht stark nach feuchter Erde und nach Meer. An einem Abend wie diesem sollte man nicht allein sein, denkt Jørgen gekränkt. Da muß man zu zweit sein. Dieser Abend war für sie sonst immer eine der seltenen Gelegenheiten zum Tanzen. Beide tanzen sie furchtbar gern, in den zurückliegenden Jahren haben sie viel zusammen getanzt, leicht wie eine Feder ist sie in seinen Armen.

Als er zu Hause ankommt, sitzt Astrid allein in der Küche. Die Eltern sind schon im Bett.

»Du hier? Bist du gar nicht auf dem Fest?«

»Nein, ich bin nach Hause gegangen. Du hast deine Sache gut gemacht«, sagt sie, um abzulenken. »Die Aufführung war gut.«

»Wieso bleibst du denn zu Hause, wenn die Jugend sich auf dem Fest trifft? Was glaubst du denn, wie das endet, wenn du so weitermachst?«

»Ich denke, das ist meine eigene Sache«, sagt sie und heftet ihre Augen auf ihn.

Sie geht, und wenig später hört er ihre Schritte in dem Zimmer über der Küche. Von wilder Wut gepackt, springt er die Treppe hoch, reißt die Tür auf. Sie sitzt bereits auf der Bettkante und ist dabei, sich auszuziehen.

»Du legst dich nicht in mein Bett!«

»Was willst du von mir?«

»Ich sage, ich will in meinem eigenen Bett schlafen.«

«Du meinst also, ich soll das Baby mit zu mir rübernehmen. Es wach machen, obwohl es fest schläft?«

»Das Kind bleibt hier.«

»Was machst du denn für Faxen, Jørgen. Bist du betrunken? Du weißt doch, daß das Kind nachts aufwacht.«

»Ich habe nichts getrunken, gar nichts. Und niemand weiß wohl besser als ich, was für einen Spektakel das Kind machen kann. Ich bin sein Vater.«

»Ich glaube, du bist heute abend nicht ganz bei Trost, Jørgen. Ich nehme das Kind jetzt mit, und morgen können wir dann weiterreden«, sagt Astrid und geht auf das Kinderbett zu.

»Du rührst es nicht an! Das ist mein Kind, nicht deins!«

Astrid bleibt unvermittelt stehen, schaut ihn lange an und geht. Er weiß, daß er sie jetzt verletzt hat, das war in ihren Augen zu sehen, doch er will den Kleinen bei sich haben, anders wußte er sich nicht zu helfen. Er beugt sich über das Kind im Bett, streicht ihm vorsichtig das Haar aus der feuchten Stirn. Lautlos zieht er sich aus, liegt wach, bis das Zwielicht im Zimmer dem Morgengrauen weicht, wild durcheinander wie Ameisen schwirren ihm die Gedanken durch den müden Kopf. Schließlich muß er wohl eingeschlafen sein, denn das wohlbekannte und wütende Geschrei von Jostein weckt ihn auf.

Er nimmt das Kind hoch, und Jostein streckt die Arme in Richtung des Ehebettes. Dann sieht er überrascht, daß es leer ist, schaut den Vater erstaunt an und hört plötzlich zu weinen auf.

»Du dachtest, die Mama ist hier, mein armes Kind«, sagt Jørgen. »Nein, die Mama ist nicht da, aber sie kommt wieder, bald kommt sie wieder. Und so naß bist du wieder. Dein Papa legt dich trocken.«

Zum ersten Mal in seinem Leben wechselt er die Windeln eines Babys. Glücklicherweise ist die Windel nur naß, nicht mehr. Ihm fällt ein, daß Julie gesagt hat, das große Geschäft macht er nach der Morgenmahlzeit. Mit ungeschickten Händen wickelt er das Kind, das er auf das Bett gelegt hat. Erst die Windeln, darüber den Windelhalter, ein dreieckiges Tuch aus geöltem Leinen, und zum Schluß ein Höschen. Nur gut, daß er gesehen hat, wie Julie das immer macht. Das Baby liegt mucksmäuschenstill und schaut ihn mit großen Augen an.

Plötzlich nimmt er hinter der Tür schleichende Schritte wahr, hört, wie sie sich wieder entfernen, er weiß, daß das Astrid war.

»Siehst du«, sagt er, »dein Vater hat es geschafft. Und er hat dir nicht einmal die Sicherheitsnadel in den Bauch gepikst.«

Da lächelt ihm das Kind zu, fängt an zu plappern und bricht in glucksende Lacher aus. Davon ist Jørgen so ergriffen, daß ihm eine heiße Welle durch den Körper fährt. Er nimmt das Kind hoch und drückt es an seine Brust.

»Nein, so ein Kind, du bist Papas Junge, glaube ich«, sagt er mit belegter Stimme.

Aus der Tasse, die abgedeckt auf dem Nachttisch bereitsteht, gibt er Jostein Saft. Er trinkt gierig und ohne zu protestieren, läßt dabei aber den Blick nicht vom Vater und schaut ihn über den Tassenrand aus großen und verwunderten Augen an. Erst als Jørgen ihn ins Bett zurücklegt, fängt er wieder zu weinen an.

»Willst du lieber bei mir schlafen?«

Er weiß, daß es das Dümmste ist, was er tun kann, weiß, was sie, wenn sie das wüßte, dazu sagen würde, daß er das Kind verwöhnt, aber die Verlockung ist zu groß.

Er liegt da und betrachtet das Baby, das in seinen Armen schläft. Sein Gesichtchen, das Zufriedenheit ausstrahlt, die Wimpern, die Schatten über die Wangen werfen, die rotblonden Locken, der Daumen, der halb aus dem Mund gerutscht ist, der Speichel, der am Kinn herunterläuft. Er beobachtet das mit einer Verwunderung und mit einer Zärtlichkeit, wie er sie so noch nie zuvor empfunden hat. Zum ersten Mal sieht er, wie vollkommen ein kleines Kind ist. Erneut spürt er, wie sich die Wärme von dem Kind auf seinen Körper überträgt. Dann überfällt ihn wieder Angst. Was, wenn sie nicht zurückkommt? Nein, das kann ja nicht sein. Sie wird doch nicht für immer von hier abgereist sein, sie wird ihn doch nicht allein lassen, ihr eigenes Kind nicht im Stich lassen, nicht ein Kind wie dieses.

Am liebsten würde er das Baby bei sich behalten, bis der Morgen kommt, nur widerwillig legt er es in sein Bettchen zurück. Voller Verwunderung über das gerade Erlebte bleibt er liegen. Und wie artig er war. Er weiß ganz genau, mit der Mama kann er es machen, der kleine Troll.

Genauso wunderbar ist es am Morgen, von Josteins Geplapper und Gekrähe geweckt zu werden. Über die Seitenwand des Bettes gelehnt, streckt er dem Vater die Arme entgegen. Jørgen nimmt ihn hoch, holt ein Paar Socken hervor und zieht sie ihm an.

»Damit du keine kalten Füße bekommst und nicht noch krank bist, wenn die Mama nach Hause kommt.«

Während Jørgen sich anzieht, stapft der Kleine auf wackligen Beinchen im Zimmer umher. Er nimmt Jostein auf den Arm, geht nach unten in die Küche und setzt ihn auf dem Fußboden ab. Astrid nimmt das Kind und beginnt es zu versorgen wie jeden Morgen. Der nächtliche Zwischenfall wird mit keinem Wort erwähnt, doch er weiß, daß er dieses Mal eine Grenze überschritten hat. Es hilft nichts, er möchte das Kind nachts bei sich haben, bis sie wieder nach Hause kommt.

Als der Vater sie vom Kai abholt und während sie die schmale Straße durch das Dorf fahren, fällt ein leichter Nieselregen. Regenwolken hängen in Schwaden an den Felswänden der Berge auf beiden Seiten, und ihr wird wieder bewußt, wie eng es hier ist, so ganz anders, als sie es sich in Gedanken vorstellt, wenn sie auf Storvik von Heimweh geplagt wird. Die Gerüche sind auch anders, hier, in dem engen Fjordarm, ist von einem frischem Wind vom Meer, wie er ihr in Storvik so gefällt, kaum etwas zu spüren, doch sie erkennt diese Gerüche wieder, Gerüche, die ihr sagen, daß sie zu Hause ist. Auf dem Hof blüht der große Traubenkirschbaum und übertäubt alle anderen Gerüche.

»Die Freude ist jetzt groß bei deiner Mutter und deinen Geschwistern«, sagt der Vater, während er ihnen aus der Kutsche hilft.

Die Mutter steht zum Empfang auf der Treppe. Dahinter in der Tür die Kinder in ihren Sonntagssachen. In diesem Moment spürt sie erst richtig, wie sehr sie sie alle vermißt hat. Der Mutter entgeht das wohl nicht, denn sie begnügt sich nicht einfach damit, Julie nur die Hand zum Willkommensgruß zu reichen, sondern sie umarmt sie ganz schnell, etwas, das sie unter anderen Umständen verlegen machen würde, Erwachsene berühren sich auf diese Weise nie, es sei denn, aus einem ganz besonderen Anlaß, und dann auch nur, wenn sie zu zweit sind.

»Willkommen daheim, mein Kind. Und du, Krister, nein, wie groß du geworden bist«, sagt sie und nimmt ihn auf den Arm.

Krister mustert sie mit einem prüfenden Blick, windet sich vorsichtig aus ihren Armen.

»Diese Augen«, sagt sie und fährt im selben Moment zusammen. Julie weiß, woran sie denkt.

Sie steht in der gemütlichen, blaugestrichenen Küche, alles ist ihr wohlbekannt und vertraut, zugleich aber auch fremd. Krister hängt ihr am Rockzipfel.

»Wie schade, daß du alleine gekommen bist. Ich hatte mich so darauf gefreut, den Kleinen zu Gesicht zu bekommen«, sagt die Mutter.

Das ist zuviel für Julie. Nach der langen Reise erschöpft, nach all den Eindrücken, nach all den Gedanken, die ihr durch den Kopf gegangen sind, setzt sie sich auf einen Stuhl, schlägt die Hände vors Gesicht und bricht in ein hilfloses Weinen aus.

»Nanu, was ist denn mit dir, Julie?« fragt die Mutter erschrocken.

Krister umklammert Julies Knie, versucht, auf ihren Schoß zu kriechen, rutscht ab und schlägt mit dem Kopf auf den Fußboden. Jetzt bekommt er einen seiner seltenen Weinkrämpfe. Er holt tief Luft, hält den Atem eine lange Zeit an, bis er in ein wildes und untröstliches Heulen ausbricht. Unter Tränen, die ihre Wangen hinunterströmen, preßt sie das Kind an sich.

»Hast du solche Angst bekommen, mein armes Kind?« fragt sie weinend. »Hab keine Angst, deine Mama ist bloß müde und dumm.«

»Ich will nach Hause«, schreit er. »Ich will nach Hause zum Papa.«

Sie erschrickt heftig und fährt zusammen, so daß sie selber aufhört zu weinen.

»Du weißt doch, daß wir wieder nach Hause fahren zum Papa, aber erst mal bleiben wir eine Weile hier und machen es uns schön gemütlich bei der Großmutter und dem Großvater«, beruhigt sie ihn und wiegt ihn in ihren Armen.

Ist es das, was er mit sich herumtrug und wovor er Angst hatte? Daß sie nicht wieder nach Hause zurückkehren würden? Er ist immer so lieb, weint nur selten, doch ab und zu bekommt er diese Weinkrämpfe, die sie erschrecken, weil er blau anläuft und fast umfällt. Schon von Kleinigkeiten, wie gerade eben, kann das ausgelöst werden. Es hat manchmal den Anschein, in seinem Innern staut sich ein Druck, der so groß wird, daß er abgelassen werden muß. Jørgen und sie haben darüber gesprochen, sich gefragt, ob sie vielleicht zu viel von ihm verlangen, von ihm erwarten, daß er ein großer Junge ist, es für selbstverständlich halten, daß er immer so verständig und brav ist. Daß sie Jostein ihre ganze Aufmerksamkeit schenken, während Krister zu kurz kommt.

Erschrocken beobachten die Mutter und die kleinen Geschwister den Zwischenfall.

»Ja, ja, ich würde sagen, das war nun eine richtige Ankunft hier zu Hause«, bemerkt die Mutter.

»Du mußt entschuldigen, Mama. Wir sind beide ziemlich geschafft nach den vier Tagen, die wir unterwegs sind. Zudem noch in Kristiansund und in Molde in fremden Betten schlafen, das war dann wohl doch zuviel für uns.«

»Was den Jungen betrifft, verstehe ich das, aber daß du...«

»Für mich war es ganz sicher auch zuviel, Mama. Euch ist da auch eine seltsame Schwester ins Haus geschneit, nicht?«

sagt sie lächelnd zu den Geschwistern. »Aber keine Angst, wir sind nicht immer so unmöglich.«

Die kleinen Geschwister, so nennt sie sie noch immer, obwohl die Jungen wohl kaum noch als klein bezeichnet werden können. Oddmund ist sechzehn, lang und schlaksig, wie Jungen in dem Alter meistens sind. Im Herbst fängt er auf der Mittelschule in Molde an. Kristian ist zwölf, er ist ebenfalls kein kleiner Junge mehr. Das Nesthäkchen in der Familie ist Ingrid, sie ist acht und geht in die erste Klasse. Mehr und mehr ähnelt sie Synna. Sie hat dasselbe goldene Haar, das von langen, dicken Zöpfen zusammengehalten wird, dieselben braunen Augen, wie sie auch Krister hat, aber bei ihr stehen sie in einem sonderbaren Kontrast zu den hellen Haaren. Sie hat bereits Kristers Vertrauen gewonnen. Für sie ist oben das Zimmer, in dem der Webstuhl steht, vorgesehen, und Ingrid darf dort zusammen mit Krister in einem Bett schlafen.

»Ist das nicht toll, daß du zusammen mit deiner kleinen Tante in einem Bett schlafen darfst?« fragt Julie.

»Ist es wahr, ist sie wirklich meine Tante?«

»Ja, das ist sie.«

»Aber ich dachte immer, Tanten sind alt. So wie Tante Astrid.«

»Ist Tante Astrid denn schon alt?«

»Ja, sie ist genauso alt wie du, Mama.«

»Nun hörst du die ungeschminkte Wahrheit, Julie«, sagt die Mutter lächelnd, und an Krister gewandt: »Du bist mir aber auch ein eigenartiges Kind«, während sie ihm über das Haar streicht.

Er hat Vertrauen gefaßt und geht ohne zu murren mit Ingrid an der Hand die Treppe hinauf. Als Julie nach oben kommt, um das Gutenachtlied mit ihnen zu singen, liegt er ausgestreckt da und läßt es sich gutgehen, während Ingrid ihm ein Märchen erzählt. Alles deutet darauf hin, daß er hier zur Ruhe kommen wird.

»Eine solche Reise kann für einen kleinen Körper eine ziemliche Belastung sein«, sagt die Mutter. »Und du, Julie, alles in Ordnung, geht es dir und Jørgen gut?«

»Es geht uns gut, aber darüber können wir später noch reden. Wie ist es hier? Was macht denn Johanne, wie geht es ihr? Wann kommt sie nach Hause?«

»Nächstes Wochenende kommt sie. Sie hat es so regeln können, daß sie ein paar Tage freibekommt.«

»In ihren Briefen hat sie oft auf geheimnisvolle Art und Weise angedeutet, daß sie einen Freund hat. Woher kommt er, und wer ist er?«

Die Mutter lächelt. Johanne wollte es Julie selber sagen, ist aber damit einverstanden, daß die Mutter es ihr erzählt. Außerdem kann man es ja wohl auch nicht mehr geheimhalten. Denn am nächsten Sonnabend wird es hier eine Verlobungsfeier geben, für Johanne und Ingebrikt.

»Ingebrikt? Du meinst doch nicht...«

»Doch, natürlich, Ingebrikt. Du kennst ja wohl noch Ingebrikt?«

Julie hat ein Gefühl, als ob die Welt stillstünde, spürt, daß sie kreidebleich wird, bevor ihr das Blut ins Gesicht schießt. Sie will sich erheben, zur Tür stürzen, aber die Glieder wollen ihr nicht gehorchen. Ein Glück nur, daß sie es nicht tut, ein Glück, daß es in der Küche so schummerig ist, hoffentlich fällt der Mutter ihr verräterisches Erröten nicht auf. Johanne und Ingebrikt, das kann doch nicht wahr sein. Sie hört die Stimme der Mutter aus großer Entfernung.

Wie sie erfahren habe, sind Johanne und Ingebrikt seit einem Jahr zusammen, obwohl sie sich lediglich in den Ferien hier zu Hause treffen konnten. Sie selbst habe davon auch nicht eher etwas gewußt, bis Johanne zu Ostern zu Hause war. Bestimmt sei es da gewesen, daß sie beschlossen haben, ihr Leben zu teilen. Und Julie solle wissen, daß es für sie als Mutter ein gutes Gefühl sei, Johanne so glücklich zu sehen.

»Ich dachte, zwischen dir und Ingebrikt ist einmal etwas gewesen? Auf alle Fälle habe ich andeutungsweise im Dorf davon gehört.«

»Ich und Ingebrikt? Nein, wir waren nur Freunde, mehr nicht«, sagt Julie, die sich wieder schnell gefaßt hat und in den heimatlichen Dialekt verfällt.

»Hört, hört, da kommt ja wieder die Romsdalerin zum Vorschein«, bemerkt die Mutter und lächelt. »Ich dachte schon, du hast deine Muttersprache vergessen.«

Ja, sie muß einräumen, daß sie dieses Gerücht seinerzeit nicht ungern gehört habe, sagt die Mutter. Sie habe gedacht, daß Julie keinen besseren Mann finden könne. Und nun bekomme sie ihn trotzdem zum Schwiegersohn. So kann das Leben spielen. Und was für eine gute Heirat Johanne machen werde. Ingebrikt sei jetzt mit der Ausbildung als Pastor fertig und hat eine Stelle in der Nähe von Haugesund bekommen.

»Am Sonntag nach der Verlobung darf er hier in der Kirche predigen. Stell dir vor, was das für ein Erlebnis für Johanne werden wird. Und wir hier, wir werden alle dort sein.«

Zum Glück ist die Mutter so begeistert, daß Julie kaum einmal dazu kommt, ein Wort einzuflechten. Sie ist innerlich gänzlich aufgewühlt. Sie muß an diesen Abend hier in der Küche denken, als Ingebrikt versuchte, sie zu vergewaltigen. Dieses Erlebnis hat sie verdrängt, sie dachte, sie hätte es überwunden, und nun kommt die Erinnerung erneut in ihr hoch, wird in ihr lebendig. Ihr ist, als sähe sie ihn wie an jenem Abend wieder vor sich, und sie schaudert fröstelnd zusammen. An seine Augen muß sie denken.

Die Mutter erzählt, daß sie die Schneiderin im Hause habe.

Sie nähe ihr ein neues Kleid, und sie habe versprochen, auch für Julie ein Kleid zu nähen, das sie, wie sie hofft, noch bis zum Wochenende fertigbekommen werde. Sie holt den Kleiderstoff hervor, den sie für Julie gekauft hat.

»Der Vater und ich, wir dachten, du solltest auch was Neues zu der Feier haben. Beste Qualität, bei Petterson in Molde gekauft.«

Der Stoff ist schwach cremefarben, aus weicher Wolle, und so leicht, daß das Kleid sowohl im Sommer wie auch im Winter getragen werden kann. Die Mutter hat außerdem ein Stück Samt in derselben Farbe gekauft. Sie zeigt Julie ein Schnittmuster aus einem neuen Modejournal, von dem sie meinte, daß es etwas Passendes sein könnte. Das Kleid ist kurz und es bedeckt nur knapp die Knie. Das Oberteil in Blusenfasson reicht bis zur Hüfte, der Rock hat Falten, von der einen Schulter ausgehend sind schräg über die Brust an einem aufgestickten Stiel Rosen und Blätter appliziert.

»Wird das nicht schön, was meinst du?«

»Doch, doch, das wird schön«, sagt sie matt.

»Aber bei den Säumen, die mit der Hand gemacht werden, mußt du selber helfen, damit das Kleid auch fertig wird.«

»Ich bin müde, Mutter. Es ist wohl am besten, wenn ich jetzt ins Bett gehe.«

Nach diesem Schock fühlt sie sich am ganzen Körper wie benommen. Ingebrikt und Johanne? denkt sie wieder. In Situationen wie dieser pflegte sie immer große Wanderungen zu unternehmen, so lange draußen herumzulaufen, bis sie wieder klare Gedanken fassen konnte. Wenn sie jetzt nur ein Stück gehen könnte, aber sie traut sich nicht, fürchtet, Krister könnte wach werden und Angst bekommen, wenn sie nicht da ist.

Sie setzt sich an das offene Fenster, von draußen, wo ein leichter Sprühregen fällt, schlagen ihr die Gerüche entgegen.

Wenn sie Johanne doch bloß gewarnt hätte, wenn sie das doch bloß verhindert hätte. Aber sie weiß, daß es nichts hilft, sie muß an die erste Zeit mit Jørgen denken. Was wäre gewesen, wenn da jemand versucht hätte, sie zu bremsen? Und vielleicht ist sie ja zu vorschnell mit ihrem Urteil, vielleicht hat Ingebrikt sich ja verändert. Er ist jetzt Pastor, erwachsen, fast dreißig muß er sein, und Johanne ist vierundzwanzig, sie sind alle beide erwachsen. Doch sie ist dankbar dafür, daß es ihr erspart geblieben ist, Johanne persönlich gegenüberzustehen und diese Neuigkeit zu erfahren. Unter diesen Umständen wäre es ihr bestimmt nicht gelungen, ihre Gedanken zu verbergen, und nun würde sie sich wünschen, daß ihr die Verlobungsfeier erspart bliebe. Aber auf alle Fälle ist sie gut vorbereitet, und sie hat ja in den letzten Jahren genügend trainieren können, ihre Gefühle zu verbergen.

An diesem Abend schließt sie Johanne in das Nachtgebet mit ein, betet inbrünstig darum, daß ihr dic Wahl, dic sic getroffen hat, Glück bringen möge.

Mitten in der Nacht wacht sie von dem Alptraum auf, der sie schon so manches Mal in Angst versetzte, den sie aber schon seit Jahren nicht mehr gehabt hat. Die geballte Faust, die aus der Dunkelheit auf sie zusaust. Am ganzen Körper zitternd sitzt sie im Bett, und jetzt kennt sie die Antwort. Es ist Ingebrikts Faust, die sie gesehen hat. Er ist wieder in ihr Leben getreten.

Im Zimmer riecht es süßlich nach dem Traubenkirschbaum.

Am nächsten Morgen ist die Schneiderin zur Stelle. Sie hat sich in der guten Stube breitgemacht, auf dem Tisch um die Nähmaschine herum hat sie den Stoff und die Schnittmusterbögen ausgebreitet. Julies Kleid wird zugeschnitten.

»Der Rock soll nicht so kurz werden wie auf dem Bild im Journal«, sagt die Mutter. »Sowas Unanständiges kommt mir nicht in Frage.«

»Ich werde es nicht zu knapp bemessen.«

Das sei dann nicht mehr dasselbe Kleid, wenn der Rock länger sein soll, sagt die Schneiderin, als die Mutter gegangen ist. Aber Julie könne es ja kürzen und die Länge selber bestimmen, meint sie. Am Abend ist das Kleid zusammengeheftet und zur Anprobe bereit. Sie einigen sich, daß sie einen Rand aus Samt um das V-förmige Dekolleté nähen und ebenso auf die Nähte der weiten, halblangen Ärmel. Die Schneiderin sagt, sie werde noch Samtrosen applizieren, wenn Julie sich um die Stickerei kümmere. Das Modell hat zusätzlich noch aufgenähte Pailletten und Perlen. Die gäbe es bei Petterson zu kaufen, und wenn Julie am Montag nach Molde müsse, so könne sie ja vielleicht dort welche besorgen. Wenn sie das auf sich nehmen wolle, aber das sei das I-Tüpfelchen, sagt sie.

Sie wird zusammen mit dem Vater nach Molde fahren. Er hat dort einige Dinge zu erledigen. Für Julie ist es angenehm, wenn sie Begleitung hat, und außerdem kann er ihr beim Einkaufen helfen.

Ja, sie haben darüber gesprochen, eine Schande sei es, daß Julie noch immer in dem alten Mantel herumlaufen müsse, den sie bekam, als sie noch zu Hause wohnte. Sie solle sich einen guten Mantelstoff kaufen, vielleicht gleich noch einen für ein Kleid, das dazu passe. Und an einem solchen großen Festtage könne sie auch nicht barhäuptig zur Kirche gehen. Und für die Kinder brauche sie wohl auch etwas Neues.

»Aber wird das denn nicht viel zuviel?«

»Vater und ich, wir sind uns einig, daß du das unbedingt brauchst.«

Krister findet sich damit ab, daß er sie nicht mit in die Stadt begleiten darf, doch als sie abfahren, steht er betrübt an der Hand der Großmutter auf der Treppe.

»Du mußt ein lieber Junge sein, wenn ich fort bin.«

»Ja, bin ich, aber du kommst doch wieder, Mama?«

»Natürlich komme ich wieder. Und dann bringe ich dir was Schönes mit.«

Auch an diesem frühen Morgen nieselt es wieder, deshalb suchen sie sich eine stille Ecke im Salon, wo sie sich ungestört unterhalten können.

Endlich hat sie den Vater wieder einmal für sich allein. Wenn sie nach Hause schreibt, schreibt sie immer an beide. Am liebsten berichtet sie von den alltäglichen Dingen, von den Kindern und von dem, was im Dorf passiert. Aber manchmal, wenn ihr das Leben auf Storvik zu schwer wird, kommt es vor, daß sie Sachen schreibt, über die sie sich hinterher ärgert. Über die Schwiegereltern und speziell über Synnøve, über Jørgen und Astrid. Sie liebt die Mutter, und sie sieht sie in einem anderen Licht, wenn sie weit fort von ihr ist. Dann vergißt sie, daß die Mutter nicht der Mensch ist, dem man sich anvertrauen kann, daß man das, was man ihr anvertraut hat, eines Tages wieder aufs Brot geschmiert bekommt. Niemals schreibt sie nur allein an den Vater, die Mutter würde den Brief doch lesen.

Zum Vater hat sie sich schon immer stärker hingezogen gefühlt. Ihm erzählt sie Dinge, die sie der Mutter gegenüber nie auch nur erwähnen würde. Solange sie zurückdenken kann, gab es eine stillschweigende Übereinkunft zwischen ihnen: der Mutter sagen wir davon nichts.

Jetzt kann sie mit dem Vater über alle Sorgen sprechen, die sie haben, sie und Jørgen. Über die schwierige finanzielle Lage, über die Demütigung, die sie beide empfinden, weil sie nicht für würdig erachtet werden, den Hof zu übernehmen, über die Probleme mit der Schwiegermutter, wie entwürdigend sie es findet, daß sie sich wie eine Dienstmagd auf dem Hof vorkommen muß, über all das, was ihnen zu schaffen macht.

Der Vater sagt, auch sie wundern sich darüber, daß Julie und Jørgen den Hof nicht übernehmen dürfen. Geht Kristoffer nicht auf die Siebzig zu?

»Achtundsechzig ist er.«

»Sollte er da nicht froh sein, wenn er die Verantwortung abgeben kann?«

»Nein, einmal ist es Jørgen, der nicht reif genug ist, ein anderes Mal sind es die Schulden und daß die Zeiten zu schwierig sind.«

»Vielleicht sollte ich Kristoffer mal schreiben oder noch besser, mal zu ihm hinfahren und mit ihm reden?«

»Um Gottes willen«, sagt sie erschrocken. »Komm bloß nicht auf diese Idee. Dann lassen sie es an mir aus.«

»Wir würden dich so gerne glücklich sehen, Julie.«

»Aber das bin ich doch. Nur nicht über die Umstände.«

Nachdem sie an Land gegangen sind, suchen sie mit ihrem Gepäck zuerst die Tante auf. Als sie auf der Herreise mit Krister hier übernachtete, hat Tante Molla versprochen, ihr bei den Einkäufen behilflich zu sein.

»Am besten ist es wohl, wenn wir zu Petterson gehen«, sagt der Vater.

Tante Molla geht zielgerichtet vor wie immer. Gemeinsam mit der Verkäuferin blättert sie die neusten Modejournale durch. Dabei stoßen sie auf einen weiten, knielangen Mantel mit einem dazugehörigen engen Rock, der bis zur Wade reicht. Für den Mantel finden sie einen dicken, kamelhaarfarbenen Wollstoff, braunen Samt für den großen Kragen und für den Besatz der Ärmel und Taschen. Für den Rock nehmen sie einen dünneren Wollstoff in derselben Farbe. Schnittmuster für die Kleidungsstücke bekommen sie auch.

Julie verguckt sich in eine cremefarbene Seidenbluse mit einer Schleife am Kragen.

»Möchtest du sie haben?« fragt der Vater.

»Ja, schon, aber das kann ich doch nicht verlangen.«

»Kauf sie dir nur!«

So bekommt sie ihr erstes nicht selbstgenähtes Kleidungsstück.

Im Restekorb findet sie Stoffe, aus denen sie Hemden und andere kleinere Kleidungsstücke für die Kinder nähen kann, und sie kauft Perlen und goldene Pailletten für ihr neues Kleid.

»Hast du passende Schuhe dazu?« fragt Tante Molla.

»Ich hab' die, die ich anhabe.«

»Zu diesen Sachen hier kannst du keine schwarzen Schuhe tragen, oder was meinst du, Johannes?« fragt die Tante.

»Ihr müßt auch Schuhe kaufen, was denn sonst. Und einen Hut brauchst du auch!«

»Das wird doch aber alles viel zu teuer, Papa.«

»Daran sollst du jetzt nicht denken. Bezahlen werde ich.«

Er gibt Julie Geld und sagt, mit dem, was nun noch einzukaufen sei, werden sie wohl alleine zurechtkommen. Er geht, um seine Sachen zu erledigen. Tante Molla nimmt Julie mit in die Konditorei, wo der Einkauf gefeiert wird. Mit leuchtenden Augen und roten Wangen sitzt Julie am Tisch.

»Ich glaube, dich hat der Einkaufsbazillus befallen«, sagt die Tante und lacht.

»Ja, das war schon ein großer Tag für mich.«

Die Tante sitzt da und betrachtet sie: »Warum läßt du dir nicht die Haare abschneiden, Julie?«

»Die Haare abschneiden?« fragt sie erschrocken.

»Ja, das würde dir stehen, außerdem bist du zu jung, um mit einem solchen altmodischen Haarschnitt herumzulaufen.«

»Na, das gäbe was, das kannst du mir glauben.«

»Aber sind es denn nicht deine Haare?«

Es reicht schon, wenn sie sich nur vorstellt, welche Aufregung das bei ihrer Mutter, aber auch auf Storvik verursachen würde. Kurze Haare tragen bis jetzt nur ganz wenige von den mutigsten jungen Mädchen in Øra, und das ist in der Gemeinde nicht unbeachtet geblieben. Und Jørgen, was würde er sagen? Sie sieht ihn vor sich, wie er sich vorbeugt und sein Gesicht in ihrem langen, dicken Haar versteckt, wenn sie die Zöpfe aufgelöst hat. Bis zu den Hüften reicht es ihr.

»Du mußt mir versprechen, daß du deine Haare niemals abschneidest«, sagt er immer. Doch andererseits hat sie die Modelle in den Modezeitschriften vor Augen, allesamt mit kurzgeschnittenen Haaren. Und auf der Straße ist es ihr ebenso aufgefallen, sowohl hier als auch in Kristiansund.

Liv, Mollas Tochter, arbeitet in einem Friseursalon, sie könne Julie, wenn sie wolle, sicherlich die Haare schneiden?

Julie weiß nicht, ob es Trotz, ob es der Gedanke an Storvik ist oder die Verlobungsfeier oder ob ihre gehobene Stimmung nach dem Einkauf sie zu diesem Entschluß kommen läßt.

»Ich mache es.«

»Na, ausgezeichnet!« sagt die Tante. »Dann kaufen wir jetzt Schuhe, und dann schaue ich mal, ob ich einen Hut finde, den du im Salon aufprobieren kannst.«

»Nein, was habe ich bloß gemacht«, jammert sie, als sie sich mit ihren Borsten im Spiegel sieht, nachdem Liv ihr gerade die dicken Zöpfe abgeschnitten hat.

»Na, jetzt ist es zu spät, um sich zu ärgern«, sagt Liv, »aber wart es ab, du wirst sehen, es wird dir gefallen.«

Sie steckt die Zöpfe in eine Tüte. »Schau, hier, die kannst du mit nach Hause nehmen und dich damit trösten.«

Sie sitzt vor dem Spiegel und sieht eine Fremde. Liv hält einen Nackenspiegel hoch, damit Julie sich von hinten sehen kann. Sie hat kurzgeschnittene Haare mit einem Scheitel, im Nacken so kurz wie bei einem Knaben, zum Gesicht hin länger werdend und über die Wangen wippend. Über dem einen Ohr befestigt Liv eine Perlenspange.

»Die sollst du von mir haben«, sagt sie. »Du lieber Himmel, was du für schönes Haar hast, Julie. Es ist wie geschaffen für diese Frisur.«

Und sie sieht selber, daß ihr dieser Schnitt steht. Dichtes schwarzes Haar umrahmt ihr Gesicht wie eine glänzende Kappe und verändert es, macht es jünger, stärker.

»Habe ich dir das nicht gesagt«, ruft Tante Molla triumphierend aus, als sie zur Tür hereinkommt mit einem Stapel Hüte im Arm.

Der Hut, den sie auswählen, ist aus hellbeigefarbenem Filz, glockenförmig und hat auf der schmalen Krempe eine Rose aus demselben Material.

»Genauso muß eine moderne Bauersfrau aussehen!«

Diese Bemerkung der Tante jagt Julie einen Schreck ein. Auf welchen Wahnsinn hat sie sich nur eingelassen? Was werden sie sagen?

Der Vater schüttelt den Kopf, als er sie sieht.

»Aber Julie, nein. Was denkst du denn, was deine Mutter sagen wird?«

Am nächsten Vormittag geht Julie zum Zahnarzt. Es ist seit ihrer Kindheit immer noch derselbe. Das letzte Mal war sie bei ihm, als sie zu Hause war, aber das ist nun schon drei Jahre her. Inzwischen hat sie ein weiteres Kind geboren, und in letzter Zeit haben ihre Weisheitszähne im Oberkiefer ständig geschmerzt, im Unterkiefer hat sie noch keine. Wie erwartet, hält ihr der Zahnarzt eine ordentliche Standpauke. Wenn sie ihre Zähne behalten wolle, müsse sie regelmäßiger kommen. Er habe genügend junge Leute, denen die Zähne gezogen werden müssen und die ein Gebiß brauchen. Sie läßt ihn ruhig schimpfen, sie kennt ihn gut genug, um zu wissen, daß Entschuldigungen nicht helfen würden. Zum Glück bekommt sie eine Betäubungsspritze. Sie hat mehrere Löcher, die behandelt werden müssen, im Behandlungsraum riecht es ekelhaft nach verbrannten Knochen und Chloroform. Die Weisheitszähne müsse er ziehen, sie seien nicht zu retten, sagt er. Einen wolle er gleich heute entfernen, in den nächsten Tagen müsse sie wiederkommen, dann sei der nächste dran. Als sie erwidert, er solle gleich beide ziehen, denn sie habe keine Gelegenheit wiederzukommen, antwortet er bissig, dann müsse sie das Risiko selber tragen.

Während der Heimfahrt auf dem Dampfer fühlt sie sich elend und zerschlagen. Die Spritze wirkt nicht mehr. Der leichtsinnige Übermut des vergangenen Tages, als sie sich dazu hinreißen ließ, ihre Zöpfe der Schere zu überlassen, ist jetzt gänzlich verflogen. Es graust sie sehr davor, der Mutter gegenübertreten zu müssen.

»Was hast du mit deinen Haaren gemacht?« fragt die Mutter, deren Augen schwarz vor Wut werden. »Ein erwachsener Mensch, was geht bloß in deinem Kopf vor?« sagt sie und schaut Julie sprachlos an.

»Ich habe sie abschneiden lassen, das siehst du doch«, antwortet Julie schnell und nimmt Krister auf den Arm. Er und Ingrid sind bettfertig.

»Du siehst aber komisch aus, Mama.«

»Findest du mich nicht schön?«

Sie hat für jeden der beiden einen roten Gummiball

gekauft. Einen großen für Krister und einen kleineren, mit dem man gegen die Wand spielen kann, für Ingrid. Das löst bei beiden große Begeisterung aus. Sie geht mit den Kindern nach oben.

»Ich finde, du siehst schön aus, Julie«, sagt Ingrid. »Aber ich glaube, Mama war bestimmt sauer.«

»Ach, das geht vorüber, weißt du.«

»Ich finde auch, du siehst schön aus, Mama.«

Kaum ist sie unten in der Küche zurück, da geht die Mutter auf sie los. Was sie sich nur denke, eine erwachsene Frau und Mutter und sich hier wie ein Flittchen aus der Stadt aufzuführen. Sie derart vor dem ganzen Dorf zu blamieren. Und ausgerechnet jetzt, wenn die Feier für Johanne bevorstehe. Ob sie denn gar nicht an ihre Schwester denke, an Ingebrikt und seine Familie? Wie könne sie nur so egoistisch sein?

»Aber liebe Mama, du redest ja darüber, als wäre eine Katastrophe eingetreten.«

»Eine Katastrophe, genau, das ist das richtige Wort.«

Um die Mutter zu besänftigen, breitet sie alles, was sie in der Stadt eingekauft hat, auf dem Küchentisch aus, doch die Mutter ist so wütend, daß sie kaum einen Blick darauf wirft.

»Na ja, das hier stellt alles in den Schatten.«

»Aber sieh mal, ist die Bluse nicht schön?« fragt Julie und hält sie vor der Mutter hoch.

»Eine fertige aus dem Laden, wer sich einen solchen Luxus leistet, muß es ja haben!« sagt sie spitz.

»Ich wollte, daß sie sich die Bluse kauft«, wirft der Vater ein. Wie immer saß er schon die ganze Zeit mit der Zeitung da, ohne sich in das Gespräch einzumischen.

»Ach so, du wolltest es. Kannst du mir mal verraten, wann ich schon einmal ein fertiges Kleidungsstück bekommen habe?«

»Aber Schatz, du hast doch sowas nie haben wollen, oder?«

»Und du, du hast diese Schande von Frisur zugelassen, ohne zu protestieren?«

»Ich denke, Julie ist erwachsen genug, um über sich selber zu bestimmen«, sagt der Vater gleichmütig.

Als Julie gute Nacht sagt, antwortet die Mutter nicht. Daß sie immer einen solchen Aufstand machen muß, geht es Julie durch den Kopf... Wie viele solcher Szenen hat sie nicht schon mit ihr im Verlaufe der Jahre erlebt. Doch sie weiß auch, daß das vorübergeht, morgen früh kann die Mutter schon wieder tun, als ob nichts gewesen sei. Und am nächsten Morgen ist sie wirklich versöhnlicher, doch so richtig beruhigen kann sie sich noch immer nicht.

»Wo du so schönes Haar hattest, Julie. Und ich finde das wirklich ziemlich unanständig.«

»Das ist doch modern, Mama, und außerdem ist es ein so schönes Gefühl. Mir kommt es vor, als ob ich gar keine Haare auf dem Kopf hätte.«

»Hast du ja auch wirklich nicht.«

Julie muß laut lachen.

»Nun mach es aber mal halblang, Mama!«

Glücklicherweise ist die Mutter so mit Johanne und dem Fest am Samstag beschäftigt, daß sie Julie und alles, was sie betrifft, vergißt. Sie fragt auch nicht mehr, was auf Storvik vor sich geht. Wie immer, wenn solche besonderen Ereignisse ins Haus stehen, ist sie nervös. Nur zu gut erkennt Julie diese Stimmung wieder, die schrille Stimme der Mutter, wenn sie vor sich hin schimpft und darüber klagt, daß die ganze Arbeit, die es gibt, bis zum Fest nicht zu schaffen ist.

»Warum bist du so böse, Großmutter?« fragt Krister.

»Ich bin doch nicht böse, überhaupt nicht«, sagt sie darauf lächelnd, nimmt Krister auf den Schoß und macht hoppe,

hoppe Reiter mit ihm, bevor sie sich gleich wieder auf die nächste Arbeit stürzt.

Jetzt hat sie eine Laune und ist unberechenbar, daß sie einen fertig machen kann, denkt Julie.

Freitagabend holt der Vater Johanne vom Dampfer ab. Kaum zur Tür hereingekommen, fällt sie Julie um den Hals.

»O Julie, ich freue mich so, daß du nach Hause gekommen bist«, sagt sie, bevor sie einen Schritt zurücktritt. Feuerrot im Gesicht starrt sie Julie an.

»Was hast du denn gemacht?« flüstert sie.

»Was soll ich denn gemacht haben?«

»Deine Haare. O nein, was wird Ingebrikt sagen!«

»Ich bin es doch nicht, den Ingebrikt anschauen wird!« sagt Julie lächelnd.

»Aber er wird das als Sünde ansehen.«

»Sünde? Haare abschneiden? Nein, nun laß es mal gut sein, Johanne. Und außerdem ist es doch nicht deine Schuld.«

»Warum mußt du dir denn immer so merkwürdige Dinge einfallen lassen? Und ich hatte mich so gefreut.«

»Was habe ich gesagt?« hakt die Mutter ein.

»Ich will von Julies Haaren nichts mehr hören, jetzt wollen wir es uns gemütlich machen«, sagt der Vater.

Aber Johanne, rot im Gesicht, mit glänzenden Augen, ist noch immer gekränkt. Plötzlich sieht Julie sie als kleines Mädchen vor sich, wütend stampft sie mit den Füßen auf den Boden und schreit aus Leibeskräften. Diese Vorstellung macht Julie froh, denn Johanne ist noch immer dieses unbeschwerte, impulsive Mädchen, das sie immer war, bald lacht sie, bald weint sie. Hatte sie geglaubt, Johanne sei eine andere geworden, nur weil sie mit Ingebrikt zusammen ist? Nein, es ist nicht Johannes Art, lange die Beleidigte und Gekränkte zu spielen. Nachdem die Eltern zu Bett gegangen sind, sitzen die beiden Schwestern in der Küche, und Julie muß sich anhören, wie Johanne von Ingebrikt schwärmt, der selbstverständlich ohne Fehl und Tadel ist. Und sie, hatte sie nicht genauso geredet, in einer anderen Zeit, als sie dachte, sie werde von Jørgen auf Rosen gebettet?

»Du, Julie«, sagt Johanne errötend und weicht dem Blick der Schwester aus. »Es gibt da eine Sache, nach der ich dich fragen muß. Vielleicht ist es dumm, aber ... Wart ihr mal ein Paar, du und Ingebrikt?«

Julie hat diese Frage erwartet, deshalb schaut sie Johanne ruhig direkt in die Augen.

»Nein, niemals, Johanne. Wir waren in der Kindheit Freunde, zusammen mit allen anderen hier in unserer Altersgruppe.«

»Das hat Ingebrikt auch gesagt«, stellt Johanne erleichtert fest. »Und dann hat er gesagt, daß ich die erste für ihn bin.« Das letzte bringt sie flüsternd heraus, und Julie bricht es fast das Herz ... Arme Johanne, denkt sie, armes Schwesterlein. Möge sie nie erfahren, was sie, Julie, von Ingebrikt weiß, möge sie nur glücklich sein.

Heute hat sie von Jørgen einen Brief bekommen. Einen so schönen Brief, daß Erinnerungen in ihr wach werden, von denen sie schon dachte, sie seien vergessen. Einen Brief, der denen gleicht, die er ihr in der ersten Zeit schrieb. Ich liebe dich, schreibt er, und sie lächelt, jetzt wagt er es auszusprechen. Er schreibt, er vermisse sie wahnsinnig, ohne sie könne er nicht leben. Mit Jostein, berichtet er, gehe es gut, er sei ein richtiges Papakind geworden, seitdem sie fort sei. Das freut sie am meisten, denn sie wagt kaum, an den Kleinen zu denken, weil ihr schlechtes Gewissen sie drückt. Er schreibt, er zähle die Tage, bis er sie wieder am Kai in Empfang nehmen könne. Falls es Veränderungen in ihrem Programm gäbe und sie an einem anderen Tag als geplant käme, müsse sie ihm unbedingt Bescheid geben.

Nach der Lektüre des Briefes ist ihr warm ums Herz geworden, sie geht ins Bett und beginnt an ihn zu schreiben. Vergessene Worte gelangen zu Papier, Erinnerungen an längst vergangene Zeiten. Schon damals hat sie ihm oft Briefe geschrieben, nachdem sie zu Bett gegangen war, kleine dumme Jungmädchengedichte ... Damals, als sie sich so sehr sehnte, daß sie glaubte, sie würde vor Sehnsucht noch krank. Hier, bei all diesen Erinnerungen, flammt die Sehnsucht nach ihm in ihr wieder auf. Sie sehnt sich nach seinen Armen, nach seinem Körper, seinem Geruch, und sie weiß, für sie wird es nie einen anderen geben.

Kurz bevor die Gäste auf dem Hof erwartet werden, geht Johanne los, um Ingebrikt zu treffen.

»Wir wollen einen kleinen Spaziergang machen, alleine«, flüstert sie Julie zu. Sie strahlt.

Als Julie oben im Zimmer ist, um sich für das Fest anzukleiden, sieht sie die beiden, wie sie zum Bootshaus hinuntergehen. Sie sieht sie von hinten. Sie gehen nebeneinander, ohne sich an den Händen zu halten, und ihr fällt auf, daß Ingebrikt an der Seite der kleinwüchsigen Schwester größer wirkt, als er ist. Er geht anders als früher, seine Gangart ist würdiger, steifer. Eine Erinnerung kommt in ihr hoch. Sie steht da und sieht ihm nach, wie er mit der Mütze im Nacken in trunkener Freude die Straße durch das Dorf davontanzte, nachdem er sie getroffen hatte. Das war damals, als sie bei der Familie Fuglevik war. Damals, als er so übermütig bemerkte: Natürlich kann man Freude am Tanzen haben, auch wenn man Pfarrer wird.

Julie begreift plötzlich, daß sie sich jetzt die Ringe anstekken werden. Wieder wird ihr bang ums Herz. Nicht in ihren schlimmsten Träumen hatte sie sich vorstellen können, daß Ingebrikt in verwandtschaftliche Beziehung zu ihr treten könnte. Doch jetzt ist er da, wieder. Selbst wenn sie ihn nicht oft sehen sollte, er wird immer da sein, eine Erinnerung an eine Zeit, die sie am liebsten vergessen möchte.

Sie steht vor dem großen Spiegel der Frisierkommode, in dem sie sich in ganzer Körpergröße sehen kann, und sie erkennt sich selbst nicht wieder. Sie hat dasselbe Gefühl wie damals, als sie zum ersten Mal ein wadenlanges Kleid anhatte, nachdem sie die schweren, bis zum Fußgelenk reichenden Kleider nicht mehr wollte: das Gefühl, nackt zu sein. Gestern abend hatte sie das Kleid noch gekürzt und gebügelt. Es war wohl aus Trotz geschehen, daß sie es so kurz gemacht hatte wie in der Modezeitschrift. Ihre Beine mit den schmalen Fußgelenken sind schlank und kräftig, in den hellen, dünnen Baumwollstrümpfen und in den neuen braunen Schuhen mit dem Riemen über dem Spann und den höheren Absätzen, höher als sie je welche hatte, wirken sie noch länger. Das Kleid reicht genau bis zu den Knien, und es sieht sehr hübsch aus. Die helle Farbe unterstreicht den goldenen Farbton ihrer Haut. Die Frau, die sie im Spiegel sieht, ist groß und schlank, verstärkt wird dieser Eindruck durch das kurze Haar, das ihren Kopf kleiner macht, und durch das v-förmige Dekolleté, das ihren Hals länger und schlanker erscheinen läßt. Um den Hals trägt sie das Medaillon aus Gold, das sie von Jørgen geschenkt bekam, als sie sich zum ersten Mal in Kristiansund trafen. Sie legt es niemals ab.

Jetzt sieht sie, daß das Kleid nicht unbedingt so kurz hätte sein müssen, denn so wird es für die Mutter wie ein rotes Tuch wirken, aber nun ist es zu spät, sich zu ärgern, gleich kommen die Gäste.

Sie trifft die Mutter unten im Flur, und ihre Reaktion ist wie zu erwarten war. Bestürzt schaut sie Julie an.

»Was hast du mit dem schönen Kleid gemacht? Was denkst du dir bloß? Hat es nicht schon gereicht, was du bisher angerichtet hast? Sieh bloß zu, daß du nach oben ins Zimmer kommst und dir was anderes anziehst!« faucht sie mit unterdrückter Stimme.

»Ich habe nichts anderes.«

»Du machst alles kaputt mit deiner dämlichen Eifersucht.«

Es ist zu spät, um jetzt noch etwas zu ändern, die Gäste sind bereits angekommen. Helga geht hinaus zu Johannes, der auf der Treppe steht, um die neuen Mitglieder der Familie zu begrüßen. Julie folgt ihr mit Ingrid und Krister an der Hand. In diesem Moment hat sie das Gefühl, nur noch aus langen Beinen zu bestehen.

Johannes heißt die Gäste auf dem Hof willkommen, während die Jungen sich um die Pferdekutsche kümmern. Ingebrikts Vater ist Julies alter Lehrer, und als sie ihn begrüßt, macht sie einen Knicks wie ein kleines Mädchen. Für einen kurzen Moment sieht sie, daß Ingebrikts Mutter und die beiden Schwestern die Augen aufreißen, als sie zu ihr herschauen, aber dann fassen sie sich gleich wieder und reichen ihr lächelnd die Hand.

»Nein, wie schön, dich wiederzusehen, Julie. Und das hier ist dein kleiner Sohn? Was für ein süßer Junge! Aber du hast dich sehr verändert, du bist ja kaum wiederzuerkennen. Das machen wohl die Haare. Ja, man sagt wohl, daß das jetzt modern ist...«, bemerkt Ingebrikts Mutter und wirft ihren Töchtern, die ihre Haare in großen, geflochtenen Kränzen um den Kopf gelegt tragen, einen verstohlenen Blick zu.

Als die beiden Jungverlobten das Zimmer betreten, sind die beiden Elternpaare die ersten Gratulanten. Johanne strahlt mit dem blanken Ring an ihrem Finger um die Wette, Ingebrikt ist steif und ernst... Als Julie an der Reihe ist, mustert er sie mit einem einzigen langen Blick, der ihr das Gefühl gibt, ausgezogen dazustehen. Bei der kalten Verachtung, die sie in seinen Augen aufblitzen sieht, fröstelt es sie. Als Johanne Julie erblickt, werden ihre zuvor schon erröteten Wangen knallrot.

Während Julie in ihren neuen Schuhen vor Ingebrikt steht und ihm die Hand gibt, um ihm zu gratulieren, ist sie fast genauso groß wie er. Sie muß sich zusammenreißen, um seinem Blick mit der Verachtung, die sie darin sieht, standzuhalten, doch er lächelt sie an:

»Guten Tag, Julie. Was für eine Freude, dich wiederzusehen nach so langer Zeit.«

»Ja, es ist schon lange her.«

Wieder ist sie dankbar, daß sie es gelernt hat, ihre Gefühle zu beherrschen. Sogar das unangenehme Erröten, unter dem sie fürchterlich litt, als sie noch jünger war, ist sie fast los. Dieses erste schwierige Aufeinandertreffen hat sie gemeistert, ohne daß die Anwesenden etwas anderes gesehen hätten als ein Wiedersehen zweier alter Freunde aus alten Kindertagen. Dessen ist sie sich sicher, aber innerlich zittert sie.

Er hat sich verändert. Natürlich ist er erwachsener geworden. Seine Haare, früher wilde und nicht zu bändigende Locken, sind über der weißen und hohen Stirn steif in Wellen nach hinten gekämmt. Er ist schlanker geworden, sein Gesicht markanter, aber was am meisten auffällt, sind seine Augen, in ihnen erkennt sie eine fremde Glut, die sie frösteln macht, trotz der Wärme, die an diesem schönen Vorsommertag durch die offenen Fenster hereinströmt.

Die Mutter flüstert Julie zu, daß sie ins Vorratshaus gehen solle, um die Sahne für das Dessert zu holen. Nachdem sie losgegangen ist, läuft Johanne ihr hinterher, holt sie auf dem Hof ein. Vor Wut rasend steht sie vor ihr.

»Kannst du mir mal verraten, was ich dir Schlimmes angetan habe, Julie?«

»Aber Johanne, was ist denn mit dir los? Warum bist du so wütend auf mich?«

»Ich bin nicht wütend. Ich bin betrübt«, sagt Johanne, und in ihren Augen stehen Tränen.

»Aber meine Liebe ...«

»Von wegen meine Liebe, das hilft mir jetzt auch nicht mehr. Du hältst dich wieder einmal für die Hauptperson, auch heute, so bist du schon immer gewesen. Aber daß du mir heute diesen Tag verdirbst, diese Freude sollst du nicht haben. Daß du aussiehst wie ein gewöhnliches Flittchen, das mußt du vor dir selbst verantworten«, sagt Johanne und läßt sie stehen.

Schockiert starrt Julie ihr nach.

Helga kann auf das Essen, das serviert wird, stolz sein. Als Vorspeise gibt es eine Bouillon mit in Streifen geschnittenem Gemüse und Fleischklößchen darin, als Hauptgericht Kalbssteak, Gemüse und Sahnesoße und zum Dessert Karamelpudding mit Schlagsahne. Als Getränk wird Limonade in Kelchgläsern serviert. Am Tisch herrscht eine festliche Stimmung. Nach dem Tischgebet heißt Johannes alle an der Tafel willkommen und hält den Jungverlobten eine kurze Rede. Später, während des Essens, richtet Ingebrikts Vater Worte an das Paar und begrüßt Johanne in der Familie. Johanne glüht vor Freude, ihre großen, braunen Augen strahlen, nie zuvor, findet Julie, war sie so schön. Sie ist dünner geworden, ihr rundlicher Körper zarter, ihre schwarzen Haare sind über dem Scheitel zu einem Knoten zusammengesteckt. Johanne hat sich schon immer gerne fein gemacht. Sie trägt heute ein neues Kleid, lindgrün, moderner Schnitt, ein ähnliches

Modell wie Julies, aber es hat eine anständige Länge, reicht bis zur Wade. Sie sind ein schönes Paar.

Nach dem Festessen gleitet die Unterhaltung bei Kaffee und Kuchen leichter dahin, am häufigsten jedoch führt Ingebrikt das Wort. Hingerissen schaut Johanne ihn an und nimmt jedes Wort, das er sagt, gierig auf. Er berichtet von der Stelle, die er bekommen hat, in einer Bauernsiedlung in Jæren. Wie gut es ist, in ein solches Dorf zu kommen, wo die Kirchgemeinde wirklich weiß, was Gottesfurcht ist. Und er erzählt kleine Episoden von der Laienchristlichen Fakultät.

»An der Universität wolltest du wohl nicht studieren?« fragt Johannes.

»An der Universität? Dort werden doch keine richtigen Priester ausgebildet. Nein, dort ist der Antichrist zu Hause.«

Johannes räuspert sich nur, aber Julie sieht ihm an, wie betreten er ist.

»Du hast dir die Haare abgeschnitten, Julie?« fragt Ingebrikt unvermittelt. »Na, du mußt mir versprechen, Johanne, daß du dein schönes Haar niemals abschneidest«, sagt er, während er Julie mit deutlicher Verachtung in den Augen mustert.

»Du weißt, daß ich das nie tun werde. Es ist eine Sünde«, sagt Johanne und blickt Julie trotzig an. »In der Schrift steht geschrieben, das Haar sei die Zierde des Weibes.«

»Ja, aber da steht, soviel ich weiß, kein Wort darüber drin, wie lang es sein soll«, antwortet Julie.

In diesem Moment kommt Krister und rettet die peinliche Situation. Vertrauensvoll legt er die Hand auf Ingebrikts Knie, schaut mit ernster Miene zu ihm auf.

»Wirst du die Tante Johanne heiraten?«

»Ja, das werde ich.«

»Wirst du dann mein Onkel?«

»Ja, sicher, werde ich dann dein Onkel«, sagt er steif, entfernt die Hand des Kindes von seinem Knie und bürstet das Hosenbein ab, auf dem die Hand gelegen hatte. Julie ist wohl die einzige, die die kleine Episode beobachtet hat.

»Was für ein süßes Kind«, sagt Ingebrikts Mutter und lächelt.

Nach dem Abendbrot brechen die Besucher auf. Ingebrikts Eltern und seine Schwestern fahren mit der Kutsche nach Hause, während Ingebrikt zu Fuß geht und Johanne ihn ein Stück begleitet. Wieder steht Julie am Fenster und schaut ihnen nach. Sie gehen jetzt Arm in Arm, Johanne hat ihm ihr Gesicht zugewandt und schaut gebannt zu ihm auf. Das jungverlobte Paar will sich im Dorf zeigen. Julie geht der Mutter beim Abräumen der verlassenen Festtafel zur Hand. Sie hatte jetzt eine Kanonade von Beschimpfungen erwartet wegen des Kleides und der Haare und ihres unanständigen Benehmens, aber die Mutter bleibt merkwürdig stumm. Dann sagt sie etwas, das Julie wundert.

»Was meinst du, ob das gut geht?«

»Wieso nicht?«

»Ja, wieso eigentlich nicht?«

Die Begegnung mit Ingebrikt war doch schwerer, als sie sich das vorgestellt hatte. Sie hatte wohl geglaubt, daß sie an ihm etwas wiederentdecken würde von dem jungen und fröhlichen Burschen, der er einmal gewesen war, bevor er sich an ihr fast vergangen hatte, diese Geschichte, die sie versucht hatte zu vergessen, für die sie, je mehr die Jahre die Erinnerung verschleierten, Entschuldigungen gefunden hatte. Doch es war etwas anderes, ihn heute zu sehen, steif und arrogant, das schöne Gesicht, sein Lächeln, diesen fremden Glanz in seinen kalten Augen. Und die Art, wie er sich ausdrückte, Riksmål, seinen Heimatdialekt, hat er abgelegt. Er dozierte, als seien seine Worte die einzige Wahrheit, die es gibt. Allein, wie er über Johannes Lehrerausbildung sprach. Nachsichtig, leicht herablassend sagte er, bestimmt könne sie ihr Wissen als Lehrerin in der Sonntagsschule der Kirchengemeinde gebrauchen. Diese Äußerung versetzte Julie einen Schlag. Diese teure Ausbildung, von der sie selber, als sie jung war, geträumt hatte, die soll Johanne nutzlos als Sonntagsschullehrerin vertun.

Sie hört Johannes Schritte im Flur, sie geht nach draußen, um sie abzufangen. In dem schummrigen Flur besitzt ihr Blick einen sonderbaren Glanz, ihre Pupillen sind so weit geöffnet, daß ihre braunen Augen fast schwarz aussehen.

»Sei mir nicht böse, Johanne.«

»Ich bin dir nicht böse.«

»Wollen wir uns für den Rest des Abends nicht zusammensetzen und uns unterhalten? Ich bin mir sicher, du bist jetzt so aufgeregt, daß du gerne darüber reden willst. Ich erinnere mich, weißt du, wie es mir selber ging.«

»Nein«, sagt Johanne mit einem fernen Lächeln. »Heute abend spreche ich mit keinem anderen mehr als mit Gott. Wir, Ingebrikt und ich, haben uns das einander versprochen. Heute abend wollen wir gemeinsam beten. Wir ... wir kommen dabei einander so nahe.«

Julie starrt Johanne nach, wie sie die Treppe hinaufgeht. Was hat sie da gesagt?

Der Vater sitzt alleine in der Stube, in der Küche klappert die Mutter mit den Töpfen.

»Komm, setz dich zu mir, Julie, dann können wir uns nach den Strapazen etwas ausruhen«, sagt er.

Gemäß dem alten Brauch, sagt er, hätte er bei einem solchen Anlaß einen Schnaps serviert und auf das junge Paar einen Trinkspruch ausgebracht, aber mit solchen Gästen im Haus wäre das ungehörig gewesen. Das solle ihn aber nicht daran hindern, sich jetzt einen Schluck zu genehmigen, sagt er und geht zum Schrank, in dem die Kognakflasche steht, schenkt sich ein volles und Julie ein halbes Glas ein.

»Du bist jetzt wohl erwachsen genug, daß du mit deinem Vater ein Schnäpschen trinkst?«

Sie kennt ihren Vater sehr gut, sieht ihm an, daß ihm nach diesem Tag so manches durch den Kopf geht, sie erkennt es an seiner kummervoll gerunzelten Stirn.

»Also soll Johanne nun doch nicht Lehrerin werden«, sagt er still.

Plötzlich steht die Mutter in der Tür.

»Was, ihr sitzt hier und trinkt? Ja, das ist genau das, was uns jetzt noch gefehlt hat, daß ihr hier sitzt und euch betrinkt. Ihr seid beide vom selben Schlag.«

»Unbedingt sind wir das«, sagt der Vater und lächelt. »Wir beide sind vom selben Schlag, Julie.«

Helga ist jetzt vor dem Kirchgang mindestens genauso aufgeregt wie gestern vor dem Fest. Sie achtet darauf, daß alle ordentlich angezogen sind.

»Heute kommen die Leute, um uns in Augenschein zu nehmen«, sagt sie. Auch Julie findet wohl Gnade vor ihrem prüfenden Blick. Sie hat ihre Reisekleidung an, auf dem Kopf trägt sie den neuen Hut, der ihre Haare zum größten Teil verdeckt. Während der Fahrt in der Kutsche liegt der Mantel auf ihrem Schoß, die Sonne wärmt schon, als wäre es mitten im Sommer.

Die Kirche ist voll. Nicht jeden Tag kommt es vor, daß ein Mitglied der Familie die Predigt hält. Johannes und Ingebrikts Familien sitzen mit der Frau und den Kindern des Gemeindepfarrers ganz vorne. Heute sind sie die Hauptpersonen in der Kirche. Julie schaut heimlich zu der Mutter hinüber und fragt sich, was sie in diesem Augenblick wohl empfindet. Stolz? Daß ihre Ehre in der Gemeinde wiederhergestellt ist? Klein und aufrecht sitzt sie in der Kirchenbank, und nur die Röte auf ihren Wangen deutet darauf hin, daß das heute für sie mehr als nur ein gewöhnlicher Gottesdienst ist.

Mit einem Gefühl, als befände sie sich außerhalb der Wirklichkeit, sieht Julie von ihrem Platz aus Ingebrikt auf der Kanzel stehen. Er spricht von den schlechten Zeiten, davon, daß die Krise, in der sich das Land und die Menschen jetzt befinden, die Strafe Gottes sei, weil die Menschen sich in den Zeiten des leicht verdienten Geldes in verschwenderischer Fülle gesuhlt und von Spekulationen gelebt hätten. Er stellt einen Vergleich an zu den sieben fetten und den sieben mageren Jahren im biblischen Ägypten. Das sei die Strafe, donnert er, weil die Menschen mehr an das Weltliche als an das Geistige dächten. Wie kann er so zu der Gemeinde in diesem kleinen, anspruchslosen Dorf reden. Und er spricht über Eitelkeit. Dieses Wort, bei dem sie ein kalter Schauder durchfährt und das zudem Erinnerungen in ihr weckt, die sie verdrängt hat. Erinnerungen an damals, als sie glaubte, sie hätte Gott verloren, und es überkommt sie das widerliche Gefühl, das sie damals auch hatte: alles, was er sagt, das sagt er zu ihr. Und jetzt hat sie diese Situation wieder vor Augen, und sie weiß, an wen Ingebrikt sie erinnert, an den Laienprediger, Verführer und Zuchtmeister Tore Bjørkheim. Ingebrikt hat denselben glühenden, fanatischen Blick, dieselbe Art, seine Stimme einzusetzen, für einen Moment mild, einschmeichelnd und werbend, um im nächsten Augenblick ein donnerndes Strafgericht über die Versammlung hereinbrechen zu lassen, und ihr wird eiskalt bei dieser Erinnerung. Neben ihr sitzt Johanne und verschlingt ihn mit ihrem Blick, lauscht mit einem hingebungsvollen Ausdruck in ihrem kindlichen Gesicht, das Julie ebenfalls an eine andere Zeit erinnert.

Draußen auf dem Kirchberg wollen viele den Frischverlobten und ihren Eltern gratulieren. Julie steht abseits und schaut sich das Ganze an, und sie denkt, daß sie sich das glückliche Gesicht von Johanne merken muß, doch sie steht mit einem Gefühl da, als hätte sie die Schwester verloren.

Gemeinsam mit den Eltern ist Johanne zum Mittagessen zu Ingebrikt nach Hause eingeladen. Von dort will sie gleich im Anschluß zusammen mit ihm mit dem Nachmittagsdampfer nach Molde und weiter nach Volda fahren, wo sie ihre Abschlußprüfung ablegen wird. Deshalb muß Julie jetzt von ihr Abschied nehmen.

»Wir müssen uns schreiben?«

»Unbedingt«, sagt Johanne und lächelt strahlend.

Als die Mutter an diesem Abend nach Hause kommt, ist sie mürrisch und ungehalten, sie knurrt nur, wenn Julie etwas zu ihr sagt. Am liebsten würde Julie ins Bett gehen, doch sie denkt, es ist wohl am besten, wenn die Mutter ihren Ärger jetzt herausläßt, dann ist es morgen ausgestanden. Kaum ist der Vater ins Bett gegangen und sie sind allein in der Küche, da legt sie auch schon los. Genau das hat Julie erwartet.

Die Mutter sagt, es sei ein Traum von ihr gewesen, daß ihre Töchter eine gute Partie machten. Und diese Verlobung wäre für sie das reine Glück gewesen, wenn Julie sich anders benommen hätte und nicht so geschmacklos und unanständig aufgedonnert zu dem Fest erschienen wäre. Und sie wisse ja wohl, wie sehr sie ihre Schwester damit enttäuscht habe?

Julie antwortet nicht, denkt, das ist die beste Art, um das hier zu überstehen.

Ob Julie eigentlich wisse, daß Johanne und Ingebrikt sich für diesen Verlobungstermin entschieden hatten, weil sie wußten, daß Julie nach Hause kommen würde? Weil sie wollten, daß sie dabeisein und die Freude mit ihnen teilen sollte? Daß das der Grund gewesen war, warum sie sich frei genommen hätten, obwohl Johanne noch nicht fertig mit der Schule ist? Und wer sollte denn auch ahnen, daß sie, ein erwachsener Mensch, sich so aufführen würde? Das schlimmste jedoch sei, daß es den Anschein habe, als hätte sie das mit Absicht getan.

»Du wirst doch nicht etwa eifersüchtig sein, Julie? Eifersüchtig auf Johanne, weil sie Pfarrersfrau wird?«

»Nein, nun hör aber auf, Mama«, sagt Julie resigniert. »Ich habe ja wohl auch eine gute Partie gemacht, denke ich.«

»Du, eine gute Partie gemacht? Du, die wie eine Dienstmagd in Storvik behandelt wird.«

»Nein, Mutter, das muß ich mir nicht anhören!«

Doch, nun solle sie endlich einmal zuhören, sagt Helga. Glaube Julie, daß es für sie, ihre Mutter, ein gutes Gefühl sei zu wissen, daß ihre Tochter dort in Storvik von dieser Hexe von Schwiegermutter wie ein Dienstmädchen behandelt werde?

»Na, so schlimm ist sie nun auch wieder nicht.«

Gewiß, antwortet die Mutter, in ihren Briefen habe Julie nicht gelogen. Es sei schon so, daß in der Aufregung die Wahrheit ans Licht komme. Und es gäbe nicht nur eine Schwiegermutter, unter der sie leide. Noch schlimmer sei es, daß sie einen bemitleidenswerten Mann geheiratet habe.

Einen Mann ohne Mumm, einen Träumer und Phantasten, der nicht in der Lage sei, die Verantwortung für seine Familie zu tragen.

»Nein«, sagt Julie scharf, »das höre ich mir nicht noch länger an.«

Sie erhebt sich und will gehen.

»Setz dich und laß mich aussprechen. Er ist bemitleidenswert und unehrlich dazu.«

»Unehrlich?«

Ja, Julie wisse wohl nicht, daß er sie hintergehe, daß er mit dem Vater korrespondiere?

Julie spürt, wie das Blut aus ihrem Gesicht weicht.

»Was denkst du dir denn jetzt aus, Mama?«

Da berichtet Helga, daß Jørgen an den Vater geschrieben und um Geld für eine Fuchsfarm gebeten habe, die er aufziehen wolle. In dem Brief habe er phantastische Pläne entworfen ohne jeden Bezug zur Wirklichkeit. Mit diesem Geschäft könne man das große Geld verdienen, habe er geschrieben und gleichzeitig gefordert, gegenüber der Mutter und Julie kein Wort darüber zu verlieren. Selbstverständlich habe der Vater ihm geantwortet und abgelehnt, ihm das Geld zu leihen. Er habe ihn auch gebeten, sich solche Gedanken über ein derart unsicheres Projekt aus dem Kopf zu schlagen und sich lieber auf die Übernahme des Hofes zu konzentrieren und diesen dann ordentlich zu führen. In seiner Antwort habe Jørgen noch einmal darum gebeten, Helga und Julie nichts zu sagen, aber er sei ja nun bestimmt zur Vernunft gekommen, jedenfalls hoffen sie das beide, sie und Johannes.

Wie gelähmt sitzt Julie da und hört der Mutter zu. Jørgen wollte von ihrem Vater Geld borgen? Ohne daß sie etwas davon wußte? Für eine Fuchsfarm? Das kann nicht wahr sein.

»Jetzt schwindelst du, Mama.«

»Nein, ich schwindele nicht. Aber sag ja nicht Vater oder Jørgen, daß ich dir das erzählt habe!«

Der Schock lähmt sie. Wie konnte er nur? Sie ist völlig empört, Wut, Verzweiflung steigen in ihr hoch, sie hat das Gefühl, verraten worden zu sein, doch als sie sich gefaßt hat, wird ihr auf einmal klar, daß die Mutter es ist, die Verrat übt.

»Und du fühltest dich verpflichtet, mir das zu erzählen, bevor Jørgen es mir selber sagen konnte?« fragt sie kalt.

»Ja, ich dachte, du hättest ein Anrecht darauf zu wissen, was das für ein Mann ist, mit dem du verheiratet bist.«

An der Tür dreht sie sich um und schaut die Mutter an.

»Du bist zu bemitleiden, Mama, daß du so wenig Größe besitzt.«

Die Demütigung ist unerträglich. Es hat sie so unvorbereitet getroffen, daß sie keine Möglichkeit hatte, sich zu schützen, keine Möglichkeit, der Mutter zu sagen, daß sie das schon längst wisse. Hätte er doch nur genug Verstand gehabt, es ihr zu sagen. Das hätte dem scharfen Angriff der Mutter die Spitze genommen. Eine starke Wut überkommt sie, auf die Mutter, auf Jørgen. Sie wird mit dem Vater darüber sprechen, und Jørgen soll zu spüren bekommen, was er angerichtet hat, es soll ihm nicht gelingen, sich herauszureden. Doch genauso schnell, wie der Zorn in ihr aufgestiegen ist, verraucht er und geht in das Gefühl über, machtlos zu sein. Jørgen, wie konnte er ihr das antun?

Wie oft haben sie nicht darüber gesprochen, daß es wichtig sei, offen über alles miteinander zu reden. Es war schon manchmal vorgekommen, daß er ihr unangenehme Dinge verschwiegen hatte, um sie zu schonen, wie er sagte. Zuletzt das mit den Schulden, die auf dem Hof lasten. Doch dieses Mal ist es etwas anderes und Schwerwiegenderes, dieses Mal hat er ihre Familie in die Sache mit hineingezogen. Ein Träumer wäre er und ein Phantast, hatte die Mutter gesagt. Ja, das sind sie vielleicht sogar alle beide, denn natürlich haben sie so manches Mal bis spät in die Nacht hinein darüber gesprochen, was sie tun können, um ihre Situation zu verbessern. Bestimmt ist einmal etwas von einer Fuchsfarm erwähnt worden. Daß er aber damit ernst machen wollte, ohne sie einzuweihen? Sie sieht ihn vor sich, in tiefster Verzweiflung. Wenn sie von ihm verlangt, daß er mit den Eltern reden und sie zur Vernunft bringen muß. Und sie kann sich vorstellen, was ihn das gekostet hat, daß er es aus Verzweiflung getan hat. Hat er es ihretwegen getan? Dann wäre der Verrat leichter zu ertragen.

Mit keinem Wort hat der Vater die Sache erwähnt, als sie sich auf der Reise nach Molde unterhielten. Das macht seine Loyalität deutlich, seine Zuverlässigkeit, und sie schämt sich ihres Gedankens, daß sie wegen der Angelegenheit zu ihm laufen wollte.

So bleibt der Verrat der Mutter, eine schmähliche Schande, was sie betrifft. Ihr fällt ein, was der Vater immer über die Mutter sagt. Daß Julie nachsichtig mit ihr sein müsse. Daß sie spreche, ohne nachzudenken. Sie habe ein schweres Leben gehabt, es sei nicht gerade ein Zuckerlecken, wenn man schlechte Nerven habe, sagt er. Sie hat die Mutter vor Augen, wie sie vorhin zusammenzuckte bei ihren Worten, bevor sie hinausgegangen war, und jetzt schämt sie sich ihrer harten Worte. So kompliziert ist das.

Was hatte sie nicht von dieser Reise erwartet, davon, wieder nach Hause zu kommen. Und am meisten, daß sie der Mutter näher kommen würde, wonach sie sich ja immer am meisten sehnt. Jetzt fühlt sie sich verzweifelt einsam. Nirgendwo gehört sie hin. Hier ist sie eine Fremde, in Storvik ist sie eine Fremde, da ist nichts zu machen.

Die letzten Tage, die sie zu Hause ist, hat sich alles beruhigt. Die verletzende Auseinandersetzung mit der Mutter wird nicht mehr erwähnt, über Johanne und Ingebrikt wird kaum gesprochen. Es ist, als sei dies alles nicht geschehen. Am letzten Abend sitzt sie mit der Mutter wieder alleine in der Küche. Jetzt wagt sie, ihr die Frage zu stellen, warum es jedesmal, wenn sie aufeinandertreffen, eine Mißstimmung zwischen ihnen gäbe.

»Um keines meiner Kinder muß ich mir solche Sorgen machen wie um dich, Julie, und das wird wohl auch so bleiben.«

»Aber wieso denn das, Mama?«

»Wir beide sind uns zu ähnlich. Sieh, unser Stolz ist es, der uns noch umbringen wird.«

»Was sagst du da, Mama«, flüstert Julie, während es ihr kalt den Rücken hinunterläuft. »Was sagst du da?«

Die Sommermonate sind die Zeit, in der es auf einem Bauernhof am meisten zu tun gibt. So ist es auch auf Storvik. Bevor die Mahd beginnt, müssen alle Geräte gewartet und instand gesetzt werden. Die Messer der Mähmaschinen und die Sensen werden geschärft, kaputte Zinken in den Heuharken müssen durch neue ersetzt, die Heuwagen überprüft und die Gestelle zum Heutrocknen in Ordnung gebracht werden. Alles soll fertig sein, damit die Arbeiten ohne Verzögerung beginnen können. Die Frauen müssen das Wohnhaus, aber auch die Nebengebäude reinigen, und sie müssen dafür sorgen, daß im Vorratshaus genügend zu essen bereitsteht, wenn die Hilfskräfte und die Sommergäste aus der Stadt anrücken. Synnøve hat für die Sommergäste Vorräte gesammelt, die im Vorratshaus in einer gesonderten Ecke aufbewahrt werden und extra gekennzeichnet sind. Und gnade Gott dem, der sich daran vergreift. Dort findet man die besten Stücke des Pökelfleisches, Geräuchertes, gesalzener Fisch, das dünnste und leckerste Fladenbrot, Weizenmehl und gute Butter. Darüber hinaus haben sie ein paar junge Kälber behalten, die gemästet werden, damit die Städter, wenn sie hier sind, frisches Fleisch essen können. Die Familie des Onkels kommt für gewöhnlich um den Johannistag und bleibt dann bis in den Juli hinein. Wenn das Wetter gut ist, bleibt Selma meistens noch länger. Der Onkel und Ivar verbringen hier die vierzehn Tage Urlaub, die sie bekommen, von Ivar wird verlangt, daß er beim Mähen hilft, obwohl er keine große Hilfe mehr bei der Arbeit ist, wie Jørgen sagt. Die restliche Zeit des

Sommers kommen sie nur noch an den Wochenenden. Manchmal bringen sie dann weitere Gäste mit. Sie wohnen drüben im Ausgedingehaus, haben für die täglich anfallenden Arbeiten wie Wäsche waschen, Zimmer reinigen, Betten machen ein Dienstmädchen mit. Ihnen wird die gute Stube überlassen, dort nehmen sie die Kaltverpflegung ein, doch der Herd in der kleinen Küche reicht nicht aus, um das Mittagessen darauf zu kochen. Das wird ihnen täglich im Wohnzimmer im Haupthaus serviert, und nicht selten werden sie anders beköstigt als die Hausbewohner. Die Mädchen, die sie mithaben, gehen ihnen bei der Zubereitung des Mittagessens und beim Abwaschen zur Hand, aber meistens stehen einem diese Stadtmenschen nur im Wege, sagt Synnøve. Alles, was sie essen, bekommen sie von hier aus dem Haus. Dabei wird nie gefragt, wieviel Mehrarbeit das mit sich bringt, noch, was es kostet. Es ist Ehrensache, daß die Gäste die Zeit über, die sie hier sind, alles, was Haus und Küche zu bieten haben, bekommen, doch bevor es wieder nach Hause geht, steckt Erling Storvik Synnøve und Julie ein paar Kronen zu als Dank für die Gastfreundschaft und die gute Bewirtung. So ist es auf vielen Höfen im Dorf. Daß das für die Frauen in dieser mit Arbeit ohnehin schon voll ausgefüllten Zeit eine zusätzliche Belastung ist, wird nicht erwähnt, und die meisten freuen sich auf das Kommen der Städter. Sie bringen Leben und Trubel mit, den Hauch einer anderen Welt, dann beginnt ein anderes Leben, das sich von dem gewöhnlichen Alltagstrott des restlichen Jahres gänzlich unterscheidet. Wenn die Städter kommen, ist der Sommer da, sagen die Leute immer.

Das Großreinemachen im Haupthaus wurde schnell noch erledigt, bevor Julie abreiste. Das Haus ist von unten bis oben geschrubbt und gewienert, Fenster wurden geputzt, Gardinen gewaschen und gestärkt und wieder angebracht.

Die feinste Bettwäsche, die den Gästen vorbehalten ist, wurde gewaschen und in der Frühlingssonne draußen auf dem Platz aufgehellt, bestickte Überlaken, schneeweiße Kopfkissen- und Bettbezüge liegen steif aufgestapelt bereit und warten auf die Gäste.

Während Astrid sich um das Essen kümmert und Jostein beaufsichtigt, machen Synnøve und das Dienstmädchen, das wegen Julies Abwesenheit aushilfsweise eingestellt wurde, das Vorratshaus sauber. Es hat zwei große Stockwerke, in denen die Saisonkräfte im Sommer schlafen, eine für die Frauen, die andere für die Männer. In der Mädchenkammer geht es in dieser Zeit häufig lebhaft zu. Es kommt vor, daß Hilfskräfte von anderen Höfen zu Besuch kommen, vor allem an den Wochenenden. Synnøve drückt dabei ein Auge zu, irgendwelche Unanständigkeiten will sie jedoch nicht dulden, sagt sie und gibt klare Anweisungen, was geduldet und was nicht geduldet wird. Ein unsittliches Hin- und Herwechseln zwischen den Räumen verbittet sie sich. Doch Synnøve kann nicht alles von morgens bis abends überwachen, daher ist es gar nicht so selten passiert, daß in der Erntezeit sowohl Wunsch- als auch Zwangsehen gestiftet wurden.

Heute abend sind sie mit dem Großreinemachen im Vorratshaus fertig geworden, Synnøve ist gereizt und verärgert. Sie klagt über Rückenschmerzen und schickt die Magd alleine zum Melken in den Sommerstall.

»So, den Stall soll sie mal scheuern, wenn sie wieder zu Hause ist. Das wird ja wohl nicht zuviel verlangt sein, nachdem sie sich davongestohlen hat und Urlaub macht, als ob sie eine Städterin wäre.«

»Aha, sie wird hier also doch gebraucht?« wirft Jørgen scharf ein.

Synnøve schnaubt verärgert: »Julie muß Kritik vertragen können wie andere Menschen auch.«

»Aber muß sie denn für alles, was sie tut, kritisiert werden?«

»Sie wird doch zurecht kritisiert, wenn sie jetzt einfach wegfährt und uns die ganze Schinderei überläßt und das Kind. Und du bist ja auch fix und fertig, tust mir leid, Nacht für Nacht mit dem Kleinen. Eine Sünde ist das und eine Schande.«

»Darf ich dich mal fragen, was dir Julie Schlimmes angetan hat? Könntest du nicht versuchen, ihr einmal ein bißchen mehr Verständnis entgegenzubringen?«

»Habe ich etwa kein Verständnis für sie? Und sie, wie verhält sie sich mir gegenüber? Komm mir bloß nicht so und halt den Mund, sonst platzt mir noch der Kragen. Und weißt du, was die Leute im Dorf von ihr sagen? Ja? Die sagen, daß sie viel zu hochnäsig ist, um mit Menschen normal zu reden. Und worauf kann sie sich denn was einbilden? Ihr Vater ist ein kleiner Bauer, der in einem Bootshaus Kisten zusammennagelt, mehr doch nicht.«

»Schäme dich, Mutter, das ist unerhört von dir.«

Er macht eine Runde über die Felder. Ein leichter Nieselregen liegt ein Schleier über dem Dorf, sammelt sich in glitzernden Tropfen im Gras der Wiesen, die gemäht werden sollen, hängt dampfend den sprießenden Feldern; die Luft ist voller Wohlgerüche von allem, was wächst und sprießt. Es gäbe so vieles, über das man sich freuen könnte.

Er hat auch selbst schon andeutungsweise davon gehört, daß Julie hochnäsig sei, steif, wie sie sagen. Er weiß, daß das nicht stimmt. Julie ist zartbesaitet und feinfühlig, spürt, daß sie von den Leuten nicht richtig angenommen wird. Es dauert bei ihr länger, bis sie mit jemandem warm wird, sie muß sich erst geborgen fühlen, bevor sie das schafft, das sagt sie selber. Außerdem ist es für jemanden, der von außerhalb kommt, auch nicht ganz leicht, hier aufgenommen zu werden. Julie sagt oft, daß sie sich in vielerlei Hinsicht mit den Zugewanderten von Øra enger verbunden fühlt als mit den Einwohnern des Dorfes. Das sind Fremde, wie sie auch. Aber hilft es, der Mutter so etwas zu sagen? Und für ihn ist die Mutter wiederum kein Unmensch. Er hat sich zu ihr immer mehr hingezogen gefühlt als zum Vater. Wenn sie und Julie doch bloß besser miteinander auskommen würden, sich beide nur ein bißchen anpassen könnten. Manchmal kommen sie ihm vor wie zwei Kampfhähne, die sich aufplustern, als wollten sie sich einander die Augen aushacken. Weiber, denkt er verbittert und tritt mit dem Fuß gegen einen Stein, der auf dem Weg liegt, daß sie nie friedlich zusammenleben können. Jede für sich genommen liebt er, und ihm bereiten immer die Tage die größte Freude, wenn es den Anschein hat, sie kämen gut miteinander aus.

Die eigentliche Ursache der Widrigkeiten ist selbstverständlich der Hof. Wann werden sie ihn übernehmen können? Seine Mutter war heute sehr erschöpft, das hat er ihr angesehen. Es passiert nicht oft, daß sie klagt, und noch seltener kommt es vor, daß sie anderen den Sommerstall überläßt. Sie wird bald sechzig, und der Vater geht auf die Siebzig zu. Sie sind beide nicht mehr jung und sollten froh sein, wenn sie sich zur Ruhe setzen und die Verantwortung abgeben können. Besonders seine Mutter, die sich hier auf dem Hof ein Menschenalter lang abgerackert hat. Aber sie sind so verdammt stur, alle beide. Der Vater mischt in der Politik mit, unter anderem als Mitglied im Gemeindevorstand, in dem er vertreten ist, solange Jørgen denken kann. Seltsamerweise hat er es abgelehnt, Bürgermeister des Ortes zu werden, obwohl er viele Male gefragt wurde, ob er dieses Amt nicht übernehmen wolle. Doch er ist bereits Sprecher der Armenfürsorge, ist Mitglied der Verwaltung und Ratsversammlung, auch auf Provinzebene. Unter anderem ist er im Vorstand der Küstendampfergesellschaft der Provinz Møre. Und er ist noch immer Chef der Bank. An dem Arbeitsablauf auf dem Hof ist er eigentlich nur wenig interessiert. Seit Jørgen erwachsen ist, hat er die Verantwortung dafür getragen, daß die Arbeit gemacht wird, während der Vater immer bestimmt hat, wie sie gemacht werden soll. Nach dem Besuch der Landwirtschaftsschule wollte Jørgen neue Arbeitsmethoden ausprobieren, doch bei solchen Dingen stellt sich der Vater quer. Das ist schon ärgerlich genug, doch das schlimmste ist das mit dem Geld. Wer kann ihm nachempfinden, was es für ein Gefühl ist, wenn man als erwachsener Mann zum Vater gehen und um jede Øre, die man für sich und seine Familie braucht, betteln muß. Nun ist es nicht so, daß sie auf Storvik irgendwie Not leiden, sie haben alles, was sie zum täglichen Leben brauchen, aber sobald sie etwas außer der Reihe haben wollen, Kleidung für Julie, für die Kinder oder für ihn selbst, für ein Geschenk, für alles, was über das Alltägliche hinausgeht, dann muß er den Gang nach Canossa zum Vater antreten. Manchmal könnte er verzweifeln. Immer dann träumt er davon, etwas Selbständiges anzufangen, Geld zu verdienen, über das sie selber verfügen können. Wie diese Pläne für diese elende Fuchsfarm. Ihm wird noch immer ganz heiß, wenn er an den Brief denkt, den er dem Schwiegervater geschrieben hat. Heute wünscht er nichts sehnlicher, als das ungeschehen machen zu können. Er hofft zutiefst, daß Julie niemals davon erfahren wird, doch in dieser Beziehung kann er dem Schwiegervater vertrauen. Es gibt bestimmt keinen Menschen, den er mehr respektiert als Johannes Rød.

Das sind die Sorgen, die ihm zusetzen. Die Mutter meinte, er sei kaputt, weil er sich wegen dem Kleinen die Nächte um die Ohren schlagen müsse, während Julie nicht da ist. Wenn es etwas nützte, würde er ihr sagen, was ihn hier auf dem Hof fix und fertig macht. Aber das führt nur zu Zwist und Verdruß. Dazu bringt er nicht die Kraft auf.

Nein, der Kleine setzt ihm überhaupt nicht zu. Er ist für ihn in dieser Zeit, seit er ihn bei sich im Zimmer hat, ein Trost und eine Freude. Es rührt ihn, wenn Jostein morgens am Gitter seines Bettchens steht und ihm die Arme entgegenstreckt. Meistens nimmt er ihn für eine Weile mit zu sich ins Bett, bevor sie aufstehen. Das Merkwürdigste ist, daß der Junge jetzt die ganze Nacht durchschläft. Darauf ist er stolz, er freut sich schon, wenn sie das sieht. Er ist stolz darauf, daß er, der Vater, aus ihrem Troll ein artiges Kind gemacht hat.

Er sitzt an diesem Morgen schon fertig angezogen in seinen guten Sachen bei einer Tasse Kaffee, als die Mutter in die Küche kommt. Sie bleibt stehen und starrt ihn an.

»Du bist schon auf? Wo willst du denn hin, mitten in der Woche im Sonntagsstaat?«

»Ich fahre in die Stadt, um sie abzuholen.«

»Du kannst doch hier nicht alles ohne weiteres stehen und liegen lassen. Und Geld, hast du denn Geld?«

»Das soll nicht deine Sorge sein. Der Kleine, Jostein, schläft noch, kümmere dich bitte um ihn«, sagt er und geht, bevor sie noch etwas erwidern kann.

Der Morgen ist klar, der Himmel blau, aber von Norden weht ein kalter und beißender Wind, kaum zu glauben, daß Sommer ist. Trotzdem hat er das Gefühl, vor Anspannung zu schwitzen, während er am frühen Morgen zum Kai hinuntergeht.

Schon seit langem hat er geplant, diese Reise zu machen, um sie abzuholen und sie hier zu Hause zu überrumpeln, um vom Hof wegzukommen. Sehnlichst hatte er eine Situation herbeigewünscht, einen Anlaß gesucht, um Geld für die

Reise zu erbitten. Er weiß, daß die Mutter etwas Geld, das sie vom Verkauf von Milch, Eiern und Butter einnimmt, zurückgelegt hat, doch ihm fehlte die Kraft, das Spektakel zu ertragen, das es gegeben hätte, wenn er sie gefragt hätte. Astrid hat auch nicht viel mehr Geld zur Verfügung als er. Auch sie ist dem guten Willen des Vaters ausgeliefert. Bevor er dazu kam, den Vater zu fragen, fuhr dieser plötzlich unerwartet nach Trondheim. Wenn alles planmäßig verläuft, wird er jetzt mit demselben Dampfer, den Jørgen nehmen will, zurückkommen. Nun muß er sein Glück versuchen, daß ihm der Vater Geld gibt, wenn sie sich am Kai treffen. Es ist längst nicht sicher, daß das so klappt, wie er es sich erhofft, aber fahren wird er. Und wenn er sich an Bord von Leuten Geld borgen oder die Fahrkarte zum Teil auf Kredit kaufen muß, denn schließlich ist sein Vater im Vorstand der Dampfergesellschaft und fährt gratis. Für die Heimreise kann er sich etwas von Ivar leihen. Er hat nicht einmal genug Geld für eine Fahrt in der Tasche. Aber niemand wird ihn kleinlaut in seinen Sonntagskleidern zusammen mit dem Vater nach Hause zurückkehren sehen. Die können zwei und zwei zusammenzählen und würden sich ihren Reim darauf machen. Sie haben so schon genug zum Tratschen.

Große Erleichterung verspürt er, als er den Vater an der Reling stehen sieht. Jetzt alles oder nichts. Am Laufsteg nimmt er ihn in Empfang, sieht seinem Gesicht die Überraschung an.

»So, du willst also wegfahren?«

»Ja, ich hole sie aus der Stadt ab. Ich brauche Geld«, sagt Jørgen leise.

Er sieht, wie sich das Gesicht des Vaters verfinstert, doch er faßt sich schnell. Hier sind viele Leute, die alles sehen und hören. Er holt das Portemonnaie heraus, gibt Jørgen einen Fünfzigkronenschein.

»Hier, das hast du noch zu kriegen«, sagt er laut, so daß es alle hören können. Jørgen schaut ihn sprachlos an.

»Aber das ist doch viel zuviel.«

»Nimm es und sei ruhig«, faucht Kristoffer durch die Zähne. »Es hat ja keiner gesagt, daß du alles verplempern sollst.«

Dann reicht er Jørgen die Hand, wünscht eine gute Fahrt und trägt ihm Grüße auf. Er verliert sein Gesicht nicht, ein Kristoffer Storvik weiß sich zu benehmen. Und genau darauf hatte Jørgen gehofft, darauf hatte er gesetzt. Aber fünfzig Kronen? Was war mit dem Alten los? Er kennt seinen Vater gut genug, um zu wissen, daß er dafür bezahlen wird, wenn er wieder nach Hause kommt, aber daran will er jetzt nicht denken. Damit wird er sich befassen, wenn es soweit ist.

Der Jørgen, der jetzt an Bord geht, ist ein ganz anderer als der von heute morgen auf dem Weg zum Kai mit dem Kopf voller Sorgen. Er fühlt sich unglaublich erleichtert und ungeheuer glücklich, er macht den Rücken gerade, als er den Fünfzigkronenschein am Fahrkartenschalter hinreicht und nimmt sich viel Zeit, um das Wechselgeld in seiner Börse zu verstauen. Er kann sich nicht erinnern, wann er zuletzt soviel Geld in Händen hatte. Er kauft sich Kaffee und belegte Brote, später am Tag leistet er sich ein Mittagessen, die langweiligen Brote, die er sich am Morgen gemacht hat, liegen unberührt in seiner Aktentasche. Einmal kann man sich einen solchen Luxus leisten, findet er. Das Geld ist ja keine milde Gabe, er kann es mit gutem Gewissen ausgeben, denkt er, denn schließlich hat er dafür gearbeitet.

Fröhlich und guter Dinge unterhält er sich an Bord mit der Mannschaft und mit den Leuten, die er kennt.

»Du siehst heute aus, als ob du in der Lotterie gewonnen hättest, Jørgen«, sagt einer seiner Nachbarn, der mit auf dem Dampfer fährt. »Ist das, weil du deine Frau abholst?«

»Das wird es wohl sein.«

»Ja, ja«, sagt der Alte, gedämpft lachend. »Es steht wohl schon in der Schrift, daß der Mann nicht dafür geschaffen ist, allein zu sein.«

»So heißt es«, sagt Jørgen und lacht auch.

Bei dem Gedanken, daß er sie gleich wiedersehen wird, gehen ihm Hitzewellen durch den Körper. Wie er sie vermißt hat. Nie hätte er gedacht, daß es möglich wäre, einen Menschen so zu lieben, daß jemand solche Macht über ihn gewinnen könnte. Doch dann kommt wieder dieses alte Unruhegefühl in ihm hoch. Und wenn sie nicht kommt? Wenn irgend etwas dazwischengekommen ist, so daß sie morgen nicht mit dem Dampfer aus Molde kommt? Er hat ihr nicht geschrieben und mitgeteilt, daß er sie in Kristiansund abholen will, er hat sich lediglich Gewißheit verschafft, daß sie wirklich an diesem Tag kommt. Er konnte ja nicht sicher sein, daß er an diesem Tag von zu Hause weggekommen wäre, er wollte ihr die Enttäuschung ersparen, wenn er dann doch nicht erscheinen würde. Diese Angst wird er wohl nicht eher loswerden, bis er sie sieht, bis er sie umarmen und sicher sein kann, daß sie wieder da ist, sie und der Junge.

Während der Dampfer anlegt, steht er voller Anspannung gemeinsam mit Ivar am Kai und hält nach ihnen Ausschau. Als er sie an der Reling mit Krister auf dem Arm entdeckt, erkennt er sie fast nicht wieder. Von Kopf bis Fuß neu eingekleidet, hellbrauner Mantel mit Samtkragen, der im Nacken hochgeschlagen ist, neuer Hut, sie sieht so fremd und hübsch aus, daß er heftig erschrickt. Da hört er Kristers durchdringende Kinderstimme:

»Sieh, da ist der Papa! Und der Onkel Ivar mit dem Auto!«

Als er und Ivar an Bord gehen, um ihr mit dem Gepäck behilflich zu sein, kommt Krister ihm in die Arme geflogen, fällt ihm um den Hals und klammert sich fest.

»Papa!«

»Freust du dich so, daß dein Papa da ist«, sagt Jørgen überwältigt.

Er steht da und schaut sie an, nimmt ihren Anblick in sich auf. Die Freude in ihrem Gesicht, die leichte Röte auf den Wangen, die Augen, die ihn anstrahlen.

»Was für eine Überraschung aber auch«, sagt sie, und ihre Stimme zittert dabei.

Die Freude in ihm läßt nach, als er sieht, wie sich ihre Augen mit Tränen füllen.

Erst als sie mit dem Gepäck um sich herum am Auto stehen, kommt er dazu, ihr die Hand zu geben und sie willkommen zu heißen, er starrt sie an, findet keine Worte, ihr all das zu sagen, was er ihr jetzt sagen will.

»Was hast du mit deinen Haaren gemacht?« fragt er fassungslos.

»Abgeschnitten, wie du wohl siehst.«

»Die Mama hat sich die Haare in Molde abschneiden lassen, und die Großmutter ist deswegen ziemlich böse geworden«, sagt Krister.

Es ist schon verwunderlich, was Kleider bewirken können, denkt Julie, als sie bei der Begrüßung vor Selma Storvik steht und ihren anerkennenden Blick bemerkt.

»Schau einer an, wie elegant du heute bist und wie gut du aussiehst, Julie. Und was für schöne Sachen. Sind die neu?«

»Eine Schneiderin hat sie mir zu Hause genäht.«

»Hier in der Stadt hättest du keine besseren bekommen

können. Und die Haare hast du dir abschneiden lassen? Nein, wie dir das steht. Bist du nicht stolz, Jørgen, daß du eine so schicke Frau hast?«

»Ja, ich weiß noch nicht...«, sagt er verlegen und streicht sich über das Gesicht.

Jørgen hilft ihr mit dem Gepäck, das sie in das große Gästezimmer im Obergeschoß tragen. Dort steht ein Doppelbett bereit, über das eine gehäkelte Bettdecke gebreitet ist. Für Krister wurde ein Kinderbett in das Zimmer gestellt. Wieder steht er vor ihr, starrt sie an.

»Deine Haare«, sagt er vorwurfsvoll.

»Nein, jetzt will ich aber nichts mehr von meinen Haaren hören. Sehe ich nicht schön aus?«

»Schön? Natürlich siehst du schön aus. Aber ich hätte dich fast nicht wiedererkannt, als du da auf dem Dampfer gestanden hast.«

»Anscheinend bist du nicht gerade glücklich, daß du mich wiederhast«, sagt sie und lächelt dabei.

Da zieht er sie an sich, schließt sie fest in die Arme.

»Glücklich? O Herrgott, du weißt nicht, wie das war. Du darfst nie wieder wegfahren, nie wieder. Hörst du?«

»Nein, ich werde nie wieder wegfahren, jedenfalls nicht unter solchen Umständen. Ich habe dich so furchtbar lieb, Jørgen«, sagt sie zärtlich.

In diesem Moment ist alles vergessen, alle Widrigkeiten und alles Unangenehme, denn jetzt zählt nur das eine, die große Gewißheit, daß sie hierhergehört, zu ihm.

Selma hat ihr den Plättraum gezeigt und erklärt, wie das elektrische Bügeleisen zu handhaben ist, falls sie ein Kleidungsstück bügeln wollte. Sie hat sich entschlossen, das Kleid anzuziehen, das sie auf Johannes Verlobungsfeier beim Mittagessen anhatte. Wenn schon, denn schon, denkt sie belustigt, einmal im Leben will sie es sich gönnen, als Luxusdame aufzutreten. Luxus ist es für sie auch, das Kleid mit diesem sauberen und blanken Bügeleisen plätten zu können. Sie fragt sich, ob diejenigen, die einen solchen Luxus wie Elektrizität haben, wissen, wie glücklich sie sich schätzen können. Das Kleckern der Talgkerzen nicht zu haben und keine qualmenden Petroleumlampen, und keine Rußflecken auf den frisch gewaschenen Sachen.

Es war sicher leichtsinnig von ihr, in den neuen Sachen zu reisen, dem Mantel und dem Rock, die neu für sie genäht wurden, und die neue Bluse auf der Reise anzuziehen, aber sie hatte sich in Molde dazu entschlossen, weil ziemlich kühles Wetter war und weil sie wußte, daß sie hierher, in dieses Haus kommen würde. An Bord auf dem Dampfer mußte sie sich gewaltig vorsehen, um sich nicht schmutzig zu machen, mußte aufpassen, daß die Sachen nicht zerknitterten und Schaden nahmen, aber als sie die Anerkennung in Selmas Blick sah, da hatte sich alle Mühe gelohnt. So viel Eitelkeit muß ihr erlaubt sein. Zum ersten Mal, solange sie denken kann, ist sie mit keinem unangenehmen Gefühl in dieses Haus gekommen. Und Jørgen. Wenn sie an seinen Gesichtsausdruck denkt, als er sie erblickte, dann muß sie wieder lachen. Als sie ihn dort am Kai sah, da war sie plötzlich unwahrscheinlich glücklich. Erinnerungen an die allererste Begegnung mit ihm überkamen sie und bewirkten, daß ihr Tränen in die Augen schossen. Diese Erinnerungen kann ihr niemand nehmen.

Heute morgen, als der Dampfer vom Kai in Molde ablegte, hatte sie ein sonderbares Erlebnis. Sie stand an der Reling und sah über den Fjord, sah die majestätische Bergkette, die sich gegen den blauen Himmel abzeichnete. Dieser Anblick, der ihr so oft vor Augen tritt, wenn sie auf Storvik ist und

Heimweh hat. Molde, das für sie immer *die Stadt* gewesen ist. Heute hatte sie dagestanden und gespürt, daß sie davon Abschied nahm, sie hatte das sonderbare Gefühl, daß es endgültig war. Was hatte sie nicht an die Reise nach Hause für Erwartungen geknüpft. Nach drei Jahren Abwesenheit eine wohl etwas andere Heimkehr erwartet. Und dann das mit Johanne, das sie erschütterte, ihr das Gefühl gab, ausgeschlossen und fremd zu sein. Doch auch die alten Unstimmigkeiten zwischen ihr und der Mutter waren noch dieselben. Diese Unstimmigkeiten, die sie vergißt, wenn sie von zu Hause fort ist. Jetzt steht sie am Fenster und sieht über eine andere Stadt, Kristiansund. Mit jedem Mal, das sie hier ist, fühlt sie sich diesem Ort mehr und mehr verbunden. Die Stadt der Nordmøringer, wird das auch bald ihre Stadt sein?

Sie steht vor dem Spiegel, bürstet ihre glänzenden Haare, befestigt die Perlenspange über dem Ohr, befeuchtet die Fingerkuppen mit Spucke und zieht die Spitzen der geschnittenen Haare nach vorne hin zum Gesicht. In Molde hat sie sich zum ersten Mal in ihrem Leben einen Lippenstift gekauft. Vorsichtig tupft sie ein klein wenig auf die Fingerspitze und verstreicht es auf den Lippen.

Als sie in das Zimmer kommt, wird es plötzlich genauso still wie bei Johannes Feier. Dann kommt Selma auf sie zu, dreht sie im Kreise.

»Nein, habt ihr schon einmal so etwas gesehen?«

»Bist du es wirklich, Julie?« brummt der Onkel. »Ich dachte schon, hier kommt ein Mannequin ins Zimmer.«

Sie sieht Bewunderung sowohl in seinem als auch in Ivars Blick.

Julies Wangen glühen, Jørgen schaut verlegen drein, aber sie kann Stolz in seinem Gesicht erkennen. Doch in ihrem Innern meldet sich eine Stimme, die sie fragt, warum sie das tut. Was will sie ihnen eigentlich beweisen? Aber sie verdrängt diese Bedenken, heute abend will sie das einfach einmal genießen. Genießen, eine andere zu sein als die, die sie die vielen gewöhnlichen Tage auf Storvik immer ist.

Es gibt Kalbssteak, und dazu wird Rotwein in hohen Kristallgläsern serviert. Sie schaut Jørgen an, sein offenes, verletzliches Gesicht, sie hätte nie gedacht, daß er etwas vor ihr verbergen könnte. Aber das hat er, diesen Brief an ihren Vater, das kommt ihr jetzt unglaublich vor, aber auch das schiebt sie wieder beiseite. Jetzt will sie nicht daran denken, will sich über diesen Abend freuen, den sie gemeinsam vor sich haben. Sie fängt an zu träumen. Stellt sich vor, wie es wäre, wenn sie und Jørgen so leben könnten. In einem solchen Haus wohnen, eine Haushilfe haben, die alle schweren Arbeiten macht, an einer Tafel wie dieser speisen, mit einem strahlend weißen Tischtuch aus Damast, mit Servietten, silbernen Serviettenringen, einem Dienstmädchen, das aufträgt und sofort zur Stelle ist, wenn Selma mit der kleinen Glocke, die neben ihrem Teller liegt, schellt. Es ist das erste Mal, daß sie solche Gedanken hat. Jetzt ist ihr auch klar, warum Ivar so gut hierher paßt, jetzt weiß sie, daß er hierhergehört, und sie versteht Synnøves Bitterkeit deswegen. Doch als sie Krister ins Bett bringt und Selma kommt, um ihm gute Nacht zu sagen, sieht sie, daß es nicht nur das reine Glück ist, Selma Storvik zu sein. Ihre Augen werden blank, als sie Krister fröhlich gestimmt und zufrieden in seinem Bettchen sieht.

»Ihr könnt euch glücklich schätzen, solche Kinder zu haben. Und Synnøve kann sich glücklich schätzen, daß sie die Freude erleben darf, Großmutter zu sein.«

»Du wirst auch noch Großmutter, warum denn nicht.«

»O nein, es sieht nicht danach aus.«

»Wie geht es denn euren Töchtern?«

»Es geht ihnen gut, aber keine kommt wieder zu uns zurück.«

»Bist du sicher?«

»Ja, ganz sicher.«

Als sie das Zimmer verläßt, sieht sie so erbarmungswürdig aus, daß Julie Mitleid mit ihr bekommt. Die Freude, Kinder zu haben, kann eben durch kein Gut der Welt aufgewogen werden, denkt Julie, und sie versteht ein bißchen besser, was es heißt, ein Leben wie Selma zu führen.

Unten im Wohnzimmer gibt es Kaffee und Kuchen, Likör und Kognak. Die Männer diskutieren angeregt über den Tisch hinweg, während Julie und Selma auf dem Sofa sitzen und sich leise über alltägliche Dinge unterhalten, worüber Frauen gerne reden, über Haus, Heim und Kinder. Doch mit einem halben Ohr hört Julie auf das Gespräch der Männer. Natürlich dreht es sich um Politik. Wie Julie mitbekommt, ist Ivar zur konservativen Partei *Høyre* übergewechselt wie der Onkel auch, und Jørgen, der die Politik von der linksliberalen *Venstre* verteidigt, ist in einer solchen Konstellation der Verlierer. Schließlich geben die beiden Frauen ihr eigenes Gespräch auf, bleiben still sitzen und hören zu. Ivar, der in Deutschland gewesen ist, berichtet, daß die Verhältnisse dort unten noch viel schlechter sind als hier, was die Arbeitslosigkeit angeht und die blanke Not, die viele leiden. Der Onkel sagt, wenn nicht bald andere Zeiten kommen, dann geht es mit dieser Stadt direkt bergab. Eine Stadt, die fast ein Viertel ihrer Einnahmen für die Armenfürsorge ausgeben muß, kann nicht überleben, sagt er, und er wettert gegen die Sozialisten, die mit der Heraufbeschwörung von Konflikten bei der Arbeit und mit ihrem Aufruhr gegen die Arbeitgeber die schlechte Lage noch verschlimmern. Er befürchtet, daß sie im Herbst bei der Wahl der Regierung Erfolg haben werden, was für das Land eine Katastrophe wäre. Er selbst bekleidet eine exponierte Position, die nervenaufreibend ist. Bis jetzt sind sie in der Bank zurechtgekommen, indem sie einen kühlen Kopf bewahrt hätten, sagt er, aber er traue sich nie, länger als einen Tag wegzubleiben.

Zur Kommunalwahl 1925 war der Streit um den Namen das große Thema. In den Zeitungen wurde eine heftige Debatte geführt zwischen denen, die dafür eintraten, daß die Stadt in Fosna umbenannt werden sollte, und denen, die dafür waren, daß die Stadt ihren Namen Kristiansund behalten sollte. Diese Frage spaltete die Parteien und sorgte für große Unruhe in der politischen Landschaft der Stadt. Er selbst, seit mehreren Jahren in der Stadtverordnetenversammlung, hat dagegen gestimmt, als die Empfehlung für Fosna mit einundvierzig gegen neunzehn Stimmen abgeschmettert wurde. Wie sonderbar diese Debatte war, erkennt man daran, daß der Arbeiterführer Ulrik Olsen dabei dieselbe Meinung vertrat wie er. Unnötig und zeitraubend sei die ganze Sache für die Stadtverordnetenversammlung gewesen, die besseres zu tun hatte. Aber noch immer könne er jene nicht verstehen, die auf die Idee kämen, die Stadt in Fosna umzubenennen. Seiner Meinung nach die reinste Idiotie. Der Name Kristiansunds sei in der ganzen Welt bekannt wegen des Klippfischhandels, er sei überzeugt davon, daß der Export Schaden genommen hätte, wenn die Stadt den Namen gewechselt hätte. Fosna, sagt er, was sei das für ein Name für eine Stadt? Und dieses Mal gäbe es wohl einen Wahlkampf mit vielen Demonstrationen, Agitation und Unruhe.

»Es gibt in dieser Stadt zu viele Aufwiegler«, sagt er. »Diese Menschen sollten ihre Kräfte lieber für etwas Konstruktives verwenden, anstatt Leute zu ungesetzlichem Handeln und zur Rebellion aufzuhetzen.«

Vielleicht ist es Einbildung, doch sie hat den Eindruck, daß letzteres an sie gerichtet war, daß er wie auch sie an Yngvar denken. Doch Yngvar Thorsen wird in diesem Hause nicht erwähnt, jedenfalls nicht, wenn sie hier ist. Auch die Begegnung mit Randi und ihr am 17. Mai wird nicht erwähnt. Bei dem Gedanken an Randi und alles, was sie betrifft, könnte ihr trotz der gemütlichen Atmosphäre, bei dem Luxus, der hier herrscht, schlecht werden. Sie ertappt sich dabei, wie sie sich nach Randis gemütlicher Küche sehnt, nach den vertrauten Gesprächen am Küchentisch und die Verzauberung, der Traum ist vorbei. Sie denkt, sie könnte diesen Menschen hier das eine oder andere erzählen, was es heißt, in diesen Zeiten in dieser Stadt eine Arbeiterfamilie zu sein. Und verglichen mit vielen anderen, geht es Randi und Yngvar noch leidlich. Doch sie sagt nichts, selbstverständlich tut sie es nicht. Schließlich weiß sie sich zu benehmen, doch sie spürt, daß die Stimmung im Raum anders geworden ist. Der Onkel wirft einen Blick auf seine Taschenuhr.

»Es ist wohl Zeit, zu Bett zu gehen. Und ich denke, das junge Paar wird sich nach der langen Trennung danach sehnen, endlich allein sein zu können.«

Diese Anspielung treibt Jørgen die Röte ins Gesicht, und sie selber spürt auch, daß sie knallrot wird. Diese Bemerkung hätte er sich sparen können.

Er weiß nicht, ob es die Trennung ist oder die fremde Umgebung, aber in dieser Nacht lieben sie sich wie in der ersten, hitzigen Zeit. Wie damals, als er nicht genug von ihr und sie nicht genug von ihm bekommen konnte. Sie lieben sich mit einer Leidenschaft, zugleich aber auch mit einer bedächtigen, genießenden Hingabe, die ein Glücksgefühl in ihm aufkommen läßt, das seine Brust wie ein Schmerz zu sprengen droht. Dieser Blick von ihr nagelt ihn fest, gibt ihm das Gefühl, wehrlos und nackt zu sein, doch er kann diesem Blick nicht ausweichen, er versinkt in ihm, voller Innigkeit und ohne jeden Verstand versinkt er in ihr. Die Freude in ihren Augen, der Schmerz, die Hingabe, er muß sich zusammennehmen, um nicht in Jubel, in Tränen auszubrechen.

Bevor der Dampfer ablegt, haben sie noch etwas Zeit zum Einkaufen. Jørgen besteht darauf, ein paar helle Lederhandschuhe zu kaufen, die Julie in einem Schaufenster bewundert. Für sich selber kauft er einen hellen Sommerhut und für jedes der beiden Kinder ein Spielauto. Innerlich tut es ihr ein bißchen weh, daß dieses Geld nicht für etwas Nützlicheres ausgegeben wird.

»Hast du denn Geld für solche Dinge, Jørgen?«

»Ich *will* Geld dafür haben. Bis zum nächsten Mal kann es lange dauern.«

An Bord des Dampfers geht er mit ihnen Mittagessen.

»Aber ist das denn nötig, Jørgen? Was fangen wir mit der ganzen Verpflegung an, die uns Selma mitgegeben hat?«

»Die essen wir später, wir haben noch eine lange Reise vor uns. Ich sehe dir an, was du denkst, Julie. Aber jetzt sollst du nur das Essen genießen. Es passiert nicht alle Tage, daß ich dir ein Essen spendieren kann.«

»Ich möchte jetzt aber doch mal wissen, woher du das ganze Geld hast.«

Er erzählt ihr, wie er den Vater überrumpelt hat, so daß er sich gezwungen sah, mit dem Reisegeld für ihn herauszurükken.

»Er hatte wohl keinen kleineren als einen Fünfzigkronenschein im Portemonnaie, und ich schwöre, dieses Geld hier habe ich mir ehrlich verdient. Ich habe für das Geld gearbeitet, außerdem haben sie mir auch vermasselt, daß ich dich auf der Reise begleite.«

Sie lacht, stellt sich Kristoffers Gesicht vor, doch das Lachen vergeht ihr gleich wieder. Diese Geschichte zeigt drastisch, wie ihr Leben mit Jørgen auf dem Hof aussieht.

»Aber du hättest vielleicht ein bißchen von dem Geld für später sparen können?« sagt sie matt.

»Sparen? O nein, der Alte will den Rest wiederhaben, jede Øre, sagte er.«

Sie spürt, wie der Übermut, den sie empfand, seit sie ihn dort am Kai stehen sah, um sie abzuholen, wie das Glücksgefühl nach dieser gemeinsam verbrachten Nacht dahinschmilzt, sich in Nichts auflöst. Sie muß wieder *dorthin* zurück.

Sie reist in dem alten blauen Mantel, den sie auch auf der Hinfahrt anhatte. Als einziges von den neuen Kleidungsstükken trägt sie den Hut, aber sie spürt trotzdem die Blicke der Leute aus ihrem Ort, die mit an Bord sind. Von dem Mut, den sie an dem Tag hatte, als sie zusammen mit Tante Molla in Molde einkaufen war, ist nicht viel übriggeblieben. Jetzt sitzt sie da und ärgert sich über fast alles. Über die neue Frisur und die modernen Sachen, was wird ihr das alles im Alltag, der sie erwartet, helfen? Wird es anders als provozierend auf die Schwiegermutter wirken?

»Du bist so nachdenklich, Julie. Beunruhigt dich etwas?«

»Nein, ich bin jetzt nur etwas müde.«

Trotz des blauen Himmels und der Sonne ist es zu kalt, um bei diesem eisigen Nordwind an Deck zu sitzen, deshalb bleiben sie fast während der ganzen Reise in dem stickigen Salon. Julie erzählt, wie es zu Hause war und was sie im Dorf ihrer Kindheit erlebt hat, berichtet von Johannes Verlobung, von der Feier und von dem Gottesdienst, den Ingebrikt abhielt.

Ja, er erinnere sich doch wohl an Ingebrikt? Sie habe ihn Jørgen einmal auf einer Reise, als sie nach Hause fuhren, vorgestellt. Noch immer fällt es ihr schwer, darüber zu sprechen.

»Na, dann hat Johanne ja ausgesorgt. Du lieber Gott, Frau eines Pastors. Und wie schön für dich, daß du die Feier mitmachen konntest.«

»So kann man das auch sagen«, bemerkt sie trocken.

»Das hört sich nicht sonderlich enthusiastisch an?«

»Doch, natürlich. Natürlich freue ich mich für Johanne.«

Krister spielt friedlich mit seinem Spielzeugauto. Zwischendurch kriecht er auf den Schoß seines Vaters und will nicht wieder runter. Als ihm die Zeit zu lang wird, macht Jørgen eine Runde mit ihm auf dem Dampfer. Indessen döst Julie mit einem Anflug von Kopfschmerzen in den Schläfen vor sich hin. Es graust ihr vor der Heimkehr, gleichzeitig freut sie sich darauf, wünscht sie ungeduldig herbei, brennt darauf, ihren Kleinen in den Armen zu halten. Die ganze Zeit über, die sie fort war, hat sie die Sehnsucht nach ihm verdrängt.

Sie steht an der Reling und nimmt den wohlbekannten Anblick in sich auf. Dort liegt Storvik, in die Abendsonne getaucht das weiße langgestreckte Wohnhaus, die roten Nebengebäude, umgeben von den grünen Äckern und Wiesen, und zum ersten Mal hat sie das Gefühl, nach Hause zu kommen. Zum ersten Mal hat sie das Gefühl, hierher zu gehören. Trotz allem. Sie hat jetzt kein anderes Zuhause mehr als dieses.

Am Kai steht Kristoffer, um sie in Empfang zu nehmen, zur Begrüßung reicht er ihnen die Hand. Er hebt Krister nach vorn auf den Kutschbock.

»Stell dir vor, du darfst vorne beim Großvater sitzen.«

Krister plappert wie ein Wasserfall, erzählt, was er alles erlebt hat. Auf der kurzen Fahrt zum Hof hinauf sagt Kristoffer weder zu Julie noch zu Jørgen ein Wort. Als sie im Hof angekommen sind, holt Jørgen sein Portemonnaie heraus, gibt dem Vater einen Zehner und hält ihm seine Hand mit ein paar Kronen und Kleingeld hin.

»Ist das alles, was du noch hast?« fragt Kristoffer, und seine Stimme bebt vor Zorn.

»Wir waren zu dritt unterwegs. Und sollten wir etwa nicht reisen wie andere Leute auch?«

»Das ist genau, was ich gesagt habe. Du wirst es nie lernen, mit Geld umzugehen. Nein, das Kleingeld kannst du selber behalten«, sagt Kristoffer, während er Jørgens Hand mit dem Wechselgeld zur Seite schiebt und den Zehner in sein eigenes Portemonnaie steckt.

Julie spürt Schamröte auf ihren Wangen brennen. Es ist unerträglich, Jørgen so klein zu sehen, sie hält das nicht aus, wird sich nie daran gewöhnen.

Synnøve und Astrid stehen zum Empfang auf der Treppe. Wenn sie den Zwischenfall bemerkt und gehört haben, was gesagt wurde, so ist das während der Begrüßung keiner von beiden anzusehen. Im Flur, als Julie Mantel und Hut ablegt, bleiben sie stehen und starren sie an. Zu ihren Haaren sagen sie nichts, doch ihnen ist anzumerken, was sie denken, und Synnøve wird bestimmt ihren Kommentar dazu abgeben, sobald sich eine Gelegenheit dazu bietet, wenn sie sie recht kennt.

»Wo ist Jostein?« fragt Julie.

»Er schläft, leider«, sagt Astrid. »Ich habe versucht, ihn wach zu halten, bis ihr kommt, aber es war für ihn zu spät. Er ist eingeschlafen.«

»Ach, schade«, sagt Julie, »da bin ich aber enttäuscht.«

»Wenn du so lange warten konntest, wirst du wohl diese

eine Nacht auch noch warten können«, sagt Synnøve trocken.

»Ich gehe hoch und sehe nach ihm.«

»Sei aber leise, und wecke ihn nicht auf. Er war ziemlich ungezogen, seit du weg warst, Jørgen.«

Vorsichtig drückt sie die Türklinke herunter, schleicht sich durch das Zimmer zu dem Bettchen, in dem er schläft. Er hat die Zudecke weggestrampelt, liegt auf dem Bauch mit angezogenen Beinen unter dem Körper, den runden Popo nach oben gestreckt, die kleinen, hellroten Fußsohlen mit den Zehen aneinander, seine gelockten Haare und das im Schlaf friedliche Gesichtchen. Wie von einem Schock wird sie von Zärtlichkeit ergriffen. Sie muß sich zusammenreißen, um ihn nicht hoch in ihre Arme zu nehmen und an sich zu drücken. Sie kann sich an dem kleinen Körper nicht satt sehen, wie niedlich er ist. Wie konnte sie ihn hier zurücklassen? Wie konnte sie nur annehmen, daß sie ihn weniger lieben würde als Krister?

»Mein Kleiner«, flüstert sie, deckt ihn vorsichtig zu, streicht ihm über die Haare und schleicht sich hinaus.

Später am Abend ist sie für einen Moment mit Astrid in der Küche allein.

»Du hast dir die Haare abschneiden lassen, wie ich sehe«, sagt Astrid. »Das steht dir. Ich will, daß du das weißt, vor der Mutter getraue ich mich nicht, das zu sagen.«

»Danke, meinst du das wirklich?« fragt Julie erfreut. »Das solltest du vielleicht auch tun, Astrid. Bald werden die meisten kurze Haare haben. Mir ist das in Kristiansund aufgefallen und in Molde auch.«

»Ich? Nein, ich lasse meine Frisur lieber, wie sie ist. Was denkst du denn, was die Mutter sagen würde? Außerdem habe ich nicht die Haare dafür. Bei mir würde das dämlich aussehen.«

Sie legt Krister schlafen, und später gehen sie selbst zu Bett, ohne daß Jostein wach wird. Sie schmiegt sich an Jørgen, saugt Trost und Wärme aus dem vertrauten Körper. Das sind die Momente, ohne die sie nicht sein kann, die an ihren Körperkräften zehren und ihr zugleich neue Stärke, Schlaf und Ruhe verleihen.

Am Morgen wird sie von Josteins Geplapper geweckt, sie bleibt liegen und beobachtet ihn. Sie sieht auf die Uhr, es ist Zeit zum Aufstehen, und er hat die ganze Nacht durchgeschlafen. Es ist nicht zu glauben, seit seiner Geburt ist es das erste Mal. Jetzt richtet er sich auf, bemerkt Krister, der in seinem Bettchen neben ihm liegt. Er lacht erfreut auf und streckt die Ärmchen nach Krister aus, der aufwacht und sich schlaftrunken in seinem Bett aufsetzt.

»Hallo, kleiner Bruder.«

»Da, da«, quietscht Jostein vergnügt.

Jetzt entdeckt er sie. Mit halboffenem Mund und großen, verwunderten Augen schaut er sie an.

»Hallo«, sagt sie zärtlich und steht auf, um ihn aus dem Bett zu nehmen. Doch er weicht ihr aus. Auf wackligen Beinchen läuft er quer durch sein Bett, drückt sich an die Wand und fängt herzzerreißend zu weinen an. Als sie versucht, ihn hochzunehmen, fuchtelt er verzweifelt mit seinen Ärmchen und wehrt sich.

»Aber Jostein, ich bin doch bloß deine Mama!«

»Was ist denn jetzt los?« fragt Jørgen.

»Er hat Angst vor mir, er will nicht zu mir kommen«, sagt sie hilflos.

»Ach, so«, sagt Jørgen, »na, das kommt wieder in Ordnung, du wirst sehen. Du warst zu lange weg, er ist eben ein bißchen verstört, verstehst du. Ich werde ihn nehmen.«

Jostein hört sofort auf zu weinen, als ihn der Vater hochnimmt, schlingt die Ärmchen um seinen Hals, schaut sie mit einem so bösen Blick an, daß sie nicht weiß, ob sie lachen oder weinen soll.

»Hat er die ganze Zeit über bei dir hier im Zimmer geschlafen? Ich dachte, Astrid wollte ihn nehmen?«

»Sollte ich ihn denn nicht bei mir lassen? Er ist doch unser Kind!«

»Er hat nachts durchgeschlafen?«

»Ja, ein paar Tage nach deiner Abreise.«

»Aber wie hast du das geschafft?«

»Wahrscheinlich bin ich ein bißchen geschickter als du«, sagt er stolz lächelnd. »Habe ich dir nicht gesagt, daß er ein richtiges Papakind geworden ist?«

Es vergehen ein paar Tage, bevor er sich wieder richtig von ihr anfassen läßt, und noch länger dauert es, bis sie ihn wieder morgens aus dem Bett nehmen darf. Daß sie nachts durchschlafen kann, ist ein Wunder. Jedenfalls renkt sich alles ein, und es ist wieder wie vorher, fast, denn Jostein hängt jetzt noch mehr an ihrem Rockzipfel, aber sobald der Vater auftaucht, ist Julie Luft für ihn, und er sucht Anschluß bei ihm. Ihr fällt das Verhältnis der beiden zueinander auf, und zum ersten Mal bemerkt sie bei Krister eine Tendenz zur Eifersucht auf seinen kleinen Bruder. Denn Krister hat beim Vater keine Chance, wenn Jostein in der Nähe ist. Manchmal schlägt er nach dem kleinen Bruder, wenn er ihn beim Spielen stört. Das ist vorher nie vorgekommen.

Die Mahd ist in vollem Gange. Sie haben als Hilfskräfte zwei Männer zum Mähen und neben der Magd, die sie eingestellt hatten, als Julie verreist war, noch ein Mädchen draußen von den Inseln. Die Frauen wechseln sich beim Essenkochen, Kinderhüten und der Feldarbeit ab. Wenn das Wetter es zuläßt, trocknen sie einen Teil des Heus am Hang. Dafür werden alle verfügbaren Frauen gebraucht. Das Heu muß ausgebreitet und gewendet werden, abends wird es zu Haufen aufgeschichtet. An anderen Tagen wird es zum Trocknen auf Reuter gehängt, doch zum Harken werden die Frauen immer gebraucht. Zu den Mahlzeiten ist der lange Tisch in der Küche rundum mit den Leuten aus dem Hause und mit den Hilfskräften besetzt. Es werden große Mengen Essen gebraucht, und es nimmt viel Zeit in Anspruch, alles herzurichten und nach den Mahlzeiten abzuräumen und abzuwaschen. Im Ausgedingehaus haben die Städter sich einquartiert, und ihnen wird das Mittagessen in der guten Stube serviert. Kaum ist nach einer Mahlzeit alles fertig, beginnen schon wieder die Vorbereitungen für die nächste.

Die letzten Tage, bevor die Storvik-Töchter, wie sie in der Stadt genannt werden, hier ankommen sollen, steht das ganze Haus Kopf. Sigrid, die Sängerin aus Kopenhagen, kommt alleine. Anne, die älteste, kommt mit ihrem deutschen Ehemann. Sigrid ist jeden Sommer hier gewesen, während Anne zuletzt vor drei, vier Jahren hier war. Ihren Ehemann, den deutschen Musiker, haben sie noch nicht kennengelernt. Es graut ihnen ein bißchen davor, jemanden mit einer fremden Sprache im Hause zu haben, aber Selma sagt, es bestehe kein Grund zur Sorge, er spreche gut Norwegisch.

An einem Samstagabend kommen sie mit dem Dampfer an. Erling Storvik steht persönlich mit der Kutsche unten am Kai, um sie in Empfang zu nehmen. Sigrid ist dieselbe, die sie immer war, gutgelaunt und mollig, mit Grübchen in den runden Wangen. Anne, noch immer so rank und schlank wie früher, ist im Gesicht schmaler geworden, ihre Gesichtszüge sind schärfer und markanter. Sie ist schon immer reservierter als die Schwester gewesen und schwerer zugänglich, wenn man sie genauer kennenlernen will. Ihr Mann ist lang und dünn. Seine hellen Haare sind von der hohen Stirn in Wellen nach hinten gekämmt, ein schönes Gesicht mit weichen Zügen. Er hat strahlend blaue Augen, gutmütige Augen, denkt Julie. Er begrüßt alle höflich, und er spricht Norwegisch mit ihnen. Peter Richter ist sein Name, er ist Berufsmusiker, spielt Querflöte in einem Sinfonieorchester in Berlin.

Erling Storvik ist hier auf dem Hof geboren worden und aufgewachsen, dennoch repräsentiert er eine andere Welt. Er und Selma werden mit Frau und Herr Storvik angesprochen. Nur Kristoffer und Selma benutzen ihre Vornamen, aber auch nur, wenn sie mit ihnen allein sind. Sonst werden sie nur beim Nachnamen genannt. Sie alle sprechen Riksmål, wie es die Oberschicht in der Stadt tut. Sogar Ivar spricht Riksmål, wenn er mit ihnen zusammen ist. Wenn er mit den Leuten im Haus und im Dorf spricht, versucht er es krampfhaft mit seinem alten Dialekt. Erling Storvik unternimmt solche Versuche erst gar nicht. Und obwohl er jovial ist und gerne einfach sein möchte, schafft das Respekt und Abstand zwischen den beiden nahe verwandten Familien.

Julie unterhält sich in der Zeit viel mit Ivar, den sie schon immer mochte. Als sie zum ersten Mal herkam, war er noch ein Halbwüchsiger. Linkisch und schüchtern, so ganz anders als die anderen auf dem Hof. Sie weiß noch, wie er mit seinem Blick an ihr hing, wie er jedesmal errötete, wenn sie mit ihm sprach. Zwischen ihnen besteht ein wunderbares Vertrauensverhältnis. Sie nimmt ihn immer in Schutz, wenn er gehänselt wird, weil er sich so wenig für die Arbeit hier eignet, sie sagt dann, daß jemand, obwohl er nicht für schwere Arbeit geschaffen ist, ein genauso wertvoller Mensch sei, doch es tut weh, ihm beim Mähen zuzusehen. Wie er sich anstrengt, die Männerarbeit zu bewältigen, und dabei freche Kommentare ertragen muß. Julie verrät er, daß er am liebsten

Berufsmusiker werden möchte. Er träume nicht von einer Solistenkarriere, denn dazu reiche sein Talent nicht, sagt er, aber Orchestermusiker als Beruf zu haben, das sei sein Traum. Nun hat es ja keinen Zweck, in einer Kleinstadt wie Kristiansund an so etwas zu denken, doch er fühlt sich dieser Stadt so eng verbunden und kann sich nicht vorstellen, sie zu verlassen und ins Ungewisse zu gehen. Die Arbeit in der Bank ist langweilig, aber es ist doch gut, daß er sie hat. Das Geld, das er dort verdient, gibt ihm die Möglichkeit, die Musik als Hobby zu pflegen. Wie zum Beispiel die Reise nach Berlin. Sein Gesicht glüht, während er von den Erlebnissen, die er dort hatte, erzählt. Wie er durch Annes Mann Einblick in das Musikleben gewann, von dem Unterricht, den er bekam, von den Musikabenden und Konzerten, die er besuchen konnte. Jetzt legt er jede Øre zurück, um wieder dorthin reisen zu können. Aber er ist auch glücklich, daß er im Sinfonieorchester unter der Leitung von Edvard Bræin spielen darf, sagt er. Er kann Bræin nicht genug loben, und das Orchester ist bald eines der besten Amateurorchester in Norwegen. Sie treten in anderen Städten auf, und überall kommen sie großartig an und erhalten glänzende Kritiken. Jetzt habe Bræin geplant, in Kristiansund eine Oper aufzuführen. Wenn diese Stadt für ihn vielleicht auch nicht die beste Adresse sei, so sei sie mit ihrem lebendigen Musikleben doch wenigstens die zweitbeste. In seiner Freizeit habe er zwei, drei Schüler, die er zu Hause unterrichte, so sei die Musik sein ganzes Leben. Und ein bißchen beschäftige er sich auch mit der Aquarellmalerei, als Hobby nebenbei.

»Verstehst du, Julie, es ist also nicht einfach nur so, daß ich bei der Arbeit nicht zu gebrauchen bin, wie sie hier sagen, ich habe auch ein bißchen Angst wegen meiner Hände. Du hast gesehen, wie es Jørgen erging. Er war gut, vielleicht sogar besser als ich. Es war schon ein Unglück, daß sein Finger verstümmelt wurde. Wie ist es, spielt er überhaupt noch?«

»Nein, er hat die Geige nie wieder angerührt.«

Das ist ein wunder Punkt bei Jørgen. Sie hat gelernt, nicht darüber zu sprechen. Die Verstümmelung seines Fingers an der rechten Hand machte sein Violinenspiel zunichte. Doch sie sieht, wie er sich Ivar gegenüber benimmt, wenn er sich über ihn lustig macht, weil er nicht in der Lage ist, bei der Arbeit richtig mitanzupacken, die harsche Kritik, wenn Ivars Name fällt. Der Widerwille, den Jørgen bei seinem Bruder an den Tag legt, ist Eifersucht, weil Ivar noch besitzt, was er selber verloren hat, doch sie weiß sich wohl zu hüten, Ivar gegenüber so etwas anzudeuten. Sie hofft, daß das Verhältnis zwischen den beiden Brüdern besser wird.

»Hast du noch keine Freundin, Ivar?«

»Nein, ich habe keine gefunden, noch nicht«, sagt er und wird feuerrot im Gesicht.

»Na ja, du hast ja auch noch Zeit«, sagt sie lächelnd.

Sie fühlt sich diesem Jungen eigenartig verwandt.

In diesen Wochen herrscht Leben auf dem Hof. An den Abenden treffen sie sich in der guten Stube, um zu musizieren. Das zieht die Leute an. An diesen Sommerabenden trifft man im Hof auf diejenigen, die kommen, um die Post zu holen, sie bleiben stehen und hören der Musik und dem Gesang zu, die durch die offenstehenden Fenster an den lauen Sommerabenden zu hören sind. Die Mutigsten wagen sich in die Küche, wo sie sich hinsetzen und andächtig zuhören. An einem solchen Abend sagt Erling Storvik, daß sie für die Dorfbewohner hier ein Hauskonzert arrangieren sollten. Jørgen ist sofort Feuer und Flamme. Er sagt, daß die Zimmer in Storvik nicht groß genug sind, um allen bei solch einem Ereignis

Platz zu bieten. Daher ist das etwas für den Jugendverein. Er selbst ist der Vorsitzende und wird umgehend eine Vorstandssitzung einberufen. Erling Storvik sagt, der Eintritt solle für alle frei sein, für die Reinigungskosten danach wolle er aufkommen, und der Jugendverein könne dafür sorgen, daß von der Küche aus Kaffee und Kuchen verkauft werden, so daß ihnen die Veranstaltung ein bißchen Geld einbringt.

Zu dem Konzert zieht Julie ihr neues Kleid an, obwohl sie weiß, daß das nicht mit Wohlwollen zur Kenntnis genommen wird. Aber es kann ja nicht bloß unnütz auf dem Bügel hängen. Und als sie nach unten in die Küche kommt, schaut Synnøve sie mit großen Augen an.

»Willst du etwa so gehen? Nicht genug, daß du dich mit deinem Haarschnitt zum Spott der Leute machst, nun willst du uns auch noch blamieren, indem du wie eine Stadtschlampe herumläufst. Weißt du nicht, woher du kommst?«

Selma erscheint in Begleitung ihrer Töchter.

Sie sagt lächelnd: »Du siehst aber schön aus.«

»Na, meine Schwiegermutter ist da ganz anderer Meinung.«

»Nein, hat man schon einmal solchen Unsinn gehört, Synnøve, du solltest froh sein, daß du eine so schicke Schwiegertochter hast.«

»Zu einer Bauersfrau paßt ein solcher Aufzug ja wohl nicht gerade.«

»Wieso denn nicht? Sieh dir meine Töchter an!«

»Ja, die sind ja auch Städterinnen.«

»Städterinnen, wo liegt denn da der Unterschied? Nein, laß die jungen Leute sich nach der Mode kleiden, wenn sie die Figur dafür haben.«

Die Kleider, die die Storvik-Töchter tragen, sind genauso kurz wie Julies, und beide haben auch kurze Haare. Anne hat sich eine Frisur mit großen Wellen machen lassen, Sigrid trägt ihre Haare glatt, wie Julie. Als sie in den vollbesetzten Saal im Jugendhaus kommen, erregen alle drei Aufmerksamkeit.

Überall im Dorf hängen Plakate, die zu dem Konzert einladen. Selbst in den Nachbardörfern hat man davon erfahren, und auch von dort sind Leute gekommen. Wie immer bei solchen Anlässen hängt im Hintergrund der Bühne ein bemalter Vorhang, auf dem Motive des Fjords und des Dorfes zu erkennen sind, und es sind Kulissen mit Birkenbäumen aufgestellt, der Bühnenrand ist mit Birkenlaub und Blumen geschmückt.

Jørgen eröffnet die Veranstaltung und übergibt dann an Erling Storvik, der die Gelegenheit nutzen will, um ein paar Worte an die Einwohner seines Heimatortes zu richten. Wie es sich gehört und Brauch ist, rühmt er das Dorf und ihre Bewohner mit großen Worten. Und er überbringt einen Gruß von seinem Schwiegersohn, Peter Richter, der direkt von Berlin hierhergekommen ist und der als Dank für all die Gastfreundschaft und Herzlichkeit, die man ihm hier entgegengebracht hat, heute abend spielen möchte.

Obwohl alles improvisiert ist und sie einfach drauflosspielen, wird den Anwesenden ein glänzendes Programm geboten. Anne und Peter musizieren zusammen, einige Stücke spielt Ivar gemeinsam mit ihnen. Sigrid hat einen Programmteil übernommen, in dem sie Lieder und Romanzen von Grieg, Kierulf und Schubert vorträgt. Bewußt haben sie aus ihrem Repertoire Stücke ausgewählt, die dem Publikum bekannt sind. Astrid hat sich überreden lassen, gemeinsam mit ihrem Bruder ein paar Stücke zu spielen, das sorgt für besonderen Applaus im Saal, denn schließlich kommen die beiden direkt aus dem Dorf. Und als Ivar die Hardangerfiedel herausholt und alte volkstümliche Tanzweisen aus dem

Dorf spielt, will der Beifall kein Ende nehmen. Zum Schluß singt Sigrid, begleitet von Anne am Klavier, Peter zu Ehren die deutsche Nationalhymne, bevor das Konzert mit der norwegischen Nationalhymne ausklingt.

Der ohrenbetäubende Applaus fordert zu einer Zugabe auf. Sigrid, von Anne am Klavier begleitet, singt Schuberts »Ave Maria«. Es ist mucksmäuschenstill im Saal. Der volltönende Sopran der zierlichen Person auf der Bühne füllt den ganzen Raum. Julie schauert es, sie kann sich nicht erinnern, jemals eine solche Hochstimmung empfunden zu haben. Beim anschließenden Applaus danach hört sie eine Stimme hinter sich: »Als ob ein Engel gesungen hätte.«

Genauso ist es, so überirdisch schön.

Der Saal wird zum Tanzen ausgeräumt, während die Älteren an der langen Tafel im kleinen Saal bei Kaffee und Kuchen Platz nehmen. Erling Storvik geht herum und spricht mit den Leuten, Julie sieht ihm an, wie begeistert er ist, und sie denkt, daß es für ihn eine besondere Freude sein muß, daß dieser unterhaltsame Abend auf der Bühne ausschließlich von Angehörigen seiner Familie gestaltet wurde. Während sie das denkt, sieht sie ihn vor sich, wie er einmal ausgesehen haben muß, er, ein gewöhnlicher Bauernsohn hier aus dem Dorf. Man könnte glauben, er hätte etwas wiedergutzumachen. Denn genau daran denkt sie, wenn sie Synnøve an diesem Abend sieht. Jetzt kann sie auf ihren jüngsten Sohn, ihr Schmerzenskind, wie sie ihn nennt, wenn sie richtig verbittert ist, stolz sein. Heute abend glüht sie vor Stolz.

Die beiden Ziehharmonikaspieler, die immer zum Tanz aufspielen, betreten die Bühne. Julie tanzt mit Ivar, mit Peter, am häufigsten aber mit Jørgen. Es ist herrlich, mit ihm zu tanzen, herrlich, sich wieder jung zu fühlen. Doch wenn sie Rheinländer, Mazurka und Polka spielen, dann entschuldigt sie sich, daß sie sich ihr Fußgelenk verstaucht habe, denn diese Tänze sind ihr zu anstrengend.

»Du hast ja gar nichts davon gesagt?« wundert sich Jørgen.

»Nein, muß ich dir denn alles verraten?«

Denn sie hat ihm noch nicht gesagt, daß sie wieder neues Leben unter dem Herzen trägt. Sie glaubt, daß es an dem Abend in Kristiansund passiert ist, als er sie abholte, sie denkt, daß aus solcher Liebe Kinder entstehen.

Während die Musiker eine Pause machen, begeben sich Anne, Peter und Ivar auf die Bühne und spielen eine Reihe von Wiener Walzern. Erling Storvik fordert Julie auf, und die Stimmung im Saal erreicht ihren Höhepunkt. Zufällig hört Julie an diesem Abend noch eine weitere Bemerkung:

»Man sollte nicht glauben, daß so etwas bei uns im Dorf geschieht. Wir sind ja fast schon international.«

Nachdem alle anderen an diesem Abend zu Bett gegangen sind, sagt sie es ihm.

»Was, du bekommst schon wieder ein Kind?«

»Ist das so verwunderlich, wie wir uns in letzter Zeit verhalten haben?« sagt sie und lächelt. »Du willst wohl keins mehr, oder?«

»Natürlich will ich noch eins haben, aber für dich wird es anstrengend.«

»Ach was, ich komme schon damit zurecht.«

Als sie mit den Jungen schwanger war, war sie während der ersten Monate richtig krank, mußte sich jeden Tag übergeben. Dieses Mal ist es anders. Deshalb glaubt sie, daß es ein Mädchen wird. Sie wünscht es sich so sehr.

Es ist hell im Zimmer, sie liegt an seinem Rücken, hört auf seinen Atem und den der Kinder. Sie denkt an das Kind, das sie bekommen wird. Jetzt, wo sie es ihm gesagt hat, ist es erst Wirklichkeit für sie. Und sie muß an den Brief denken, den er an ihren Vater geschrieben hat. Sie wird ihm nie verraten, daß sie davon weiß. Sie liebt ihn so sehr, erträgt nicht, die Demütigung in seinem Gesicht sehen zu müssen. Vergessen will sie es, vergessen, daß es passiert ist.

Die Mahd geht dem Ende entgegen. Während die letzten Reuter draußen auf den Äckern trocknen, beenden sie noch schnell die Mahd auf der Alm, am Moor und auf den Wiesen entlang des Almsees. Nachdem das geschafft ist, kann das Vieh in die Berge hinaufgetrieben werden. Selma bleibt noch, nachdem die anderen abgefahren sind, deshalb, findet Synnøve, kann sie nicht vom Hof weg und sie allein lassen. So hat Julie das Glück, daß sie die ersten beiden Wochen mit den Kindern auf die Alm darf.

Das sind glückliche Tage. Jørgen kommt jeden Abend hinauf, um auf die Kinder aufzupassen, während sie die Kühe melkt. Dasselbe macht er morgens, geht nicht hinunter, bevor sie mit der Versorgung der Tiere fertig ist und sie auf die Weide getrieben hat.

Tagsüber auf der Alm sitzt sie draußen bei einer Handarbeit, während die Kinder in ihrer Nähe spielen. Krister ist schon alt genug, um auf den Kleinen aufzupassen, denn obwohl seine Eifersucht noch manchmal durchkommt, ist deutlich zu sehen, wie lieb er das kleine Brüderchen hat und daß er fürchtet, ihm könnte etwas zustoßen. Besonders paßt er auf, daß der Kleine nicht zu den Blaubeersträuchern auf der Bergwiese geht. Dort gibt es viele Kreuzottern. Julie betrachtet die beiden voller Zärtlichkeit. Hier oben sind sie beide viel ruhiger und artiger als unten auf dem Hof. Es ist gerade, als wirke die Stille hier auf die beiden genauso wie auf sie.

Am schönsten sind die Abende mit Jørgen. Sie sitzen an diesen blauschummrigen Augustabenden oft auf der Bergwiese, reden miteinander, können aber genausogut miteinander schweigen. Im Bett lieben sie sich mit einer innigen Hingabe, wie sie es noch nie erlebt haben. Hier können sie ganz sie selbst sein, niemand kann sie hören. Das ist ein Sommer voller Glück, seitdem sie zurückgekommen ist. Synnøve war die ganze Zeit umgänglich, gutgelaunt und begeistert, daß Gäste im Hause waren, und Julie hat den Eindruck, daß auch das Verhältnis zwischen ihr und Astrid seit langem nicht mehr so gut gewesen ist. Wenn es nur so bleiben könnte.

»So müßte es immer sein, Jørgen, du und ich und die Kinder, alleine.«

»Das wird es, bald. Es muß!«

Wenn er das sagt, hört sich das so zuversichtlich an. Sie würde ihm so gerne glauben.

Die Gäste und die Hilfskräfte haben den Hof verlassen, Synnøve ist auf der Alm, damit haben sie eine Verschnaufpause, bis die Erntezeit im Herbst beginnt. Auf dem Hof geht es friedlich zu, in den Zeitungen dagegen und aus Gerüchten erfährt man von der anhaltenden Rezession. Eines Abends legt Jørgen ihr die norwegische Tageszeitung *Tidens Krav* auf den Tisch.

»Lies mal, was hier steht. Wenn ich mich nicht ganz irre, ist Yngvar Thorsen der Wegbereiter für das hier.«

In einem Artikel steht, daß die Arbeit an dem Straßenbauprojekt von Gyl nach Treekrem niedergelegt wurde. Die Arbeiter, die dort zur Notstandsarbeit eingesetzt wurden, sind nach Hause gefahren, die meisten von ihnen stammen aus Kristiansund. Die Ursache für den Streik ist eine Verordnung des Ministeriums, die den Stundenlohn von sechzig auf fünfundvierzig Øre herabsetzt. Außerdem sind die Familienzuschläge auf maximal zwölf Øre pro Stunde gesenkt worden. Die Arbeiter haben in einem Brief an die Stadtverwaltung eine Rechnung aufgestellt, in der sie nachweisen, daß selbst diejenigen, die den Familienzuschlag bekommen, kaum mehr als zehn Kronen nach Hause schicken können, wenn Kost, Köchin, Miete für die Baracke und Krankenversicherung bezahlt sind. Bei den meisten reicht es kaum für die Miete, und das wird die Familien zwingen, die Fürsorge in Anspruch zu nehmen.

»Was meinst du dazu, Julie?

»Ich finde es gnadenlos und ungerecht.«

»Ungerecht? Heutzutage, wo keine Arbeit zu bekommen ist?«

»Das darf nun ja nicht bedeuten, daß die Leute sich damit abfinden, ausgenutzt zu werden.«

»Heutzutage ist eben nicht mehr drin, bei der Wirtschaftslage. Das hätte Thorsen doch berücksichtigen müssen, bevor er die Leute ins Unglück stürzt.«

»Ich kann seinen Namen hier gar nicht entdecken.«

»Nein, aber du weißt doch genausogut wie ich, daß er hinter der Sache steckt.«

»Weißt du eigentlich, wie schwer es Randi und Yngvar haben? Wie würde es dir denn gefallen, wenn man dich zu einer Notstandsarbeit zwingen würde, weit weg von zu Hause und gegen eine miserable Bezahlung?«

»Wird es denn dadurch leichter, daß sie streiken? Es gibt viele, die es heutzutage schwer haben, uns geht es nicht viel anders.«

»Nun mach mal einen Punkt, Jørgen. Du willst uns mit ihnen vergleichen? Wir haben in jedem Falle genug zu essen und ein Dach über dem Kopf. Du solltest dich schämen, so etwas zu sagen.«

»Ich werde ja wohl noch sagen dürfen, was ich denke. Und da wir gerade über Thorsen sprechen – du solltest endlich die Freundschaft mit diesen Leuten beenden.«

Sprachlos sieht sie ihn an, versteht seine plötzliche Aggressivität nicht.

»Was sagst du, Jørgen? Du verlangst von mir, daß ich den Kontakt zu meiner besten Freundin abbrechen soll?«

Aufgeregt geht er hin und her, rot und mit verbissenem Ausdruck im Gesicht.

»Ich wollte schon lange mal mit dir darüber sprechen. Es gibt nur Unannehmlichkeiten, sowohl für uns hier auf dem Hof als auch für Storviks in der Stadt.«

»Du meinst also, ich soll mich von Randi fernhalten, weil sie eine andere politische Auffassung haben als wir, soll ich das so verstehen?«

»Du kannst es verstehen, wie du willst, aber es geht dabei nicht nur um dich, es geht auch um mich. Es reicht ja schon, was sich hier abspielt.«

Mit eisiger Stimme antwortet sie ihm.

»Ich hoffe, Jørgen, daß du das nicht so meinst. So klein möchte ich dich nicht sehen. Und eines sollst du wissen, ein Bruch mit Randi und Yngvar kommt überhaupt nicht in Frage, nicht für mich. Ich bin eben zu einem anderen Denken erzogen worden als du.«

Er geht und schlägt die Tür hinter sich zu.

So hat sie ihn noch nie gesehen. Daß er sich ihr gegenüber so verhält, kann sie sich nur damit erklären, daß irgend etwas Außerordentliches vorgefallen sein muß. Diskussionen zwischen ihnen über Randi und Yngvar hatte es immer mal gegeben, aber solche Äußerungen wie heute abend hat er noch nie gemacht.

Mit Randi brechen, sie? Nie im Leben. Soviel Selbständigkeit hat sie noch behalten, daß sie sich nicht vorschreiben läßt, mit wem sie Freundschaft hält.

Sie weiß, daß zwischen den Familien Storvik und Thorsen in Kristiansund ein unüberwindlicher Abstand besteht. Zu verschieden sind Einstellungen und Lebensstil. Sie hat gelernt, Familie und Freundschaft getrennt zu halten. Wenn sie in der Stadt ist, wohnt sie entweder bei Randi und bleibt auch dort, oder sie wohnt bei Storviks, dann besucht sie Randi nur selten. So ist es am besten. Es wäre undenkbar, daß Randi sie besuchen käme, wenn sie bei Storviks ist, genauso undenkbar wäre es, wenn sie Ivar oder sonst jemanden aus der Storvik-Familie mit zu Randi nach Hause nehmen würde. Obwohl Selma immer gastfreundlich ist und gut zu ihr ist, fühlt sie sich bei Randi am wohlsten und wirklich wie zu Hause. Trotzdem läßt sie sich schon beeindrucken, manchmal ist sie neidisch auf den Luxus und Wohlstand, wie sie das nennt, der im Storvikschen Hause herrscht, doch die Atmosphäre in Randis Heim gefällt ihr besser. Dieser Idealismus, auf den sie dort trifft, dieser unerschütterliche Optimismus, mit dem sie an eine bessere Zukunft glauben – trotz aller Schwierigkeiten. Was Menschlichkeit und Gesinnung angeht, rangieren Yngvar und Randi weit vor anderen, die sie kennt, und ihr imponiert die Art, wie sie mit dem Alltag klarkommen.

Selbst hat sie das Gefühl, dazwischen zu stehen. Um das tägliche Brot braucht sie sich keine Sorgen zu machen, obwohl weder sie noch Jørgen Geld in die Finger bekommen. Sie hat eine Familie hinter sich, die respektiert wird, die einen Familienstolz besitzt, der auf sie übertragen und der von ihr, gemeinsam mit Jørgen, erhalten werden muß. Was auch immer geschieht, die Fassade muß erhalten bleiben, nach außen hin.

Storvik ist nicht größer als die meisten anderen Höfe in der Gemeinde, und er ist nicht der wohlhabendste, doch er wird als ein Hof angesehen, auf dem, wie man das nennen kann, Wohlstand herrscht, und die Familie hat schon seit Generationen einen guten Ruf. Gammel-Jørn und Kristoffer betreiben die Bank, und Kristoffer ist daneben in die Politik involviert und bekleidet noch viele öffentliche Ämter. Erling Storviks Position in der Stadt ist zu einem weiteren Pfeiler geworden, auf den sich der Familienstolz stützt. Und die Familie hat schon immer andere Talente und Interessen als die Allgemeinheit im Dorf entwickelt.

Nach und nach hat Julie mitbekommen, was es kostet, diese Fassade nach außen hin zu erhalten. Trotz aller Verstimmungen zwischen ihr und Synnøve bewundert Julie die

Schwiegermutter für die Art, wie sie das alles bewerkstelligt. Wenn Synnøve Zusammenkünfte für die verschiedenen Vereine, denen sie angehört, arrangiert, wird an nichts gespart. Dasselbe gilt für die Sommergäste. Ihnen wird nur das Beste serviert, alles andere wäre eine Schande. Als Gegenleistung dürfen die Familienmitglieder, wenn sie in der Stadt zu tun haben, bei ihnen wohnen und übernachten. Nun ist das eigentlich nichts, was nur Storvik auszeichnet, Gastfreundschaft ist auch sonst im Dorf eine Selbstverständlichkeit, doch Julie hat mitbekommen, daß es hier auf dem Hof doch ein bißchen anders gehandhabt wird. Wenn Kristoffer und Synnøve mit etwas unzufrieden sind, ist das ihren Worten zu entnehmen: »Du darfst nicht vergessen, woher du kommst. Du mußt daran denken, was die Leute im Dorf über uns sagen.«

Das gilt für alles, wie sie sich kleiden und wie sie sich geben. Das Haus muß immer sauber und aufgeräumt sein, so daß sie nicht überrascht werden können, wenn jemand unverhofft kommt, die Keksdosen müssen immer gefüllt sein. Niemand soll an der Ordnung auf Storvik etwas auszusetzen haben. Für Kristoffer ist das eine Selbstverständlichkeit, er fragt nicht danach, woher das Essen kommt. Dafür, daß alles funktioniert, ist Synnøve verantwortlich, und sie besorgt das alles mit fester Hand. Jetzt, nachdem die Sommergäste fort sind, ist das Vorratshaus, was die Fleischvorräte betrifft, wie leergefegt, und es wird nicht eher wieder aufgefüllt, bis im Herbst die Schafe geschlachtet werden. Dennoch hat Synnøve noch einen Extravorrat, gesalzenes Fleisch und Speck im Keller, ganze Reihen von Gläsern mit konserviertem Fleisch, falls unerwartete Gäste kommen sollten. Diesen Vorrat bewacht sie wie ein Habicht. Aber das ist mühsam, und so hat Julie ein widersprüchliches Bild, wenn sie an das Leben hier denkt. Nach außen hin ist es ein Bild des

Wohlstandes, das aber in starkem Kontrast zu dem nüchternen Alltag steht. In dieser Zeit bestehen die Mahlzeiten aus Fisch, der im Fjord gefangen wird, und nicht zu vergessen all die Variationen von Klößen, Fischklöße und Heringsklöße, Kartoffelklöße, gemischte Klöße, eine einfache und gute Alltagskost, aber nicht gerade Luxus. Nach der Sommerzeit alles wieder ins Gleichgewicht zu bringen ist mühsam. Und diese ganze Äußerlichkeit, der ganze Kraftakt, um die Fassade zu wahren, dieser eigenwillige Familienstolz, sollte der sie zu einem besseren Menschen als Randi machen? Dieser Gedanke erfüllt sie mit Scham, mit Scham auch wegen Jørgen, weil er sich dazu hinreißen ließ, bei diesem unerklärlichen Zank, den sie eben hatten, so etwas zu ihr zu sagen. Sie soll die Freundschaft mit Randi abbrechen? Wie kann er es wagen, so etwas zu sagen?

Sie ist allein in der Küche. Wo Jørgen hin ist, weiß sie nicht. Er läuft sich bestimmt die Wut aus dem Leib, wie er es manchmal zu tun pflegt. Die anderen sind schon im Bett. Sie holt Block und Federhalter hervor, will diese seltene Stunde der Ruhe nutzen, um Randi einen Brief zu schreiben.

Leise ist er in die Küche gekommen, steht vor dem Fenster, hat ihr den Rücken zugewandt. Oh, wie gut sie ihn kennt. Sie weiß, wie es ihm jetzt geht, seine ganze Erscheinung, seine Haltung zeigen, daß er traurig ist, sich das aber auch selber zuzuschreiben hat. Aber nun soll er mal von selber reden, sie denkt nicht daran, ihm zu helfen.

»Du schreibst?«

»Und du genießt die Aussicht?«

»Schreibst du an Randi?«

»Ja.«

»Du schreibst ihr aber doch nichts von dem, worüber wir uns gestritten haben?«

»Wofür hältst du mich?« fragt sie scharf.

»Nein, das ... Ich habe wohl mehr gesagt, als ich hätte sagen sollen. Es war nur deshalb, weil ich wieder einmal eine Diskussion mit Vater hatte ...«

»Ja, und dann?«

»Dann hielt er mir die Zeitung unter die Nase, und dann ... Dann ist es ihm gelungen, mich aufzuhetzen, verstehst du?«

»Ihr habt dann also über Yngvar gesprochen, sehe ich das richtig?«

»Ja, das auch, aber ich habe es nicht so böse gemeint, wie ich es gesagt habe. Versuch mich doch auch zu verstehen, ja?«

»Soll ich dem entnehmen, daß dir meine Freundschaft mit Randi und Yngvar peinlich ist?«

»Ich habe doch schon gesagt, daß es mir leid tut. Was verlangst du denn noch? Kannst du nicht versuchen, die Sache zu vergessen?«

»Gut, vergessen wir es, beide, du und ich. Mehr gibt es dann ja wohl nicht dazu zu sagen?«

Zögernd bleibt er vor ihr stehen.

»Sei doch nicht mehr so böse auf mich, Julie. Komm jetzt mit ins Bett, es ist spät.«

»Nein, erst schreibe ich den Brief zu Ende. Geh du schon vor.«

Sie hört, wie er sich im Bett herumwälzt, mehrere Male. Soll er sich nur quälen und nicht denken, daß es so einfach ist und sich alles schon wieder einrenken wird.

Er wälzt sich im Bett herum, ärgert sich über sich selber, weil sein Unmut mit ihm durchgegangen ist. Schuld an allem war nur diese verdammte Auseinandersetzung mit dem Vater. Angefangen hatte es damit, daß es bei einer Arbeit, die er verrichtet hatte, nicht nach dem Kopf des Vaters gegangen war, es ging um eine Reparatur an der Mähmaschine, eine Bagatelle. Dann gab ein Wort das andere, schließlich ging es ums Geld und zum Schluß um Yngvar Thorsen und den Zeitungsartikel. Er hatte Yngvar verteidigt, wenn sie das nur wüßte. Aber der Vater, bevor er die Diskussion beendete und seiner Wege ging, behielt das letzte Wort:

»Du mußt deiner Frau mal sagen, daß sie sich von diesem Kommunistenpack fernhalten soll. Sie sollte wissen, woher sie kommt.«

Genau das war es, weswegen ihm die Galle übergelaufen war und er gesagt hatte, was er nicht hätte sagen sollen. Und vor allem auch deshalb, weil er in seinem tiefsten Innern dieser Meinung ist. Ihre Beziehung zu Thorsens bereitet ihm Unbehagen, so wie Thorsen sich in den letzten Jahren aufgeführt hat. Aber er hatte ihr das doch nie sagen wollen, und schon gar nicht so. Und sie wird das nie vergessen, so gut kennt er sie. Typisch, daß sie sich ausgerechnet jetzt hinsetzt und an Randi schreibt. Das macht sie nur, um ihn zu provozieren, dessen ist er sich sicher.

Wenn sie wütend ist, erstarrt alles rings um sie zu Eis. Kurz angebunden wie Peitschenknalle kommen die Worte von ihr. Dann ist es hoffnungslos, sich ihr nähern zu wollen. Er könnte sich grün und blau ärgern, daß er sich hat gehen lassen. Und das ausgerechnet jetzt, wo sie sich so gut verstanden haben. Verdammt noch mal.

Das große Thema über den Herbst hinaus ist die Wahl der neuen Regierung. In Øra wählen die meisten die Arbeiterpartei, hinzu kommen noch ein paar Kommunisten und einige, die sich Sozialdemokraten nennen. Lediglich eine Handvoll von Leuten geben der bürgerlichen Partei ihre Stimme. Kaufleute, Funktionäre und Geschäftsführer. Viele gehören der konservativen Høyrepartei an, aber ansonsten spielt die Partei hier im Dorf keine große Rolle. Traditionell wird hier links gewählt. Die Bauernpartei hat in dieser Gegend noch nie Durchschlagskraft besessen, vielleicht weil die Betriebe zu klein sind. Jetzt stimmen die Kleinbauern – nicht anders als die Arbeiter – für die Arbeiterpartei. Das Dorf ist nicht so groß, daß sich Leute mit unterschiedlichen politischen Anschauungen nicht begegnen würden, und in der Küche auf Storvik schlagen die Diskussionen hohe Wellen, als man sich hier in den Wochen vor der Wahl abends einfindet. Kristoffer ist rot im Gesicht vor Zorn, während er gegen die Linken wettert:

»Die werden die Gesellschaft ins Grab befördern, den Staat ruinieren.«

Aber die Arbeiter lassen sich nicht mehr so leicht an die Wand drücken. Die positive Entwicklung der Partei in den letzten Jahren, der Zusammenhalt, den sie untereinander haben, hat ihnen einen neuen Stolz verliehen, und sie haben gelernt, zu argumentieren und ihre Anschauungen und Meinungen zu vertreten. Nicht zuletzt liegt das an den Gewerkschaften. Die Gewerkschaftspolitik fährt in Øra einen harten Kurs. Es wird erzählt, daß der erste Arbeiter im Sägewerk, der sich bei der Gewerkschaft einschrieb, noch am selben Tag entlassen wurde.

Heute ergibt sich ein ganz anderes Bild. Die Gewerkschaft der Holzschleifer wurde 1913 gegründet. 1914 wurde beschlossen, daß Hausbesitzer, die Mitglied der Gewerkschaft waren, nur an Arbeiter vermieten durften, die ebenfalls Gewerkschaftsmitglieder waren, und 1920 wurde ein Beschluß gefaßt, daß nur organisierte Mitglieder im Betrieb angestellt werden durften. Eine Zeitlang gab es eine Vorschrift, nach der alle Mitglieder die Arbeiterzeitung *Tidens*

Krav abonnieren mußten. Es wurde streng darauf geachtet, daß diese Verfügungen eingehalten wurden. Im Dorf machten sich die Leute lustig darüber, aber für die anderen, für die das galt, war es blutiger Ernst.

Lange Zeit schon waren Vorstöße zur Vereinigung der Sozialdemokraten und der Arbeiterpartei zu einer Partei unternommen worden. Auf dem gemeinsamen Kongreß im Januar 1927 wurde dann die Vereinigung beschlossen. Trotz unterschiedlicher Auffassungen kamen die Sozialdemokraten und zum Teil auch die Kommunisten zu der Einsicht, daß die neue und viel größere Partei ihnen mehr Durchschlagskraft und Stärke zur Durchsetzung ihrer eigenen Politik geben würde.

Es kam, wie es die Bürgerlichen befürchtet hatten, die vereinte Arbeiterpartei errang bei der Wahl einen glänzenden Sieg.

»Katastrophe und Untergang«, sagte Kristoffer, aber in Øra wurde der Sieg in dem neuen Volkshaus jubelnd gefeiert.

Die Wahl war etwas, das alle anging, aber auch auf lokaler Ebene war viel passiert. Nach und nach war der Streik von Gyl in den Zeitungen zu einem Fortsetzungsroman geworden. Die Verwaltungen der Stadt unternahmen gemeinsame Anstrengungen, um die Lohnsätze zu erhöhen, aber es kam nichts dabei heraus, und am Ende lief sich die Sache tot.

»Niemand konnte verlangen«, schrieb *Tidens Krav*, »daß erwachsene Menschen zum Straßenbau in das Land geschickt wurden und für einen Lohn arbeiten mußten, der so erbärmlich war, daß deren Angehörigen trotzdem auf die Armenhilfe angewiesen waren.«

Im Oktober war der »Verein der Arbeitslosen« gegründet worden. Der Verein faßte einen Beschluß zum Boykott der Notstandsarbeit in Gylstranda. Eine der Hauptpersonen des

Vereins war Yngvar Thorsen. Erneut war er in den Zeitungen präsent, seine Name tauchte ständig in Artikeln und Reportagen auf, und er verfaßte eigene Beiträge.

Wenn Julie dabei ist, wird Yngvars Name auf Storvik nach wie vor nicht erwähnt, außer in versteckten Andeutungen.

Die Gründung des Vereins hatte Folgen. Der Staat weigerte sich daraufhin, weiter Notlohn an das Arbeitslosenunternehmen der Stadt zu zahlen, wenn die Resolution nicht zurückgezogen werden würde. Später wurde das zur Bedingung dafür gemacht, daß die Kommune 1 000 Kronen als »Weihnachtsgeld für Bedürftige« aufwenden konnte. Nach einer einstimmigen Aufforderung durch die Stadtverwaltung wurde die Bedingung zurückgenommen, aber niemand, der dem Verein angehörte, konnte »an der Unterstützung beteiligt« werden. Da die Mehrheit in der Stadtverwaltung nicht dafür war, diese Einschränkung zu ignorieren, legte Ulrik Olsen sein Amt als Vorsitzender des Verteilungskomitees nieder, das damit nur noch aus bürgerlichen Vertretern bestand. Meinungsverschiedenheiten gab es trotzdem noch, und zwar zu der Frage: »Wie lange ist es möglich, gegen Verfügungen von oben zu opponieren, ohne dabei als allzu unvernünftig zu gelten?«

Eigentlich waren sich die Politiker der Stadt über die Parteigrenzen hinweg in der Sache einig, aber die meisten hatten das Gefühl, daß sie vorsichtig auftreten mußten, um die staatlichen Behörden nicht herauszufordern und auf diese Weise dort in Mißkredit zu geraten. Eine unhaltbare Situation, die die meisten als lähmende Unfreiheit empfanden.

Der Streik in Gyl ist nicht der einzige Arbeitskampf, der in dieser Zeit der Stadt und dem Distrikt zu schaffen macht. Die Küstendampfergesellschaft der Provinz Møre, in der Kristoffer Mitglied im Vorstand ist, geriet in einen harten Konflikt mit der Transportarbeitergewerkschaft, es kam zum Streik und zur Streikbrecherei. Der Konflikt zog Kreise, und die Gesellschaft verdarb es sich mit der politischen Linken in der Stadt. Wenn dieser Vorfall erwähnt wird, schäumt Kristoffer vor Wut.

Hinzu komme noch die drohende Gefahr eines Bankzusammenbruchs. Wenn sie eine sozialistische Regierung bekämen, bedeute dies nur eins, den Untergang, sagt Kristoffer. In dieser Zeit ist nicht gut Kirschen essen mit ihm.

Julie hört kein Wort von Randi. Das ist immer so. Wenn ihre Freundin Schwierigkeiten hat, läßt sie selten etwas von sich hören. Randi gehört zu denen, die schreiben, wenn es gute Nachrichten gibt. In dieser Zeit denkt sie häufig an sie, fragt sich, wie ihre Freundin durch diese Krise kommt. Sie macht sich Sorgen, würde ihr zu gerne helfen, aber sie weiß nicht wie. Bei der Abneigung, die ihre Leute hier im Haus gegen Randis Familie haben, wagt sie nicht, Synnøve zu fragen, ob sie ihr nicht Lebensmittel schicken darf. Da sie die Post hier im Haus haben, kann sie die Sache auch nicht heimlich machen, ohne daß es entdeckt werden würde. Sie schämt sich ihrer Feigheit, traut sich aber nicht, etwas zu unternehmen.

Zu Weihnachten erhält sie vom Vater einen Geldbrief mit fünfzig Kronen. Er bittet sie, für das Geld ein paar Kleinigkeiten für die Kinder und für sich selber zu kaufen. Das kommt gerade recht. Sie muß neue Sachen für das Baby kaufen. Die Kindersachen von Krister und Jostein sind so abgetragen, daß vieles nicht mehr zu gebrauchen ist, und außerdem benötigt Jostein immer noch die Windeln. Sie muß Stoff für neue Windeln, für Wickeltücher und Jäckchen kaufen. Sie selbst braucht ein paar Alltagskleider. Das beste ist jedoch, daß sie nicht zu Synnøve gehen und um Geld bitten muß. Für einen kurzen Moment trägt sie sich mit dem Gedanken, Randi einen Zehner oder doch wenigstens einen Fünfer zu schicken. In jedem Falle könnte sie ihr ja anbieten, den Betrag zu leihen. Aber dann verwirft sie den Gedanken wieder. Sie kennt Randi, kennt ihren Stolz, und sie weiß, sie würde sie so verletzen, daß ihre Freundschaft einen Riß bekäme, der nicht mehr zu kitten wäre. Aber sie schreibt ihr einen langen Brief, bittet sie um ein Lebenszeichen, denn wenn sie schon nicht hilft, so ist sie doch wenigstens eine Freundin, die zuhören kann.

Kurz vor Weihnachten bekommt sie Antwort. Randi schreibt, sie freue sich mit Julie auf das Kind, das sie erwartet, und sie hoffe, daß dieses Mal die langersehnte Tochter unterwegs sei. Über ihre eigene Situation läßt sie sich nur knapp aus, doch sie schreibt, es sei eine Lüge, wenn sie behaupte, daß das Leben gegenwärtig leicht sei. Außerdem sei es auch nicht gerade lustig, Yngvar zu Hause zu haben, nach allem, was passiert sei, doch er schaue nach dem Wahlergebnis voller Optimismus in die Zukunft. Er bemühe sich unermüdlich, eine neue Arbeit zu finden, Yngvar sage aber, daß er nicht wieder nach Gylstranda zurückgehen werde. Doch Julie wisse ja wohl, daß Yngvar in den obersten Kreisen der Stadt nicht gerade beliebt sei. Und das mache die Situation nicht leichter. Das schlimmste sei, daß auch sie betroffen sei. Sie seien gänzlich von der Arbeit abhängig, die sie bei begüterten Familien der Stadt bekommen könne. Gerade erst kürzlich habe sie beinahe zwei ihrer besten Putzstellen verloren. Ihre Zuverlässigkeit und Tüchtigkeit bei der Arbeit – und daß sie vor den Damen des Hauses fast einen Kniefall gemacht habe – habe sie gerettet. Letzteres wünsche sie niemandem, so erniedrigt habe sie sich noch nie gefühlt, schreibt sie. Sie habe mitbekommen, daß die Herren des Hauses sie am liebsten nicht mehr bei sich sehen wollten und die Frauen sich für sie eingesetzt hatten. Yngvar das zu erzählen, habe sie sich nicht getraut.

Julie hat Lust, Jørgen den Brief lesen zu lassen, doch sie tut es nicht. Sie weiß nicht, wie er reagieren wird. Er ist schon die ganze Zeit gereizt und aufbrausend. Wegen des Geldbriefes, den sie von zu Hause erhielt, mußte er sich genügend spitze Bemerkungen anhören, deshalb ist es am besten zu schweigen. Bald ist Weihnachten.

Heiligabend, der erste Weihnachtstag und Silvester sind die großen Festtage, die auf dem Hof ausschließlich im engeren Familienkreis begangen werden. Ansonsten wird in der Nachweihnachtswoche und an den Tagen bis zum dreizehnten große Geselligkeit gepflegt. Kristoffer hat eine Schwester, die auf einem der Höfe in der Nachbargemeinde eingeheiratet hat. Diese Familie ist immer an einem der Weihnachtstage auf Storvik zum Mittagessen zu Gast, und die Storvik-Familie kommt zu Besuch. Außerdem laden sich die Nachbarn zum weihnachtlichen Kaffeetrinken ein, und darüber hinaus gibt es die Weihnachtsbaumfeste und die traditionellen Tanzveranstaltungen im Jugendhaus. So geht es in einem fort, die ganze Weihnachtszeit über. An diesen Tagen wird sowohl im Haus als auch im Stall nur die allernötigste Arbeit erledigt.

Die Vorweihnachtszeit ist für die Frauen sehr hektisch. Das Haus wird von unten bis oben saubergemacht, Gardinen werden gewaschen und gestärkt, es wird geschlachtet, und die Keksdosen müssen mit Weihnachtsgebäck gefüllt werden. Das sind lange Tage, und Julie ist erschöpft. Synnøve wird von Rückenschmerzen geplagt, deshalb muß Julie im Stall fast alles allein machen. Das ist schwere Arbeit. Die Tiere müssen dreimal am Tag mit Heu und Wasser versorgt werden. Das Heu muß vom Boden in den Futtergang zu den

Kühen und Schafen hinuntergeworfen werden und dann in die Krippen verteilt werden, und sie muß das Wasser von den Tonnen im Stall zu den Tränkgefäßen schleppen. Das ist die schwerste Arbeit. Nicht immer ist genug in den Tonnen. Dann muß sie das Wasser vom Brunnen in Eimern mit dem Joch holen. Normalerweise müssen die Männer dafür sorgen, daß die Fässer voll sind, dazu bringen sie sie zum Brunnen und füllen sie dort auf, aber nicht alle sind in der Lage abzuschätzen, wieviel Wasser gebraucht wird. Von den Männern erhält sie auch sonst kaum Hilfe. Den ganzen Winter über sind sie im Wald beim Holzeinschlag, und abends kommen sie erst wieder, wenn es schon dunkel ist. Dann wollen sie ihr Essen haben und sich ausruhen. Ab und zu kommt Jørgen abends auf einen Sprung zu ihr in den Stall, dann geht er ihr beim Ausmisten und Aufräumen zur Hand, aber das passiert selten. Die Männer sollen sich nach ihrem Arbeitstag ausruhen, so war es schon immer. Die Stallarbeit ist Sache der Frauen und keine Arbeit, die sich für Männer gehört. Eine Ausnahme bildet der Pferdestall, in dem die Frauen nichts zu suchen haben. Das ist ebenfalls schon immer so gewesen, das Pferd ist das einzige Tier auf dem Bauernhof, zu dem die Männer eine besondere Beziehung haben. Bei anderen Stallarbeiten mitzumachen ist für Männer eine Schande wie das Abwaschen.

Gelegentlich hilft ihr Astrid beim Melken, aber sie ist keine große Hilfe. Astrid schafft kaum mehr, als ein paar Kühe zu melken, während Julie den Rest besorgt. Ein bißchen merkwürdig ist es schon, daß Synnøve Astrid so wenig in die Viehhaltung einbezogen hat. Die meisten Bauerntöchter werden von klein auf mit diesen Arbeiten betraut. Vielleicht hat Synnøve für ihre Tochter andere Pläne gehegt? Jetzt läuft es meistens darauf hinaus, daß sie sich um die Kinder kümmert, während Julie im Stall ist.

Es gibt Abende, an denen sie so kaputt ist, daß sie sich am ganzen Körper wie zerschlagen fühlt. Sie schläft ein, kaum daß sie den Kopf auf das Kissen legt, sie schläft fest und traumlos, und wenn sie am Morgen aufwacht, ist es noch dunkel, und sie fühlt sich genauso steif wie am Abend, als sie ins Bett ging. Die Arbeit geht ihr auch nicht so gut von der Hand wie sonst. Sie ist jetzt bald im siebenten Monat und schon ziemlich dick. Ab und zu erinnert sie sich daran, wie es war, als sie mit Krister schwanger war. Damals wurde auf sie geachtet, damals wurde sie von allen schweren Arbeiten verschont. Bestimmt weil es so lange gedauert hatte, bis sie schwanger geworden war. Oder ob es vielleicht deshalb war, weil man ihr nicht ganz zutraute, daß sie ein Kind austragen konnte? Als sie mit Jostein schwanger war, sah es schon ganz anders aus. Da mußte sie bis zum letzten Tag vor der Niederkunft voll durcharbeiten, und so wird es jetzt wohl auch sein. Aber sie ist gesund und stark, eine Schwangerschaft ist Teil des Frauenlebens und keine Krankheit. Den meisten Frauen im Dorf geht es nicht anders als ihr.

Synnøve ist in dieser Zeit nicht mehr sie selbst. Sie ärgert sich über ihre Rückenschmerzen, die sie daran hindern, an den Vorbereitungen für das Weihnachtsfest teilzunehmen. Sie wacht über Julie und Astrid wie ein Habicht und paßt auf, daß alles so gemacht wird, wie es sich gehört. Doch eigentlich ist ihre schlechte Laune darauf zurückzuführen, daß Ivar zu Weihnachten nicht nach Hause kommt. Da die beiden Storvik-Töchter nicht nach Hause kommen, muß er seiner Ansicht nach in der Stadt bleiben, damit die beiden alten Leute nicht allein feiern müssen. Seine Anwesenheit muntere die beiden auf, meint er.

Auf Storvik ist es Tradition, für die Jugend der Umgebung in der Nachweihnachtswoche ein Fest zu geben. Diese Veranstaltungen erfreuten sich unter der Jugend schon immer großer Beliebtheit. Es gab dabei immer reichlich zu essen, Musik, Spiel und Tanz. Eines Abends, es ist schon spät, sitzen die drei Frauen des Hauses um den Küchentisch und putzen das Silberbesteck. Auf dem Herd im Topf steht Pökelfleisch zum Durchziehen. Im Verlauf des Tages haben sie Schmalzringe und Schmalzkuchen gebacken. In der behaglichen Küche riecht es nach Schmalz, Gewürzen und nach der Kraftbrühe im Topf, gemischt mit dem scharfen Geruch des Putzmittels. Das ist eine der seltenen gemütlichen Stunden. Die drei sitzen beisammen und sprechen über die Vorbereitungen, die sie getroffen haben, und über die Dinge, die noch unerledigt geblieben sind, und sie besprechen, wie sie die Feierlichkeiten zu Weihnachten abwickeln wollen. Julie sagt, sie wolle diese Weihnachten auf dem Hof bleiben und an den Feiern, die hier stattfinden, teilnehmen, zu den anderen mitzugehen, habe sie jedoch keine Lust. Sie sei schon zu dick und fühle sich unbehaglich, unter Leute zu gehen. Synnøve ist es, die das Fest für die Jugendlichen zur Sprache bringt. Die meisten, die hier in den letzten Jahren auf den Festen waren, haben nach und nach geheiratet und sind Ehepaare in Julies und Jørgens Alter. Aber es sind zum Teil auch noch Ungebundene dabei, viele in Ivars Altersgruppe. Astrid meint, es sei an der Zeit, mit diesen Festen für die Jugendlichen aufzuhören. Wenn Julie und Jørgen gleichaltrige Paare einladen wollen, dann sei das in Ordnung. Da würde sie gerne mitmachen und helfen und auch spielen, wenn es aber darum ginge, eine Herde Jugendlicher einzuladen, wenn Ivar gar nicht komme, sei das ja völliger Unsinn.

»Natürlich richten wir das Fest für die Jugendlichen aus, das haben wir doch immer getan«, sagt Synnøve.

»Aber verstehst du denn nicht, wie idiotisch es ist, einen Haufen Jugendlicher ins Haus zu holen, wo es hier nicht einen einzigen Jugendlichen gibt?«

»So ein Unsinn. Und was ist mit dir, bist du nicht mehr jung? Was fällt dir denn ein?«

»Ich weigere mich, Mama, ich lasse mich hier nicht vor einer Meute kleiner Rotznasen präsentieren.«

»Aber sie erwarten, daß sie eingeladen werden, wir können doch jetzt nicht einfach absagen.«

»Ich habe meine Meinung gesagt. Ich lasse mich auf diesem Fest nicht blicken.«

»Aber Astrid!«

»Nein, habe ich gesagt. Nein!« ruft Astrid und läuft aus der Küche.

Danach herrscht Totenstille, nur das Reiben der Tücher auf dem Silberbesteck ist zu hören.

»Ich frage mich«, sagt Synnøve, und ihre Stimme ist so fremd, daß Julie zusammenzuckt, »ich frage mich, ob es alles richtig war, was wir mit Astrid gemacht haben. Kristoffer ist halsstarrig.«

Überrascht schaut Julie sie an. Für einen kurzen Moment begegnet sie ihrem Blick, und sie erkennt einen Schmerz darin, den sie vorher noch nie gesehen hat. In diesem Augenblick sieht sie Synnøve als Mutter, und sie kann ihr den Schmerz und die Hilflosigkeit nachempfinden, als wäre sie an ihrer Stelle. Und es ist das erste Mal, daß sie offen mit Julie über solche Dinge redet. Aber sie nimmt sich schnell wieder zusammen, setzt wieder ihre Alltagsmaske auf und findet zu ihrem Alltagston zurück.

»Es lohnt sich nicht, daß du mit jemandem darüber sprichst, Julie. Ja, ja, Ivar kommt nicht nach Hause, und Astrid macht das ziemlich zu schaffen, na, das wird ein Weihnachtsfest werden.«

Sie bekommt einen langen Weihnachtsbrief von Johanne. Ihre Briefe sind wie sie selber, es ist, als ob man sie reden hört.

Ein Wortschwall, lebendig, voller Assoziationen und merkwürdiger Einschübe. So war sie schon immer, für andere war es schwer, zum Zuge zu kommen, wenn sie erst einmal das Wort hatte. Und sie neigte dazu, erst zu reden und dann zu denken, aber zu Hause verbreitete sie mit ihrer impulsiven Art Lebensfreude. Acht Jahre lang war sie das Nesthäkchen in der Familie, bis Oddmund geboren wurde, und sie wurde mächtig verwöhnt. Hitzig, voller Temperament und eifersüchtig auf die größeren und kleineren Geschwister. Doch man konnte Johanne immer leicht vergeben, wie sie anderen immer wirkliche oder vermeintliche Verfehlungen vergeben konnte. Dieser Brief ist auch so, von einer fast ekstatischen Exegese der Vortrefflichkeit Ingebrikts bis hin zu Passagen, in denen sie ausführt, daß sie jetzt erwachsen sei, und von ihren Plänen als zukünftige Pastorsfrau berichtet. Von dieser Sache wiederum kommt sie auf ihre Hochzeit, die in der Zeit des Sankt-Johannes-Tages gefeiert werden soll. Eine Kränkung in aller Unschuld, denn Julie wird im März niederkommen und kann dann ganz sicher nicht nach Hause fahren und an den Festlichkeiten teilnehmen.

Julie liest den Brief mit einem Gefühl zwischen Lachen und Weinen. Ihr erscheint die Schwester so jung, ihre Erwartungen kommen ihr so unglaublich naiv vor. Sie kann nichts anderes tun, als darum beten, daß Johanne glücklich werden möge, alle anderen Gedanken zu dieser Verbindung verdrängt sie. Das tut sie schon seit dem Sommer, als sie von dort zurückkam.

Johanne hat ein tolles Lehrerexamen abgelegt. Eine Ausbildung, mit der sie nichts anfangen wird. Das läßt eine Bitterkeit in Julie aufkommen, von der sie nichts wissen will und von der sie Jørgen auch nichts zu sagen wagt. Er würde das nicht verstehen. In diesem Herbst hat Johanne die Schule für Haushaltsführung besucht, nach Weihnachten wird sie denselben Nähkurs belegen, an dem sie selber einmal teilgenommen hat.

Dieses Mal hat Julie zu Weihnachten nicht soviel Heimweh nach ihrer Familie wie in den Jahren zuvor. Grund dafür ist ihr letzter Besuch zu Hause. Das Gefühl, das sie an jenem Abend hatte, als sie an Deck des Dampfers stand und den Hof wiedersah, hat sich in ihr festgesetzt. Nun ist Storvik ihr Zuhause.

Neujahr melden die Zeitungen, daß der Boykott des Straßenbauprojektes in Gylstranda aufgehoben und die Arbeiten wiederaufgenommen werden. Zur großen Verbitterung der Arbeiter, die vergebens versucht hatten, von den Gewerkschaften Unterstützung zu bekommen. Das einzige, was erreicht wurde, war ein Betrag von zehn Øre pro Stunde für die Abwesenheit der Männer aus Kristiansund, die dort draußen arbeiteten.

Julie denkt an Yngvar, der gesagt hatte, er würde sich weigern, wieder dorthin zurückzukehren, aber bevor sie Zeit findet, an Randi zu schreiben, kommt ein Brief von ihr, ein Brief voll wilden Jubels. Yngvar hat eine Arbeit bekommen, und zwar nicht irgendeine Arbeit. Er ist Journalist bei *Tidens Krav* geworden! Ihm ist die Arbeit angeboten worden, weil einer der Journalisten eine Anstellung bei der Zeitung *Arbeiterbladet* in Oslo erhalten hat. Mit einem Schlag hat sich das Leben für sie verändert. Ob Julie verstehen könne, wie glücklich sie sei.

Sie freut sich sehr für Randi, kann es kaum erwarten, mit Jørgen allein zu sein, um es ihm zu sagen.

»Stell dir vor, Yngvar hat eine Arbeit als Journalist gefunden. Bei *Tidens Krav.*«

»Journalist?« fragt Jørgen. »Du lieber Himmel! Ich muß

schon sagen, das war ein großer Schritt auf der Leiter nach oben. Da haben ihm die Seinen einen Rettungsring zugeworfen. Der Junge weiß, wie man sich Vorteile verschafft, Leute einwickeln kann er ja.«

»Daß er einfach nur tüchtig ist und sie ihn deshalb genommen haben, glaubst du wohl nicht?« fragt sie wütend.

»Du meine Güte, ja, natürlich. Ich habe doch schon immer gesagt, daß Thorsen mit dem Leben zurechtkommen wird.«

Randi schreibt, sie habe schon immer gewußt, daß Yngvar tüchtig sei und daß er viel zuviel könne, um sich mit Notstandsarbeit für einen Hungerlohn zufriedenzugeben. Die Arbeit bei der Zeitung hat er bekommen, weil dem Redakteur die gut geschriebenen Artikel für die Zeitung aufgefallen sind und wegen seines glühenden Engagements für die Arbeiterbewegung, schreibt sie.

In diesem Monat nach Weihnachten gibt es auch noch andere große Ereignisse.

Am 28. Januar bekam Norwegen die erste von der Arbeiterpartei gestellte Regierung mit Chr. Hornsrud als Premier- und Finanzminister. Aus Øra gibt es daraufhin Gerüchte über eine Siegesfeier im Volkshaus, während Kristoffer und seine Gesinnungsgenossen der Meinung sind, daß das Königreich Norwegen damit in die fürchterlichste Katastrophe gestürzt sei.

In der bürgerlichen Presse wird die Furcht vor einem verhängnisvollen Bankenkrach geschürt. Die zwei größten Banken des Landes, »Die norwegische Creditbank« und »Bergens Privatbank«, hatten schon seit längerem große Schwierigkeiten. Die Furcht vor einer erneuten Kronenabwertung und vor den »sozialistischen Experimenten«, die die neue Regierung unternehmen könnte, führte zu wachsender Panik unter der Bevölkerung. Der Hauptdirektor der »Bank Norwegens«, Nicolai Rygg, unterbreitete den Vorschlag, eine Einlagenzentrale für alle Banken des Landes zu gründen. Die Zentrale sollte allen Banken, die in Schwierigkeiten gerieten, helfen, doch Voraussetzung wäre eine Garantie des Staates zur Sicherung aller Einlagen.

Der überregionale Plan hatte Folgen, die im ganzen Land zu spüren waren. In kleineren Dörfern wurde der Streit zwischen Arbeitern und Bürgerlichen sichtbarer und die Kluft zwischen den beiden Seiten noch größer als zuvor. Auf Storvik fühlt sich Kristoffer als Sieger. Den Fall der Regierung Hornsrud sieht er als endgültigen Beweis, daß die Arbeiterpartei nicht imstande ist, das Land zu regieren. Das ist ein Sargnagel für die Partei. Eine Partei, die kein Vertrauen genießt und die wegen ihrer Unfähigkeit die Ministersessel schon nach zwei, drei Wochen Machtausübung räumen muß, hat keine Daseinsberechtigung. Nach diesem Versagen sehe er der Kommunalwahl im Herbst gelassen entgegen, sagt er.

Daß sich der Streit zugespitzt hat, zeigt sich auf vielfältige Weise. Wenn Leute aus dem Dorf, die irgend etwas Wichtiges in Øra zu erledigen hatten, früher Spötteleien nachgerufen wurden, ist das jetzt viel schlimmer als je zuvor. Teufelsbrut. Verdammte Mistkäfer. Dergleichen wird ihnen nachgerufen. Viel besser ist es auch nicht, wenn sich jemand aus Øra im Dorf aufhält. Verfluchte Proletarierteufel, ist eine der frechen Bemerkungen, die sie zu hören bekommen. Die Kinder lernen das schon. Die Jungen aus Øra und dem Dorf tragen Kämpfe aus, in denen Tränen fließen und sie sich die Nasen blutig schlagen. In den schlimmsten Zeiten schicken die Bewohner aus Øra ihre Kinder nicht gerne auf die Bauernhöfe nach Milch, sondern gehen lieber selber. Genauso ungern schicken die Bewohner des Dorfes ihre Kinder nach Øra, um etwas zu erledigen.

»Hütet euch vor diesem Proletariergesindel in Øra«, werden sie von ihren Müttern gewarnt.

Das wirkt sich auch auf alle anderen Bereiche aus. Die Wettkämpfe zwischen Sportvereinen sind eher politische Auseinandersetzungen als Sport und Spiel. Es gibt einen erbitterten Streit zwischen den beiden Versammlungshäusern des Ortes, dem Volkshaus in Øra und dem Jugendhaus im Dorf, wenn es um eine Veranstaltung geht, die für die ganze Gemeinde organisiert werden soll. Es geht jedesmal so weit, daß die eine Seite die andere boykottiert. Die Jugendlichen des Dorfes gehen fast nie ins Volkshaus zu Tanzveranstaltungen, und umgekehrt boykottieren die Jugendlichen aus Øra Tanzveranstaltungen im Jugendhaus, doch es gibt Ausnahmen, und diese Ausnahmen bringen jedesmal Unannehmlichkeiten mit sich. Es gibt fast keine Tanzveranstaltung, in der es nicht zu Schlägereien kommt.

An einem Samstagabend ist unter der Regie des Sportvereins Tanz im Jugendhaus. Jørgen bewacht die Tür und kontrolliert die Eintrittskarten. Bis nach Mitternacht, als der Verkauf eingestellt wird, verläuft alles friedlich. Dann kommen vier Burschen aus Øra. Sie versuchen nicht, in das Lokal zu kommen, sondern sie bauen sich im Gang davor auf. Jørgen kennt diese Truppe. Sie sind berüchtigt dafür, daß sie zu Tanzveranstaltungen gehen, nur um Streit zu suchen. Jørgen geht hinaus, um mit ihnen zu sprechen.

»Es ist in Ordnung, daß ihr hier steht, aber fangt keinen Streit an!«

»Streit? Wir doch nicht. Wir fangen doch keinen Streit an«, sagen sie und lachen höhnisch.

Jørgen hält ein wachsames Auge auf sie, er weiß genau, daß sie nur hier sind, um Händel zu suchen. Diese Burschen sind nicht auf Tanz und Mädchen aus. Und wenn er sich nicht ganz irrt, dann kommt es hier wirklich noch zu einer

Auseinandersetzung, denn der Bursche, hinter dem sie her sind, wie er zu wissen glaubt, befindet sich im Jugendhaus. Er kommt aus dem Nachbardorf, Johan heißt er und hat den Ruf, weit und breit der stärkste Mann zu sein. Ein Riese von einem Kerl, er überragt alle im Lokal um einen ganzen Kopf, ist breitschultrig und kräftig. Jeder sagt, es sei eine göttliche Fügung, daß er ein so netter und gutmütiger Junge sei, doch wenn er erst einmal richtig in Rage gerate, dann sei er gefährlich. Jørgen weiß, daß er mit den Burschen, die auf dem Gang stehen, schon häufiger aneinandergeraten ist. Wenn die Gerüchte stimmen, hat einer von ihnen bei dem letzten Schlagabtausch fast die Hälfte einer Zahnreihe eingebüßt. Falls sie hier sind, um Rache zu nehmen, wird der Abend unschön enden. Er geht zu Johan und sagt ihm, wer im Flur steht, und bittet ihn, dafür zu sorgen, daß der Abend nicht im Unfrieden endet. Doch die Stimmung im Lokal ist anders, angespannter, der Dunst von verschwitzten Kleidern und Körpern scheint stärker geworden zu sein, selbst die Musik wirkt anders, langsam, tastend, und die Tanzfläche ist leerer geworden. Verängstigte Mädchen drücken sich auf den Bänken entlang der Wand zusammen.

»Nein, das ist mir jetzt doch zu unbehaglich«, sagt Johan zu Jørgen. »Ich versuche mal, ihnen gut zuzureden.«

Er geht zu den vier Männern hinaus. »Ich denke, wir sollten heute abend friedlich bleiben«, sagt er in einem versöhnlichen Ton.

Er hat die Worte kaum ausgesprochen, als er einen so heftigen Kopfstoß verpaßt bekommt, daß ihm Blut aus seiner Nase über das Kinn und das Hemd läuft. Mit einem Aufschrei vor Schmerz und Wut stürzt er sich auf den Angreifer. Jørgen ruft in den Saal: »Jetzt brauche ich ein paar Mann zur Hilfe, sonst ist die Hölle los.«

Die beiden Kampfhähne sind in der Küche gelandet. Dort

reißen sie ein Brett mit Waffeln und Marmelade runter, im nächsten Augenblick fällt ein Kessel mit brühend heißem Kaffee um, die beiden rutschen aus, fallen übereinander auf den Fußboden, wälzen sich in einem Matsch aus zertretenen Waffeln, Kaffeesud und klebriger Marmelade. Die Küchenfrauen stehen auf der Anrichte, schreien hysterisch, weil ihnen jeder Fluchtweg versperrt ist. Die beiden rappeln sich auf, und nun treibt Johan den anderen in den Flur, weiter nach draußen auf die steile Treppe, wo sie erneut hinfallen und Stufe für Stufe hinunterrollen, bis sie wie zwei knurrende Hunde in einer nassen Schneewehe landen. Sie kommen wieder auf die Beine, und Johan hat sich befreit.

Er holt aus, und mit einem blitzartigen Schlag streckt er den Burschen nieder. Das ist das Signal für die anderen drei, sich in die Schlägerei einzumischen. Sie sind drei gegen einen, doch jetzt packt Johan die Wut. Breitbeinig steht er in dem tiefen Schnee, und jedesmal, wenn seine großen Fäuste einen der Angreifer treffen, ist ein dumpfes Krachen zu hören. In dieser Phase des Kampfes sieht es aus, als prallten die Schläge von ihm ab, aber er bietet keinen schönen Anblick, wie er da im Licht der Lampe steht mit blutüberströmtem Gesicht.

»Nein, wir müssen jetzt was unternehmen, damit hier nicht noch jemand zu Tode kommt«, sagt Jørgen.

Vier, fünf Männer, Jørgen ist einer von ihnen, stürzen sich auf Johan, sie schaffen es, ihn zu Boden zu reißen und sich auf ihn zu setzen. Als würde man ein ungezähmtes Pferd reiten, dreht und wendet sich der große und starke Körper unter ihnen, rasend vor Wut versucht er, sich von seinen Bezwingern zu befreien.

»Greift euch die Teufelsbrut«, ruft Jørgen, und die anderen Männer stürzen sich auf die Bande aus Øra und werfen sie nieder. »Seid jetzt friedlich, sonst rufe ich die Polizei«, schreit Jørgen.

Es herrscht totales Chaos, Fausthiebe, Fußtritte, heulende Frauen, wütende Flüche. Nur die Musiker spielen unverdrossen weiter. Mitten in dem Tumult wird Jørgen von einem Faustschlag getroffen, so daß auch ihm die Nase blutet.

»Jagt das Gesindel nach Hause«, ruft er.

Ein Trupp von Männern treibt die Schläger aus Øra den Weg hinunter.

Johan brüllt, daß er ihnen nachsetzen wolle, aber schließlich können sie ihn beruhigen, und sie nehmen ihn mit in die Küche, wo er sich erst einmal das Gröbste von dem Blut abwaschen kann. Das haben auch andere nötig. Jørgen blutet noch, sein Hemd und sein Anzug haben etwas abbekommen. Über der einen Augenbraue hat er eine Wunde, und aus seiner Nase tropft noch immer Blut.

»Verdammtes Höllenpack«, knurrt er. »Warum können sie nicht bleiben, wo sie hingehören?«

Als er nach Hause kommt, sitzt Julie mit einer Handarbeit in der Küche.

»Ach, du bist noch auf?«

»Ja, ich wollte auf dich warten.«

»Das wäre doch aber nicht nötig gewesen.«

»Wie siehst du denn aus? Hast du dich geschlagen?« fragt sie erschrocken.

»Na, das nicht gerade, aber ich wurde geschlagen, das kann man schon sagen«, antwortet er und erzählt ihr von dem Durcheinander. Jørgen stöhnt leise auf, als sie seine Wunde an der Stirn versorgt, mit Wundspiritus auswäscht und ein Pflaster darüber klebt.

»Höllenstrolche und streunende Hunde sind das, und nichts anderes.«

»Jetzt gehst du aber hart zur Sache, finde ich.«

»Kannst du mir vielleicht verraten, was das soll, wenn es um nichts anderes mehr geht als um Blut und ausgeschlagene Zähne?«

Und es ist aber auch ein verdammtes Pech, daß er, der sich immer aus Schlägereien und Streit herausgehalten hat, da mit hineingezogen worden ist. Und es ist nicht das erste Mal, daß das passiert, wenn einer zu schlichten versucht, damit es nicht zu Mord und Totschlag kommt, sagt er aufbrausend.

»Morgen wirst du ein schönes blaues Auge haben.«

»Zum Teufel.«

»Du sollst nicht so fluchen, Jørgen. Du weißt, ich kann das nicht leiden.«

»Ja, ich weiß. Aber ich komme ja nicht jeden Tag von einer Schlägerei nach Hause. Da wird man ja noch das Recht haben, wütend zu sein«, sagt er.

»Und du, wie geht es dir eigentlich?« fügt er hinzu und schließt sie in die Arme, wie sie da so vor ihm steht. »Geht es dir gut?« fragt er und fährt ihr unbeholfen mit der Hand über den dicken Bauch.

»Ja, *uns* geht es gut«, erwidert sie sanft und streicht ihm über das Haar. »Es ist nun bald so weit.«

»Na, ganz bestimmt«, sagt er, und er spürt, wie in diesem flüchtigen Augenblick der Nähe zwischen ihnen sich die Wärme in seinem ganzen Körper ausbreitet.

Während der Schwangerschaft findet er sie besonders schön. Auslachen würden die Leute ihn, wenn sie seine Gedanken lesen könnten. Am meisten würde sie wohl lachen. »Ach, wie häßlich ich bin«, sagt sie immer. Doch für ihn ist sie schön. Und manchmal ist sie von einem merkwürdigen Licht umgeben, dann hat sie einen Glanz in den Augen, eine träumerische Entrücktheit, als trage sie nicht nur ein Kind in sich, sondern auch ein Geheimnis, das nur sie kennt. Wunderliche Gedanken sind es, die ihm durch den Kopf gehen, Gedanken, über die er mit niemandem reden kann, nicht einmal mit ihr.

Eines Tages erhält sie einen Brief mit der Schrift des Vaters auf dem Umschlag. Das ist so ungewöhnlich, daß sie ihn augenblicklich in der Schürzentasche verschwinden läßt, sie will mit dem Lesen warten, bis sie einen Moment findet, in dem sie allein ist. Sonst bekommt sie immer nur Briefe vom Vater, wenn er ihr Geld schickt, entweder zu Weihnachten oder zu besonderen Anlässen. Um das Briefeschreiben kümmert sich die Mutter, meistens setzt der Vater ein paar Zeilen und einen Gruß darunter.

Mit Fingern, die klamm sind vor Nervosität, öffnet sie den Umschlag. Der Vater schreibt, er habe den Wald verkauft, den er in der Nachbargemeinde besessen habe. Dieses Waldstück sei ein Erbe, das dem Hof vor ein paar Generationen zugefallen sei. Mit der Zeit sei es für ihn zu schwierig geworden, den Wald in einem guten Zustand zu erhalten und zu bewirtschaften. Dieselben Schwierigkeiten würden auch die Generationen nach ihm haben, und so habe er, als er von einem größeren Sägewerk, das Interesse bekundete, den Wald zu kaufen, ein gutes Angebot bekam, zugegriffen. Dabei sei ein ganzer Batzen Geld herausgesprungen, und einen Teil des Geldes habe er zur Bank gebracht und für die Kinder angelegt. Johanne habe ihren Anteil durch die Finanzierung der Ausbildung erhalten, außerdem würden sie für sie die Hochzeit im Sommer ausrichten, aber für Julie und die anderen drei habe er tausend Kronen auf ein Sparbuch in seiner Bank eingezahlt. Julie schlägt er vor, daß er ihr jedes Jahr zu Weihnachten fünfzig Kronen schicken wird. Das gehe nicht ans Grundkapital, und das Geld bliebe eine Sicherheit für sie, falls etwas Außergewöhnliches passiere. Selbstverständlich könne sie das Geld abheben, wenn es unbedingt nötig sei, doch er rate ihr davon ab. Das Geld habe heutzutage die Eigenschaft, schnell weniger zu werden, schreibt er. Und es sehe jetzt so aus, als seien die Banken sicher. Aber, schreibt er, um eines müsse er sie bitten, auch wenn das möglicherweise ihren wie auch seinen eigenen Prinzipien entgegenstehe. Er wolle sie bitten, niemandem etwas von dem Geld, das sie besitze, zu sagen, weder Jørgen noch sonst jemandem auf Storvik. Er will, daß das Geld ihr allein gehöre, zu ihrer Sicherheit.

Julie bleibt fast das Herz stehen. Worum bittet er sie da? Das soll sie vor Jørgen geheimhalten? Sie, die sich so darüber empört hat, als er *ihr* etwas verschwiegen hat?

Was der Vater da gemacht hat, ist wirklich großartig, doch es gelingt ihr nicht, sich über diesen plötzlichen Reichtum zu freuen. Gott weiß, wie gut sie das Geld gebrauchen kann, wie gut eine Sicherheit über Jahre ist. Doch kann sie mit dem Verschweigen leben? Sie legt den Brief in die Truhe, in der sie alle persönlichen Dinge aufbewahrt, in denen niemand herumschnüffeln darf.

»Du hast heute wohl Post von zu Hause bekommen?« fragt Jørgen. Er sitzt am Tisch über die Zeitung gebeugt.

Die Frage kommt völlig unerwartet für sie, eine Hitzewelle schießt durch ihren Körper. Sie ist froh, daß sie über den Abwasch gebeugt steht und ihm den Rücken zukehrt, sonst würde ihr Gesicht sie verraten.

»Ja, das ... ja, das stimmt.«

»Gibt es was Neues, was Besonderes?«

»Nein, es geht hauptsächlich nur um die Hochzeit und Johanne und meine Mutter, die alle Hände voll zu tun haben, weißt du. Ich soll dich grüßen.«

»Na, dann danke ich für die Grüße«, sagt er, und es kommt ihr vor, als brenne sein Blick auf ihrem Nacken.

Vielleicht bildet sie es sich nur ein, aber sie hat in diesen Tagen das Gefühl, daß Jørgen sie beobachtet. Wenn sie seinen Augen begegnet, kommt es vor, daß sie, bevor er ihrem Blick ausweichen kann, einen forschenden Ausdruck darin entdeckt. Er wirkt abwesend, verschlossen und still. Bei dem Gedanken an den Brief wird ihr mulmig, hat sie ein ekelhaftes Gefühl. Daß sie so etwas Wichtiges vor Jørgen verheimlicht, steht ganz und gar im Widerspruch zu ihren eigenen Prinzipien. Zu diesem Gefühl, Verrat verübt zu haben, kommt noch die Angst, daß der Brief entdeckt werden könnte. In der Truhe hat sie neuere, aber auch alte Briefe versteckt, persönliche Dinge, die nur für ihre Augen bestimmt sind. Niemand kommt da ran, der Schlüssel ist an einem sicheren Ort verwahrt, trotzdem wird sie die Angst nicht los. Schließlich verbrennt sie den Brief, sie versucht zu vergessen, daß sie ihn je erhalten hat.

Jørgen hat den Gedanken an eine Fuchsfarm noch nicht aufgegeben. Auf mehreren Höfen in der Gemeinde ist bereits mit der Zucht begonnen worden, aber als Grundlage ist Kapital erforderlich. Auf einigen dieser Höfe haben sich die Nachbarn zusammengetan und sich für den Anfang erst einmal ein Silberfuchspaar gekauft. Das Risiko ist trotzdem noch groß genug, denn in dieser Zeit muß man für ein Fuchspaar fünf- bis sechstausend Kronen bezahlen. Für dieses Geld bekommt man schon ein kleines Anwesen, so daß es nicht verwunderlich ist, daß sich die Leute die Sache genau überlegen, bevor sie sich in ein solches Unternehmen stürzen. Dennoch, die Prognosen dafür sind jetzt so gut, daß es den Anschein hat, diese Unternehmung könnte für Bauern mit kleineren und mittleren Höfen zu einem idealen zusätzlichen Gewerbe werden.

Jørgen hat kein Interesse, das Geschäft gemeinsam mit anderen zu betreiben. Die Selbständigkeit zählt für ihn genausoviel wie das Geld, das er damit verdienen will. Eigenes Geld, ein Geschäft, das ausschließlich seins ist, für das er auch allein verantwortlich ist. Er hat alles sehr gründlich durchdacht, hat Berichte und Prognosen für dieses Gewerbe studiert. Die Pläne liegen auf dem Tisch, ihm fehlt nur noch das Wichtigste, das Startkapital.

Nach langen aufreibenden Diskussionen mit dem Vater hat er eingesehen, daß er von dieser Seite keine Hilfe zu erwarten hat. Der Vater lehnt es ab, sich von dieser Spekulationswelle, wie er es nennt, mitreißen zu lassen. Es kommt auch nicht in Frage, daß Jørgen Kredit mit dem Hof als Sicherheit aufnimmt. Am Ende aber erklärte er sich damit einverstanden, daß Jørgen auf eigene Rechnung Bäume fällen darf, die er im Frühjahr im Sägewerk zu Material schneiden lassen kann, so daß dies einen Anfang bedeuten könnte – falls er das Glück haben wird, einen günstigen Kredit zu bekommen, um das Projekt starten zu können. Da Kristoffer Chef der hiesigen Bank ist, kommt es nicht in Frage, daß Jørgen dort einen Kredit aufnimmt. Auf dieser wackligen Grundlage hat Jørgen erneut an seinen Schwiegervater und an den Onkel in der Stadt geschrieben. Und dieses Mal hat er sorgfältig ausgearbeitete Kalkulationen für die Errichtung, den Beginn und den Betrieb eines Fuchshofes beigefügt.

Der Schwiegervater ist dieses Mal weitaus wohlwollender als das vorige Mal, als Jørgen ihm die Sache vorlegte. Der Onkel ist auch nicht abgeneigt. Er überlegt, Jørgen und seinen Schwiegervater zu Beratungen in der Bank in Kristiansund zu empfangen. An dem Abend, als Jørgen von seinem Schwiegervater die Antwort erhält, daß er einverstanden ist mit einem Treffen in Kristiansund, ist seine Erleichterung so groß, daß er erst einmal ein Stück spazierengehen und mit seinen Gedanken allein sein muß, bevor er mit jemandem darüber sprechen kann. Er hat diese Anspannung allein ertragen müssen, Julie wollte er, bevor er nicht wußte, ob etwas daraus werden würde, nichts davon sagen. Nach langer Zeit sieht er zum ersten Mal wieder optimistisch in die Zukunft. Hofft er, daß das Leben für sie eine Wendung nehmen wird. Vor allem sieht er es als ersten Schritt an, weg von der demütigenden Tyrannei des Vaters, die ihm mit den Jahren immer unerträglicher geworden ist. Freiheit, das ist es, was er sich wünscht. Nun steht nur noch aus, Julie davon zu erzählen, ihr das so zu erklären, daß sie versteht, was das für sie beide bedeuten kann.

Er wartet, bis sie im Bett sind, bevor er den Mut findet, mit ihr zu sprechen.

»Julie, es gibt etwas, was ich mit dir besprechen muß. Eine Sache, die ich dir total verschwiegen habe, mußt du wissen.«

»Ist es etwas Schlimmes?« fragt sie ängstlich.

»Nein, nein. Ich hoffe, du wirst dich freuen, wenn du es hörst.«

So sachlich wie er kann, trägt er ihr das Ganze vor. Die sorgfältig erarbeiteten Pläne, die Briefe, die er geschrieben, und die Antworten, die er von seinem Onkel und von ihrem Vater erhalten hat.

»Sollen wir es wagen, uns in ein solches Abenteuer zu stürzen?« fragt sie erschrocken. »Und mein Vater will uns dabei helfen?«

»Es sieht so aus.«

»Aber wir müssen uns viel Geld leihen. Ist das nicht ein zu großes Risiko?«

»Bis jetzt habe ich noch nicht gehört, daß einer von denen, die die Fuchszucht aufgenommen haben, sein Geld verloren hat. Warum sollten wir nicht damit zurechtkommen? Es ist oft so, daß man Geld borgen muß, um Geld zu verdienen. Wer nicht wagt, der nicht gewinnt, Julie.«

»Ich hoffe, du weißt, was du tust, Jørgen.«

»Darauf kannst du dich verlassen. Zumindest vertraust du doch wohl auf deinen Vater und meinen Onkel? Wenn sie die Sache gutheißen, dann kannst du doch sicher sein?«

»Wann willst du denn hier damit anfangen?«

Er erzählt ihr von dem Treffen mit den beiden in der Stadt, aber damit will er warten, bis das neue Kind da ist.

»Ich fahre nicht, bevor du das nicht hinter dir hast, das weißt du.«

Sie ist jetzt erschöpft, ihr Körper ist dick und schwer, zunehmend fällt es ihr schwerer, eine vollwertige Arbeitskraft zu sein. Glücklicherweise muß sie die letzten Tage vor der Niederkunft nicht mehr in den Stall, aber auch so bleiben noch genügend schwere Arbeiten zu erledigen, Wäsche waschen, das Haus sauber machen und Wasser tragen. Ihre Gedanken kreisen meistens um das, was sie erwartet, um die Geburt, daß alles gut gehen möge. Sie ärgert sich über Jørgen, der die ganze Zeit, wenn sie allein sind, über die Fuchsfarm spricht. Er ist furchtbar eifrig, aber sie hat jetzt keine Kraft, um sich daran zu beteiligen. Dennoch kommt ihr der Gedanke, daß der Brief, den sie von ihrem Vater bekam, und die Auflage, die er ihr erteilte, Jørgen nichts von dem Geld, das sie bekommen hat, zu sagen, im Zusammenhang damit steht. Kann es sein, daß der Vater meinte, das Geld sollte eine Sicherheit für sie sein, wenn Jørgen den Bogen überspannt? Hat ihr der Vater deshalb auferlegt zu schweigen? Das, woran sie nicht denken mag, was sie als Bürde empfindet, die ihr nicht hätte auferlegt werden sollen.

»Jørgen, hast du auch schon vorher einmal mit meinem

Vater über so etwas gesprochen? Darüber, daß du mit einem solchen Geschäft beginnen willst?« unterbricht sie ihn eines Abends mitten in einem Redeschwall.

»Nein, wie das? Es kann schon sein, daß ich es erwähnt habe, aber ich kann mich nicht genau daran erinnern.«

Er weicht ihrem Blick aus, und sie denkt, daß er seine Chance gehabt hat, ihr die Wahrheit zu sagen. Denn sie hatte sich entschlossen, wenn er zugegeben hätte, die Briefe, von denen ihr die Mutter im Sommer erzählte, geschrieben zu haben, ihm dann ihr Geheimnis preiszugeben. Nach dieser Äußerung ist es leichter geworden, darüber zu schweigen, denn nun sind sie in gewisser Weise quitt.

Jetzt erkennt sie diese letzte Bewegung wieder, diese Bewegung wie von einem zappelnden Fisch, als das Kind aus ihr herausgleitet, diese Erleichterung, die sie ergreift, als sie die ersten, schwachen Schreie vernimmt.

»Was ist es?« fragt sie keuchend.

»Ein Junge, Julie. Du hast wieder einen Jungen bekommen, ein schönes Kind.«

»O nein, nicht schon wieder einen Jungen.«

»Aber pfui, schäme dich, so etwas zu sagen. Du hast ein Kind bekommen, an dem alles dran ist, und alles verlief gut. Und dann liegst du da und klagst? Schämen solltest du dich«, schimpft die Hebamme.

»Ach, so habe ich das nicht gemeint, verstehst du, aber ich war mir so sicher, daß es dieses Mal ein Mädchen wird.«

»Ein Mädchen wird halt später kommen, du wirst sehen. Denn du wirst es ja wohl nicht hiermit genug sein lassen wollen?«

Sie liegt mit dem frisch zurechtgemachten Kind im Arm, kann sich nicht sattsehen an diesem kleinen, neuen Menschenkind, das sie bekommen hat. Ein Wunder ist es, ein Wunder, jedes Mal wieder.

»Das war ein törichtes Willkommen, mit dem dich deine Mutter empfangen hat, mein Armer. Aber du kannst mir glauben, daß ich glücklich bin, daß du da bist.«

Seine Haare sind hell, fast weiß, ein dichter Haarflaum rings um das klitzekleine Gesicht. Dieser Blick, als schaue er in sie hinein, mit diesem sonderbaren, tiefen Fernsein, das man nur bei einem neugeborenen Kind beobachten kann, trifft sie wie ein Stoß in der Brust. Seine Augen sind so tiefgründig und dunkel, daß ihr klar ist, er wird braune Augen bekommen. Kristers Blick, Synnas Blick, der Blick des Vaters, der ihr Tränen in die Augen treibt wegen des großen Hochgefühls, das sie verspürt, weil sie hier liegt mit dem neugeborenen Sohn im Arm und weiß, daß genau er es war, auf den sie gewartet hat.

»Ich glaube, der Herrgott treibt seinen Spaß mit uns und benutzt seine ganze Farbpalette«, sagt sie zu Jørgen. »Jetzt haben wir drei Söhne, einen schwarzhaarigen, einen rothaarigen, und dieses Mal ist es doch wahrhaftig einer mit ganz hellen Haaren geworden. Ist das nicht sonderbar?«

Bankchef Storviks Büro wird von einem gediegenen Schreibtisch und einer Sofagruppe aus dunkelbraunem Leder beherrscht. Die Wände sind mit Paneel aus dunklen Edelhölzern verkleidet, und auf dem Fußboden liegt ein weicher Teppich mit orientalischem Muster. Die Lichter des Prismenkronenleuchters brennen, auch die Arbeitslampe auf dem Schreibtisch ist an, obwohl heute ein heller Tag ist. Dennoch ist es dunkel im Raum. Nachdem sich die schwere Tür aus Eichenholz hinter ihnen geschlossen hat, tritt eine Stille ein, bei der es Jørgen kalt den Rücken hinunterläuft. Aus Nervosität, aber auch wegen des Hochgefühls, in eine andere Welt gekommen zu sein.

Storvik sitzt hinter seinem Schreibtisch und bittet Jørgen und Johannes, auf den Stühlen davor Platz zu nehmen.

»Laßt mich als allererstes unterstreichen« sagt er, »daß es sich hier um keine Familienangelegenheit handelt. Für den Fall, daß wir uns einigen können, ist das als ein Geschäft zwischen dir, Jørgen, und der Bank anzusehen, und du wirst hier behandelt wie jeder Kunde sonst auch. Daß ich Interesse bekundet habe, euch zu empfangen, ist ausschließlich darauf zurückzuführen, daß ich großes Vertrauen in das Gewerbe setze, mit dem du beginnen willst, darüber hinaus halte ich viel davon, wenn eine solche Initiative aus den Distrikten kommt. Die Prognosen sehen gut aus.«

Jørgen legt seine Pläne dar, zunächst zögernd, dann aber sicherer werdend, nachdem der Onkel aufmunternde Kommentare abgegeben hat. Außerdem hat er einen Kostenvoranschlag für das, was er als Grundlage braucht, aufgestellt. Die große Frage ist, ob die Bank den Fuchshof als Pfand für einen eventuellen Kredit anerkennen wird, da der Vater abgelehnt hat, mit dem Hof Sicherheiten zu bieten.

An dieser Stelle greift Johannes ein. Er sagt, er sei bereit, Jørgen einen Kredit von dreitausend Kronen einzuräumen, wenn die Bank den Rest gewähre. Der Onkel glaubt kaum, daß die Geschäftsführung der Bank sich darauf einlassen wird, wenn sich das Ganze nur auf einen Kredit mit einem recht unsicheren Pfand gründet, selbst wenn der Kredit der Bank Priorität bekäme. Ein besserer Vorschlag wäre es, wenn Johann sich mit seinem Geld als Aktienkapital beteiligen würde. Eine Aktiengesellschaft böte mehr Sicherheit, als wenn Jørgen alleiniger Besitzer wäre. Im ersten Moment weigert sich Johannes, darauf einzugehen, zum Schluß läßt er sich aber überreden.

»In einem solchen Falle«, sagt der Onkel, »könnte ich mir selber vorstellen, mit einer Summe einzusteigen, sagen wir tausend Kronen. Und was ist mit deinem Vater?«

»Vater? Nein, das kommt nicht in Frage.«

Wenn er zunächst Geschäftspartner bei der Unternehmung braucht, kann er sich keinen besseren vorstellen als den Schwiegervater. Daß der Onkel sich mit einem kleinen Anteil beteiligt, ist akzeptabel, aber daß der Vater einsteigt, das könnte er nicht ertragen. Außerdem will er selber bestimmen, ohne Einmischung von dem Alten. Das ist die wichtigste Voraussetzung für das Projekt.

Der Onkel schlägt vor, daß für Jørgen hier auf der Bank ein Konto eingerichtet wird, auf das Johannes sein Kapital einzahlen kann, so daß Jørgen Mittel hat, um so schnell als möglich mit dem Bau des Fuchshofes beginnen zu können. Es wird Geld für Material gebraucht, zum Einkauf von Drahtgeflecht und anderen Sachen. Hilfe beim Bauen braucht er wohl auch, obwohl er vieles selber machen kann. Er wird eine Garantie erhalten für einen Kredit in der ersten Phase. Der würde ihm dann bei dem Kauf von Zuchttieren ausgezahlt werden.

Johannes, vorsichtig, wie er ist, vertritt die Ansicht, sie sollten sich erst einmal mit der Anschaffung eines Silberfuchspaares zufriedengeben, aber der Onkel meint, sie sollten zwei Weibchen und ein männliches Tier kaufen. Um in Gang zu kommen, müßten sie auch auf den Verkauf von Welpen setzen, mit Ausnahme von ein paar Jungtieren zur eigenen Aufzucht. Nach längerer Diskussion ist Johannes damit einverstanden.

»Na, dann denke ich, geht die Sache in Ordnung, Jørgen. Aber denk daran, noch hast du den Kredit nicht, aber ich glaube, ich kann dir garantieren, daß er von der Geschäftsführung bewilligt werden wird, so wie wir jetzt das Problem gelöst haben.«

»Was glaubst du, wieviel denn bewilligt werden könnte?« fragt Jørgen.

»Tja, sieben- bis achttausend wirst du wohl schon brauchen.«

Wieder hat Jørgen dieses Gefühl wie am Anfang, als es ihm kalt den Rücken hinunterlief. Wird er das schaffen?

»Tilgung und Zinsen werden halbjährlich bezahlt, das erste Mal ein halbes Jahr, nachdem du den Kredit erhalten hast. Dann wirst du hoffentlich schon die ersten Einnahmen verbucht haben. Aber es gibt eine Bedingung. Alle Kapitalbewegungen, seien es Auszahlungen oder Einzahlungen, müssen über diese Bank hier erfolgen. Es wird nicht akzeptiert, Geschäfte über andere Banken abzuwickeln.«

»Ich habe noch eine Klausel einzubringen«, sagt Johannes. »Das Geld auf dem Konto darf nur für das Geschäft mit dem Fuchshof benutzt werden und nur dafür. Jede

Abhebung ist zu dokumentieren und will ich schriftlich haben.«

»Selbstverständlich«, sagt Jørgen und errötet. »Selbstverständlich erhältst du Bescheid.«

»Die Bank wird dafür sorgen, daß Sie über alle Bewegungen auf dem Konto eine Kopie erhalten. Als Aktienbesitzer haben Sie ein Anrecht darauf, Herr Rød. Ich werde Ihnen auch Kopien von allen Papieren schicken, sobald die Kreditgarantie bewilligt ist. Aber jetzt müssen wir erst einmal anstoßen auf das gelungene Treffen. Oder sollten wir besser von einem Toast auf einen erfolgreichen Vertragsabschluß sprechen?«

Der Onkel schenkt jedem ein Glas Portwein ein. Jørgen zittert fast die Hand, als er das Glas hebt. Jetzt, da die Anspannung, unter der er in der letzten Zeit gestanden hat, gewichen ist, fühlt er sich am ganzen Körper wie gelähmt.

»Ich möchte mir erlauben, euch beiden zu danken«, sagt Jørgen, der ganz erhitzt vor Aufregung ist. »Es tut gut zu erleben, daß es Menschen gibt, die an einen glauben.«

»Hm«, sagt der Onkel und klopft ihm auf die Schulter, »du wirst es schon schaffen, du wirst sehen. Ein Prost auf die Storvik-Fuchsfarm!«

»Ich muß jetzt wohl gehen, wenn ich den Dampfer nach Hause noch schaffen will«, sagt Jørgen.

»Ja, du hast zu Hause bestimmt genug zu tun. Du bist ein glücklicher Mann, Jørgen, vergiß das nicht. Mit einer schönen und klugen Ehefrau und drei Kindern, die gesund und munter sind. Das ist nicht jedem vergönnt«, sagt der Onkel mit einem sonderbaren Ton in der Stimme, während er seine Brille absetzt und sie zu putzen beginnt.

»Und Sie, Herr Rød«, sagt er und ist wieder der Alte, »wollen Sie hier in der Stadt übernachten? In diesem Falle wäre es für meine Frau und mich eine Freude, wenn wir Sie zu uns zum Essen einladen dürften und Sie bei uns übernachten würden.«

»Das wäre sehr angenehm, und ich danke für die Einladung, aber vielleicht kann ich ja ein anderes Mal darauf zurückgreifen. Ich denke, ich begleite meinen Schwiegersohn. Da ich schon einmal in der Nähe bin, möchte ich die Gelegenheit nutzen, um meine Tochter zu besuchen und das Neugeborene in Augenschein zu nehmen.«

»Du kommst mit zu uns nach Hause?« fragt Jørgen überrascht. »Na, da wird Julie sich aber freuen.«

Nachdem sie aus dem dunklen Zimmer gekommen sind, werden sie draußen auf der Straße im ersten Moment von dem grellen Frühlingslicht geblendet. Es ist einer dieser frühen Frühlingstage mit einem Wetter, so verführerisch, daß alle denken, der Frühling meine es schon ernst. An einem solchen Tag zeigt sich die Stadt von ihrer allerbesten Seite. In den Parks und Gärten blühen schon Schneeglöckchen, Sternhyazinthen und Aurikel. Ein leichter Grünschimmer liegt über dem Rasen und über den saftig knospenden Bäumen, Meer und Himmel sind strahlend blau. Die Menschen, die aufeinandertreffen, während sie in der Frühlingssonne zum Kai eilen, um den Dampfer zu erreichen, gehen mit aufgeknöpften Mänteln und Überziehern. Alle Menschen sehen fröhlich aus, findet Jørgen, sie sprechen lauter und ihre Stimmen sind heller. Zwischen geschäftigen Hausfrauen und Dienstmädchen und den Fischern, die ihren Fang feilbieten, sind muntere Wortwechsel zu hören. Das ist ein Tag der reinen Freude. Oder kommt ihm das nur so vor, weil er selber so glücklich ist? Denn das ist er, so unglaublich glücklich, weil er diese Sache unter Dach und Fach gebracht hat, so glücklich, daß er kaum den Boden unter den Füßen spürt.

»Ich werde dir nie vergessen, was du heute für mich getan hast, Schwiegervater. Ohne dich wäre aus der Sache garantiert nichts geworden. Ich sehe dem Leben jetzt zuversichtlicher entgegen, als ich es je getan habe.«

»Ja, ja, wir wollen mal darauf vertrauen, daß dein Onkel, Herr Storvik, wußte, was er tat. Er scheint mir ein tüchtiger und rechtschaffener Mann zu sein.«

»Dessen kannst du sicher sein, das ist er. Er verleiht niemals Geld für eine Sache, in die er kein Vertrauen setzt.«

»Das hoffe ich, Jørgen, doch jetzt kommt es darauf an, daß du auf dem Boden der Tatsachen bleibst. Jetzt müssen wir Schritt für Schritt vorangehen. Und vergiß nicht, daß du für jede einzige Krone, die du ausgibst, Rechenschaft ablegen mußt. Und du darfst niemals vergessen, daß du einen großen Kredit aufnimmst, für den du geradestehen mußt.«

»Es wird alles gutgehen, davon bin ich überzeugt.«

Knapp zwei Wochen sind seit der Geburt vergangen. Noch ist sie zu schwach, um wieder eine vollwertige Arbeitskraft zu sein, deshalb haben sie ein Dienstmädchen als zusätzliche Hilfskraft eingestellt. Dadurch hat sie während der Zeit, die ihr Vater hier ist, ein paar ruhige Tage.

Sie hat sich unbändig über seinen so ganz unerwarteten Besuch gefreut. Er strahlt große Ruhe aus, Ruhe und Sicherheit, die auch auf sie übergehen. Er beruhigt sie und nimmt ihr die Sorgen, die sie wegen des Vorhabens hat, in das Jørgen sich stürzen will. Eine große Erleichterung ist es, daß er gemeinsam mit dem Onkel Miteigentümer wird. Damit sind drei daran beteiligt, und die Verantwortung ist nicht mehr so belastend.

Sie haben das große Wohnzimmer geheizt, sonst ist es zu dieser Jahreszeit verschlossen und eiskalt. Dort sitzt sie mit dem Vater stundenlang alleine, und sie können sich in Ruhe unterhalten. Zu den Kindern hat er ein so gutes Verhältnis.

Es dauerte gar nicht lange, bis beide, Krister und Jostein, auf seinen Schoß krabbelten. Großvater Romsdal, wie Krister ihn nennt, ist für die Kinder zu einer Märchenfigur geworden. Dieser Großvater, der so weit weg wohnt, von dem ihnen schon so viel erzählt wurde, dem sie aber so selten begegnen. Sogar der Wildfang Jostein spielt an diesen Tagen friedlich in ihrer Nähe.

Dieses Mal soll das Kind nach Julies Mutter benannt werden. Wenn es ein Mädchen geworden wäre, hätte es Helga geheißen. Jetzt haben sie sich entschlossen, das Kind auf den Namen Helge zu taufen. Sie möchte sehr gerne, daß die Eltern kommen, so daß die Mutter den kleinen Helge bei der Taufe im Arm halten kann.

Sie wären sehr gerne gekommen, sagt der Vater, aber nun ist es leider so, daß sich Veränderungen in der Planung ergeben hätten. Ingebrikt hat eine neue Pfarrstelle in Sunnfjord bekommen, Anfang Juli soll er die Amtsweihe erhalten. Die alte Stelle beende er zum ersten Juni, so daß er den ganzen Juni über frei habe, deshalb haben sie die Hochzeit auf das erste Wochenende im Juni vorgezogen. In der Zeit bis dahin sind sic unabkömmlich. Die Vorbereitungen seien schon jetzt das einzige, mit dem die Mutter beschäftigt ist, und deshalb solle er fragen, ob es nicht möglich sei, mit der Taufe bis nach der Hochzeit zu warten.

»Warum nicht«, sagt Julie, »wenn Mutter dann wirklich herkommt. Aber eigentlich macht man das ja nicht, ein Kind so lange ungetauft im Haus lassen.«

Das könne nicht weiter schlimm sein, meint der Vater, solange der Junge gesund und munter sei, wie es den Anschein habe. Doch Julie kennt ihre Mutter gut genug, um zu wissen, daß sie, wenn die Hochzeit überstanden ist, viel zu erschöpft sein wird, um dann eine so lange anstrengende Reise zu unternehmen, deshalb will sie, daß Johanne an ihrer

Statt das Kind zur Taufe trägt, daß sie und Ingebrikt Paten werden. Ja, denn es ist doch Mode geworden, daß Jungverheiratete auf Hochzeitsreise gehen, so könnten sie zwei Fliegen mit einer Klappe schlagen.

»Johanne wünscht es sich so sehr. Und dann könntet ihr noch ein paar Tage zusammen sein, ihr zwei. Und das gleiche die Enttäuschung, daß du nicht zur Hochzeit kommen kannst, ein bißchen aus, meinte sie.«

Johanne und Ingebrikt werden herkommen. Ingebrikt soll Pate ihres Sohnes werden? Das ist unmöglich, allein schon der Gedanke daran bewirkt, daß sich alles in ihr umdreht.

»Nein, das ... Nein, ich glaube, das geht nicht, Vater. Das Kind wird dann schon drei Monate alt, so lange kann man nicht warten. Außerdem sind dann viel zu viele Leute hier im Haus, die Feriengäste kommen auch ...«

»Ach, hier ist doch genug Platz. Außerdem finde ich, solltest du deiner Schwester die Freude gönnen. Es kann lange dauern, bis du sie wiedersiehst.«

Sie kommt nicht drum herum, das weiß sie, doch sie hat das Gefühl, Gefahr sei im Verzug, die Sehnsucht nach dem Sommer, der da kommt, ist ihr verdorben.

»Sag den beiden nur, sie seien willkommen, Johanne und Ingebrikt.«

»Sie werden sich freuen, das zu hören, sowohl Johanne als auch deine Mutter. Aber das hört sich nicht gerade an, als ob du sonderlich glücklich darüber wärest. Hast du etwas gegen Ingebrikt, Julie?«

»Nein, warum sollte ich? Außerdem will Johanne ihn haben und nicht ich. Aber es ist doch klar, daß ich enttäuscht bin, weil ihr, du und Mama, nicht herkommt.«

»Ja, das verstehe ich schon. Aber dieses Mal geht es um Johanne. Wir werden es später nachholen.«

Jørgen errichtet den Fuchshof auf einem ruhigen und abgeschirmten Platz, der auf die umliegenden Wiesen hinausgeht. Das macht er, weil er vermeiden will, daß sie vom Geruch der Tiere belästigt werden, und damit die Weibchen ihre Ruhe haben, wenn sie werfen und neugeborene Junge aufziehen. Zur Unterstützung bei der Errichtung des Fachwerks hat er sich einen Tischler geholt, den Rest macht er selber. Ab und zu kann ihm Anders, der Knecht, zur Hand gehen, aber meistens ist er allein. Jede freie Stunde arbeitet er daran, nutzt jetzt, da die Tage länger werden, die Abende. Sogar samstags arbeitet er abends so lange an dem Fuchshof, wie er das mit der Wochenendruhe für vereinbar hält. Es ist ihm wichtig, daß diese Arbeit nicht zu Lasten der Pflichten erfolgt, die er sonst noch auf dem Hof hat. Sein Vater soll nicht sagen können, daß der Betrieb des Hofes darunter leidet. An den Abenden liest er Bücher über Fuchszucht. Er ist glücklich und aufgeregt, aber die langen Arbeitstage sind ihm anzusehen.

»Mach dich bloß nicht kaputt mit dieser vielen Arbeit nebenbei«, sagt Julie.

»Nein, diese Arbeit macht mir nichts aus. Außerdem muß ich bis zur Mahd fertig sein, denn dann bleibt keine Zeit mehr für etwas anderes. Bis dahin müssen die Zuchttiere an ihrem Platz sein.«

»Bist du dir sicher, daß das eine sichere Sache ist, auf die du dich da einläßt?«

»Ja, wenn das keine sichere Sache ist, dann weiß ich nicht. Und dann ist es etwas, das mir gehört. Nur mir, Julie, endlich.«

In dieser Zeit sind sie beide erschöpft. Jørgen von der Arbeit, die ihn draußen von morgens früh bis spät abends in Anspruch nimmt, Julie von den durchwachten Nächten und vom Stillen, das ist immer so, wenn ein Baby im Haus ist. Sie haben weder Kraft noch Zeit, um über das Alltägliche hinaus etwas zu besprechen, bei Jørgen dreht sich alles nur noch um die Füchse und nichts anderes. An den Abenden schlafen sie sofort ein, kaum daß sie sich hingelegt haben.

Was sie vermißt, sind die guten Gespräche, die sie miteinander hatten, wenn sie abends im Bett lagen. Dann hatte sie das Gefühl, daß sie hier ihr eigenes kleines Leben hatten, das sie über den Alltag rettete. Damals, als sie über Bücher sprachen, die sie gelesen hatten, über gesellschaftliche Dinge, die außerhalb ihrer eigenen vier Wände passiert waren. Und über die Kinder hatten sie gesprochen, über alles, was tagsüber mit ihnen gewesen war. Jetzt haben sie keine Kraft mehr für so etwas. Jetzt hat sie das Gefühl, daß das Leben nichts als Arbeit und Alltag ist, wo die Tage ineinander übergehen, einander gleichen. Wann hat sie zuletzt ein Buch gelesen, einen Roman, Gedichte? Dazu ist sie einfach nicht mehr imstande. Wenn sie daran denkt, findet sie ihr Leben so leer. Bei genauerem Hinschauen sieht sie es Jørgen in dieser Zeit auch an, es ist nicht zu übersehen, daß er älter geworden ist, magerer, sein Gesicht markanter, nur in den Momenten, wenn er sich freut, erkennt sie noch ein Fünkchen von dem jungen Mann wieder, der er einmal gewesen war. Es kommt ihr vor, als wäre es schon unendlich lange her. Wenn sie sich selber im Spiegel betrachtet, sieht sie dasselbe. Die kindlichen Rundungen im Gesicht sind weg. Sie erkennt Linien darin, die vorher nicht da waren, und sie erkennt eine fremde Leblosigkeit in ihrem Blick. Das erschreckt sie. Haben sie das, was sie einmal gemeinsam besaßen, nicht sorgsam genug bewahrt? Soll es soweit kommen, daß der Alltag sie in den Würgegriff nimmt und die Freude zerstört? So denkt sie, hat aber keine Kraft, etwas daran zu ändern.

Das Baby ist lieb und ruhig, schläft zwischen den Mahlzeiten und weint nicht mehr, als natürlich ist. Es sieht ganz danach aus, daß er nach Kristers Wesensart kommt. Nach dem Stillen in der Nacht schläft er friedlich weiter. Dennoch gibt es Tage, an denen sie das Gefühl hat, wie im Halbschlaf zu wandeln. Sie ist wieder mit im Stall. Synnøve vertraut nicht darauf, daß das Dienstmädchen gründlich genug melkt. Da die Kühe nun mal im Frühjahr kalben, geben sie viel Milch, und wenn sie nicht richtig gemolken werden, besteht die Gefahr einer Euterentzündung. Mit zwei Wickelkindern fällt zusätzlich viel Wäsche an. Julie hofft, Jostein wird es nun bald lernen und trocken sein, wenn der Sommer erst richtig da ist und er dünne Sachen tragen kann.

Noch immer ist es so, daß Jostein ihr das meiste abverlangt. So war es seit seiner Geburt. Ab und an hat sie das Gefühl, dieses Kind lauge sie mehr aus als alles andere. Weil sie das denkt, hat sie Schuldgefühle. Früher hat sie über Kindererziehung nie soviel nachgedacht. Glaubte, wenn Kinder genug Liebe und Geborgenheit bekämen, würde alles andere von allein gehen. So war es mit Krister. Wenn es um Jostein geht, muß sie sich immer genau überlegen, was zu tun ist, doch es kommt vor, daß sie, erschöpft, wie sie meistens ist, ihn anschreit und schüttelt, daß er wie besessen heult. Krister schaut sie dann erschrocken an.

»Du darfst auf Jostein nicht so böse sein, Mama. Er ist doch noch klein, weißt du.«

In solchen Momenten bricht sie fast in Tränen aus. Dann nimmt sie das Kind auf den Arm, drückt es an sich und tröstet es, bis es aufhört zu weinen. Doch sie hat das Gefühl, daß das falsch ist. In Angst versetzt sie auch, daß sie, die sich beigebracht hat, nie die Beherrschung zu verlieren, in unbeherrschter Wut ein Kind anschreit, das kaum zwei Jahre alt ist. Wenn sie mit Jørgen darüber sprechen will, winkt er nur ab.

»Der Junge ist eine stabile Natur. Der verträgt das.«

Doch sie macht das hilflos. Jostein ist ein unruhiges Kind,

voller Energie, geht über Tische und Bänke, fällt und stößt sich, weint, und dann ist er schon wieder in voller Fahrt. Er hält keine Mittagsruhe mehr, trotzdem ist es jeden Abend ein Kampf, ihn ins Bett und zur Ruhe zu bekommen. Am Tage hängt er an ihrem Rockzipfel, quengelt und will dauernd etwas. Wenn sie sich mit einer Handarbeit oder mit der Zeitung für einen Augenblick hinsetzt, krabbelt er ständig auf ihren Schoß und wieder runter, bis sie ihn wütend wegscheucht. Doch es kommt nie vor, daß er auf ihrem Schoß still sitzen bleibt, zur Ruhe kommt und es sich gemütlich macht. Will er das, sucht er auf dem Schoß der Großmutter Zuflucht oder bei Astrid oder am allerliebsten beim Vater. Dann kann er lange Zeit mucksmäuschenstill sitzen und es richtig genießen. Verwundert fragt sie sich, warum er sie so plagt, wie er es tut. Es versetzt ihr jedesmal einen Stich, wenn sie sieht, daß er sich nicht bei ihr, sondern bei jemand anderem auf den Schoß setzt. Nur wenn Krister bei ihr auf dem Schoß sitzen möchte, will er auch sitzenbleiben. Dann fordert er so lange sein Recht und gibt nicht eher nach, bis Krister kapituliert und er den Schoß für sich allein hat.

»Ihr habt doch wohl noch beide hier Platz«, sagt sie resigniert, während Jostein Krister beiseite schiebt. In solchen Augenblicken glaubt sie Triumph in dem trotzigen Kindergesicht entdecken zu können. Das muß überspannte Einbildung sein, ein zweijähriges Kind. Doch daß Krister das mitnimmt, sieht sie. Sie ist nur nicht imstande, etwas daran zu ändern. Jostein kann es auch nicht ertragen, wenn sie das Baby stillt. Um ihren Frieden zu haben, muß sie ihm im Schlafzimmer die Brust geben. Sie kann nur hoffen, daß sich das mit der Zeit gibt, aber erschreckend ist es, eine derartige Eifersucht bei einem so kleinen Kind zu erleben. Er hat ein Temperament, das ihr völlig fremd ist und das zu einem Gefühl von Hilflosigkeit gegenüber diesem Kind führt.

Das sind Sorgen, mit denen sie sich tagtäglich herumschlägt, die in ihren Gedanken vielleicht größer erscheinen, weil sie so müde ist, die sie aber gerne mit Jørgen besprechen würde. Doch wenn der Abend erreicht ist, kommt sie sich vor wie ein leeres Gefäß, viel zu erschöpft, um ihre Gedanken in Worte zu fassen.

Synnøve ist empört, als sie erfährt, daß die Taufe auf Mitte Juni verschoben wird. Sie versteht auch nicht, warum sich Julies Eltern nicht die Zeit nehmen können, um in einer solchen Angelegenheit an einem Wochenende herzukommen. Zumal das Kind nach Julies Mutter benannt wird. Unverantwortlich sei es, monatelang ein heidnisches Kind im Hause zu haben, sagt sie. Und ob Julie nicht daran denkt, wie das werden soll, wenn dem Kind irgend etwas passiert. Aber versöhnlich stimmt sie, daß das Kind einen Pastor zum Paten bekommen soll. Jetzt ist sie diejenige, die am meisten drängt, daß drinnen wie draußen alles für diesen Tag in Ordnung gebracht wird. Der Garten braucht Pflege, Anders, der Knecht, muß den Staketenzaun streichen, das Haus und die Nebengebäude werden geschrubbt und geputzt. Es wird gebacken, und es werden Vorbereitungen getroffen, als gäbe es eine Hochzeit auf dem Hof. Hier im Dorf werden der Arzt, der örtliche Polizeibeamte und der Pastor am meisten geachtet. Nun soll Synnøve einen Pastor ins Haus bekommen, deshalb darf an nichts gespart werden. Sie hat einen tiefen und fest verwurzelten Respekt vor der Obrigkeit, wie sie das nennt. Julie kommt es lächerlich vor, daß im Hause alles von unten nach oben gekehrt wird, weil Ingebrikt kommt, daß seinetwegen ein solcher Aufstand gemacht wird, während man Johanne gar nicht erwähnt. Nun ist man bei den anderen Taufen, die es hier im Haus gegeben hat, auch nicht gerade knauserig gewesen, aber einen solchen Aufruhr wie dieses Mal hat es noch nie gegeben.

Bis zuletzt hat Julie den Gedanken verdrängt, daß Johanne und Ingebrikt kommen werden. Jetzt graut es ihr vor dem Tag, der ein Festtag werden soll. Allerdings freut sie sich auch, die Schwester wiederzusehen, doch daß Ingebrikt Pate ihres Kindes werden soll, ist ein unerträglicher Gedanke.

An Johannes Hochzeitstag ist sie in Gedanken bei ihr zu Hause, versucht, sich das Ganze vorzustellen, wie es ist, wie Johanne ist. Ist sie jetzt glücklich? O ja, natürlich ist sie glücklich. Sie muß es ja sein.

»Du bist heute so still. Ist irgend etwas nicht in Ordnung?« fragt Synnøve.

»Nein. Ich muß nur daran denken, daß Johanne heute heiratet.«

»Ach, stimmt ja. Das habe ich ganz vergessen. Eigentlich hättest du wohl dort sein müssen, du Ärmste.«

»O ja ...«, sagt Julie, und für einen Augenblick lassen Tränen alles vor ihren Augen verschwimmen. In letzter Zeit ist sie so empfindlich, doch jetzt ist es vor allem wegen des ungewohnten Mitgefühls, das ihr Synnøve entgegenbringt.

Sie fragt, ob sie heute nicht zu Hause anrufen könne. Sonst benutzen sie das Telefon nur selten für Ferngespräche. Das ist teuer.

»Natürlich kannst du anrufen. Das fehlte wohl noch an einem solchen Tag! Bestell das Ferngespräch gleich, es kann lange dauern. Und laß dir ganz genau sagen, wann der Pastor und seine Frau herkommen.«

Der Pastor und seine Frau, Ingebrikt und Johanne. Wann wird sie sich daran gewöhnen?

Wie erwartet, ist Johanne am Telefon ganz aufgeregt, ihre Stimme so weit weg, dennoch so wohlbekannt in ihrem kindlichen Eifer.

»O Julie, es ist so traurig, daß du nicht hier bist. Das wäre so schön, es ist so schön.«

»Du bist bestimmt auch schön, denke ich.«

»Ja, o ja, das sagen alle. Das sagt Ingebrikt auch. Und wir freuen uns so auf die Taufe. Eine Hochzeitsreise nach Nordmøre. Ist das nicht schön?« fragt Johanne und kichert wie ein kleines Mädchen. »Aber du mußt mit Ingebrikt sprechen. Er steht jetzt neben mir.«

»Gratuliere, Ingebrikt, und herzlich willkommen demnächst bei uns.«

»Danke, Julie. Wir ... wir sehen dem Besuch bei euch mit Freude entgegen.«

So formell, so steif, so unbegreiflich fremd, wenn sie an den Jungen denkt, der er einmal war, dennoch ist er es, Ingebrikt.

Nach diesem Gespräch ist ihr keineswegs wohler zumute. Die Erinnerung an Johannes Stimme, dieses kindische Kichern, sitzt in ihrer Brust fest wie ein anhaltend leichter Schmerz.

In dieser Nacht findet sie keinen Schlaf. Die Gedanken kreisen in ihrem Kopf und lassen sie nicht zur Ruhe kommen, das ist Johannes Hochzeitsnacht. Sie versucht, die Vorstellung, wie Johanne und Ingebrikt zusammen sind, zu verdrängen, doch es gelingt ihr nicht. Sie hat nur Ingebrikt vor Augen, wie es war, als er zu Hause in der Küche über sie herfiel. Sein Gesicht, die Augen, den keuchenden Atem in ihrem Gesicht, die harten Hände auf der bloßen Haut, auf ihrem Geschlecht, der allerintimsten Stelle, und sie empfindet es jetzt noch genauso als Schmach und Schande wie damals, spürt es wie ein Brandmal auf ihrem Körper. Obwohl er nicht vollführte, was er mit ihr vorhatte, ist ihr jetzt klar, daß sie an diesem Abend vergewaltigt wurde. Achtzehn war sie damals, es ist bald zehn Jahre her, doch in ihrer Erinnerung ist es noch so lebendig, als sei es heute geschehen. Nie wird sie es vergessen. Die Erinnerung an diese Schmach wird sie verfolgen und die Erinnerung an die schlimmste Zeit in ihrem Leben, die Zeit, nachdem sie Synna verloren hatte. Wohl deshalb sieht sie Johanne wie ein Lamm auf dem Weg zur Schlachtbank, und das darf sie nicht. Um Johannes willen darf sie das nicht. Doch es gab eine Zeit, da glaubte sie, sie hätte es geschafft und vergessen. Dann trat er wieder in ihr Leben, und nun wird er immer vorhanden sein. Sie muß es lernen, damit zu leben.

Ihr fällt ein, was sie nach diesem Abend gedacht hatte. Da hatte sie geglaubt, sie könnte nie wieder die Hände eines Mannes auf ihrer Haut ertragen, daß sie zugrunde gerichtet worden sei. Doch es kam anders, und das hat sie Jørgen zu verdanken, seiner Geduld, seiner Rücksichtnahme und Zärtlichkeit. Durch ihn, so empfindet sie es, lernte sie nicht nur die Liebe kennen, er war es auch, der sie rettete und in das lebendige Leben zurückholte.

Er liegt neben ihr, hat ihr den Rücken zugewandt und atmet tief, wie ein Mensch atmet, der erschöpft ist. Zärtlichkeit erfaßt sie, der Wunsch, ihm Gutes zu tun. Niemals kann sie ihm das erzählen, das würde er nicht ertragen. Auch das schmerzt. Sie schmiegt sich an seinen warmen Rücken, findet an dem starken Körper Trost. Vorsichtig legt sie die Arme um ihn, streichelt ihm ganz vorsichtig über die Brust, ängstlich, daß sie ihn wecken könnte. Er seufzt, dreht sich zu ihr herum, drückt sie fest an sich. Sie erstarrt in seiner Umarmung, wird von Panik ergriffen. Sein harter Körper, sein Glied gegen ihren Bauch, sein kurzer Atem in ihrem Gesicht, das ist Ingebrikt. Er ist wieder hier.

»Nein«, faucht sie, »nein, ich will nicht!«

Die Arme lösen sich.

»Nicht ... nicht heute nacht, Jørgen«, sagt sie mit zitternder Stimme, während ihr Herz in der Brust rast.

»Warum weckst du mich dann?« fragt er gekränkt, dreht sich um und schläft sofort weiter. Er war wohl kaum aufgewacht.

Was hatte sie erwartet? Auf eine veränderte und am Boden zerstörte Johanne zu treffen? Wahrscheinlich hat sie sie in der letzten Zeit so vor Augen gehabt. Solche Gedanken hätte sie sich ruhig schenken können, denn die Johanne, die ihr entgegenkommt, strahlt wieder genauso wie bei ihrer Verlobung. Stünden hier nicht die vielen Menschen um sie herum, wäre sie Julie bestimmt um den Hals gefallen. Ingebrikt ist, wie erwartet, freundlich, aber steif und korrekt, während er allen Bewohnern des Hauses, die sich auf der Treppe zur Begrüßung versammelt haben, die Hand reicht.

»Hattet ihr eine angenehme Reise?« fragt Julie.

»Ja, danke«, antwortet Johanne. »Wir haben sowohl in Molde als auch in Kristiansund im Hotel übernachtet, und wir waren im Grand essen und ...«

»So, so, Johanne, du mußt nicht gleich alles in diesem Moment erzählen, weißt du«, sagt Ingebrikt nachsichtig.

Er sagt das, als weise er ein Kind zurecht, und niemand kann die Röte, die Johanne ins Gesicht schießt, übersehen.

»Du bringst die Gäste bitte auf ihr Zimmer, Julie«, sagt Synnøve und rettet Johanne aus der Verlegenheit. »Denn ich denke, sie möchten jetzt ihre Sachen auspacken und sich nach der Reise ein bißchen frisch machen.«

Julie führt sie nach oben in das große Gästezimmer, das über der guten Stube liegt. Es ist dasselbe Zimmer, das ihr zugewiesen wurde, als sie das erste Mal hier war. Damals, als sie jung verlobt war.

Der Raum ist hell und strahlend sauber. Das Doppelbett steht bereit, die beste Bettwäsche ist aufgezogen, gestärkte und bestickte Bettlaken und Kissenbezüge. Sie selber hat die Betten gemacht. Sie hatte den unerträglichen Gedanken dabei, daß sie Ingebrikt und Johanne das Brautbett richtete. Ein Gedanke, der sie jetzt wieder heiß durchfährt, während sie hier zusammen mit ihnen steht.

Die letzten Tage war es sommerlich warm gewesen, doch an diesem Abend nieselt es leicht.

»Ich hoffe, ihr seid zufrieden mit dem Zimmer. Ist es vielleicht ein bißchen kühl? Soll ich das Fenster schließen?« fragt sie hektisch.

»Nein, bitte nicht«, sagt Johanne, sie beugt sich aus dem offenstehenden Fenster und atmet die Gerüche ein. »Wie schön es hier ist. Schau mal, Ingebrikt, spürst du es? Riechst du den Sommer?«

»Wenn ihr irgend etwas braucht, müßt ihr euch nur bemerkbar machen«, sagt Julie.

»Alles ist hier bestimmt so gut, wie es nicht besser sein könnte«, bemerkt Ingebrikt.

Seiner Stimme ist die Anspannung anzumerken, und sie begreift, daß es ihn genauso verlegen macht, hier zu sein, wie es sie verlegen macht, ihn als Gast hier zu haben. So gut kennt sie ihn noch, um ihm das anzusehen.

»Kriegen wir nicht noch das Baby zu sehen?« fragt Johanne.

»Ihr bekommt es zu sehen, wenn ihr ein bißchen was zu Abend gegessen habt und ich das Baby für die Nacht vorbereitet habe. Er ist ein so schönes Kind, ihr werdet sehen.«

Das Haus wurde in der letzten Zeit auf den Kopf gestellt, denn für den morgigen Tag sollte alles fertig sein. Heute war die Köchin hier und die Servierhilfe, um alles für das Mittagessen zur Taufe vorzubereiten, und das Haus ist makellos sauber. In dem großen Zimmer ist die lange Tafel für alle Gäste gedeckt, die zum Essen eingeladen sind. Aus Kristiansund kommt dieses Mal nur Ivar. Er soll zusammen mit Astrid Pate werden. Julie wollte auch den Onkel und Selma einladen, aber Synnøve war dieses Mal dagegen. Sie seien Paten gewesen, als Krister getauft wurde, und waren auch zu Josteins Taufe hier, so müssen sie dieses Mal nicht unbedingt eingeladen werden, sagte Synnøve.

»Ich verstehe nicht, wieso sie dieses Mal nicht kommen sollen, wo sie sonst immer eingeladen waren?« wundert sich Julie.

»Wir haben keinen ordentlichen Schlafplatz für sie. Ich habe Selma angerufen und das mit ihr besprochen.«

»Aber Johanne und Ingebrikt hätten doch genausogut ein anderes Zimmer bekommen können.«

»Für den Pastor und seine Frau kommt nur das beste Gästezimmer in Frage, ein anderes ist nicht akzeptabel. Das ist bei dem Bankchef und den Seinen auch nicht anders. Du mußt lernen, was bei uns hier auf dem Hof Sitte ist, Julie. Und du mußt lernen, daß zwischen den Menschen Unterschiede bestehen.«

Ihre Eltern waren nicht in dem großen Gästezimmer untergebracht, als sie zur Taufe hier waren. Das hatten Storviks bekommen, denn für ihre Eltern war das zweitbeste Zimmer akzeptabel, doch sie hütete sich, das zu sagen. Es hat keinen Sinn, so etwas mit Synnøve zu diskutieren. Genausowenig Sinn hat es, mit ihr darüber zu diskutieren, wo Ingebrikt und Johanne heute abend das Abendbrot serviert werden soll. Julie meint, sie können das Abendbrot gemeinsam mit der übrigen Familie in der Küche einnehmen, da doch der Eßtisch in dem großen Zimmer nicht frei sei. Aber das komme überhaupt nicht in Frage, meint Synnøve. Wo denke Julie hin? Wolle sie etwa solche Leute am Küchentisch plazieren?

»Aber es ist doch bloß meine Schwester«, sagt Julie resigniert. »Zumal es hier soviel zu tun gibt.«

»Rede nicht!« sagt Synnøve. »Benimm dich endlich, wie es sich gehört.«

So bleibt ihr nichts anderes übrig, als den Tisch in dem besten Zimmer zu decken, sich dazuzusetzen und, dem Brauch entsprechend, die Gäste zum Essen zu ermuntern und dafür Sorge zu tragen, daß es an nichts fehlt. Erst nachdem der Tisch abgedeckt ist, kommt der Rest der Familie, um sich mit den Gästen zu unterhalten. Es amüsiert und schmerzt sie zugleich, wenn sie sieht, wie Johanne versucht, diese Situation, in die sie geraten ist, zu meistern. Wie sie sich eine Art Wichtigkeit eines Erwachsenen zugelegt hat, die kaum noch etwas mit der Johanne zu tun hat, die sie kennt. Ihre kindliche und spontane Schwester sitzt hier und soll die Frau eines Pastors sein, wie bei einer Generalprobe für ihre zukünftige Rolle. Wie damals, als sie die beiden auf der Verlobungsfeier sah, hängen Johannes Augen an Ingebrikts Lippen, wie damals nimmt sie alles, was er sagt, gierig auf, ihn anbetend, mit einem Hundeblick, denkt Julie und schämt sich ihrer Gedanken.

»Hast du Lust mitzukommen, wenn ich den Kleinen zurechtmache, Johanne?« fragt Julie.

»O ja, das würde ich gerne«, sagt Johanne eifrig. »Wenn ich darf, ja?« fügt sie hinzu und schaut Ingebrikt an.

Er nickt ihr kurz zu, und Julie wird von einer unglaublichen Wut gepackt.

»Hast du es denn nötig, ihn für jeden Schritt, den du tun willst, um Erlaubnis zu bitten?« fragt sie scharf. »Soll er *alles* für dich entscheiden?«

»Nein, aber, Julie, er ist doch mein Mann.«

Um die beiden anderen nicht zu wecken, holt Julie das Baby in die Küche und macht es hier für die Nacht zurecht. Splitternackt liegt es auf der Wickelunterlage und prustet und lacht sie an. Noch ist er zu klein, um vor Fremden Angst zu haben, aber wie er die Arme nach der Mutter ausstreckt, zeigt deutlich, daß er ihr Gesicht erkennt. Auch sonst bekommt er alles mit, was um ihn herum geschieht.

»Wie niedlich er ist«, sagt Johanne andächtig. »Was du für ein Glück hast, Julie.«

»Na, es kann schnell gehen, daß du an der Reihe bist und dasselbe Glück hast.«

»Ja, das hoffe ich so sehr. Und, Julie, es ist fast nicht vorstellbar, was das für ein Glück sein wird.«

Behutsam hantierend wäscht Julie den kleinen Kerl.

»Möchtest du ihn anziehen?«

»Kann ich das?«

»Natürlich, warum denn nicht.«

Johanne müht sich mit den Hemdchen, Jäckchen, Windeln und Wickeltüchern ab.

»Ach, wie ungeschickt ich aber auch bin. Ich habe kein Baby mehr gewickelt, seit Ingrid klein war. Auf der Haushaltsschule haben wir es an einer Puppe geübt. Das war ein bißchen einfacher als mit deinem kleinen Zappelphilipp.«

»Dann solltest du die Gelegenheit nutzen, während du hier bist, damit du etwas Übung bekommst.«

Julie beobachtet Johanne, wie sie mit dem Kind umgeht.

»Du machst dich gut als Mutter, Johanne. Ich hoffe, es bleibt dir erspart, so lange warten zu müssen, wie ich warten mußte, bis Krister kam.«

»Das hoffe ich.«

»Wie es aussieht, kommt ihr beide, du und Ingebrikt, gut miteinander aus?«

»Ja, ja, das stimmt. Ingebrikt ist so nett, so gut. Und sonst«, sagt Johanne, und Röte schießt in ihre Wangen, »sonst, was das andere betrifft, du weißt schon, was ich meine, Julie. Man gewöhnt sich bestimmt daran, nicht wahr? Nach und nach wird es besser, ist es nicht so?«

Johanne ist jetzt feuerrot im Gesicht, aber sie weicht Julies Blick nicht aus. Ihre Augen sind voller Tränen, ratlos, das Gesicht völlig entblößt, für einen kurzen Moment, so kurz, daß Julie sich hinterher nicht sicher ist, ob sie sich das nicht nur eingebildet hat.

»Natürlich wird alles gut, Johanne«, sagt sie mit Nachdruck.

»Na, nun rede ich totalen Unsinn, stimmt's?« sagt Johanne lächelnd und hebt das Kind hoch in die Luft, bis es vor Vergnügen quietscht.

»Bist du nicht ein feiner Junge? Der Onkel Ingebrikt muß doch sein Patenkind einmal sehen, nicht wahr? Darf ich ihn tragen?«

In der guten Stube sitzen alle beieinander, Kristoffer und Synnøve, Astrid und Ivar, Jørgen und Ingebrikt. Johanne, mit dem Kind auf dem Arm, kommt herein und setzt sich neben Ingebrikt auf das Sofa.

»Willst du mal probieren, möchtest du ihn mal nehmen?« fragt sie lächelnd und streckt Ingebrikt das Kind entgegen.

»Nein, nein«, sagt er unwillig. »Mit so Kleinen kann ich wenig anfangen«, fügt er hinzu und lächelt versöhnlich.

»Ist er nicht schön? Hast du schon einmal ein solches Engelchen gesehen?«

Ingebrikts Gesichtszüge erstarren.

»Ist es nicht sonderbar mit solchen kleinen Kindern?« fragt er. »Das reinste Bild der Unschuld und trotzdem, wie wir wissen, schon in der Gewalt der Sünde.«

«Sünde?« flüstert Johanne.

»Du kennst doch wohl die Erbsünde, Johanne?« fragt er, und Julie schaudert bei diesen Worten, bei der Kälte in seinem Blick zusammen.

Nachdem Ingebrikt das gesagt hat, ist es totenstill im Zimmer. Julie hat das Gefühl, an der Stelle, wo sie steht, festgefroren zu sein. Schließlich bricht Kristoffer das verlegene Schweigen.

»Ja, ja, so ist das wohl«, seufzt er.

»Das Kind muß gefüttert werden«, sagt Julie und nimmt es von Johannes Schoß, versucht, nicht zu zeigen, wie empört sie ist, doch ihre Augen funkeln Ingebrikt an, als sie seinem Blick begegnet.

Sie sitzt im Schlafzimmer vor dem Fenster und stillt das Baby. Die anderen beiden liegen in ihren Betten und schlafen. In solchen Momenten fühlt sie sich unermeßlich reich. Die Stille im Zimmer, das Gefühl, was auch immer das Leben bringen wird, das hier gehört ihr, das ist ihr Leben, das kann ihr keiner nehmen. Diese einzigartige Freude, wenn das Kind die Milch mit gieriger Kraftanstrengung aus ihrer Brust saugt, unter der sich ihr Körper in einem Schmerz zusammenkrampft, der der Wollust gleicht.

Sünde, sagte er, Erbsünde. Daß er es wagte, er, ausgerechnet er. Sie schaut auf das blonde Köpfchen an ihrer Brust, Zärtlichkeit überkommt sie.

»Du bekommst vielleicht einen Patenonkel, mein Kleiner.«

Das Kind schaut sie prüfend an, als sähe es in sie hinein, und sie bricht in Tränen aus, die wie eine Sturzflut aus ihr hervorbrechen. Der Blick des Kindes, Johannes Blick, Ingebrikts, die furchtbaren Worte einen Tag vor der Taufe. Das ist mehr, als sie ertragen kann.

Mit dem Kind an sich gedrückt, sitzt sie da, als Jørgen hereinkommt.

Das Baby schläft, die beiden anderen schlafen in ihren Betten.

»Wo bleibst du denn? Du mußt nach unten kommen und gute Nacht sagen. Die Besucher wollen bestimmt zu Bett gehen. Aber was ist mit dir los?« fragt er und legt seine Hand unter ihr Kinn und hebt ihr Gesicht hoch und schaut sie an. »Du hast geweint? Du wirst dich doch nicht darum scheren, was Ingebrikt gesagt hat?«

»Nein, aber du weißt doch, wie es mir in letzter Zeit geht. Ich saß da und schaute mein Kind an, und dann mußte ich einfach weinen.«

»Dann ist es ja in Ordnung. Denn wenn du dich an dem stören solltest, was er gesagt hat, dann darfst du nicht vergessen, daß er nichts weiter ist als ein Pastor.«

»Du bist ein Segen, Jørgen«, sagt sie lächelnd. »Du weißt ja nicht, wie froh ich bin, daß ich dich habe.«

Im Morgengrauen wacht sie auf. Es ist still im Haus, durch das Fenster, das einen Spalt offen steht, dringt nur das leichte Rauschen des Sommermorgens, Vogelgezwitscher. Es regnet nicht mehr. Sie ist hellwach, obwohl es noch viel zu früh ist, kann sie am besten gleich aufstehen. Leise, um die anderen nicht zu wecken, schlüpft sie aus dem Nachthemd, zieht eine Kittelschürze über und schleicht sich barfuß aus dem Zimmer.

Sie steht draußen auf der Treppe und nimmt den schönen Morgen in sich auf, hebt die Arme über den Kopf, reckt und streckt sich und atmet die klare Luft tief ein. Das ist einer jener Morgen, an denen die Welt wie frisch gebadet scheint. Feuchter Nebel liegt wie Flocken über dem Fjord und weiter unten entlang der Felswände. Die höchsten Bergspitzen sind noch mit Schnee bedeckt, sie ragen aus Nebelschwaden in den Himmel, zart und durchsichtig blau wie Wasser. Die Sonne bricht schon durch, auf dem Hof glitzert es in den Wasserpfützen, das Gras und die Bäume glänzen vor Nässe, und alles leuchtet im hellen Junigrün. Freude durchrieselt sie, dieses wunderbare Gefühl, allein zu sein, eins zu sein mit der

Schöpfung an diesem frühen Morgen, noch bevor der Tag angebrochen ist.

Sie wird jetzt Flieder für die Festtafel holen. Von dem blauen, vielleicht etwas von dem weißen, von dem rosafarbenen heute nicht, der bleibt verschont. Ob sie davon vielleicht eines Tages etwas gebrauchen kann? Und schlagartig überkommt sie Sehnsucht. Eine Tochter, vielleicht, eines Tages. Geistesabwesend fährt sie sich mit den Fingern durch das dicke, von der Nacht zerzauste Haar, fröstelt bei der kalten Nässe des Grases an den nackten Füßen, sie kommt sich vor wie ein Kind, das etwas Unerlaubtes tut, ein Glücksmoment.

Die Fliedersträucher quellen über vor Blüten. Sie streckt sich, um die schönsten an den obersten Ästen zu erreichen. Es tropft von den Zweigen, die Nässe rinnt an ihren nackten Armen herunter, sammelt sich unter ihren kurzen Ärmeln zu Tropfen, die sie erschauern lassen, rinnt in die Achselhöhlen und am ganzen Körper hinunter. Die Kittelschürze klebt naß an Schenkeln und Waden, feuchtes Gras kitzelt an den Füßen und Fußgelenken, der Duft des feuchten Flieders ist betäubend, und sie spürt ein tiefes inneres Glück, das ihren Atem wie im Liebesrausch gehen läßt.

»Du bist schön, Julie. So schön wie früher. Nein, schöner.«

Wie zu Eis erstarrt bleibt sie stehen, die Arme nach den Blüten ausgestreckt. So lautlos kam er, so versunken war sie in ihre eigenen Gedanken, daß sie nicht gehört hatte, wie er herangekommen war.

»Ich beobachte dich schon, seit du auf der Treppe gestanden hast.«

Sie steht vor ihm in der nassen Kittelschürze, die an ihrem Körper klebt, den Arm voll tropfnaß glänzendem Flieder. Und er in Weste und Hemd ohne steifen Kragen, mit aufgekrempelten Ärmeln und den wilden widerspenstigen Locken funkelt sie aus seinen stechenden tiefblauen Augen an. Sie ist nicht mehr hier. Sie ist achtzehn.

»Ingebrikt«, flüstert sie mit steifen Lippen.

In seinem Gesicht, in seinen Augen ist ein tiefer Ernst zu erkennen. Mit den Händen in der Tasche, linkisch wie damals, steht er vor ihr.

»Julie, ich möchte, du sollst wissen, daß ich nie vergessen habe. Daß du immer ...«

»Was hat euch beide denn in aller Herrgottsfrühe schon aus dem Bett getrieben?« ruft Johanne ihnen vom Fenster aus zu.

Er erstarrt zu Eis, verändert sich vor ihren Augen, streicht die Haare aus der Stirn, ein Schleier von Kälte legt sich über seinen Blick, sie starrt auf seine nackten Unterarme, schnappt nach Luft, als erwache sie aus einem Alptraum. Er dreht sich um und ruft Johanne mürrisch zu, die in ihrem weißen Nachthemd und mit offenen, schwarzen, über die Schulter fallenden Haaren am Fenster steht:

»Sieh zu, daß du vom Fenster wegkommst, so wie du angezogen bist!«

Julie verschlägt es die Sprache. Sie bleibt wie angewurzelt stehen und starrt Ingebrikt an. Seine ganze Körperhaltung, die Art, wie er geht, zeigen ihr, daß er heftig erregt ist. Wie eine Schlafwandlerin kehrt sie ins Haus zurück, stellt den Flieder ins Wasser, schleicht sich wieder in das Schlafzimmer hinauf, zerrt sich das nasse Kleidungsstück vom Leib. Für einen kurzen Moment sieht sie ihr Gesicht im Spiegel, weiß im Morgenlicht, die Augen sind schwarz, angsterfüllt, als hätte sie ein Gespenst gesehen. Gott sei Dank, daß sie niemandem begegnet ist, daß Synnøve nicht auf war. Es wäre ihr nicht gelungen, ihre große Erregung zu verbergen.

Die Kinder schlafen noch, aber Jørgen wird wach.

»Du bist schon auf?« flüstert er, schaut sie überrascht an.

»Ich konnte nicht mehr schlafen. Da bin ich aufgestanden und habe Flieder für die Festtafel geholt, dabei bin ich so naß geworden.«

Sie kriecht zu ihm ins Bett, am ganzen Körper vor Kälte zitternd.

»Herrgott, ist mir kalt!«

»Kalt? Wie ein Eiszapfen. Was machst du denn für dumme Sachen? Willst du krank werden?«

»Ich war hellwach, hörst du. Wärme mich, Jørgen. Wärme mich! Nein, nicht so. Das nicht, die Kinder werden bald wach.«

»Dann stehe ich lieber auf. Du kannst ja noch liegenbleiben, bis die Kinder aufwachen. Es gibt heute viel zu tun«, sagt er und packt sie ordentlich in das Deckbett ein. »Sieh zu, daß du wieder warm wirst.«

Die Wärme breitet sich in ihrem Körper aus, aber das fürchterliche Zittern will nicht nachlassen. Dieser Schock, als Ingebrikt vor ihr stand und genau derselbe war wie damals. Seine Augen, die sie anfunkelten, die ihr zeigten, daß er sich an alles erinnerte, an das Gute und an das Schlimme. Diese nachlässige Art, wie er sich angezogen hatte, der wilde Haarschopf über der Stirn, ganz der Junge, in den sie einmal verliebt war. Für einen kurzen, unwirklichen Augenblick war er es gewesen. Dieser unverstellte Widerschein von Glück in seinem Blick, aber hatte sie nicht auch einen Anflug von Trauer darin gesehen? Und die Art, wie er sich vor ihren Augen veränderte, wieder zu dem wurde, der er jetzt ist, kalt, spöttisch, arrogant, mit diesem eisigen Fanatismus im Blick. Herrgott, ist das ihre Schuld? War sie es, die das aus ihm gemacht hat? Oder zeigte er sich ihr heute so, um zu demonstrieren, daß er noch immer

Macht über sie hat? Eine Macht, die er nicht verlieren möchte?

Sie hat das Baby zurechtgemacht, hat es gestillt. Jetzt sitzt Johanne bei ihr und schaut zu, wie sie ihm die Sachen für die Taufe anzieht. Johanne ist schweigsam, im Unterschied zu gestern abend, als sie ununterbrochen redete. Julie hat Angst, sie könnte heute morgen etwas von dem Wortwechsel zwischen ihr und Ingebrikt mitbekommen haben. Ein Unglück, an das sie nicht zu denken wagt.

»War Ingebrikt heute wütend auf dich?« fragt sie vorsichtig.

»Wütend, Ingebrikt? Nein, er ist nie wütend auf mich, er doch nicht. Aber er hilft mir, daß ich mich benehme, wie es sich gehört.«

»Aber haben wir das nicht schon zu Hause gelernt?«

»Das habe ich auch gedacht, früher. Doch jetzt lerne ich etwas anderes. Hat damals jemand versucht, mich zu bremsen, wenn ich gedankenlos war?«

»Na, so schlimm warst du doch gar nicht. Mit dir hat es immer viel Spaß gegeben, Johanne. Das kann man doch nicht Gedankenlosigkeit nennen.«

»O doch, doch. Sieh mal nur, wie ich mich heute benommen habe. Halbnackt habe ich am Fenster gestanden und mich zur Schau gestellt. Was, wenn mich jemand gesehen hätte?«

»Das war doch nicht schlimm. Du hattest ein Nachthemd an.«

»Unanständig war es. Ingebrikt hat recht damit. Wie leicht macht man solche Fehler, wenn man aus einem Haus ohne Glauben kommt.«

»Was fällt dir ein, Johanne. Willst du behaupten, daß unsere Eltern, Mama und Papa, nicht gläubig sind? Nicht an Gott glauben? Ist es das, was du mir zu sagen versuchst?«

»Ja. Das weißt du genausogut wie ich. Die beiden sind doch nicht wirklich bekehrt worden. Und du auch nicht. Das kann ich dir sagen, Julie. Du nimmst an Festen teil, gehst tanzen, du hast die Fähigkeit zu glauben, das weiß ich. Und ich bete für dich, Julie, und für alle anderen hier zu Hause, daß ihr eines Tages das Heil finden möget. Und das findet man nur durch Bekehrung.«

»So etwas solltest du nicht sagen, Johanne. Wir haben schon einmal darüber gesprochen, ja, du erinnerst dich wohl daran, als damals fast die ganze Gemeinde von der Erweckungswelle mitgerissen wurde? Ich dachte, wir wären uns damals darin einig gewesen, daß der Gott, den wir seit der Kindheit kannten, der richtige für uns war.«

»Euer Alltagsgott«, sagt sie verbittert. »Wir haben damals einen Fehler gemacht. Teufelswerk war es, daß wir uns einen Gott machten, der alles zulassen konnte.«

»Johanne!«

»Nein, Bekehrung. Das ist der einzige Weg zum Heil. Und das ist ein schwerer Weg. Ich habe damit begonnen, und ich bete zu Gott, daß ich es schaffen werde.«

»*Dein* Glaube ist fest genug. Du hast doch nichts zu fürchten!«

»Du weißt nicht, was du sagst, Julie«, antwortet Johanne, und ihre Stimme zittert von nur mühsam unterdrücktem Weinen.

»Verliere dich nicht selbst dabei, Johanne«, sagt Julie erregt. »Versprich mir, daß du du selbst bleibst, immer.«

»Ich mich selbst verlieren? Wovon sprichst du? Wo ich jeden einzelnen Tag danach strebe, mich selbst zu finden, mich so, wie ich einmal war, zu überwinden, Gott zu finden. Dabei hilft mir Ingebrikt. Den rechten Weg zu Gott zu finden. Begreifst du nicht, Julie, wenn mir das nicht gelingt, wird es uns, Ingebrikt und mir, nie gelingen, zusammen ein vollwertiges Leben zu führen?«

»O Johanne, meine Liebe.«

An diesem Sonntag werden außer Helge noch zwei weitere Kinder getauft. Die beiden anderen, die über einen Monat jünger sind als Helge, liegen still im Arm ihrer Patentanten. Wie zwei kleine Spitzenpakete mit großen Seidenschleifen um den Bauch. Helge ist für eine solche Ausstaffierung schon zu groß geworden. Mit gestütztem Rücken sitzt er auf Johannes Arm, schaut sich mit großen Augen in dem fremden Raum um. Als sie aus der Sakristei hereingekommen waren, hatte sie gesehen, daß Jostein bei Jørgen auf dem Arm saß, Krister stand kerzengerade daneben.

Die erste Reihe in der Kirche ist für die Mütter reserviert. Als die Orgel mit dem Tauflied einsetzt, kommen ihr die Tränen. In solchen Momenten ergreift sie ein Gefühl von Feierlichkeit, das über allen Verstand geht.

»O Gott und Vater Gnaden voll,
jetzt tauf du uns und reinge wohl ...«

Da kommt Jostein und klettert auf ihren Schoß, sie überlegt gleich, wie sie ihn dazu bringen kann, daß er stillsitzt. Aber bevor sie es sich versieht, windet er sich schon wieder von ihrem Schoß herunter, wie er das immer tut, und läuft quer durch die Kirche. Sie hofft inniglich, daß er zu Jørgen zurückgeht. Unmöglich kann sie ihm in diesem feierlichen Augenblick hinterherlaufen. Doch Jostein hat andere Pläne. Er geht zu Johanne vor, hebt Helges Taufgewand hoch, als wolle er sich vergewissern, daß er zwischen all den Spitzen auch wirklich da ist. Erleichtert beobachtet sie, wie Astrid ihn bei der Hand nimmt und wie er sich damit zufriedenzugeben scheint und ruhig ist. Während des Singens geht alles gut, doch als der Pastor zur Chortreppe geht, um seine Taufpredigt zu halten, ist Jostein schon wieder unterwegs. Er geht ganz vor bis zur Treppe. Dort steht er mit seinem roten, lokkigen Haar, im Matrosenanzug mit Kniehose, die rundlichen Beinchen in Lackschuhen. Die Hände auf den Rücken gelegt, breitbeinig und mit rundem Bauch, so steht er da wie eine Respektsperson. Ganz ruhig, und er schaut dem Pastor ins Gesicht, als lese er nur für ihn. Sie schwitzt vor Verlegenheit und weiß nicht, was sie machen soll. Die Worte des Pastors rauschen an ihr vorüber.

»Und sie brachten Kindlein zu ihm, daß er sie anrührte. Die Jünger aber fuhren die an, die sie trugen … Lasset die Kindlein zu mir kommen und wehret ihnen nicht; denn solcher ist das Reich Gottes … Und er herzte sie und legte die Hände auf sie und segnete sie …«

Mucksmäuschenstill steht Jostein da, ohne sich zu rühren, während der Pastor die Taufformel, den Text zur Taufe liest, das Gebet und das Glaubensbekenntnis spricht. Sie weiß nicht, ob sie sich irrt, aber ist da nicht ein unmerkliches Lächeln auf dem Gesicht des Gemeindepfarrers zu erkennen? Ist nicht eine andere Stimmung in der Kirche, ein schwaches Raunen der Gemeinde, aus Munterkeit oder Verärgerung? Denn man sieht es nicht gerade gerne, wenn Eltern nicht in der Lage sind, ihre Kinder in der Kirche unter Kontrolle zu halten. Doch der Gemeindepfarrer ist ein freundlicher und liberaler Mann, jetzt sieht sie überrascht, daß seine Augen strahlen und er lachen muß. Nachdem er fertig ist, geschieht etwas so Ungewöhnliches, daß es an diesem Sonntag bestimmt für Gesprächsstoff an den Mittagstischen sorgen wird. Der Pfarrer geht nach unten, streichelt Jostein über den Kopf, beugt sich zu ihm nieder und flüstert ihm etwas ins Ohr. Und das Wunder geschieht, folgsam wie ein Lamm geht

Jostein zu Julie und setzt sich auf ihren Schoß. Ihr ist vor Verlegenheit und Verwunderung glühend heiß.

Weil Helge der älteste der Täuflinge ist, wird er zuerst aufgerufen. Hier in der Gemeinde ist es nicht üblich, daß die Eltern und Geschwister mit nach vorn an den Taufstein gehen, wie es Julie von zu Hause kennt. Doch bei der Taufe ihrer Kinder besteht sie darauf, daß nach ihrem Ritual verfahren wird. Sie weiß, daß es deshalb Gerede in der Gemeinde gegeben hat. Man darf hier nicht gegen Sitte und Brauch verstoßen. Sie hat gehört, wie die Leute gesagt haben: »Typisch Storviks. Die tanzen ja immer aus der Reihe.« Synnøve ist auch nicht gerade glücklich darüber, doch das alles kann Julie nicht davon abhalten, mit im Chorraum zu stehen, wenn ihr Kind getauft wird.

Sie haben sich so hingestellt, sie mit Jostein auf dem Arm, Jørgen mit Krister, daß sie alles sehen können, was vor sich geht. Helge sträubt sich ein bißchen, als er Johanne in den Arm gelegt wird, doch als der Pfarrer ihm den Segen gibt, lacht er. Zum zweitenmal ist sie heute den Tränen nahe. Sie begegnet Jørgens Blick und sieht, daß es ihm genauso nahe geht wie ihr.

Die pietistische Innere Mission hat in dieser Gemeinde einen schlechten Nährboden. Es gibt nur eine kleine Gemeinschaft im Gebetshaus, ansonsten halten sich die meisten Gemeindemitglieder an die Kirche und die Lehren des Religionsunterrichts, den sie in der Kindheit besucht haben. Mit dem Pfarrer in ihrer Pfarrei haben sie Glück. Gemeindepfarrer Høyvik ist jovial, kein schwarzgalliger, pessimistischer Prediger, die Leute schauen zu ihm auf und respektieren ihn. Er hat ein gutmütiges, humorvolles Wesen, das ihn einfachen Menschen näherkommen läßt. Das einzige, was sie an ihm auszusetzen haben, ist, daß er ab und zu übermäßig lange Predigten hält. Es kommt vor, daß er von seinen

Worten derart mitgerissen wird, daß er nicht nur die Zeit vergißt, sondern auch sein Manuskript. Seine Predigten sind voller Zitate von Dichtern und voller Anekdoten. Aber Grund zum Einschlafen gibt er niemandem. Er ist kein mittelmäßiger Mann, der sich mit Nichtigkeiten abgibt, was er sagt, bleibt in Erinnerung und wird diskutiert. Wenn er nur daran denken würde, daß der Sonntagsbraten auf seine Schäfchen wartet.

Der Gemeindepfarrer ist ein häufiger Gast auf Storvik. Seit vielen Jahren besteht zwischen ihm und Kristoffer eine Freundschaft, obwohl er an die zehn Jahre jünger ist. Nach jedem Gottesdienst in der Gemeinde schaut er bei Kristoffer vorbei, bevor er mit seiner Kutsche weiterfährt. Mitunter, wenn die beiden sich in heftigen Diskussionen befinden, kommt es schon vor, daß sein Gefährt recht lange auf ihn warten muß. Dann ist es schon Tradition, daß dem Pfarrer ein Gläschen Kognak oder Portwein serviert wird. Kirchenumtrunk nennt Høyvik das. Nicht, daß er sich einen Rausch antrinken würde, ein Gläschen oder zwei, sagt er, seien Medizin für Körper und Seele. Kognak und Portwein hat Kristoffer immer im Haus. Dafür sorgt Bankchef Storvik, indem er seine ausländischen Kontakte im Klippfischhandel nutzt. Und Kristoffer, obwohl Abstinenzler, ist nicht so fanatisch, daß er nicht einem anderen ein Gläschen gönnen würde. Die Leute in der Gemeinde wissen, daß der Pfarrer nicht nein sagt, wenn ihm ein Schlückchen angeboten wird und respektieren ihn deshalb nicht weniger, abgesehen von der Gemeinschaft im Gebetshaus, die schon einmal eine Abordnung zu ihm geschickt hat, um ihm, der Pfarrer ist und anderen den Weg weisen soll, das Verwerfliche seines Alkoholgenusses vorzuhalten. Man sagt, er habe ihnen eine Predigt gehalten, die sie so leicht nicht wieder vergessen werden. Und noch niemals ist der Pfarrer betrunken gesehen worden, weder in der Gemeinde noch auf dem Pfarrhof.

Es kommt oft vor, daß der Pfarrer sonntags zum Mittagessen auf Storvik eingeladen ist. Dann wird für ihn und Kristoffer im Wohnzimmer gedeckt. Ihn als Gast zum Mittagessen im Hause zu haben, ist eine dankbare Angelegenheit, denn er ist alleinstehend, und er hat keine Frau, die zu Hause mit der Peitsche auf ihn wartet, damit er pünktlich zum Essen erscheint, wie er selber sagt. Høyvik ist geschieden, so ungewöhnlich das auch für einen Pfarrer sein mag. Das ist bestimmt passiert, als er jung war. Jeder weiß das, doch es wird in der Gemeinde nie erwähnt. Daß er heute zur Feier der Taufe auf Storvik eingeladen ist, versteht sich von selbst.

Die lange Tafel ist mit einem strahlend weißen Damasttischtuch und mit Servietten, silbernen Kerzenleuchtern und mit blauem Flieder in Schalen gedeckt. Es sind nicht wenige, die an der Festtafel Platz genommen haben. Außer den Leuten, die zum Hof gehören, dem Pfarrer, Johanne und Ingebrikt ist Kristoffers Schwester mit ihrer ganzen Familie hier. Auf der einen Seite hat Julie Jørgen neben sich, auf der anderen Ingebrikt. Sie muß ihn neben sich ertragen, er ist der Patenonkel des Kindes. Bevor das Essen aufgetragen wird, fordert Kristoffer den Pfarrer auf, aus Anlaß des Tages ein paar Worte zu sagen und das Tischgebet zu sprechen. Julie hofft nur, daß er sich nicht so hineinsteigert, daß das Essen kalt wird und nicht mehr schmeckt. So etwas bringt er fertig. Es wäre nicht das erste Mal, daß er ihr als Mittagsgast solchen Kummer bereitet.

»*Wahrlich ich sage Euch: Wer das Reich Gottes nicht empfängt wie ein Kindlein, der wird nicht hineinkommen.* Der Grund, warum ich diese Worte aus dem Tauftext wiederhole, ist, daß ich heute etwas erlebt habe, was ich fast ein Wunder nennen möchte. Ich begegnete dem Blick eines Kindes. Nein, nicht *eines* Kindes, sondern von zwei Kindern. Zuerst dem des kleinen Jostein hier«, sagt er und lächelt ihn an, er sitzt jetzt schon die ganze Zeit zwischen Astrid und Synnøve schön still am Tisch. »Ich sah in Kinderaugen, die so voller Ernst und Unschuld waren, daß es mich ergriff, mich tief in der Seele erschütterte. Und zum ersten Mal verstand ich den Text, den ich las. Einen der wunderbarsten Texte der Bibel. Erschütternd war es zu begreifen, was es heißt, daß wir als Pastoren den Auftrag haben, diese Kinder dahin zu führen, daß sie nach dem Willen Gottes gute Menschen werden. Ich begriff, bei solch einem Blick sind Betrug und Lügen nutzlos. Etwas später, als ich den Segen sprach, schaute mich der Täufling, der kleine Helge, mit demselben Blick an. Was ich sah, war ein Widerschein der Liebe Gottes. Die reine, unschuldige Seele des Kindes. Mögen wir alle daraus lernen. Es wird soviel von Sünde und von dem Reich des Bösen gepredigt. Aber wir dürfen nicht vergessen, daß der himmlische Vater ein Gott der Liebe ist, kein Gott, vor dem wir in Furcht erzittern müssen. Jener Liebe, die der Meister den Kindern erwies, als er sie in seine Arme nahm und sagte: *Lasset die Kindlein zu mir kommen und wehret ihnen nicht; denn solcher ist das Reich Gottes.*«

Der Anblick des Flieders, sein Duft ist während des ganzen Essens eine mahnende Erinnerung an das, was heute morgen im Garten geschah. Das sitzt noch wie ein Schock in ihr, eine Unruhe, die sie am liebsten los sein möchte. Und diese merkwürdige Unterhaltung mit Johanne würde sie auch am liebsten vergessen. Sie verspürt ein unbehagliches Gefühl am ganzen Körper, weil Ingebrikt neben ihr sitzt. Bei dieser Enge am Tisch ist es nicht zu vermeiden, daß sich ihre Schultern berühren, und jedesmal, wenn das passiert, erstarrt sie vor Unbehagen. Sie versucht zu vermeiden, ihn anzublicken, doch sie muß mit ihm sprechen, nicht daß ihr Benehmen Aufmerksamkeit erregt. Die wenigen Male, die sie seinen Augen begegnet, brennt eine Glut in seinem eisigen Blick, die sie erschreckt. Wenn sie wieder von hier abgereist sind, wird es so manches geben, über das sie nachdenken muß. Er ist heute ungewöhnlich still. Wenn er sich sonst in Gesellschaft befindet, schweigt er nicht, sondern ergreift nur zu gerne das Wort und lenkt die Aufmerksamkeit auf sich. Bei einem Essen, an dem Høyvik teilnimmt, ist es nun nicht so leicht, zu Wort zu kommen. Er gibt eine Geschichte nach der anderen zum besten. Lachsalven erfüllen den Raum, sein ganzer Körper wird von dem schallenden Lachen geschüttelt, so daß seine Uhrkette auf dem dicken Bauch hin- und herspringt. Einige der Geschichten sind vielleicht nicht gerade von einem Pastor zu erwarten, obwohl sie auch nicht ordinär sind, aber Høyvik ist ein geselliger Mensch. Er weiß für Stimmung am Tisch zu sorgen. Sogar die beiden Jungen bleiben ruhig sitzen und schauen ihn fasziniert an. Als das Dessert auf den Tisch kommt, der traditionelle Zwetschgen- und Aprikosenpudding mit Sahne, und Jostein nichts mehr will, windet er sich von seinem Stuhl herunter und krabbelt auf den Schoß des Pastors. Und dort bleibt er sitzen, bis die Tafel aufgehoben wird.

»Wie alt ist Jostein jetzt?« fragt Ingebrikt.

»Zwei Jahre.«

»Dann ist er ja wohl alt genug, um zu wissen, was sich gehört und was nicht.«

»Meinst du, daß sich das Kind schlecht benimmt? Du meinst wohl, was heute in der Kirche passiert ist, ist schändlich?«

»Einem Kind, das schon zwei Jahre alt ist, sollten die Eltern schon Gehorsam beigebracht haben.«

»Bevor du dich zur Erziehung von Kindern äußerst, warte nur ab, bis du selber Vater bist«, sagt sie wutentbrannt und hofft, daß niemand den Wortwechsel mitbekommen hat.

Weil Ingebrikt Pate ist und den Platz an Julies Seite am

Tisch einnimmt, ist es an ihm, Dank für das Essen zu sagen. Feierlich spricht er von dem kleinen Kind, das »heute im Bade der Taufe gereinigt wurde«. Von der Verantwortung, die er gemeinsam mit Johanne als Paten empfinde. Daß es aufgrund des großen geographischen Abstandes schwer sein werde, engen Kontakt zu dem Kind zu halten, aber sie wollen versprechen, dieses Kind ganz speziell in ihre Gebete mit einzuschließen.

»Denn wir sind alle in Sünde empfangen und in Sünde geboren«, sagt er. »Als Pfarrer fühle ich an diesem Tag eine doppelte Verantwortung, und ich denke an den Ernst der Taufformel. Darum gehet hin und machet zu Jüngern alle Völker. Als Pfarrer spüre ich, daß ich ein Jünger bin, daß es mir auferlegt ist, ein reines Leben zu predigen und nicht nur zu predigen, sondern so gut ich kann und mit Gottes Hilfe ein reines Leben zu leben. Daß ich berufen bin, meiner Herde ein geduldiger und treuer Hirte zu sein, der ihr den rechten Weg weist.«

Nicht nur Julie ist erleichtert, als das überstanden ist. Ingebrikt ist es gelungen, die heitere Stimmung am Tisch in eine allgemeine Verlegenheit zu verwandeln. Außer Johanne, die ihn mit strahlenden Augen anschaut. Doch eine großartige Stimme hat er, als er das Lied anstimmt, das zum Dank für das Essen gesungen wird:

»Wir danken Gott für seine Gaben,
die wir von ihm empfangen haben,
und bitten unsern lieben Herrn,
er wolle uns ferner auch bescheren.«

Als Julie das Baby wickelt und stillt, ist sie einen Moment allein. Sie ist voller Unruhe und verwirrender Gedanken. Hinter ihrer Stirn klopft ein aufkommender Kopfschmerz, im Bauch hat sie ein Gefühl von Übelkeit. Aus Mangel an Schlaf, weil sie heute so zeitig aufgestanden ist, wegen allem, was vorgefallen ist. Einladend und verführerisch steht das Bett in der Nähe, sie muß sich zusammennehmen, um wieder zu der Gesellschaft hinunterzugehen.

Unten im Wohnzimmer sieht sie, daß Ingebrikt mit dem Pastor in einer Ecke alleine zusammensteht. Sie hört seine leise, eindringliche Stimme und sieht am Gesicht des Pastors, daß er sich in Ingebrikts Gesellschaft unwohl fühlt. Während sie hin und her geht und beim Decken des Kaffeetisches hilft, sieht sie, wie Kristoffer auftaucht und Høyvik aus der Lage hilft. Er bittet ihn, mit in den Garten zu kommen. Während sie im Flur an ihr vorbeigehen, hört sie Høyvik sagen:

»Nein, wahrscheinlich bin ich zu alt, um die jungen Pfarrer, die heutzutage ausgebildet werden, zu verstehen. Zuviel Pietismus und zuviel Theologie für mein Empfinden. Wo bleibt bei all dem die Menschenkenntnis, Storvik? Wollen wir mal hoffen, daß sich das mit zunehmendem Alter bessert.«

Sie haben sich zum Kaffee um den Tisch gesetzt. Wenn sie so viele sind, ist das am praktischsten. Jetzt kommt Kristoffer und bietet Kognak und Portwein an. Die meisten Männer, außer Kristoffer und Ingebrikt, nehmen Kognak. Astrid und Kristoffers Schwester möchten gern ein Gläschen Portwein haben. Julie macht sich nicht soviel daraus, hatte eigentlich gedacht, heute dankend abzulehnen, aber jetzt sagt sie aus Trotz ja, obwohl sie weiß, daß es Synnøve mißfällt, wenn Astrid und sie zu solchen besonderen Anlässen etwas trinken.

»Oh, das hat gutgetan«, sagt Høyvik. »Du weißt ja nicht, was dir da entgeht, mein guter Storvik. Ein gutes Tröpfchen läutert Körper und Seele, aber nicht übertreiben. Vergeßt das nicht, meine Freunde.«

Ingebrikt macht ein finsteres Gesicht, und Johanne wird schlagartig rot, als Julie das Glas erhebt und einen Toast auf das getaufte Kind ausbringt.

Man ging davon aus, daß Høyvik nach dem Kaffee nach Hause fahren würde. Jetzt läßt er sich leicht dazu überreden, auch zum Abendbrot zu bleiben. Um nach Hause zur Hauptgemeinde und zum Pfarrhof zu kommen, ist er von der Schiffspassage abhängig. Der Kutscher sitzt in der Küche und hat hier schon sein Mittagessen und Kaffee bekommen, doch er ist es gewohnt, auf den Pfarrer zu warten. Jetzt geht Høyvik in die Küche und sagt ihm, daß er bis nach dem Abendbrot warten müsse, er könne gerne, um sich die Zeit zu verkürzen, einen Gang durch das Dorf machen. Da der Pfarrer schon einmal in der Küche ist, nimmt er sich die Zeit, um mit der Köchin und mit der Servierhilfe ein Schwätzchen zu halten. Genau das ist es, was ihn so beliebt macht. »Der Høyvik ist sich nicht zu schade, mit gewöhnlichen Leuten zu sprechen«, sagt man von ihm.

Nach dem Abendbrot, bevor die Gäste aufbrechen wollen, fragt Ingebrikt, ob der Pfarrer ihnen nicht zum Abschluß noch ein paar Worte sagen möchte.

»Was sollte das denn in diesem Falle sein?« fragt Høyvik.

»Es wäre wohl angebracht, wenn der Gemeindepfarrer, bevor wir nach einem solchen Festtag auseinandergehen, eine kleine Andacht hielte.«

»Nein, junger Mann. Ich glaube nun, daß die Anwesenden heute Gottes Wort wahrlich hinreichend empfangen haben«, sagt Høyvik und stimmt das Dankeslied an.

Nun sind beide, Ingebrikt und Johanne, rot im Gesicht. Ingebrikt, weil er gekränkt ist, Julie merkt das, und Gott sei ihr gnädig, wenn sie sich darüber freut, daß er wenigstens einmal in seine Schranken gewiesen wurde. Das wäre wohl das, was sie auch tun sollte, statt alles, was er tut und sagt, so bitterernst zu nehmen.

Nachdem alle zu Bett gegangen sind, sitzt sie noch in der Küche, sie fühlt sich nach diesem langen Tag wie zerschlagen, hat das Bedürfnis, eine Weile allein zu sein, um über alles nachdenken zu können. Da kommt Johanne.

»Ach, du bist es Johanne«, sagt sie froh. »Setz dich, komm her. Ja, ich sitze jetzt hier, um in Ruhe meine Gedanken ein bißchen zu sammeln, bevor ich schlafen gehe.«

»Nein, danke, ich möchte nicht sitzen. Es ist spät.«

»Aber Johanne, meine Liebe, hast du geweint?«

»Nein, geweint habe ich wohl nicht. Ich bin nur müde. Was ich dir nur sagen wollte, du weißt es vielleicht schon, wir fahren morgen ab.«

»Was sagst du da? Ihr wollt morgen fahren? Aber ich dachte, ihr bleibt eine ganze Woche hier? Hast du das nicht gesagt?«

»Das habe ich nie gesagt. Und du weißt doch, was wir alles zu tun haben mit dem Einpacken meiner Sachen, um alles für den Umzug vorzubereiten.«

»Ja?«

»Ich mache mir solche Sorgen um dich, Julie«, sagt Johanne, und ihrer Stimme ist anzuhören, daß sie fast weint.

»*Du* machst dir Sorgen um *mich*?«

»Ja, um das Leben, das du hier führst, Julie.«

»Wie ich lebe, macht dir Sorgen?«

»Ja, du führst ein Leben in erschreckender Weltlichkeit. Ich habe dir das schon früher einmal gesagt. Und heute ... Nie hätte ich gedacht, erleben zu müssen, daß meine Schwester Branntwein trinkt, und das am Tauftag ihres Kindes.«

Julie lacht. Aber dann flammt Zorn in ihr auf. Wie lange

soll sie sich das noch von Johanne gefallen lassen? Hat sie vergessen, daß Julie ein erwachsener Mensch ist? Wie kann sie sich jetzt hier hinstellen und ihre eigene Schwester verdammen, und sie tut das mit voller Absicht.

»Was erlaubst du dir, Johanne? Wer bist du denn, daß du dich zur Richterin über andere aufspielst? Was weißt du denn von meinem Leben? Wenn es wirklich so ist, daß du mein Leben hier nicht mit ansehen kannst, dann ist es vielleicht wirklich besser, wenn du wieder fährst.«

»Du bist so kalt und hart geworden, Julie, nicht wiederzuerkennen. Verblendet bist du. Und das ist kein Wunder bei der Freundschaft mit einem solchen Pastor.«

»Wage es nicht, unseren Pfarrer zu kritisieren! Er ist ein besserer Pfarrer als die meisten anderen, die ich kenne. Und ich will nett sein und keine Namen nennen.«

Sie fahren sich an, es ist nicht zu glauben.

»Ich lasse mir nicht den Mund verbieten und sage, was ich denke über einen Pastor, der eine Schande für seine Gemeinde ist und sie in die Verblendung führt, der sich an die Heilige Schrift nur so weit hält, wie es ihm in den Kram paßt. Der obendrein auch noch von seiner Frau geschieden ist.«

»Um das Privatleben unseres Pastors brauchst du dir keine Sorgen zu machen, solange wir es nicht tun. Außerdem solltest du erst einmal vor deiner eigenen Tür kehren, so wie du dich behandeln läßt von deinem Mann, wie eine mechanische Puppe, die zu allem ja und Amen sagt. Dafür solltest du dir zu schade sein. Und du solltest dir zu schade sein, in der Weise mit mir zu reden, wie du es gerade tust.«

»Du bist verloren, Julie.«

»Wer verloren ist, darüber können wir ein anderes Mal sprechen. Aber ich will mein Leben, meinen Pfarrer und meinen Gott ohne Einmischung von dir und Ingebrikt haben. Verstehst du das?«

Johanne dreht sich auf dem Absatz um und läuft zur Tür hinaus. Julie bleibt zurück, vor Verzweiflung und Erregung zitternd. Es kommt ihr der Gedanke, daß sie alles schon einmal erlebt hat. Solche Situationen, wenn auch nicht dieselben Worte gebraucht wurden. Ihre Mutter. Die einzige, die so mit ihr umgesprungen ist, ist ihre Mutter.

Im Spätsommer sind die ersten Silberfüchse, zwei Weibchen und ein Männchen, auf der Farm angekommen. Es sind Zuchttiere, die der Bankchef Storvik aufgrund seiner Beziehungen im Østlandet beschaffen konnte. Die Tiere haben den besten Stammbaum, sie werden von Jørgen mit größter Sorgfalt gehegt und gepflegt. Er war selber mit dem Dampfer nach Trondheim gefahren, um sie von der Eisenbahn abzuholen. Die ganze lange Heimfahrt über wagte er nicht, die Kiste aus den Augen zu lassen. Der Tag ihrer Ankunft ist zu einem richtigen Gedenktag in seinem Leben geworden. Er schaut mit großem Optimismus in die Zukunft, er muß weit zurückdenken, um etwas Vergleichbares zu finden. Das ist ein ganz neues Gefühl von Selbständigkeit, das ihn aufrecht gehen läßt. Im Dorf wird dem Projekt nicht mehr Interesse und Aufmerksamkeit geschenkt, als zu erwarten war, es gibt mehrere hier, die mit der Fuchshaltung begonnen haben. Ein paar spitze Bemerkungen sind trotzdem zu hören gewesen. »Es stinkt nach Geld auf Storvik«, sagen die größten Neider. Sobald er Gelegenheit dazu hat, ist er draußen im Fuchshof und bei den Tieren zugange. Stolz wie ein Gockel ist er, als er Julie mitnimmt, um ihr die Herrlichkeit zu zeigen. Noch ist ausreichend Platz vorhanden. Jedes der drei Tiere hat einen eigenen Käfig bekommen. Julie mag sie nicht, die Tiere haben eine Tücke in den Augen, die sie erschaudern läßt, wenn sie dastehen und sie mit regungslosem Blick anstarren. Ansonsten laufen sie im Käfig ruhelos im Kreis herum, wieder und wieder im Kreis und knurren, wenn sie gefüttert werden.

»Oh, ziemlich eklig«, sagt sie und schüttelt sich.

»Was sagst du da? Siehst du nicht, wie schön sie sind. Schau dir nur das Fell an, wie wunderbar es glänzt, trotz der Jahreszeit. Preisgekrönte Tiere«, sagt Jørgen stolz.

Mit ausgestreckten Armen weist er auf die Käfige, die noch leer stehen.

»Kannst du dir nicht vorstellen, wie es wird, wenn hier alles voll ist, alle Käfige? Vielleicht werde ich es auch mit Blaufüchsen versuchen, mal sehen.«

»Ja, ich hoffe sehnlichst, daß es gutgeht, Jørgen. Hoffentlich hast du dich nicht übernommen.«

»Natürlich geht es gut!«

Für Jostein und Krister ist es aufregend, wenn sie mitdürfen und die Tiere, die sie vorher überhaupt nicht kannten, beobachten können. Jostein zeigt keinerlei Furcht, er kreischt voller Freude und zeigt auf die Tiere, wenn sie im Kreis traben und am Drahtzaun hochklettern. Doch Krister ist ängstlich, er läßt die Hand der Mutter nicht los. Ob er ihnen die Tücke auch ansieht, wie sie?

Eines Tages nimmt sie die Kinder mit dorthin, während Jørgen die Tiere füttert, fragt Krister:

»Die sind wohl nicht gefährlich, Papa?«

»O doch, die können gefährlich werden, wenn man nicht vorsichtig ist. Man muß immer daran denken, daß man dem Zaun mit den Fingern nicht zu nahe kommt.«

»Beißen sie einen dann?«

»Beißen? Nein, die nehmen deinen ganzen Finger. Fressen ihn auf. Die Finger von kleinen Jungs fressen sie am liebsten.«

»Aber Jørgen!« ruft Julie scharf. Krister klammert sich an sie.

»Er muß es lernen, vor den Tieren Respekt zu haben. Ich möchte ja nicht erleben, daß die Kinder hierherlaufen und die Tiere stören. Im Frühjahr werden sie Junge haben, und du weißt, wie es dann kommen kann.«

Das weiß sie, sie hat gehört, daß die Füchsinnen mitunter ihre neugeborenen Jungen auffressen. Und bei diesem ekligen Gedanken fährt sie schaudernd zusammen.

Um seinen Worten Nachdruck zu verleihen, zieht Jørgen sich einen großen Handschuh an, nimmt die Fuchszange, legt sie um den Hals des männlichen Tieres und hebt den Fuchs aus dem Käfig. Zappelnd hängt er in der Zange, wirkt doppelt so lang wie im Käfig. Von Panik ergriffen, fängt Krister an zu heulen.

»Sperr ihn wieder ein!« schreit er, aber Jørgen lacht nur höhnisch und hält ihm das sich sträubende Tier entgegen.

Krister läßt Julies Hand los und rennt schreiend über die Felder hinunter zum Hof. Sogar Jostein klammert sich an ihrem Hals fest.

»Wie kannst du so grausam sein und den Jungen so erschrecken? Was hast du dir dabei gedacht?« fragt Julie empört.

»Er ist zu weich, Krister, so wie du ihn verwöhnst«, sagt Jørgen. »Das Kind da ist aus anderem Holz geschnitzt«, sagt er und nickt in Josteins Richtung.

Ohne ein Wort zu sagen, geht sie. Sie kocht vor Wut. Ohne es zu wollen, hat sie schon gemerkt, daß er Unterschiede zwischen den beiden Jungen macht. Sie weiß, daß Jostein der Liebling des Vaters ist, aber auch der der anderen hier auf dem Hof. Aber am schlimmsten ist es, daß sie glaubt, daß Krister das merkt. Er ist schon groß genug, um so etwas mitzubekommen. Das macht ihr angst. Am allermeisten deshalb, weil sie befürchtet, daß sich das auf ihr eigenes Verhältnis zu Jostein auswirken kann. Alle Geschwister haben dasselbe Recht auf Liebe und Aufmerksamkeit. Sie als Mutter muß dafür sorgen, daß es so bleibt.

Das Symphonieorchester ist seit langem der Stolz von Kristiansund. Dort sind Laienmusiker aus allen Bevölkerungsschichten der Stadt vereint, von Handwerkern bis zu Angehörigen aus den höchsten Kreisen. Sie haben nicht nur viel Lob geerntet und stehende Ovationen in ihrer Heimatstadt bekommen, sondern auch bei Konzerten ringsum im Lande; in Rezensionen wurde dem Orchester bescheinigt, daß sein Niveau über das Amateurmäßige hinausgeht. All das ist ein Verdienst des Enthusiasten, Musikers, Komponisten und Dirigenten Edvard Bræin. In letzter Zeit mangelte es am Zuspruch des Publikums. Nicht aus fehlendem Interesse, sondern weil die wirtschaftlichen Verhältnisse der Stadt wie die des Landes überhaupt miserabel sind. Und möglicherweise vor allem deshalb, weil das Radio als starker Konkurrent zu der Originalmusik im Konzertsaal hinzugekommen ist. Das hat die Gefahr heraufbeschworen, daß die Aktivitäten des Orchesters aus ökonomischen Gründen eingestellt werden müssen.

Bræin schwebte schon lange eine Zusammenarbeit zwischen dem Orchester, dem Chor der Stadt und den Sängern vor. Das Orchester sei bald in der Lage, sich mit Bühnenmusik zu versuchen. Die Diskussionen darüber sind bisher nur intern geführt worden. Ivar hatte davon erzählt, als er letzten Sommer zu Hause war. Offiziell wurde diese Idee erst bekannt, als im Herbst 1927 in der Zeitung *Romsdalsposten* unter dem Pseudonym Pan ein Artikel mit der Überschrift erschien: »Können wir in Kristiansund Oper spielen?« Pan hob darin hervor, daß die Stadt eine »hervorragende Spielstätte für Opernaufführungen, ein vorzügliches Orchester, einen Chor – und Bræin« habe. »Eine Oper in Kristiansund auf eigener Bühne, mit eigenem Orchester, eigenem Dirigenten und eigenen Sängern wäre ein Ereignis, das die Aufmerksamkeit auf das Musikleben der Stadt lenken und in weiten Kreisen Aufsehen erregen würde«, schrieb er.

Nun war der erste Samen ausgesät, und das führte dazu, daß Bræin gemeinsam mit O. H. Volckmar eine Studienreise zum Königlichen Theater in Stockholm unternahm, wo sie Proben und Aufführungen besuchten.

Selbstverständlich erregte das Aufsehen, sowohl in der Stadt als auch in den Distrikten. Die Leute konnten es nicht fassen, daß Kristiansund, diese kleine Stadt, die am Rande des Ruins stand, sich an eine solche Aufgabe heranwagte. Den meisten war sogar der Begriff Oper fremd, und das war nicht nur in Kristiansund so. In Oslo war die Komische Oper geschlossen worden, und die besten Sänger des Landes sahen sich gezwungen, an ausländische Theater zu gehen. Die Kristiansunder und die Leute in den Distrikten lasen kopfschüttelnd, was die Zeitungen über dieses Vorhaben schrieben, und in der Startphase sprachen die meisten von optimistischer Phantasterei. Aber auf einer Sitzung der Leitung des Orchesters im Spätherbst wurde beschlossen, mit der Arbeit an einer Opernaufführung, die im Herbst 1928 stattfinden sollc, zu beginnen. Und dann, nachdem das beschlossene Sache war, setzte sich sozusagen die ganze Stadt dafür ein, um diese Aufgabe so gut wie möglich zu lösen. Der Opernbazillus hatte die ganze Stadt angesteckt.

Welche Oper Bræin ausgewählt hatte, war noch ein Geheimnis. Nur die Eingeweihten wußten, daß er es mit Glucks »Orpheus« versuchen wollte. Wegen der schlechten wirtschaftlichen Situation mußte die Kasse des Orchesters geleert werden, damit Bræin nach Oslo geschickt werden konnte, um Verhandlungen mit dem Nationaltheater über die Ausleihe von Noten und Solisten zu führen. Er kam mit Noten nach Hause, brachte günstige Verträge mit den Solisten Dagny Constanse Knudsen, Angelita Hvide Bang und

Grete Schou mit. Und nicht nur das, er kam nach der Reise obendrein noch mit einem Überschuß von zweihundert Kronen nach Hause, den er dem Vorstand auf den Tisch legen konnte, nachdem ein in Oslo ansässig gewordener ehemaliger Kristiansunder ihm das Geld als Beitrag für die Arbeit an der Oper gegeben hatte. Danach mußte nur noch angefangen werden, mit den Orchester- und Chorproben, mit der Einstudierung der Rollen, die die lokalen Solisten übernommen hatten, und mit der Arbeit am Ballett. Über hundert Einwohner der Stadt waren nun an dem Projekt Oper beteiligt.

Doch nur Pläne zu schmieden hilft leider nicht, die schlechte finanzielle Lage des Orchesters zu verbessern. Deshalb versuchen sie es mit einem Konzert, das am vierten März im Festsaal stattfindet, doch mit den nur knapp hundert Besuchern wird es zu einer gehörigen Enttäuschung. Aber die Enthusiasten geben nicht auf, wenn das Publikum nicht zu den Konzerten kommen will, muß es auf andere Weise angelockt werden, und so veranstaltet das Symphonieorchester am Samstag, dem zehnten März, im Festsaal einen grandiosen Karneval. Opernkarneval nennen sie dieses Arrangement. Eingeladen ist die Gesellschaft der Stadt, sie zeigt sich stilvoll, höchst elegant. Auf der Galerie drängen sich die Zuschauer, um dieses glänzende gesellschaftliche Ereignis mitzuverfolgen. Es wird zu einem Erfolg, der sich sehen lassen kann, angefangen vom Einzug der Karnevalsgäste in den Saal zu Svendsens »Festpolonaise« bis hin zu den rauschenden Wiener Walzern später am Abend. Für die Veranstalter ein finanzieller Volltreffer und für das Publikum im Saal und auf der Galerie ein großes Vergnügen sowie ein Vorgeschmack auf das, was im Herbst zu erwarten ist.

Auf Storvik verfolgt man alles, was mit der Vorbereitung der Opernaufführung zu tun hat, ganz genau. Zum einen sind sie eine Familie, die Musik liebt, zum anderen ist Ivar einer der Beteiligten. Sie erfahren, daß Sigrid aus Kopenhagen nach Hause kommen wird, um im Chor mitzusingen. Anne und ihr Ehemann werden ebenfalls bei dem großen Ereignis zugegen sein. Das wird nicht zuletzt Selma freuen, die Sehnsucht nach ihren Töchtern hat, die sie sehr selten sieht. Als sie im Sommer hier war, sprach sie fast von nichts anderem. Die Familie hat sich schon Eintrittskarten für die Premiere am fünften November besorgt. Außerdem haben sie sich ein paar zusätzliche Eintrittskarten gesichert, falls jemand von den Storviks bei der Premiere dabeisein möchte. Zwar wurde einer der Distriktabende, der Nordmøre-Abend, verschoben, aber die Premiere mit einem großen Ball nach der Vorstellung im Klub wird doch ein herausragendes Ereignis sein. Zu erwarten ist auch, daß die letzte Vorstellung am zwölften November etwas ganz Besonderes sein wird. Selma hat vorgeschlagen, daß die Storviks sich auf die jeweiligen Vorstellungen verteilen. Und wegen des Balls und der Festlichkeiten zur Premiere passe es vielleicht am besten, wenn die jungen Leute zur Premiere gingen. Dann könnten Synnøve und Krister die Abschiedsvorstellung ins Auge fassen.

Julie hatte nichts anderes erwartet, als daß sie die Ereignisse in Kristiansund durch die Berichte in der Zeitung mitverfolgen würde. Nun ist es aber beschlossene Sache, daß sie, Astrid und Jørgen zur Premiere fahren sollen.

»Aber was ist mit den Kindern?« fragt sie. »Woher das ganze Geld dafür nehmen, und was ist mit der Garderobe? Selma sagt, zur Premiere sei große Gala angesagt.«

Das werde sich alles finden, meint Synnøve. Sie könne für die zwei, vier Tage, um die es sich dreht, ein Mädchen als Aushilfe holen, so sei das dann mit den Kindern geregelt. Und was die Garderobe betrifft, Julie sei doch sehr geschickt im Schneidern. Könnte sie nicht für sich und Astrid Kleider nähen? Um das Geld dafür brauchen sie sich keine Sorgen zu machen, das regeln sie und Kristoffer. Schlechter sieht es für Jørgen aus, die Herren sollen im Frack gehen. Hier im Haus hat nur Kristoffer ein solches Kleidungsstück, aber für Jørgen ist der Frack viel zu klein. Doch darum werde sich Selma kümmern, sie könne einen in der Stadt ausleihen.

Auf diese Weise hat das Opernfieber auch die Leute auf Storvik angesteckt. Zusammen mit Astrid durchforstet Julie die Modejournale, sie suchen nach Kleidern, die nicht allzu schwer zu nähen und zugleich elegant genug sind, trotzdem aber so praktisch, daß sie nach diesem Abend zu gewöhnlichen Festkleidern umgenäht werden können. Schließlich finden sie einen Schnitt, mit dem sie beide zufrieden sind. Das gleiche Kleid, derselbe Grundschnitt, die beiden Kleider müssen trotzdem nicht gleich aussehen, wenn sie aus verschiedenen Stoffen gemacht und mit unterschiedlichen Details versehen werden. Das Modell, für das sie sich entscheiden, hat ein enges Unterkleid mit Trägern über den Schultern, der Rock hat auf der einen Seite bis zu den Knien einen Schlitz. Darüber kommt ein Kleid aus hauchdünnem Organdy, an dem sie zur Herausarbeitung des Unterschiedes ihrer eigenen Phantasie freien Lauf lassen können. Beide sind schlank genug, um ein solches Modell tragen zu können. Selma schickt ihnen Stoffproben zu, und an einem Tag reist Astrid in die Stadt, um Stoff und Schnittmuster zu kaufen.

Astrid kommt begeistert zurück, und Julie traut ihren Augen nicht. Sie hat sich in der Stadt eine neue Frisur machen lassen. Kurz und gelockt, mit Spangen über den Ohren.

»Ja, so, mußte das sein?« fragt Synnøve kurz. »War das unbedingt nötig?«

Mehr wird dazu nicht gesagt. Sich die Haare abschneiden zu lassen ist keine Katastrophe mehr, nicht mehr so wie damals, als Julie den großen Schritt gewagt hatte.

Julie hat sich für das Unterkleid einen hellen, fliederfarbenen glänzenden Seidenstoff ausgesucht, dazu einen um eine Nuance dunkleren Organdy mit aufgesetzten Blümchen aus Samt. Astrid nimmt für ihr Unterkleid einen dunkelgrünen Stoff aus derselben glänzenden Seide, darüber apfelgrüner Organdy mit aufgesetzten Rosen aus Samt. Sie und Julie haben dieselbe Schuhgröße, und sie hat ihnen beiden helle Samtpumps gekauft mit dazu passenden Handtaschen. Astrids Schuhe sind mit perlenbesetzten Schnallen verziert, Julies mit einer Rose aus demselben Stoff wie die Schuhe. Dieses Mal hatte Kristoffer wirklich seine Spendierhosen an, und Synnøve ist gutgelaunt und umgänglich, während sie das Nähen der Kleider und die Vorbereitungen gespannt mitverfolgt. Die älteren Herrschaften haben sich entschlossen, zur Abschiedsvorstellung zu fahren. In dieser Zeit herrscht eine gute, erwartungsfrohe Stimmung im Haus. Ein freudiges Ereignis im Alltag, das ihnen allen guttut.

Ansonsten ging es Julie den ganzen Sommer über nicht besonders gut. Die Nachwirkungen des Besuches von Ingebrikt und Johanne haben ihr zu schaffen gemacht. Die Tage verbrachte sie stumm und grübelnd, nachts konnte sie nur schlecht schlafen. Das führte dazu, daß sie nicht mehr stillen konnte, und zum ersten Mal hat sie ein Flaschenkind. Wenn Jørgen sie fragte, was los sei, hat sie gesagt, daß sie erschöpft sei, weiter nichts. Diesen Kummer, unter dem sie leidet, kann sie mit niemandem teilen. Dafür ist die Sache viel zu kompliziert. Sie grübelt darüber nach, was in jener frühen Morgenstunde zwischen ihr und Ingebrikt passiert ist. Was meinte er damit? Doch am schlimmsten sind die Unstimmigkeiten, die zwischen ihr und ihrer Schwester aufgekommen sind. Es hilft ihr nicht, wenn sie sich sagt, daß das Leben der Schwester ihre eigene Sache ist. Ist Johanne wirklich so kindlich und naiv, wie sie immer angenommen hat? Oder ist sie einfach nur vorschnell in ihrem Urteil und egoistisch? Sie kramt in ihren Erinnerungen an die Kindheit und sucht nach Sachen, die Johannes Verhalten ihr gegenüber erklären könnten, aber sie findet einfach nichts. Es stimmt schon, Julie war immer ein Papakind, während Johanne sich lieber an die Mutter hielt, wie schon Synna, als sie noch lebte. Und Johanne, weil sie lange Zeit die Kleinste war, wurde ziemlich verwöhnt. Sie war schnell eifersüchtig auf die anderen Geschwister, doch daß sich das jetzt in dieser Weise auswirken soll, das kann Julie sich nur schwer vorstellen. Ihre Gefühle für die Schwester sind gespalten. Wenn sie daran denkt, was Johanne sich ihr gegenüber herausnahm, kann sie rasend werden. Was hat sie so werden lassen? Ist das Ingebrikts Einfluß auf ihr Leben? Denn eine Sache ist ihr aufgefallen: wie untertänig Johanne Ingebrikt vergöttert, was einfach nicht zu fassen ist. Johanne, die immer den stärksten Willen von ihnen allen hatte. Zu Hause jedenfalls kann sie das nicht gelernt haben. Denn obwohl sie mit ihrer starken und zum Teil auch ungerechten Mutter leben mußten, so führte dies nicht zu Untertänigkeit. Eher lernten sie zu kämpfen und gegenzuhalten, wenn die Mutter Macht über sie gewinnen wollte. Mit dem Vater war es dasselbe. Nach außen hin konnte es vielleicht so aussehen, als sei er ein Weichling, der unter dem Pantoffel der Mutter stand. Doch es gab eine Grenze, wenn die Mutter zu weit ging, sprach er ein Machtwort, und das wog dann so schwer, daß sie nachgab, immer. Geduld, Besonnenheit und Liebe, das waren die Waffen des Vaters gegen die unberechenbaren Launen der Mutter, und dadurch stellte sich ein Gleichgewicht in ihrem Verhältnis her.

Überhaupt ist es für Julie unvorstellbar, sich einem Mann

zu unterwerfen. Gleichberechtigung in der Beziehung zwischen ihr und Jørgen war von Anfang an eine Selbstverständlichkeit. Er ist aus diesem Grunde in ihren Augen nicht etwa ein minderwertiger Mann. Und obwohl sie selbst hier Synnøves Macht unterworfen ist, so hat sie weiß Gott dagegen aufbegehrt. Wie es Jørgen ja auch tut, er findet sich nicht stumm damit ab, obwohl er zur Zeit der Verlierer in diesem Konflikt ist. Aus diesem Grunde ist es für Julie ein Ding der Unmöglichkeit, wenn sie sieht, wie Johanne sich Ingebrikt gegenüber benimmt.

Die Begegnung mit Ingebrikt hat in ihrem Innern eine nagende Unruhe ausgelöst. Dieser Schock, der vergessen geglaubte Gefühle auslöste, als er da vor ihr stand und ganz er selbst war, wie damals. »Julie, ich möchte, du sollst wissen …«, sagte er, bevor er von Johanne unterbrochen wurde. Was sollte sie wissen?

Sie und Johanne schreiben sich genauso fleißig wie zuvor, aber ihre Briefe drehen sich nur noch um alltägliche Dinge. Johannes Briefe sind in einem unterhaltsamen Plauderton verfaßt. Begeistert beschreibt sie das Pfarrhaus, so daß Julie alles vor Augen hat. Schöne Zimmer und Räume, ein bißchen viel Arbeit, aber sie hat ein Hausmädchen bekommen, und alles geht wirklich gut. Gut, dieses Wort kommt in Johannes Briefen oft vor. »Danke für Deinen Brief, den wir von Dir erhalten haben«, schreibt Johanne. An diesem *wir* erkennt Julie, daß Ingebrikt die Briefe liest. Deshalb schreibt sie auch nichts rein Persönliches, weder was ihr eigenes Leben noch das Leben von Johanne betrifft.

Diese Gedanken haben sie keine Ruhe mehr finden lassen, deshalb ist die Beschäftigung mit der Vorbereitung der Fahrt in die Stadt ein Segen für sie. Und die Vorfreude heitert ihr Gemüt seit langem einmal wieder auf.

All die Gespräche über die Opernaufführung und die ganzen Vorbereitungen waren auch in anderer Hinsicht gut. Sie haben Kristoffers Zorn wegen der vielen Artikel in den Zeitungen zur Kommunalwahl im Dorf gedämpft. Denn nun ist das eingetreten, was die Bürgerlichen für unmöglich gehalten hatten, erstmals hat die Arbeiterpartei den Bürgermeister des Ortes gestellt. »Eine Zeitenwende, die neue Zeit hat die Gemeinde erobert«, jubeln die Einwohner von Øra. »Eine Zeitenwende, ja«, sagt Kristoffer, vor Wut schäumend, »der Anfang vom Ende.« Und es sieht nicht gerade danach aus, als träte nach diesem Ereignis in dem angespannten Verhältnis zwischen den Bewohnern von Øra und denen der Siedlung eine Besserung ein.

Am Premierentag, dem 5. November, gehen sie frühmorgens an Bord des Liniendampfers. Der Abschied von den Kindern ging wider Erwarten gut, obwohl Krister ein wenig den Mund verzog und gerne mitgekommen wäre. Doch Julie hat sich geschworen, das Ganze zu genießen. Alles will sie genießen, die Reise, das, was vor ihnen liegt, ihr Jungsein und daß sie die Verantwortung für ein paar gesegnete Tage abgeben kann.

Schon als sie an Land gehen, spüren sie etwas von der Stimmung. Nicht einmal das feuchtkalte Novemberwetter kann sie verderben. Die Fahnen knattern im Wind über einer Stadt, die sich in Feststimmung befindet. Ivar steht am Kai und holt sie mit dem Auto des Onkels ab. Sigrid ist schon angezogen und wartet auf Ivar, sie müssen rechtzeitig zum Schminken und für die letzten Vorbereitungen zur Vorstellung im Festsaal sein. Die Stimmung im Haus ist hektisch und nervös wie vor einer Hochzeit. Sie nehmen im Speisezimmer an dem großen Tisch Platz und bekommen eine Fischsuppe mit Brot serviert. Kein großartiges Mittagessen heute.

Sie werden ja dann später am Abend etwas serviert bekommen.

Anne ist noch immer so dünn wie beim letzten Mal, als Julie sie sah, aber ihre Gesichtszüge sind nicht mehr so markant und scharf wie damals. Sie sind weicher, entspannter, und Anne strahlt eine innere Ruhe aus, die sie früher nicht besaß. Wenn Julie sie und Peter zusammen sieht, hat sie dieses gute Gefühl, das sich immer einstellt, wenn man zwei Menschen begegnet, denen anzusehen ist, daß sie sich lieben. Anne ist auch nicht mehr so reserviert wie früher. Julie ist über die Veränderung erstaunt. Ob Anne vielleicht schwanger ist? Selma und Anne verlassen den Tisch, bevor die anderen mit dem Essen fertig sind. Sie wollen zum Friseur. Sie hatten Glück und haben im letzten Augenblick einen Termin bekommen, heute ist es überall überfüllt.

»Ja, es sind nicht wenige, die jetzt gerade gute Tage erleben«, sagt Storvik, »die Friseure, die Bekleidungshäuser und Textilgeschäfte, die Goldschmiede, das Publikum will sich zu dem großen Ereignis entsprechend ausstaffieren.«

Es herrscht Hektik, bis alle geschminkt sind und sich fertig gemacht haben. Julie und Astrid müssen ihre Kleider noch etwas überbügeln, vor dem Bad heißt es Schlange stehen. Sie ziehen sich in Julies und Jørgens Zimmer um. Die beiden Schwägerinnen, die sich beim Ankleiden gegenseitig helfen, kichern dabei aufgekratzt wie junge Mädchen, die sich für ihren ersten Ball zurechtmachen. Astrids Kleid ist wegen des großen Rosenmusters so einfach wie nur möglich geschnitten, das Dekolleté ist mit einem schmalen Band, das aus demselben Stoff wie das Unterkleid gefertigt wurde, umsäumt, denselben schmalen Saum haben auch die weiten, halblangen, mit einer kleinen Schleife gekräuselten Ärmel. Der Rockteil des Kleides ist in Streifen gerafft, so daß das Unterkleid zu sehen ist. Auf der Seite, auf der das Unterkleid einen

Schlitz hat, ist der Überrock bis zu dem Schlitz auf Kniehöhe gerafft. Um den Hals trägt sie eine einfache Perlenkette, über den Ohren perlenbesetzte Haarspangen.

»Du siehst ja wirklich toll aus«, sagt Julie.

Astrid betrachtet sich im Spiegel, richtet ihr Haar.

»Gar nicht so schlecht, oder wie?« sagt sie lächelnd.

»Na, du wirst dich heute abend vor Kavalieren nicht retten können, wenn mich nicht alles täuscht.«

Julies Kleid hat einen etwas komplizierteren Schnitt als Astrids, da der Stoff einfacher gemustert ist. Sie trägt einen tiefen V-förmigen Ausschnitt und halblange Ärmel mit einem breiten Volant an den Rändern. Der ungleichmäßig lang geschnittene Rock hat am Saum einen breiten Volant, der am Schlitz des Unterkleides beginnt und sich ringsherum fortsetzt. Am Dekolleté hat sie eine Rose befestigt, die aus demselben Stoff gemacht ist wie das Unterkleid, eine kleinere Rose aus diesem Stoff hat sie auf der einen Seite an der Haarspange über dem Ohr befestigt. Um den Hals trägt sie ihr goldenes Medaillon. Über die Schultern legt sie einen langen Schal, den sie ebenfalls aus derselben glänzenden Seide genäht hat wie das Unterkleid. Astrid trägt einen beigefarbenen Schal aus Spitzen über den Schultern.

Kichernd bleiben sie stehen und betrachten sich. Julie kann nicht anders, als Astrid zu umarmen.

»Na, haben wir das nicht toll hingekriegt?« sagt Julie und fühlt sich ihrer Schwägerin so nahe, wie sie das in den letzten Jahren immer vermißt hat.

»Da hast du wirklich recht!«

»Ich komme mir zu fein angezogen vor«, sagt Julie. »Ich weiß nicht, wie ich es schaffen soll, mich in dieser Garderobe natürlich zu bewegen.«

»Das wird schon gehen«, sagt Astrid. »Ich gehe davon aus, daß heute abend Leute kommen werden, die noch feiner angezogen sind als wir. Auf alle Fälle werden nicht wir es sein, derentwegen man kommt und schaut. Aber es ist doch ein gutes Gefühl zu wissen, daß wir aussehen, wie es sich gehört.«

Draußen im Flur treffen sie auf Jørgen. Julie bleibt wie angewurzelt stehen und starrt ihn an. Wie unglaublich elegant und fremd er in dem Frack aussieht.

»Was guckst du so?« fragt er verlegen.

»Ich frage mich, ob das mein Mann ist, den ich hier vor mir sehe. Oder ein Filmstar.«

»Hör auf, mich aufzuziehen. Ich komme mir vor wie ein aufgetakelter Narr«, antwortet er, aber sie hört heraus, daß er jetzt entspannt ist. Nicht nur sie braucht es, einmal dem Alltag zu entfliehen. Wie er sie so anschaut, erkennt sie auch Stolz in seinen Augen.

»Wie schön du heute abend bist, Julie«, flüstert er, während sie die Treppe zur Halle hinuntergehen, und sie errötet vor Freude wie ein junges Mädchen.

Überschwenglich lobt Selma ihre Garderobe.

»Wie geschickt du bist, Julie. Niemand kann den Kleidern ansehen, daß sie selbstgenäht sind. Du solltest mehr daraus machen und Näharbeiten übernehmen. Du hast wirklich Talent dazu.«

»Ich? Näharbeiten gegen Bezahlung übernehmen? Na, da würde sich meine Schwiegermutter aber freuen, könnte ich mir vorstellen«, sagt Julie lachend. »Ach nein, ich glaube, ich nähe für den Hausgebrauch und lasse es damit gut sein. Und ab und zu helfe ich auch mal, ohne Geld dafür zu nehmen.«

Daran hat sie selber schon oft gedacht, für andere zu nähen, um damit ein paar Kronen extra zu verdienen. In der Gemeinde hat man schon mitbekommen, daß sie gut nähen kann. Viele kommen zu ihr und bitten um Hilfe beim

Zuschneiden von Kleidern und anderen Sachen, beim Heften und Anprobieren und bei etwas besonders Kniffligem. Niemand bietet ihr dafür Geld an, und Synnøve fände es unerhört, wenn sie etwas verlangte. Einmal hat sie Synnøve gegenüber erwähnt, daß sie sich vorstellen könnte, kleinere Näharbeiten zu übernehmen, wenn sie Zeit hätte.

»Gegen Bezahlung nähen? Die Jungbäuerin auf Storvik will sich als Näherin verdingen? Das kannst du vergessen, Julie. Das kommt überhaupt nicht in Frage«, sagte Synnøve kurz und bündig. Seitdem war nie wieder die Rede davon.

Trotzdem verlieren Astrids und Julies Kleider ihren Glanz, als Anne die Halle betritt. Sie trägt ein Kleid aus dunkelrotem schimmerndem Samt. Einfach, elegant, das schönste Kleid, das Julie jemals gesehen hat. Schmale Träger über den Schultern, eng anliegend, fast hauteng, aber der Rock ist so geschnitten, daß er durch den Besatz um die Fußgelenke schöne Falten wirft. Das Oberteil ist mit Glasperlen und Pailletten in der Farbe des Kleides bestickt. Über den Schultern trägt sie einen aus demselben Stoff gefertigten, seidengefütterten Schal, auch er ist mit Stickereien verziert. Ein Hauch von Großstadt und von einer anderen Welt.

»Was für ein Kleid«, fragt Julie. »Extra für diesen Abend?«

»Nein, das ist mein bestes Kleid, müßt ihr wissen«, sagt Anne und lächelt. »Dafür habe ich lange gespart, und ich habe es schon mehrmals angehabt, aber das weiß ja hier niemand. Nicht wahr? Es muß mir einfach erlaubt sein, daß ich mich hier vor meinen Mitbürgern ein bißchen zur Schau stelle, damit sie nicht denken, daß es mir schlecht geht. Wo ich doch bloß eine arme Klavierlehrerin bin.«

Draußen vor dem Festsaal stehen die Menschen dichtgedrängt und trotzen der schneidenden Kälte dieses Novemberabends, nur um einen Blick auf das festlich gekleidete Premierenpublikum zu erhaschen. Julie ist sich nicht sicher, aber es kommt ihr so vor, als hätte sie Randi für einen kurzen Augenblick in der Menge gesehen. Außerdem ist das Ganze ziemlich ungewohnt für sie, das reinste Spießrutenlaufen, bis sie endlich das Foyer glücklich erreicht haben und dort in der Menschenmenge untertauchen. Bei den Klängen, die vom Orchester kommen, das die Instrumente stimmt, rieselt es Julie den Rücken herunter. Mit großen Augen schaut sie sich um, denn es herrscht hier eine Pracht, die alles übertrifft, was sie sich vorgestellt hatte. Damen in den elegantesten Kleidern, eines schöner als das andere. Raschelnde Seide, funkelnder Schmuck, weiß gestärkte Hemden. Rings um sie herum summt es voller hochgestimmter Erwartung. Und nachdem sie ihre Plätze im Saal eingenommen haben, als das Orchester mit der Ouvertüre einsetzt, als sich der Vorhang öffnet, das wundervolle Bühnenbild zum Vorschein kommt und das Publikum im Saal den Atem anhält, da befindet sie sich in einem Märchen. Die erste Szene, erschütternd und schön, wie Orpheus den Verlust seiner Gemahlin Eurydike beklagt, während der Chor, in Nymphen- und Hirtentracht, Blumen auf ihr Grab streut.

Mit der Handlung der Oper hat Julie sich im voraus vertraut gemacht. Alles um sie herum spielt keine Rolle mehr. Sie fühlt sich von einer Welt der Schönheit umfangen, die weit außerhalb der Wirklichkeit liegt. In den Pausen möchte sie nichts als in Ruhe auf ihrem Platz bleiben, weil sie fürchtet, diese märchenhafte Stimmung, die sie gefangenhält, könnte entschwinden. Atemlos verfolgt sie Orpheus' Reise in die Unterwelt. Sie sieht, wie er Eurydike ins Leben zurückholt, sie aber wieder verliert, weil er gegen Zeus' Gebot verstößt, und sie stirbt in seinen Armen. Vom Schmerz überwältigt, will er aus dem Leben scheiden, doch da eilt Amor herbei, nimmt ihm den Dolch aus der Hand und erweckt Eurydike wieder zu neuem Leben. Bei der gewaltigen und ergreifenden Schlußszene, in der Orpheus und Eurydike von Amor am Altar gesegnet werden und der Chor einen Lobgesang auf Eros, den Gott der Liebe, anstimmt, da füllen sich Julies Augen mit Tränen. Nie wird sie in Worte fassen können, was sie an diesem Abend erlebt hat. Eine Welt der Schönheit; der Gesang, die Musik, der Chor, die wundervollen Kostüme und Kulissen; nachdem die letzten Takte verklungen sind, fühlt sie sich benommen und leer.

Der Jubel will kein Ende nehmen. Das Publikum will die Akteure, die drei Solisten und Bræin nicht gehen lassen. Wieder und wieder werden sie von dem Beifall auf die Bühne gerufen, werden ihnen Blumen überreicht, schon jetzt weiß jeder im Publikum, daß es ein großer Erfolg ist.

Nach der Vorstellung brodelt es im Foyer. Familie Storvik gehört zu den Auserwählten, die zu dem Ball im Klub des Festhauses im Erdgeschoß eingeladen sind. Das übrige Publikum geht zu Feiern, die in Restaurants oder in privater Runde stattfinden. Erling und Selma Storvik haben zugunsten der jungen Leute auf eine Teilnahme an dem Ball verzichtet, sie sind zu Freunden nach Hause eingeladen.

»War das nicht großartig?« fragt Julie, als sie, von Jørgen am Arm geleitet, die breite Treppe zum Festsaal hinuntergeht.

»Ja, doch, die Musik und der Gesang, die waren schön, aber ansonsten habe ich nicht allzuviel verstanden.«

»Aber hast du nicht verstanden, daß es um Liebe ging? Um wirkliche Liebe, die alles überwindet? Du kennst doch die Sage von Orpheus und Eurydike?«

Sie wundert sich, daß er nach diesem erschütternden Erlebnis, das die Vorstellung für sie war, so blasiert sein kann. Aber er ist ja eher an so etwas gewöhnt, Musik war schon immer ein Teil seines Lebens, mehr als für sie. Was sie betrifft, so weiß sie, daß das ein Augenblick in ihrem Leben war, den sie nie vergessen wird. Zum ersten Mal, nein, sie hat keine Worte dafür.

Der Ball wird auch zu einem großen Erlebnis. Wenn sich an diesem Abend jemand wie eine Prinzessin fühlt, dann sie, während sie sich im rauschenden Wiener Walzer mit Jørgen dreht. Für diesen einen Abend, denkt sie, kann sie einmal die Verantwortung, die sie zu tragen hat, und alle Sorgen abschütteln und den Alltag vergessen. Die Blicke, die beide sich heute abend zuwerfen, sind jung und mit dem Widerschein des ersten Verliebtseins, das sie fast schon vergessen hatte. Sie fühlt sich so jung, kann sich nicht erinnern, wann sie zuletzt solches Glück empfunden hat. Vielleicht ist alles nur ein Traum, der mit dem wirklichen Leben nichts zu tun hat. Aber ist es nicht gut, denkt sie, daß sie beide immer noch die Fähigkeit haben, sich einem Traum hinzugeben, wie sie es taten, als sie jung waren? Und wie stolz sie heute abend auf Jørgen ist, wenn sie sieht, wie ungezwungen er sich in dieser vornehmen Gesellschaft, die hier versammelt ist, bewegt. Diese Selbstsicherheit steht ihm, selbst wenn es nur eine Rolle ist, die er spielt, ist es doch gut, ihn so zu erleben.

Wer heute abend auch zu denen gehört, die umschwärmt werden, ist Astrid. Sie lebt in *ihrer* Rolle richtig auf. Obwohl ohne Kavalier hier, ist sie ununterbrochen auf der Tanzfläche. Julie fällt auf, daß Astrid ständig von ein und demselben Tänzer aufgefordert wird. Ein gutaussehender Mann, etwas älter als sie, lichtes Haar, schlank und groß gewachsen. Ivar, mit dem Julie darüber spricht und den sie fragt, wer das sei, sagt, ein Kaufmann, er habe zwei Töchter, sei alleinstehend, seitdem er im vergangenen Jahr seine Frau verloren habe, um die Vierzig sei er bestimmt schon.

Nachdem das Ganze vorüber ist, sitzen sie in Storviks

Wohnzimmer bei einem Glas Kognak zusammen. Alle sind viel zu aufgedreht, um schlafen zu gehen, erst wollen sie noch über all ihre Eindrücke reden.

»Ein unbestreitbarer Erfolg«, sagt Storvik. »Ein Aufwind für das Musikleben in der Stadt, für unser Orchester, ja, für die ganze Stadt. Ein Vitaminstoß, der uns allen guttun wird, so wie die Zeiten sind.«

Für einen Moment bleibt sie noch mit Astrid allein sitzen. Sie will mehr über ihren Tanzpartner wissen, der sich heute abend so eifrig um sie bemühte.

»Ach, der«, sagt Astrid. »Er hat mich eingeladen, morgen, zum Essen im Grand Hotel.«

»Du hast doch hoffentlich ja gesagt?« fragt Julie eifrig.

»Selbstverständlich nicht. Warum sollte ich?«

»Aber wirst du das nicht noch bereuen?«

»Nein. Ich habe kein Interesse an irgendeinem Mann, weder an ihm noch an einem anderen.«

In dieser Nacht lieben sie sich, Julie und Jørgen, immer noch ihren Traum träumend. Sie lieben sich schweigend, spüren eine Nähe und Innigkeit wie damals, als sie jung waren und befürchteten, daß sie jemand hören könnte. Ein seltener Glücksmoment. Heute nacht, das weiß sie, wird sie einschlafen ohne irgendwelche Sorgen. Noch früh genug wird wieder Alltag sein.

Nach dem Frühstück am nächsten Morgen ziehen Julie und Jørgen, Astrid und Ivar ihre festliche Garderobe wieder vollständig an. Sie haben bei Photograph Engvig einen Termin gemacht. Das hatten sie Synnøve bei der Abreise versprochen. Sie wollte, daß sie etwas zur Erinnerung an dieses Ereignis haben sollten, und außerdem möchte sie gerne ein gemeinsames Photo von ihren drei erwachsenen Kindern haben. Ein solches Bild lassen sie machen, eines, auf dem sie alle vier zusammen abgelichtet sind, und eines nur mit Julie und Jørgen.

Nach dem gestrigen Tag sind alle erschöpft und müde, und die meisten wollen sich nach dem späten Frühstück hinlegen. Julie hat eine Verabredung mit Randi. Sie wollen sich im Café Utsyn treffen. Bevor sie losgeht, bleibt sie noch bei Selma sitzen und unterhält sich mit ihr. Die anderen sind zu Bett gegangen.

»Ich finde, Anne hat sich ziemlich verändert. Sie sieht irgendwie glücklicher aus als bei unserer letzten Begegnung. Ich habe schon gedacht, daß sie vielleicht schwanger ist.«

»Na, so gut ist es nun auch wieder nicht«, sagt Selma. Aber Julie habe schon recht damit. Anne sei jetzt glücklicher und ruhiger. Weil sie sich mit ihrem Schicksal abgefunden habe. Kinder werden aus dieser Ehe nicht hervorgehen, und Peter aus diesem Grunde zu verlassen, sei für Anne ausgeschlossen. So viel wolle sie doch nicht aufgeben, um sich eigene Kinder anzuschaffen. Sie haben bestimmt schon daran gedacht, ein Kind zu adoptieren, aber bei den Zuständen jetzt in Deutschland mit Arbeitslosigkeit und Unruhen, da wollen sie lieber noch warten. Julie müsse wissen, daß es den beiden finanziell ziemlich schlecht gehe. Obwohl Peter ein festes Engagement im Orchester habe, lohne es sich kaum, über sein Einkommen zu sprechen. Um zurechtzukommen, brauchen sie, was Anne mit ihren Schülern verdiene.

»Behalte bitte für dich, was ich dir jetzt gesagt habe«, fügt Selma hinzu, und es hört sich an, als täte es ihr leid, daß sie so offen darüber gesprochen hat.

»Selbstverständlich«, sagt Julie, »darauf kannst du dich verlassen.«

»Denn außerhalb des engsten Familienkreises geht das niemanden etwas an.«

Und Julie denkt jetzt, woran sie schon so oft denken mußte, obwohl diese Familie Geld hat und eine gesellschaftlich geachtete Position, die es ihr erlaubt, ein Leben zu führen, von dem sie selbst nicht einmal zu träumen wagt, so bedeutet das noch lange nicht, daß sie das Glück gepachtet hat. Im Verlaufe der Jahre, die sie Selma nun schon kennt, hat sie Zuneigung zu ihr gewonnen. Sie ist ein warmherziger Mensch, mit dem man sich gut unterhalten kann, wenn sie ihre Rolle als Gattin des Bankchefs vergißt.

Dem, was ihr Selma erzählte, war zu entnehmen, daß Peter an der Kinderlosigkeit schuld ist. Arme Anne und arme Selma, denkt sie. Wieviel Grund hat sie doch dagegen, dankbar zu sein!

Randi sitzt ihr am Kaffeetisch gegenüber mit runden Wangen und glücklichen Augen.

»Ich habe dich gestern abend gesehen«, sagt sie und lächelt dabei.

»Dann warst du es also. Habe ich es mir doch gedacht. Du mußt entschuldigen, daß ich dich nicht begrüßt habe, aber ich hatte mehr als genug damit zu tun, wohlbehalten in das Gebäude zu kommen. Daß sich davor aber auch eine so große Menschenmenge versammelt hatte, nur um sich das Publikum anzusehen.«

»Der Pöbel«, scherzt Randi, »die gemeine Masse des Volkes. Sie muß, wie du weißt, immer als Zuschauer draußen bleiben.«

»Randi!«

»Nein, so war es nicht gemeint, ich wollte nicht gemein sein, ich bin nicht neidisch auf dich.«

»Das könntest du aber, denn das Ganze war ein Märchen«, sagt Julie, und sie kann sich nicht helfen, sie fühlt sich verletzt.

»Sei nicht beleidigt, Julie. Ich wollte nur, daß du weißt, was mir durch den Kopf ging, als ich dich in dieser Gesellschaft sah. Und wie elegant du warst! Da geht meine Freundin, dachte ich, und plötzlich war das etwas Unvorstellbares. In diesem Augenblick begriff ich, wie groß der Abstand zwischen deinem und meinem Leben ist.«

»Aber darüber haben wir doch schon früher gesprochen. Das ist ein Abstand, den es nur in deinem Kopf gibt. Ich lebe auf einem Bauernhof und du in der Stadt. Beide haben wir unsere Schwierigkeiten, unter anderem mit dem Geld. Zugegeben, du hast sicher viel größere als ich, aber sollten wir deshalb so verschieden sein?«

»Du weißt, daß ich dich wirklich gern habe, Julie. Du bist meine beste Freundin, die ich je hatte, aber du weißt auch, daß ich nie und nimmer in die Vorstellung gestern abend reingekommen wäre, und noch weniger hätte ich zu dem Ball gehen können. Obwohl ich das auch gar nicht gewollt hätte.«

»Denkst du wirklich, es war Jørgens und mein Verdienst, daß wir dabei waren? O nein, du, das war nur, weil wir hier Verwandtschaft mit Einfluß haben. Und weißt du, was für Todesängste ich im Innersten ausgestanden habe, mich da in diesen Festsaal und in diese Gesellschaft zu begeben?«

»Na, wie von Todesängsten gepeinigt hast du nicht gerade ausgesehen. Eher wie eine Königin.«

»Ja, an mir ist eine Schauspielerin verlorengegangen. Weißt du, es hilft ungemein, sich zu verkleiden. Das ist dasselbe wie in der Kindheit, wenn wir an die Truhe der Mutter gehen durften, um uns Kleider herauszusuchen und als feine Damen zu verkleiden. Weißt du noch? Ungefähr so fühlte ich mich dort gestern abend. Aber denk ja nicht, daß du mich je dazu bringen könntest, daß ich sage, es tue mir leid. Denn es war ein Traum. Ich hätte nie gedacht, daß ich so etwas einmal erleben würde. Nur damit du es weißt!«

»Wir streiten uns doch jetzt nicht etwa, Julie? Ich konnte mich einfach nicht bremsen, dich ein bißchen aufzuziehen, verstehst du. Yngvar und ich, wir gehen nämlich auch zu einer Vorstellung. Ich habe ihn am Ende dazu überreden können. Du hast bestimmt gelesen, daß die Arbeiterpartei es durchgesetzt hat, daß eine Vorstellung für Arbeiter stattfindet? Für zwei Kronen pro Eintrittskarte, während ihr mindestens sechs bezahlt habt, wie ich hörte. Du glaubst gar nicht, wie unverschämt ich mich freue. Freitagabend ist es soweit. Ich finde, es ist eine gute Sache, daß das jetzt auch für gewöhnliche Menschen möglich ist. Normalerweise hätte Yngvar von Snobismus gesprochen. Doch im stillen freut er sich, wenn das Ganze ein Erfolg wird. Er ist ja nicht so dumm, daß er nicht sehen würde, was das für die Stadt bedeutet. Und du, Julie, wie geht es dir?«

»Siehst du mir nicht an, daß es mir gut geht?«

»Ja, heute schon, aber sonst?«

»Ach, es geht alles so seinen gewöhnlichen Trott. Ein bißchen auf und ab wie bei den meisten. Aber in letzter Zeit hat mir Johanne etwas Kummer gemacht.«

»Johanne macht dir Kummer? Aber hat sie jetzt nicht eine gute Partie gemacht und ist bestens versorgt?«

Ja, das sei sie, sagt Julie. Nicht darum mache sie sich Sorgen. Im Sommer habe sie den Eindruck gewonnen, daß sie bei Ingebrikt unter der Knute stehe, daß sie nicht die geringste Kleinigkeit unternehmen dürfe, ohne ihn zuerst um Erlaubnis zu fragen.

»Nein, nicht Johanne? Sie ist doch wohl stark genug, um nicht alles mit sich machen zu lassen. Ich erinnere mich, daß sie ein kleiner jähzorniger und verwöhnter Troll war.«

»Ja, das war sie, aber du hättest sie jetzt sehen sollen. Sich gänzlich aufopfernd und fromm wie ein Lamm. Kannst du dich an Ingebrikt erinnern?«

Ja, sicher könne sie sich an Ingebrikt erinnern, die meisten Mädchen seien in ihn verliebt gewesen. Sie auch mal eine Zeitlang, ohne daß irgend etwas dabei herausgekommen sei. Außerdem habe sie das Dorf früh verlassen. Es sei nicht verwunderlich gewesen, daß die Mädchen großes Interesse an Ingebrikt gezeigt hätten, sagt Randi. Es habe nur sehr wenige Jugendliche im Dorf gegeben, und unter den Jungen gehörte er zweifellos zu den attraktivsten. Er sah gut aus, er war der Sohn des Lehrers, und er besuchte die Mittelschule und das Gymnasium in Molde. War es da verwunderlich, daß er gefragt war, wenn er an den Wochenenden nach Hause kam? Hatte er sich im übrigen nicht eine Zeitlang für Julie interessiert? War ihr nicht irgendwann mal zu Ohren gekommen, daß sie beide ein Liebespaar waren? Sie meinte sich zu erinnern, daß Synna einmal in einem Brief so etwas erwähnt habe.

»O nein, das war nur unschuldige Schwärmerei in der Jugendzeit.«

Obwohl Randi außer Jørgen die einzige ist, der sie ihre geheimsten Gedanken anvertraut, hat sie ihr gegenüber Ingebrikt nie erwähnt. Manchmal war sie schon versucht gewesen, es zu tun, weil sie schon so oft die Erfahrung gemacht hat, daß es Randi in ihrer Erdverbundenheit schnell gelungen war, Dingen ihren richtigen Platz zuzuweisen und sie zu entdramatisieren, wenn sie in Julies Gedanken eine überdimensionale Größe eingenommen hatten. Doch sie wagt es nicht, ihr etwas davon zu sagen. Jørgen soll nie etwas davon erfahren, deshalb kann sie sich damit auch nicht Randi anvertrauen. Jørgen gegenüber würde sie das wie einen Vertrauensbruch empfinden. Das kurze Verhältnis, das sie mit Ingebrikt hatte, die Erinnerung, wie er sich an ihr vergehen wollte, haben tiefere Spuren in ihr hinterlassen, als ihr selber klar war. Wenn das nicht gewesen wäre, hätte sie in der letzten Zeit nicht so reagiert, wie sie es getan hat. Ihr Verstand sagt ihr das, und sie ist sich sicherer als jemals zuvor, daß sie das alles für sich behalten muß.

»Ich weiß übrigens nicht genau, wenn ich darüber nachdenke, ob ich Ingebrikt so richtig mochte«, sagt Randi. »Sicher, er war charmant, aber an ihm war irgend etwas, aus dem man nicht klug wurde. Es war nicht das, daß er sich größer vorkam als wir anderen. Und weiß Gott, es hätte Grund genug dafür gegeben. Es war irgend etwas anderes, aber ich weiß nicht, was.«

»Du hast es also auch gemerkt?«

Dann hat also nicht nur sie das so stark wahrgenommen. Anderen ist dasselbe aufgefallen wie ihr. Schon damals hatte sie ein doppeltes Wesen an ihm beobachtet, auch wenn sie sich gut verstanden. Und sie war in ihn verliebt, jedenfalls glaubte sie das. Niemand konnte durch seinen jungenhaften und Frohsinn verbreitenden Charme bezaubern wie Ingebrikt. Sie weiß noch, wie er sagte, daß er sie auf Händen tragen würde, wenn sie gemeinsam mit ihm durchs Leben gehen wollte, wie das Leben einer Prinzessin sollte ihr Leben mit ihm werden. Zum achtzehnten Geburtstag verehrte er ihr eine kostbare Brosche. In seiner entwaffnenden, draufgängerischen Art wirkte er damals überzeugend. Welches Mädchen von achtzehn Jahren hätte sich nicht von einer derartigen Offensive voller Charme beeindrucken lassen? Doch wenn es nicht nach seinem Willen ging, dann war eine Kälte an ihm zu beobachten, die sie in Angst versetzte. Noch immer hat sie vor Augen, wie sein Blick zu Eis gefror, oftmals, ohne daß sie begriff, warum. Er war nicht nur eine Person. Er besaß ein doppeltes Wesen, und diese zwei waren äußerst verschieden voneinander. Jeder hat wohl verschiedene Seiten seiner selbst, aber bei Ingebrikt ist es besonders auffällig. Sie hat gelesen, daß es Menschen gibt, die tatsächlich eine gespaltene Persönlichkeit haben. Ingebrikt muß zweifellos ein solcher Mensch sein.

»Und du, Randi, wie geht es dir? Du siehst gut aus. Es scheint dir nicht schlecht zu gehen?«

Schon lange sei es ihr nicht mehr so gutgegangen, sagt Randi. Yngvar sei zufrieden, da gehe es auch dem Rest der Familie gut. Er habe jetzt den richtigen Beruf gefunden, er gehe seiner Arbeit mit Begeisterung und Feuereifer nach, er bekommt mehr Freiraum, seine Meinungen zu äußern, sage er selber. Nun sei die Feder sein Werkzeug und seine Waffe im Klassenkampf geworden. Am allerliebsten schreibe er Reportagen über die Arbeit in Betrieben – hier in der Stadt und im Distrikt. Julie wisse bestimmt, daß er im Herbst in Øra gewesen war und über die phantastische Kommunalwahl in der Gemeinde geschrieben hat. Nun ja, phantastisch aus der Sicht der Wähler der Arbeiterpartei. Er habe natürlich daran gedacht, Julie und Jørgen zu besuchen, kam dann aber zu dem Schluß, es besser sein zu lassen, so gereizt, wie die Stimmung in der Gemeinde war.

»In dieser Situation war es wahrscheinlich das klügste. Aber du mußt Yngvar unbedingt bestellen, daß er jederzeit auf Storvik willkommen ist, wenn er einmal in der Gegend zu tun hat.«

»Es ist schon ein Glück, daß Yngvar bei der Zeitung untergekommen ist«, sagt Randi. Allerdings seien die Einkünfte schwankend. Keiner der Journalisten habe eine feste Anstellung bei der Zeitung. Lohn bekämen sie, wenn Geld in der Kasse sei, diese Arbeit verlange Idealismus, aber irgendwie gehe es, indem sie das, was sie verdiene, dazuschieße. Ansonsten habe sie es tüchtig satt, zu den Leuten in die Wohnungen zu gehen und saubermachen zu müssen, aber jetzt sehe es so aus, als bekäme sie ihre Arbeit in der Goma Fabrik zurück. Den schlechten Zeiten zum Trotz können sie optimistischer in die Zukunft sehen, als ihnen das seit langem möglich gewesen sei.

Was Julie an Randi am meisten anzieht, sind ihre Unbekümmertheit und Stärke, die sie ausstrahlt. In guten wie in schlechten Zeiten. Ihre erdverbundene Ehrlichkeit, auf die man sich bei ihr immer verlassen kann. Ursprünglich war sie Synnas Freundin. Julie muß daran denken, wie sie damals zu Randi gegangen war. Zu dieser Zeit war Randi schwanger gewesen, und in der Gemeinde zerfetzte man sich die Mäuler, weil Randi und Yngvar zusammen unter einem Dach bei Randis Eltern wohnten, ohne verheiratet zu sein. Sie war zu ihr gegangen, weil sie ihr leid tat, aber es lag damals wohl in dem, was sie tat, auch ein gutes Maß von Selbstgefälligkeit. Obwohl Randi von allen in der Gemeinde verurteilt wurde, wollte sie, Julie, ihnen etwas anderes deutlich machen. Randi hatte ihr nicht dafür gedankt. Stolz stand sie mit ihrem dikken Bauch vor ihr.

»Du hast wohl nicht vor, dir noch mehr Kinder anzuschaffen, Randi?«

»Nein, ich denke, es reicht jetzt. Und du?«

»Mit den drei, die wir haben, habe ich zur Zeit noch alle Hände voll zu tun.«

»Ein Mädchen, das wäre doch noch was«, sagt Randi lächelnd.

»Nein, diese Hoffnung habe ich endgültig aufgegeben.«

Nachdem die Opernwoche vorüber ist, befindet sich die Stadt noch immer in einem Rausch. Ein unglaublicher Erfolg, alle Vorstellungen, auch die letzte Aufführung am 12. November als strahlender Schlußpunkt. Es hatte überwältigende Kritiken gegeben, nicht nur in der Lokalpresse, sondern auch in den größten Zeitungen des Landes. Allein schon, daß sie ihre Kritiker hergeschickt hatten, konnte sich die Stadt als große Ehre anrechnen. Reidar Mjøen, der Rezensent der *Aftenposten* schrieb, die Aufführung »hatte etwas Märchenhaftes. In dieser Stadt mit ihren 16 0000 Einwohnern gibt es ein philharmonisches Orchester, dem fünfzig Musiker angehören, und es spielte diese schöne und zartfühlende Orpheus-Musik vom ersten bis zum letzten Takt ausgezeichnet und mit nachhaltiger Wirkung. Sie alle sind Amateure, die meisten von Beruf Handwerker, aber diese Musiker haben einen Dirigenten, und das ist das Geheimnis, nämlich Edvard Bræin, einen Künstler ersten Ranges, der sich leidenschaftlich engagiert und einen eisernen Willen hat.«

Kaare Fasting in *Bergens Tidende* schrieb: »Was dieses Amateurorchester unter Edvard Bræins künstlerischer Leitung leistet, ist phantastisch. Der große Klangkörper funktionierte ohne Fehl und Tadel. Nie hatte man das Gefühl von Laienhaftigkeit, und man muß keineswegs die Einschränkung machen und sagen, ›unter Berücksichtigung der Umstände‹ war die Aufführung durchweg, vom Anfang bis zum Ende, gelungen.«

Diese Lobesworte ließen die Kristiansunder mit stolzgeschwellter Brust durch die Straßen gehen. Eine solche große Bedeutung maßen sie dem Ereignis bei, daß sie meinten, die Stadt habe sich innerhalb Norwegens einen Platz erobert, von dem niemand zu träumen wagte. Selbst in der Hauptstadt war das nicht unbemerkt geblieben, und als sie erfuhren, daß ihre Stadt in der Herbstrevue »Schwarz auf Weiß« im Chat Noir mit einem eigenen Lied bedacht wurde, rechneten sie sich auch das als Ehre an und waren stolz darauf. Dort sang Per Kvist ein erfolgreiches Lied von Glunten über eine »Vergnügungsreise nach Krestjansund« mit dem Refrain: »In Krestjansund ist Orpheus zu sehn«.

Kristiansund war nach dieser Woche zur Opernstadt geworden. Und wie Storvik es nach der Premiere vorausgesagt hatte, brachte das eine Aufwertung der Stadt mit sich. Und damit wurde dringend notwendiges Selbstbewußtsein im Verhältnis zum übrigen Land gewonnen. In dieser Zeit waren die Einwohner der Stadt stolz darauf, Kristiansunder zu sein. Und nicht nur das, auch finanziell war die Sache am Ende ein großartiger Erfolg. Die Enthusiasten, die daran geglaubt hatten, die sich vom ersten Moment an mit Begeisterung in die Arbeit gestürzt hatten, konnten jetzt auftrumpfen und den Skeptikern einen Überschuß von 3 444 Kronen auf den Tisch legen.

Dieses Jahr will Ivar Weihnachten zu Hause feiern. Sigrid kommt von Kopenhagen nach Hause und wird das Fest gemeinsam mit ihren Eltern begehen, auf diese Weise kann er sich losmachen, ohne ein schlechtes Gewissen haben zu müssen.

Synnøve besteht darauf, daß sie diese Weihnachten wieder das Jugendfest arrangieren. Dieses Fest, dem sich Astrid im vorigen Jahr so heftig widersetzte, das schließlich aus diesem Grunde abgeblasen wurde. Doch wie Synnøve erfuhr, waren die Jugendlichen, die gewöhnlicherweise diesen besonderen Abend auf Storvik feierten, ziemlich enttäuscht. Dieses Mal protestiert Astrid nicht, denn wenn Ivar nach Hause kommt, wird sie daran teilnehmen.

Ivar sagt, daß er einen Freund habe, der sich über die Festtage ziemlich einsam fühle. Er habe sich die Freiheit genommen und den Freund zum Fest hierher nach Hause eingeladen. Ob das in Ordnung sei?

»Selbstverständlich«, erwidert Synnøve. »Auf Storvik ist jeder willkommen«, fügt sie hinzu und ist wohl zu beschäftigt, um sich eingehender danach zu erkundigen, wer denn dieser Freund ist.

Alles ist zum Empfang der Gäste vorbereitet, der Tisch ist gedeckt, alle sind festlich angezogen, da steht er in der Tür. Astrids Kavalier vom Opernball. Sie bleibt wie angewurzelt stehen, starrt ihn an und wird knallrot, ehe sie sich von der Überraschung erholt, ihn begrüßt und schnell in die Küche eilt. Von Synnøve und Kristoffer wird der Fremde, der sich als Fredrik Lunde vorstellt, überschwenglich herzlich begrüßt. Seiner Herkunft nach ist er sicher aus Südostnorwegen.

Julie geht zu Astrid hinaus, der anzusehen ist, was es sie kostet, sich von diesem Schock zu erholen.

»Wie konnte Ivar nur auf eine solche Idee kommen und mir das antun? Und ich muß mich ja schämen.«

»Unsinn, das ist doch keine Schande für dich.«

»Doch, was denn sonst. Warum konnte er mir denn nicht vorher sagen, wen er eingeladen hat, so daß ich darauf vorbereitet gewesen wäre? Oh, Ivar soll nur warten, bis ich ihn allein erwische.«

Während Fredrik oben im Zimmer ist und sich zum Fest umzieht, gelingt es Julie, Ivar für einen kurzen Moment allein zu sprechen.

»Ich wußte gar nicht, daß er ein Freund von dir ist!« sagt sie.

»Ja, sicher, er ist mein Freund geworden, nach und nach«, erwidert Ivar ausweichend.

Da geht ihr ein Licht auf. Sie hatte sich schon gewundert, daß Synnøve Ivar gar nicht weiter nach seinem Freund befragte, wie es sonst ihre Art ist. Synnøve wußte längst, wer er war und daß er herkommen würde. Das war ein abgekartetes Spiel, und das ist Astrid auch klar. War es da verwunderlich, daß sie sich darüber empörte? Synnøve und Kristoffer waren in der Stadt und hatten die letzte Vorstellung der Oper besucht. Bei dieser Gelegenheit ist ihnen über alles, was die jungen Leute während ihres Stadtaufenthaltes erlebt hatten, Bericht erstattet worden. Ganz sicher auch darüber, was sich auf dem Ball abgespielt hatte, von Astrids Erfolg an diesem Abend, und natürlich ist ihr eifriger Kavalier nicht unerwähnt geblieben. Synnøve und Kristoffer, wie Julie weiß, machen sich zunehmend Sorgen, weil Astrid mit ihren neunundzwanzig Jahren noch immer unverheiratet zu Hause lebt. Weil sie sich abkapselt und keinen Kontakt zu anderen ihres Alters sucht. Julie kommt es vor, als höre sie ihre Worte. Eine gute Partie für Astrid, eine sichere Zukunft.

Die Gäste kommen in ihren feinsten Kleidern, die Männer im dunklen Anzug, die Frauen in ihren neuen Weihnachtskleidern. An einem solchen Abend sind sie, fernab des Alltags, richtige Damen und Herren. Am Tisch herrscht bereits festliche Stimmung. Nur Astrid, die Fredrik Lunde zum Tischherrn bekommen hat, sitzt regungslos und wortkarg da und hat ein steifes Lächeln aufgesetzt. Es gibt kalte Speisen, der Tisch, an dem sie sitzen, biegt sich unter all den weihnachtlichen Herrlichkeiten. Rippchen und Frikadellen aus gehacktem Schweinefleisch mit Speck vermischt, aufgeschnittenes Fleisch und Sülze, Leberpastete und marinierter Hering, an nichts wird gespart, wenn es Festlichkeiten auf Storvik gibt. Die Gläser sind mit selbstgebrautem Bier gefüllt, nicht vom stärksten, aber ausreichend, um für Stimmung zu sorgen. Außerdem haben die Männer noch etwas Stärkeres in ihrer Innentasche, was einfach dazugehört.

Nach dem Essen wird der Gesellschaft im Wohnzimmer ein Täßchen Kaffee serviert, während man das große Zimmer zum Tanz herrichtet. Das gibt den Männern die Gelegenheit, etwas von dem Stärkeren in die Tassen zu mogeln. »Kaffeedoktor« oder »Karsk«, wie sie das nennen, ist das beliebteste Getränk in solchen festlichen Runden. Wie sie sich den Branntwein beschaffen, geht niemanden etwas an.

Bevor der Tanz beginnt, singen sie alle gemeinsam, von Astrid am Klavier begleitet, die bekannten und beliebten Weihnachtslieder. Danach spielen Astrid und Ivar einige Stücke zur Unterhaltung der Gäste. Zum Tanz haben sie einen Mann eingeladen, der Akkordeon spielt, zwischendurch greift Ivar immer wieder zur Geige und musiziert gemeinsam mit ihm. Fredriks Augen hängen den ganzen Abend an Astrid, und sie muß sich gefallen lassen, die meisten Tänze mit ihm zu tanzen. Julie sieht, wie steif sie in seinen Armen ist. Wie andere das sehen, weiß sie nicht. Wahrscheinlich halten sie Astrids Benehmen für bescheidene Zurückhaltung.

»Kannst du nicht versuchen, etwas entgegenkommender zu sein? Er macht doch auf alle Fälle einen sehr angenehmen Eindruck«, sagt Julie zu ihr.

»Benehme ich mich nicht, wie es sich gehört? Bin ich etwa unhöflich zu ihm«, faucht Astrid zurück. »Und wenn ich an das ganze Gerede denke, das es jetzt in der Gemeinde geben wird: ›Astrid hat sich einen Verehrer aus der Stadt geangelt‹«, ahmt sie den Tratsch nach. »Oh, ich höre das schon.«

»Stört dich das etwa?«

»Nein, aber ich hätte sehr gut darauf verzichten können.«

Am nächsten Morgen reisen Ivar und Fredrik zeitig ab. Fredrik Lunde wird nicht erwähnt. Selbst Synnøve ist klug genug zu wissen, wann es am besten ist zu schweigen.

An einem der ersten Tage nach Neujahr ruft Ivar aus der Stadt an. Synnøve nimmt den Anruf entgegen. Leichenblaß im Gesicht kommt sie nach dem Telefongespräch in die Küche.

»Sigrid ist tot«, sagt sie steif.

Astrid und Julie starren sie schockiert an. »Tot? Sigrid?«

»In der Woche nach Weihnachten, sagte Ivar, habe sie eine schlimme Bronchitis bekommen. Daraus entwickelte sich eine doppelseitige Lungenentzündung. Und in dem Moment, als sie schon dachten, sie habe die Krise überwunden, starb sie ihnen unter den Händen weg.«

»Das kann doch nicht wahr sein«, sagt Astrid hilflos. »Wie sollen denn der Onkel und die Tante diesen Schlag verwinden?«

»Das fragst du?« sagt Synnøve. »Die armen, bemitleidenswerten Menschen. Hatten sie nicht schon genug zu tragen? Mit Anne, die so weit weg ist, und die, wie ihr wißt, kinderlos bleiben wird. Und dann müssen sie auch noch Sigrid auf so tragische Weise verlieren. Welchen Sinn soll das bloß machen?« fragt sie mit tränenerstickter Stimme und verläßt die Küche.

Astrid folgt der Mutter, und Julie bleibt allein am Tisch sitzen. Sie hat ein Gefühl, als durchlebe sie Synnas Tod noch einmal. Synna wurde genauso brutal und sinnlos aus dem Leben gerissen wie Sigrid. Sigrid und Synna, die Bilder der beiden verschmelzen, werden zu einem, sie legt den Kopf auf den Tisch und versinkt in untröstliches Weinen.

Außer Julie fahren alle zur Beerdigung. Astrid hatte sich angeboten, das Haus zu hüten, aber Julie wollte das nicht. Sie stand Sigrid nicht so nahe wie Astrid. Die beiden haben die Sommer hier auf Storvik gemeinsam verbracht, seit sie kleine Kinder waren.

Am Tag der Beerdigung ist sie in Gedanken dabei. Sigrid, die so voller Leben war, so fröhlich und munter, es ist unbegreiflich, daß sie nicht mehr am Leben sein soll. Sie sieht sie vor sich auf der Bühne während der Opernaufführung, auf dem Ball danach. Aber das Bild, das sie nie vergessen wird, stammt vom letzten Sommer, als sie hier war. Wie sie auf der Bühne stand, zierlich in ihrem weißen Kleid und mit der gewaltigen Stimme, die den ganzen Saal ausfüllte. Als sie das »Ave Maria« sang und alle zu Tränen gerührt waren.

»Wie haben sie es aufgenommen, Onkel Erling und Tante Selma?« erkundigt Julie sich, als alle wieder zu Hause sind.

»Am schlimmsten ist es bestimmt für den Vater«, sagt Synnøve. »Er war nicht wiederzuerkennen. Selma, die Arme, sah dagegen ruhiger aus. Es ist wirklich imponierend, wenn man sieht, wieviel Stärke ein kleiner Mensch besitzen kann. Aber er, Storvik ... Es war schon so, weißt du, Sigrid war seine Lieblingstochter. Anne hält sich mehr an die Mutter. Das ist wohl oft so. Du hättest Sigrid mal als Mädchen sehen sollen, sie hatte vor nichts Angst, egal, was es war. Dadurch war sie für Storvik bestimmt ein Ersatz für den Sohn, den er immer haben wollte.«

Über den Winter und bis ins Frühjahr hinein bringt Ivar häufig, wenn er an den Wochenenden nach Hause kommt, Fredrik Lunde mit auf Besuch. Astrid sitzt stets höflich dabei und beteiligt sich gemeinsam mit den anderen Bewohnern des Hauses an der Unterhaltung, aber sie paßt auf, daß sie nie alleine mit ihm ist, und deshalb ist sie an diesen Abenden immer die erste, die ins Bett geht.

»Du kannst über den Menschen sagen, was du willst, aber Ausdauer hat er, und nicht zu knapp«, sagt Julie.

»Meinetwegen kann er Ausdauer haben bis zum Jüngsten Tag. Ich will ihn nicht.«

Astrid verändert sich in dieser Zeit. Ihr, die immer sehr penibel war, immer darauf geachtet hat, daß sie ordentlich aussieht, wird ihr Aussehen immer gleichgültiger. Das Haar ist herausgewachsen, halblang und stumpf, sie befestigt es mit Spangen im Nacken.

»Müßtest du nicht zum Friseur gehen und deine Haare mal wieder schneiden lassen?« fragt Julie vorsichtig.

»Nein«, antwortet Astrid schroff.

»Willst du dir deine Haare wieder lang wachsen lassen? Kurz standen sie dir doch wirklich gut.«

»Mit kurzen Haaren fühle ich mich nicht wohl.«

Astrid hat auch zugenommen. Rasch spannen alle Sachen über Schultern, Brust, Bauch und Hüften. Einmal ertappt Julie sie auf frischer Tat in der Speisekammer, wie sie gerade alles Mögliche in sich hineinstopft. In kurzer Zeit ist Astrids gute, schlanke Figur unförmig und schwerfällig geworden. Soviel Synnøve auch warnt und schimpft, es hilft alles nichts.

»Ich begreife nicht, wieso du dich auf diese Weise ruinierst«, jammert sie.

»Nein, das weißt du wirklich nicht, Mama«, sagt Astrid und hört sich dabei ganz lustig an.

Doch sie ist mürrisch, unberechenbar und braust schnell auf, und Julie sieht ihr an, daß sie unglücklich ist. Es ist, als verschanze sie ihren Körper hinter einem Panzer. Als versuche sie, sich selbst so reizlos wie nur möglich zu machen. Doch darf man so etwas tun?

Nach einer Zeit stellt Fredrik Lunde seine Besuche ein. Zwischen Astrid und den Eltern herrscht eine gedrückte Stimmung.

»Er kommt wohl nicht mehr her?« fragt Julie eines Abends, als sie zu zweit in der Küche sind, nachdem sich die anderen hingelegt haben.

»Nein. Ich konnte Ivar dazu bringen, mit ihm zu reden. Ihm zu sagen, daß es Zeitverschwendung sei. Nein, das war nicht mehr feierlich hier, Julie. Ich habe ... ich habe mich sehr gekränkt gefühlt. Verstehst du das?« fragt Astrid, und ihre Stimme zittert. »Ich habe mich gefragt, was mein Vater und meine Mutter denken. Was denken sie, was ich für ein Mensch bin?«

Jetzt spricht sie mit Julie darüber. Wie Synnøve und Kristoffer gedrängt haben, daß Astrid und Fredrik ein Paar werden. Sie werde mit ihm ein gutes und sorgenfreies Leben führen können, haben sie ihr gesagt. Und daß eine Vernunftehe nicht zu verachten sei.

»Was meinst du dazu, Julie? Sollte ich mich dazu zwingen lassen, einen Menschen zu heiraten, den ich nicht liebe? Ich weiß, er hat Interesse an mir, aber was hilft das, wenn es nicht auf Gegenseitigkeit beruht? Für eine, die ihn haben wollte, wäre er gewiß nicht zu verachten. Wenn ich ihn geliebt hätte, wäre es mir egal gewesen, daß er bald eine Glatze hat oder daß er mehr als zehn Jahre älter ist als ich, wie Mutter mich beschuldigte zu denken. Es hätte mir nichts ausgemacht, daß er zwei Kinder hat. Ich mag Kinder. Aber wenn die Liebe fehlt?«

»Ich verstehe dich, Astrid.«

»Ja, das glaube ich. Deshalb komme ich ja mit solchen Sachen zu dir. Du weißt, früher habe ich das auch schon getan. Ich habe den Mut, zu dir zu kommen, weil ich dir vertraue. Du bist die einzige, der ich mich anzuvertrauen wage. Ich möchte, daß du weißt, was für große Stücke ich auf dich halte, Julie, auch wenn ich das im Alltag nicht so zeigen kann.«

Julie ist gerührt. Sie braucht es, daß ihr das gesagt wird, dann kann sie sich daran erinnern, wenn sich ihre Beziehung wieder einmal verhärtet, was ziemlich häufig vorkommt.

»Das schlimmste ist, daß ich das Gefühl habe, nur aus Gnade bleiben zu dürfen, in meinem eigenen Zuhause. Aber die beiden sind doch mein Vater und meine Mutter. Ich liebe sie, deshalb werde ich versuchen, diese Sache zu vergessen wie manches andere auch. Aber eines sage ich dir, Julie, ich habe jetzt das ganz sichere Gefühl, für mich wird es keinen Mann mehr geben. Es gab mal einen. Du weißt es. Mit dem Tag, als er vom Hof gejagt wurde, war für mein Teil alles beendet.«

»*Er*«, sagt Astrid und nennt nicht einmal mehr seinen Namen. Den Namen des Mannes, von dem sie schwanger war. Nie wird Julie diese Geschichte vergessen, unter der Astrid fürchterlich litt. Einmal hat sie sich Julie auch mit einer unglücklichen Jugendliebe anvertraut. Doch die war vorübergegangen. Die Liebe zu *ihm* wird bestimmt nie vorübergehen. O ja, Synnøve und Kristoffer haben vieles wiedergutzumachen. Werden sie denn nie daraus lernen?

»Ich bin sehr froh, Astrid, daß du mir dein Vertrauen geschenkt hast. Und eines kann ich dir versprechen, solange ich auf dem Hof bin, möchte ich, daß du dich auf Storvik zu Hause fühlst. Ich hoffe, du wirst das nie vergessen.«

Im April bringt Johanne eine Tochter zur Welt. Julie bekommt einen Brief von ihr, in dem sie ihr schreibt, wie überglücklich sie sei. Wie gut sie es in jeder Hinsicht habe. Wie schön, daß es Johanne *gutgeht*.

Jørgen hat in dieser Nacht fast kein Auge zugetan. In rabenschwarzen Gedanken versunken, suchte er vergeblich nach einem Weg aus der Patsche, in die er geraten ist. Eine schwelende Wut sitzt wie eine schmerzende Geschwulst in ihm, eine Wut auf das Schicksal, auf alles, er ist gereizt und ungerecht, er weiß das, doch er kann nichts daran ändern. Jetzt erscheint ihm alles so schlimm, daß er nicht mehr weiß, wie er es ertragen soll. Am Frühstückstisch knurrt er Julie und die Kinder an, wird laut, braust auf, explodiert vor Wut, als Helge das Milchglas umkippt.

»Kannst du dich nicht vorsehen, Junge?«

Die Kinderaugen, voller Angst und angefüllt mit Tränen, machen alles nur noch schlimmer. Julie holt in aller Ruhe einen Lappen und wischt den Tisch ab, ohne zu Jørgen etwas zu sagen, während sie Helge über das Haar streicht.

»So, es ist schon wieder gut, der Papa meint das nicht so, verstehst du.«

»Wieso nicht?« sagt Jørgen und haut mit der Faust auf den Tisch, daß Tassen und Teller hochspringen, »die sollen lernen, sich zu benehmen, wie es sich gehört, und das lernen sie nie, so wie du sie verhätschelst.«

»Da gibt es ganz sicher auch noch andere, die lernen müssen, was sich gehört. Und das alles ... Darunter sollen nicht die Kinder zu leiden haben«, sagt sie ruhig und schaut ihm in die Augen. Nur das schwache Zittern der Stimme verrät ihre innere Erregung.

Schweigsam und mit finsterer Miene sitzt er da und ißt, er

hat eine Wut im Bauch, die ihn hilflos macht, und Schuldgefühle, die Julie jedesmal in ihm weckt, wenn sie so ist wie jetzt. Wenn sie etwas sagt, dann in aller Seelenruhe, mit leiser und beherrschter Stimme, vielmehr jedoch macht ihn ihr Schweigen hilflos, während ihr Blick ihn durchbohrt, die wundesten Punkte in ihm trifft. Das geschieht in diesen Momenten, in denen er ungerecht ist, er weiß es, kann sich aber nicht bremsen. Und jetzt hat er Angst, es war wirklich das nackte Entsetzen, gegen das er heute nacht kämpfte. Und sie fordert ihn heraus mit ihren ruhigen Bewegungen, mit denen sie den Kindern beim Essen hilft, den drei eingeschüchterten kleinen Jungen, die mucksmäuschenstill sitzen und ihren Vater mit ängstlichen Augen anschauen. Ruhig schmiert sie ihm die Brote für die Reise.

»Laß das bloß sein, ich komme doch nicht dazu, etwas zu essen«, knurrt er.

»O doch, du brauchst etwas zu essen wie andere Menschen auch«, sagt sie überlegt und steckt das Proviantpaket in seine Aktentasche. »Oder hast du Geld, um dir Essen an Bord zu leisten?« fügt sie schneidend hinzu, was ihn erneut aus der Fassung bringt.

»Du willst mich provozieren, Julie? Denkst du, dein Schweigen kann mir etwas anhaben? Glaubst du denn, ich weiß nicht, was du denkst?«

Da richtet sie sich auf, nimmt ihn ins Visier, ohne ihren Blick wieder von ihm zu lassen, ihre Stimme ist leise und krächzend.

»Versuch bloß nicht, mir die Schuld dafür zu geben, daß du in eine solche Situation geraten bist. Ich kann mich nicht erinnern, daß ich dir geraten habe, mit der Fuchszucht zu beginnen.«

Das reicht, das ist zuviel, immer muß sie das letzte Wort haben, er erhebt sich vom Tisch, reißt die Tasche an sich und eilt zur Tür hinaus, ohne Julie oder den Kindern ein Abschiedswort zu sagen.

Der schöne Frühlingsmorgen bewirkt nur, daß er sich noch deprimierter und mutloser fühlt. In ihm nagt das Schuldgefühl und macht alles noch schlimmer, er begreift nicht, was ihn dazu treibt, sich ihnen gegenüber so zu benehmen. Heute nacht dachte er, daß alles den Bach runtergeht, doch auf alle Fälle wird er noch kämpfen. Nein, zum Teufel, sie werden ihn nicht kampflos vernichten. Sie, denkt er, ohne genau zu wissen, wer *sie* sind, doch nein, zum Teufel.

Vier Jahre ist es her, als er mit der Fuchsfarm begann, und die ersten Jahre ging es gut. Die Würfe erbrachten schöne Welpen, die er verkaufen konnte, und nach und nach, als er mehr Tiere hatte und gute Preise für die Felle erzielte, sah er hoffnungsvoll in die Zukunft. Nicht, daß er einen großartigen Gewinn daraus gezogen hätte, das hatte er in der Anfangsphase auch gar nicht erwartet, aber es reichte, um die Zinsen und die Tilgung für den Kredit zu bezahlen. Dann im vergangenen Jahr, gerade als er sich Hoffnung auf einen Überschuß machen konnte, begannen die Probleme. Er verlor zwei, drei Würfe. Die verdammten Biester fraßen ihre Jungen, makaber, aber verhängnisvoll für ihn. Später hatten die Felle, aus welchen Gründen auch immer, eine mindere Qualität, die Preise waren dementsprechend. Zu alldem kommt noch, daß er Geld in zwei Zuchttiere gesteckt hatte, preisgekrönte Tiere, in die er trotz des ganzen Elends große Erwartungen setzt. Sie sind im Augenblick trächtig, alle beide. Doch das erschütterte die auf wackligen Füßen stehenden finanziellen Verhältnisse, mit denen die Fuchsfarm trotz allem noch zu kämpfen hat, endgültig. Er schaffte es nicht, den Forderungen der Bank in Kristiansund für Zinsen und Tilgung des Kredites nachzukommen. Die Demütigung ist um so größer, da der Schwiegervater über alle Geschäfte und Kontobewegungen von der Bank informiert wird, und er konnte sich aber auch nicht dazu überwinden, ihn erneut um ein Darlehen zu bitten. Nur der besonderen Gutwilligkeit des Onkels war es zu verdanken, daß er Aufschub bekam und die Zinsen auf den Kredit geschlagen werden. Woher er das Geld nehmen soll, wenn die nächste Forderung kommt, daran wagt er nicht zu denken. Und den Vater hat er erst gar nicht mit diesen Problemen behelligt. Er ist der letzte, der etwas davon erfahren soll. Doch das Ganze hat noch zu einer weiteren Zuspitzung des Konfliktes zwischen ihm und dem Vater geführt. Denn wenn er den Hof schon übernommen hätte, sähe die Sache anders aus. Wenn die Fuchsfarm ein Teil des Hofes wäre. Die reinste Hölle ist es, daß er, ein verheirateter Mann mit Frau und drei Kindern, hier immer noch wie ein Knecht behandelt wird, und daß alles, was er besitzt, eine überschuldete Fuchsfarm ist.

Es liegt nicht daran, daß er nicht genug gearbeitet und sich nicht abgerackert hätte. Den ganzen Winter hindurch war er beim Holzeinschlag dabei, doch die Einkünfte, die daraus erzielt werden, fließen in den Hof und werden vom Vater verwaltet. Wenn er Zeit fand, hat er Brennholz gemacht, das er verkaufen konnte und damit ein paar Kronen verdiente, über die er selber verfügen durfte, aber das ist ein Tropfen auf den heißen Stein. Wenn er an die ganze Plackerei mit dem Holzeinschlag und dem Brennholzmachen denkt, wie er gefroren und sich von frühmorgens bis abends gequält hat, bis ihn die Dunkelheit nach Hause trieb, dann war das die reinste Hölle. Und nun hat der Onkel um eine Zusammenkunft in Kristiansund gebeten. Was heißt gebeten, Vorladung ist wohl das richtigere Wort oder vielleicht Befehl. Er soll zu dem mächtigen Onkel kommen, damit sie »Ordnung in die Sache bringen«, wenn er daran denkt, bekommt er das kalte Grausen.

Die letzten Monate hat er sowohl von dem Onkel als auch vom Schwiegervater einen Brief nach dem anderen erhalten.

Beide sähen es am liebsten, wenn er die Farm jetzt, solange noch Zeit ist, aufgeben würde, doch nein, zum Teufel. Wenn er das an den Nagel hängt, hat er gar nichts mehr, ist er gar nichts mehr. Nein, zum Teufel.

An Bord des Dampfers wäre es ihm am liebsten, wenn er ungestört bleiben könnte, doch es sind immer Bekannte dabei, und er sitzt mit ein paar Männern aus der Gemeinde zusammen und unterhält sich. Das ist vielleicht auch gut, so kann er seine düsteren Gedanken wenigstens für eine Weile vergessen.

Wie die meisten anderen Menschen hier weiß Jørgen zu verbergen, was er fühlt und denkt. Schon früh wurde ihm beigebracht, was andere etwas angeht und was nicht, und alles, was die Familie und das Privatleben betrifft, geht nur ihn, sonst niemanden etwas an. Deshalb unterhält er sich leicht und ungezwungen mit seinen Nachbarn, über das Wetter und die Arbeit, über Politik und über alles, worüber man sonst noch sprechen kann. Als die Sprache auf die Fuchszucht kommt, ist er sofort auf der Hut. Auf die Bemerkung, sie hätten gehört, daß einzelne schwere Zeiten durchzumachen hätten, sagt er, daß er persönlich noch nicht viel davon gemerkt habe. Aber es sei damit wohl wie mit allen anderen Sachen auch, es gehe auf und ab. Nein, er könne nicht klagen.

»Du bist ein glücklicher Mensch, Jørgen. Wenn es ums Geld geht, mußte man sich auf Storvik noch nie größere Sorgen machen, oder?«

»Oh, die Zeiten gehen an uns nicht spurlos vorüber, da geht es uns bestimmt nicht besser als anderen.«

»Ja, es ist schon aufgefallen, wie hart du im Winter gearbeitet hast. So gesehen, geht es euch nicht besser als anderen, ja, so ist es wohl.«

So reden sie halt und bringen zum Ausdruck, was sie loswerden wollen. Worte können vielsagend sein.

Der Onkel weiß sicher ganz genau, warum er Jørgen in sein Büro in der Bank bestellt hat. Nirgendwo kommt er sich kleiner vor als in diesem Büro mit dem großen Schreibtisch, hinter dem der übermächtige Onkel thront. Obwohl, ganz so wie früher ist es nicht mehr. Der Verlust Sigrids hat ihn und Selma alt gemacht, dem Onkel ist es am deutlichsten anzusehen. Doch noch gebietet seine Erscheinung Respekt. Er macht den Eindruck, als wären ihm Autorität und Kraft angeboren, woran weder Alter noch Kummer etwas ändern können. Und noch pflegt er seine wohlbekannten Rituale, mit einem strahlend weißen Taschentuch, das er aus der Westentasche holt, putzt er seine Brille, faltet es dann wieder sorgfältig zusammen, bevor er es zurücksteckt, wie abwesend, gedankenverloren, mit umständlichen Bewegungen. Endlich richtet der Onkel den Blick auf ihn, als sähe er erst jetzt, daß Jørgen anwesend ist.

»Wir müssen sehen, wie wir die Sache in Ordnung bringen, mein Junge.«

Die Worte versetzen Jørgen einen Schock. Erst jetzt begreift er den wirklichen Ernst der Lage. Mein Junge? Wann ist er zuletzt so genannt worden?

»Ich denke nicht daran, aufzugeben«, sagt Jørgen und hört selbst, wie kümmerlich seine Worte sind, daß seine Stimme kaum standhält. Aber er bemerkt, daß der Blick des Onkels weder verschlossen noch verdammend ist, sein Gesicht ist von Müdigkeit zerfurcht, und er hat Tränensäcke unter den tiefliegenden Augenrändern. In einem Moment erschreckender Klarsicht sieht er diesen Menschen, der in diesen schwierigen Zeiten vielleicht die einzige Sicherheit bedeutet hat, vor seinen Augen verschwinden. Er findet keine Worte, um etwas zu sagen, wird von einer namenlosen Angst gepackt.

»Ich respektiere deinen starken Willen, Jørgen, daß du nicht aufgeben willst. Und ich bin der allerletzte, der dir den

Gnadenstoß versetzen will. Doch jetzt höre, was ich dir zu sagen habe, keine Unterbrechung bitte, was du zu sagen hast, kannst du sagen, wenn ich fertig bin. Und eines sollst du wissen, ich habe Wochen und Monate darüber nachgedacht.«

Jørgen wisse bestimmt, daß sich die Bank in einer ungeheuer schwierigen Situation befinde. Er selbst habe gemeinsam mit dem Vorstand einen langen und erbitterten Kampf geführt, um Hilfe zur Überwindung der Probleme zu finden, aber alles vergebens. Jetzt sei es fast so weit, daß die Bank ihren Verpflichtungen nicht mehr nachkommen könne, sie habe bald gar keine Einkünfte mehr. Die Hellsichtigsten heben ihr Erspartes ab, und den anderen Leuten fehle einfach das Geld, um Kredit und Tilgung zu begleichen. Niemals sei der Abstand zwischen Reich und Arm hier in der Stadt größer gewesen als gegenwärtig mit dieser beispiellosen Arbeitslosigkeit und einem Fürsorgesystem, auf das der Staat zu pfeifen beginne. All das wisse Jørgen sicher aus der Presse.

»Das heißt, du bist es nicht allein, der seinen Verpflichtungen nicht nachkommen kann.«

Aber, fügt er hinzu, für ihn stelle sich das Ganze anders dar. Von jetzt an könne Jørgen von seiner Seite nicht mehr mit zusätzlicher Hilfe rechnen. Er als Bankchef könne nicht Angehörige unterstützen, während er andere im Stich lasse. Das beste sei, Jørgen stimme einem Verkauf zu und sie wikkeln das Ganze ab, doch da er nun immer noch so fest entschlossen sei, einen neuen Vorstoß zu unternehmen, habe er versucht, die beste Lösung zu finden.

»Und nicht nur deinetwegen, ich trage auch die Verantwortung für die Bank.«

Er hat Untersuchungen angestellt und grünes Licht bekommen, den Kredit von hier zur Hypothekenbank zu überführen.

Hypothekenbank? Dieses verhaßte Wort, der reinste Alptraum und ein Greuel, ein Damoklesschwert, das über den Leuten draußen in den Gemeinden schwebt. Schreckensbilder von Pfändungen und Zwangsversteigerungen schießen Jørgen durch den Kopf. Er preßt die Hände auf dem Schoß zusammen, daß die Fingerknöchel weiß werden.

»Nicht die Hypothekenbank. Wir haben dort noch mehr als genug Darlehen von früher.«

»Das weiß ich, aber die belasten den Hof. Das hier ist dein persönlicher Kredit mit der Fuchsfarm als Sicherheit, für den bist du ganz allein verantwortlich. Es tut mir leid, aber du hast keine andere Wahl. Stimme der Kreditübernahme zu oder verkaufe!«

»Verkaufen? Niemals! Ich werde es schaffen. Irgendwie, aber ich werde es schaffen.«

Gut, sagt der Onkel, aber Jørgen solle wissen, daß die Hypothekenbank keine Gnade kenne, was Unregelmäßigkeiten von Einzahlungen betreffe. Diese Bank wolle ihr Geld zur rechten Zeit haben, da helfe alles nichts. Aber da wisse man, woran man sei, nicht wahr?

Was er noch als letzte Gefälligkeit für Jørgen tun könne, sei, daß die aufgelaufenen fälligen Zinsen dem Kredit zugeschlagen werden, so daß die erste Zahlung im Herbst fällig sei. Das könnte unter Umständen eine kleine Hilfe sein. Danach würden die Forderungen immer im Frühjahr und im Herbst fällig.

Jørgen schaudert zusammen. Er hat einen Aufschub erhalten. Aber was kommt danach?

Was die Fuchsfarm darüber hinaus betrifft, müsse er sich, sagt der Onkel, als Anteilseigner zurückziehen. Wie die Situation sich jetzt darstelle, könne er in keiner Form als Eigentümer eingebunden bleiben. Doch über dieses Geld solle Jørgen sich nicht den Kopf zerbrechen. Die Papiere dazu können umgeschrieben werden, so daß dieses Geld – tausend

Kronen – als ein privater Kredit des Onkels für den Neffen geführt werde. Ein Kredit, der irgendwann einmal in der Zukunft zurückgezahlt werden könne, wenn die Möglichkeit dazu bestehe. Er habe auch Johannes Rød empfohlen, dasselbe zu tun. Es sei nicht nötig, jemandes Haus und Eigentum aufs Spiel zu setzen. Jørgen sei doch wohl damit einverstanden, nicht wahr?

Jørgen spürt ein Gefühl von Demütigung. Das alles haben sie hinter seinem Rücken abgemacht. Daran wird er denken, wenn er dem Schwiegervater das nächste Mal in die Augen schaut. Doch auch das muß er schlucken, er hat keine andere Wahl. Erneut erlebt er genau das, was ihm schon immer Schmerzen in seinem Leben bereitet hat, entmündigt worden zu sein.

»Ja, ja«, sagt er. »Damit bin ich nun wenigstens der alleinige Eigentümer der ganzen Farm.«

»Nur gut, daß du es so nimmst, Junge. Daß du noch immer den Willen besitzt und deinen Humor nicht verloren hast. Ich habe mit Kristoffer schon oft darüber gesprochen, daß ihr, du und Julie, den Hof übernehmen müßt, ich habe mir meinen starrsinnigen Bruder richtig vorgenommen, das habe ich. Jetzt können wir froh sein, daß alles ist, wie es ist. Wenn die Fuchsfarm trotz allem nicht zu retten ist, dann geht es noch, schlimmer ist es, einen Hof zu verlieren, der sich seit Generationen in Familienbesitz befindet.«

»Ja, damit hast du wohl recht.«

»Was sind das bloß für Zeiten, Junge. Ich habe das alles satt. Wenn es nach mir ginge, würde ich das Steuer an Jüngere übergeben, aber ich kann die Bank nicht im Stich lassen. Wenn es weiter so steil bergab geht, und etwas anderes sehe ich im Moment nicht, dann werde ich dabei sein und gemeinsam mit den anderen die Verantwortung übernehmen. Zu wissen, daß die Leute ihr Geld verlieren werden, ist furchtbar, viele haben sich das Ersparte sauer verdient. Was mich betrifft, ich habe den größten Teil meines Lebens dem Geschäft geopfert, meine besten Jahre, Jørgen, und ich bin müde. Deshalb hoffe ich, der Herrgott wird mir verzeihen, daß ich zum Ausgleich ein bißchen von dem, was mir gehört, gerettet habe. Nicht alles, etwas ist noch übrig und gehört mir, doch ich denke, ich habe es mir verdient. Die Arbeit ist immer vorgegangen, sie kam vor der Familie, nichts war wichtiger, um so bitterer ist es, erleben zu müssen, daß das Boot sinkt. Ich hoffe inniglich, daß dir dergleichen erspart bleibt.«

Als Jørgen wieder nach draußen in den frühlingshellen Tag kommt, fühlt er sich wie benommen. Noch ist er außerstande zu erkennen, was ihm diese Zusammenkunft für die Zukunft bringen wird. Zum Mittagessen ist er zum Onkel nach Hause eingeladen, doch zuvor hat er noch Zeit für eine Runde durch die Stadt, er hat es nicht eilig, dorthinzukommen. Die letzten Jahre, seit Sigrid gestorben ist, herrscht eine düstere, schwermütige Stimmung in dem Haus. Selma ist nur noch ein Schatten ihrer selbst, sanft und zerbrechlich wie eine Porzellanpuppe. Der Onkel ist schwermütig und grau geworden. Selma hat gesagt, daß Ivar der einzige Lichtblick in ihrem Leben sei. Ohne ihn sei das Leben in ihrem Haus nur trist und grau.

Ivar, sein Bruder, der sehr viel jünger ist als er. Nach und nach haben sie sich voneinander entfremdet, und nicht nur das, zwischen ihnen entstehen sehr schnell Unstimmigkeiten, verschieden wie sie sind, mit ihren unterschiedlichen Ansichten. In letzter Zeit haben sie hitzige Diskussionen geführt über Deutschland und die Verhältnisse, die in dem Land herrschen. Ivar ist in den vergangenen Jahren häufig dort gewesen. Um zu musizieren und um Anne zu besuchen. Mit jedem Mal, das er dort war, hat es ihm besser gefallen. Schockiert über die Not und Arbeitslosigkeit, aber begeistert von dem einen Menschen, dem er zutraut, Deutschland zu retten, Adolf Hitler, einem Mann, dem auch hierzulande in der Presse ständig mehr Aufmerksamkeit geschenkt wird. Einfalt, jugendliche Schwärmerei nennt Jørgen das, doch heute, an diesem Tag hätte er sich Ivars überschäumende Phrasendrescherei gerne erspart. Hätte er Geld gehabt, hätte er sich in der Pension ein Zimmer genommen, aber eine solche unnötige Verschwendung kann er sich nicht erlauben. Das einzige, was er kauft, sind ein paar Kleinigkeiten für die Kinder. Immerhin, so wie er sie heute morgen behandelt hat, denkt er voller Scham.

Ziellos geht er an den Kais entlang, wo es nach Meer und Hafen, Fisch und Teer riecht, und, allein inmitten all der Menschen, durchlüftet er seinen Kopf und befreit sich von allen schweren Gedanken, und das tut gut. Er versucht, alles zu vergessen, wenigstens für diese kurzen Momente, die ihm zustehen.

Er wacht über die trächtigen Weibchen, besonders über die neu eingekauften, preisgekrönten Tiere, in die er so große Hoffnungen setzt. Er hält seine Hände schützend über sie, pflegt sie wie neugeborene Kinder. Sie haben einen eigenen Käfig bekommen, durch den sie von den anderen Tieren abgeschirmt sind, damit sie insbesondere ihre Ruhe haben, wenn sie Junge werfen. Gewöhnlich dienen Schlachtabfälle als Futter, die er in einer Fleischerei billig kaufen kann. Sie werden in der großen Fleischmühle zerkleinert, doch zur Zeit dreht er auch Stücke von richtig gutem Fleisch für die Muttertiere durch, obwohl sie nebenbei Leckerbissen wie geschlagenes rohes Eidotter bekommen. Wenn es um die wertvollen Weibchen in dieser letzten Zeit ihrer Trächtigkeit geht, wird an nichts gespart. Sie in ihrem Stall bekommen bessere Kost als die Menschen im Haus.

Eines Tages nach der Vesper geht er seine gewöhnliche Runde zum Fuchshof. Schon bevor er ankommt, merkt er, daß die Tiere unruhig sind, lautes Gebell und Jaulen ist zu hören. Wie gelähmt bleibt er vor dem einen Käfig mit einem der preisgekrönten Weibchen stehen und starrt auf das Tier, das wie wild darin herumspringt, knurrend und fauchend, mit dünnem Leib, und er weiß sofort, was passiert ist. Er reißt die Tür zu dem Käfig auf, öffnet die Kiste, die er mit weichem Heu gepolstert hat, und sieht nichts als Blut und Schleim und blutiges Gefaser. Kein einziger lebender Welpe ist übrig, nichts. Nur das fauchende Tier, das wild durch den Käfig jagt und ihn mit einer unglaublichen Bosheit und Tücke anschaut. Er explodiert fast, sieht alles nur noch durch einen roten Schleier. Dann dreht es ihm den Magen um, er erbricht sich, während trockene Schluchzer seinen Körper schütteln. Zur Hölle damit.

Die Kinder, denkt er. Die Kinder müssen hier gewesen sein, sie werden Krach gemacht und die Weibchen in Unruhe versetzt haben. Er hat sie heute am Waldrand mit Nachbarskindern spielen sehen. Blind vor Wut und Enttäuschung fliegt er fast über den Erdboden zum Hof hinunter. Die Kinder spielen im Hof mit dem Fußball, den Julie ihnen aus zusammengeflochtenen Lumpen gemacht hat. Er bleibt stehen und schaut ihnen eine Weile zu, bevor er Krister zu sich ruft. Er hört selbst, daß seine Stimme fremd ist, kalt, bellend wie die der Tiere, von denen er gerade kommt.

Krister steht vor ihm, schaut ihn mit ängstlichen Augen an, die anderen Kinder stehen im Kreis um ihn herum.

»Was ist, Papa?«

»Seid ihr heute in der Nähe des Fuchshofs gewesen?« fragt er mit eisiger Stimme.

»Nein«, sagt Krister voller Angst. »Wir waren nicht da. Ich habe ihnen gesagt, daß wir nicht dorthin dürfen.«

»Ihr wart aber da, lüg mich nicht an!«

»Es stimmt aber, wir waren nicht da!«

Er packt den Jungen, schüttelt ihn, kann sich jetzt nicht mehr bremsen.

»Ich weiß, daß ihr dort wart. Und weißt du, was ihr angestellt habt? Die Füchsin hat ihre Jungen aufgefressen, alle, ohne Ausnahme.«

»Nein, das ist nicht wahr«, sagt Krister weinend.

»Hör endlich auf, deinen Vater anzulügen«, schreit Jørgen und schlägt zu. Die schallende Ohrfeige bringt das Kind zum Straucheln, und es fällt vor Jørgen auf die Erde. Und für einen kurzen Augenblick, der ihm wie ein Ewigkeit vorkommt, hat er dieses Bild vor Augen. Wie die Kinder im Kreis um ihn herumstehen mit Angst in den Augen, aber am deutlichsten sieht er Krister, der vor ihm auf dem Boden sitzt, voller Angst aufblickend, wie gelähmt, tonlos weinend, tränenüberströmt, auf der Wange beginnt sich an der Stelle, an der ihn der Schlag getroffen hat, ein knallroter Fleck auszubreiten. Julie bemerkt er erst, als sie vor ihm steht.

»Jørgen, was hast du getan?«

Da macht er eine hastige Kehrtwendung und läuft fluchtartig davon, er rennt quer über die Felder hinunter zum See, stürzt taumelnd in das geschützt gelegene Wäldchen, bricht zusammen, in kurzen Abständen wird er von Weinkrämpfen geschüttelt, gegen die er sich nicht wehren kann. Und er denkt nur noch an das eine, das schlimmste, was er tun konnte, hat er getan, seinen eigenen Sohn geschlagen. Zum erstenmal hat er ein Kind geschlagen. Möge ihm Gott helfen, denn er kann nicht mehr.

Als er endlich wieder einen vernünftigen Gedanken fassen kann, weiß er nicht, wie lange er so dagesessen hat, weinend wie ein Kind, sich seinem Elend überlassend. Die Füchsin, die reinste Hölle, schlimmer konnte es nicht kommen. Er hätte

Lust, sich ihrer gleich zu entledigen, sie zu töten, verschwinden zu lassen, außer Sichtweite, doch er wird sie füttern, bis der Pelz verkauft werden kann. Etwas anderes, als das Tier zu töten, kommt nicht in Frage, ein solches Vieh kann man nicht im Fuchshof behalten. So viel hat er in der Zeit, die er sich damit befaßt, schon gelernt, um das zu wissen. Wenn eine Füchsin erst einmal ihre eigenen Jungen getötet und gefressen hat, dann tut sie es wieder. Und gelänge es ihm, ein Junges zu retten, dann würde sich dieses niederträchtige Verhalten an die nachfolgenden Generationen vererben. Das hat er schon früher erlebt, da hilft alles nichts. Unnötig ausgegebenes Geld, weggeschmissenes, direkt zum Fenster hinausgeworfenes Geld. Preisgekrönte Tiere im Stammbaum? Reingelegt hat man ihn, wieder einmal, das bringt ihn in Teufels Küche.

Der Junge, wie konnte er sich nur vergessen und den Jungen schlagen? Wie konnte er so in Rage geraten, daß er den Verstand verlor und nicht nur den Jungen zu Tode erschreckte, sondern auch sich selber?

Bevor Julie Krister erreichen kann, ist er schon davongerannt, aber Jostein und Helge kommen ihr entgegengelaufen und klammern sich an sie. Und die Nachbarkinder stehen dabei, auch sie sind erschrocken, aber den Älteren sieht sie an, daß sie neugierig sind.

»Es ist schon spät. Eure Mama wartet jetzt bestimmt schon mit dem Abendbrot auf euch«, sagt sie zu ihnen, und im Nu ist der Hof wie leergefegt. Nur sie steht noch da mit zwei weinenden Kindern, die sich an ihren Schoß klammern. Im Augeblick ist sie eher bestürzt und zornig als verzweifelt. Sie geht vor ihnen in die Hocke, beruhigt und tröstet sie.

»Jetzt müßt ihr mir erst einmal erzählen, warum der Papa so böse war.«

»Er hat gesagt, daß wir den Fuchs gestört haben. Und daß die Füchsin ihre Jungen gefressen hat.«

»Stimmt das? Wart ihr da und habt sie gestört?«

»Nein, wirklich nicht, aber der Papa wollte uns nicht glauben.«

»Stimmt es, Mama, daß der Fuchs seine Jungen gefressen hat?« fragt Helge, und der Vierjährige hat ein Entsetzen in der Stimme, das sie betroffen macht.

»Nein, das ...«, sagt sie und drückt die beiden an sich. »Der Papa hätte das nicht sagen sollen. Er hat das nicht so gemeint, weißt du.«

Es gelingt ihr kaum, ihren Zorn und ihre Empörung zu verbergen. Wie konnte Jørgen nur so etwas zu den Kindern sagen? Zwar sind sie daran gewöhnt, daß Tiere verschwinden und sterben, daß Lämmer und Kälber geschlachtet werden, allerdings wird darauf geachtet, daß die Kinder dabei nicht zuschauen. Sie haben gelernt, daß so etwas zum Leben auf einem Bauernhof gehört. Aber das? Warum mußte er so unnötig roh und brutal sein?

»Hat Papa Krister gehauen?« fragt Jostein mit Verwunderung in der Stimme.

»Das hat er nicht so gemeint, verstehst du.«

Denn sie selbst kann es einfach nicht glauben, was sie gesehen hat. Dieser Anblick, wie Jørgen so hart zuschlug, daß Krister zu Boden fiel.

»Was denkst du denn, wo Krister sein kann?« fragt sie und nimmt sich zusammen, um ruhig zu bleiben.

»Ich glaube, ich weiß, wo er ist«, sagt Jostein. »Er versteckt sich immer im Schafstall, wenn er heult und es keiner sehen soll. Ich kann dir zeigen, wo, Mama.«

»Nein, laß mal, ich finde ihn schon«, sagt sie und schickt die beiden Kinder zum Abendbrot ins Haus.

Die Schafe weiden schon draußen. Der Stall ist leer, es

herrscht Stille, nur unterbrochen von qualvollen Schluchzern, die aus der Heukrippe kommen. Sie bleibt eine Weile stehen, damit sich die Augen an das schummrige Licht gewöhnen. Da bemerkt sie die zusammengekrümmte Gestalt. Sie setzt sich auf den Rand der Krippe. Der Anblick des in seiner Einsamkeit leidenden kleinen Kindes zerreißt ihr das Herz.

»Hier bist du also«, sagt sie mild.

Er antwortet nicht, doch sie sieht, wie er gegen die Tränen kämpft. Es kostet sie Überwindung, ihn nicht in ihre Arme zu schließen und an sich zu drücken, aber sie weiß, sie muß ihm Zeit geben und ihn beruhigen. Trost braucht er jetzt, die richtigen Worte muß sie finden und ihn besänftigen.

»Ich weiß, was passiert ist, Krister, der Papa hat etwas gemacht, was er gar nicht wollte. Du bist ein großer Junge, und ich denke, daß du vielleicht schon verstehen wirst, daß auch ein Erwachsener manchmal Dinge tut, die er normalerweise nie tun würde und die er nur deshalb tut, weil er so fürchterlich verzweifelt ist. Ich glaube, es gibt jemanden, dem es jetzt, weil das passiert ist, noch viel schlechter geht als dir, und das ist der Papa. Kannst du das verstehen, was meinst du?«

»Ich weiß nicht«, sagt Krister schluchzend.

Da wagt sie es, ihn hochzuheben, sie schließt ihn in die Arme, streicht ihm über das Haar, und er legt seine Arme um ihren Hals, weint bitterlich und ist so untröstlich, daß es sie erschüttert. Sie wiegt ihn in ihren Armen, bis das Weinen nachläßt und in ein schluchzendes Hicksen übergeht.

»Es wird alles wieder gut, du wirst sehen. Alles wird wieder gut.«

»Aber da ist noch was anderes«, flüstert er.

»Was denn?«

»Nein, das ist ganz schlimm.«

»Sag nur, worum es geht. Hier kann uns niemand hören.«

»Die anderen Kinder. Die haben gesehen, daß mich der Papa gehauen hat. Und die ... die großen Jungen haben gesehen, daß ich geheult habe«, flüstert er, und seine Stimme versagt ihm, und er bricht wieder in Tränen aus.

Und Julie erinnert sich, wie sie, als sie selbst ein Kind war, sich schämte, wenn andere Kinder und ganz besonders ältere sie weinen sahen. Er ist genau wie sie. Dieses Kind ist ihr unglaublich ähnlich.

»Du mußt nicht daran denken. Man darf weinen, wenn einem was wehtut. Weinen ist erlaubt, auch einem großen Jungen wie dir.«

»Aber es ist ganz schlimm. Die großen Jungen, die werden mich ärgern.«

»Ach, darum darfst du dich gar nicht scheren, hörst du. Du mußt darüber lachen und fertig.«

Aber sie sieht sie vor sich, ihr war ja auch aufgefallen, daß den älteren Kindern, die im Hof dabei waren, die Neugierde im Gesicht stand, sie weiß, diese Geschichte wird sehr schnell im ganzen Dorf herum sein. Wie Jørgen Storvik aus der Fassung geriet und seinen Sohn zum Krüppel schlug. O ja, sie kennt das, und wieder kommt Verbitterung in ihr hoch, daß Jørgen zu so etwas fähig war.

»Na, nun komm, wir wischen schnell die Tränen ab und vergessen das Ganze. Jetzt gehen wir rein und essen Abendbrot.«

Bis sie an der Stalltür sind, bleibt er an ihrer Hand, dann läßt er sie los. Er wird bald neun und hat Angst, jemand könnte sehen, daß ihn seine Mutter wie ein kleines Kind an der Hand führt.

Jørgen kommt nicht zum Abendbrot, aber das Essen, das auf dem Tisch steht, wartet auf hin. Und sie wartet auf ihn. Nachdem alle anderen zu Bett gegangen sind, würde sie das auch am liebsten tun, aber sie hat einen Mann, der sein Essen haben muß, und sie wird dafür sorgen, daß er es bekommt. So ist es nun einmal, doch wie sie ihm heute abend in die Augen sehen soll, weiß sie noch nicht.

Sie kommt drum herum, er weicht ihrem Blick aus. Mit finsterem Gesicht und stumm sitzt er da und ißt.

»Möchtest du eine Tasse Kaffee? Er ist noch warm.«

»Ja, danke, wenn es dir nicht allzuviel Mühe bereitet.«

Genauso stumm wie er sitzt sie mit ihrer Handarbeit da, bis er fertig ist mit dem Essen, danke sagt und sich erhebt. An der Tür dreht er sich noch einmal um und schaut sie lange an.

»Kommst du bald ins Bett?«

»Ja, ich will nur noch den Tisch abräumen.«

Sie hätte mit ihm sprechen sollen, sie hatte es vor, ihm war deutlich anzusehen, wie es ihm im Moment geht. Doch sie schaffte es nicht, und sie wird es auch nachher nicht schaffen. Sie fühlt sich wie gelähmt und leer, ohne alle Gefühle und Gedanken. Sie ist wieder schwanger, kann es selber kaum glauben. Doch jetzt gibt es keinen Zweifel mehr, und nichts soll ihr diese Freude verderben. Noch weiß es niemand, nicht einmal Jørgen. Dieses Mal hat sie länger als sonst damit gewartet, es ihm zu sagen. In erster Linie deshalb, weil er in der letzten Zeit sehr launisch und ziemlich schroff war. Doch jedesmal, sobald sie Gewißheit hatte, daß sie neues Leben in sich trug, hat sie sich Zeit gelassen, es anderen mitzuteilen. Dieses erste, einmalige Glücksgefühl aus der Gewißheit heraus, daß sich in ihr ein neues Leben entwickelt, hat sie schon immer ganz für sich allein beansprucht. Sie ist nicht krank, ihr ist nicht schlecht, aber sie wird schneller müde, als es sonst der Fall ist.

Leise zwängt sie sich aus ihren Kleidern, zieht das Nachthemd an, hofft sehnlichst, daß er schläft. Sie legt sich ganz nach außen auf ihre Seite des Bettes, rollt sich in ihr Deckbett ein, liegt da und weiß, daß er wach ist.

»Julie?«

»Ja?«

»Willst du nicht herkommen? Nur für ein Weilchen.«

»Ich weiß nicht, ob ich das kann, Jørgen.«

»Ich bitte dich, Julie. Diese Sache ... ich habe nicht mehr die Kraft, alleine damit fertig zu werden.«

»Daran hättest du vielleicht vorher denken sollen.«

»Das weiß ich. Denkst du denn, ich weiß das nicht?«

Sie kriecht zu ihm hinüber, und er schmiegt sich dicht an sie und weint. Ihre Haare, ihr Nachthemd werden naß von seinen Tränen. Jørgen weint in ihren Armen. Das hat er schon früher getan, ganz selten, sie kann sich nicht erinnern, wann das letzte Mal, doch Zärtlichkeit breitet sich in ihr wie eine warme Flutwelle aus, weil er es wagt, seinen Schmerz mit ihr zu teilen, wie furchtbar lange ist es her, seit er das zuletzt getan hat.

»Gott helfe mir, Julie, wie unglücklich ich bin.«

»Das weiß ich, Jørgen, aber es ist wiedergutzumachen.«

»Wie denn das? Kann ein kleines Kind so etwas verstehen?«

»Krister ist so verständig. Denkst du denn, er wird es nicht verstehen, wenn ihn sein Vater um Vergebung bittet?«

»Glaubst du? Glaubst du das wirklich? O Gott, ich würde alles tun, um es ungeschehen zu machen.«

»Aber es ist passiert. Das einzige, was du jetzt tun kannst, ist, den Jungen um Verzeihung zu bitten.«

»Das mache ich, gleich morgen mache ich das.«

Er liegt in ihren Armen. Behutsam streicht sie mit ihren Fingern über sein Gesicht, das sie in der Dunkelheit kaum sehen kann. Doch sie kennt jede kleine Furche.

»Ich bin nicht der Mann, den du verdient hast, Julie. Ich müßte stark sein, für dich sorgen und dich vor allem Bösen beschützen. Ich weiß noch, wie ich dir einmal versprochen habe, dich auf Händen zu tragen. Aber was ist daraus geworden? Du hättest einen anderen Mann haben sollen und nicht diesen erbärmlichen Menschen, den du bekommen hast.«

»Ich erlaube dir nicht, so zu reden, Jørgen. Was ich mir am wenigsten wünsche, ist auf Händen getragen zu werden. Daß wir alles teilen, im Guten wie im Schlechten, das ist es, was ich mir wünsche. Mit nicht mehr und mit nicht weniger werde ich mich zufriedengeben.«

»Julie, weißt du, was du für mich bist?«

»Ich denke, das weiß ich.«

Wieder schmiegt er sich an sie.

»Kann ich dich um etwas bitten, Julie?« fragt er. »Zieh dein Nachthemd aus, tu mir den Gefallen.«

»Nein, Jørgen«, sagt sie und zieht sich vor ihm zurück. »Daß du mich heute nacht um so etwas bitten kannst. Du mußt doch begreifen, daß ich das jetzt nicht kann.«

»Nein, nein, du verstehst mich falsch. Ich habe dich bloß gebeten, dein Nachthemd auszuziehen. Was du denkst ... das will ich auch nicht, aber ich möchte deine Wärme spüren. Heute nacht brauche ich das.«

Nackt liegen sie da, dicht aneinandergeschmiegt. Sie spürt seine Wärme, seine Haut, fühlt sich geborgen, und ein unbändiges Glücksgefühl stellt sich ein.

»Jørgen«, flüstert sie, »ich bekomme ein Kind.«

Am nächsten Morgen steht Julie am Küchenfenster und sieht die beiden draußen. Sie sitzen auf der Rampe zur Scheune, Jørgen und Krister nebeneinander. Gern würde sie hören, worüber sie sprechen, doch das soll ihre Sache bleiben, ganz allein ihre. Als sie sieht, wie Jørgen Krister in seine Arme nimmt und dem Jungen über das Haar streicht, verschleiern sich ihre Augen von Tränen. Ihre Köpfe dicht beieinander, Kristers schwarzer Schopf und Jørgens blonder. Zum Schluß hüpft Krister davon, sie sieht, wie glücklich er ist. Er läuft an ihrem Fenster vorbei und lacht zu ihr herauf, und er winkt auch dem Vater. Jørgen weiß bestimmt, daß sie hier steht, er verläßt den Hof in diesem leichtfüßigen Gang, den er nur hat, wenn er glücklich ist. Es ist eine Ewigkeit her, daß sie ihn so gesehen hat.

Es wird ein sonderbarer Sommer. Zum ersten Mal verbringt Familie Storvik die Ferien nicht auf dem Hof. Die Bank hat sich mit großen Problemen herumzuschlagen, so daß Storvik es für besser hält, wenn er den ganzen Sommer zur Stelle ist, falls etwas Dramatisches passieren sollte. 1928 war es ihnen gelungen, die Bank zu retten, soweit ihnen »Norges Kommunalbank« aus der Not half. Nach harten Verhandlungen übernahm sie alle nicht verpfändeten Forderungen, die die Bank an die Stadt Kristiansund hatte. Das bedeutete die vorläufige Rettung, doch fast der ganze Fonds der Bank von zwei Millionen Kronen war eingesetzt worden, um die Verluste zu decken. Damit befand sich die Bank weiterhin in einer unsicheren Situation. Danach gelang es ihr ganz allmählich, das Vertrauen wiederzugewinnen, doch jetzt, im Sommer 1932, sieht es schlechter aus als je zuvor. Meldungen von Zusammenbrüchen anderer Banken in Sunnmøre und anderswo im Distrikt sorgen für große Unruhe. Besser wird es auch nicht, wenn gemeldet wird, daß die Klippfischindustrie, das wirtschaftliche Fundament der Stadt, große Verluste verzeichnet und daß »die Fuchsspekulationen« zusammengebrochen sind. Erneut stürzen die Leute in die Banken, um ihr Erspartes zu retten, während die Banken wiederum versuchen, die Kunden zu beruhigen, indem sie die vielen Auszahlungen damit erklären, daß »die große Arbeitslosigkeit die Menschen massenweise dazu zwingt, als letzten Ausweg das ersparte Geld anzugreifen, um überleben zu können«.

Aufgrund der Situation müsse er auf seinem Posten bleiben, sagt Storvik, und unter diesen Umständen will Selma auch nicht verreisen. Storvik brauche sie in diesen Zeiten, sagt sie.

Obwohl die Feriengäste mehr Ausgaben und mehr Arbeit bedeuten, werden sie doch vermißt, denn ohne sie ist es langweilig. Und eine unheildrohende Stimmung kommt auf, wenn die Ursachen ihres Fernbleibens zur Sprache kommen. An allen Ecken und Kanten wird es enger, die Zeitungen sind voller düsterer Meldungen über Armenfürsorge, Pfändungen und Zwangsversteigerungen.

Die vielen Meldungen über Zwangsversteigerungen von Bauernhöfen im ganzen Land verursachen eine düstere Stimmung in den ländlichen Gebieten. So wie es nun steht, kann sich niemand mehr sicher fühlen. Wegen der dramatischen Situation wurde 1931 die Organisation »Krisenhilfe für Landbewohner« gegründet, Vorsitzender ist ein Großbauer und Repräsentant des »Norwegischen Bauernverbandes« aus Toten. Die wichtigste Aufgabe der Organisation ist es, für den Boykott von Zwangsauktionen zu sorgen und das Resultat des Boykotts der Allgemeinheit öffentlich zu machen. Denen, die einen solchen Hof kaufen, wird gedroht, daß sie selber »persönlich, moralisch und ökonomisch boykottiert« werden. Kaufleute und andere, die mit solchen Menschen Geschäfte machen, werden boykottiert und verlieren Kunden, Hilfskräfte dürfen auf solchen Höfen keine Arbeit annehmen. Wer hätte je gedacht, daß der Bauernstand des Landes solche Zustände erleben würde. Das Gesetz greift hier einfach nicht mehr, obwohl die Organisation ständig mit Geldbußen belegt wird. Es kommt sogar soweit, wie berichtet wird, daß die

Staatspolizei gegen streikende Bauern auf Zwangsauktionen wie gegen streikende Arbeiter eingesetzt wird.

Der einzige Lichtblick für Julie in diesem Sommer ist, daß drei ihrer jüngeren Geschwister zu Besuch kommen. Johanne hat sie seit Helges Taufe nicht mehr gesehen, mit ihr pflegt sie lediglich Briefkontakt, und die Schwester wird ihr durch die langen Briefe, die ihr mit fortschreitender Zeit immer inhaltsloser vorkommen, nur noch fremder. Sie selbst war seit Johannes Verlobung nicht mehr zu Hause, und ihre Eltern sind danach lediglich ein einziges Mal hier gewesen. Auf diese Weise entrückt ihr alles immer mehr, nur durch Briefe und ganz selten geführte Telefongespräche wird der lose Kontakt mit ihrem Elternhaus aufrechterhalten. Aus diesem Grunde ist es eine besondere Freude für sie, die drei jungen Erwachsenen, wenn auch nur für ein paar Tage, bei sich zu haben. Ja, sie sind wirklich junge Erwachsene und keine Kinder mehr. Sogar Ingrid, die dieses Jahr erst dreizehn wird, ist erwachsen geworden und verständig, ein richtiges junges Fräulein, mit ihren hellen, lockigen Haaren, kurz geschnitten – als sie sie zuletzt sah, hatte sie noch lange Zöpfe – und mit Synnas dunklen, braunen Augen. Es ist, als sähe man Synna, als sie in diesem Alter war, vor sich. Synna hat Spuren hinterlassen. Krister hat ihre Augen bekommen, doch von ihren Kindern ist der kleine Jostein derjenige, der Synna am meisten ähnelt. Einmal bekommt sie einen heftigen Schreck, als sie Helge auf Ingrids Schoß sitzen sieht. Diese beiden, die Gesichtszüge, die Kinnspalte, die Haare, alles dasselbe, die Augen, die fein gezeichneten Brauen, die dunklen langen Wimpern, diese Kuhaugen, wie sie das nennt. Und hinter all dem sieht sie Synna, das ist etwas von ihr, das sie nie vergessen wird.

Oddmund ist erwachsen geworden, er ist groß und schlank, hat aber diese linkischen knabenhaften Bewegungen abgelegt.

Einundzwanzig ist er inzwischen, und zum Herbst ist er an der Norwegischen Handelshochschule in Bergen angenommen worden. Kristian ist siebzehn, kein Knabe mehr und noch kein Mann, hat allerdings schon ein Jahr auf dem Gymnasium in Molde hinter sich. Es ist nicht zuletzt das Verdienst von Tante Molla, daß der Junge diese Schule besuchen kann. Sie hat ihn bei sich im Haus aufgenommen, und die Eltern brauchen nur einen Zuschuß für das Essen zu bezahlen. Der tüchtige Junge ist der ganze Stolz der Mutter. Julie ist glücklich, sie hier zu haben, sich mit ihnen wieder vertraut machen zu können, sie ist glücklich über dieses wohltuende Gefühl von Verwandtschaft und Nähe. Das Elternhaus kommt ihr in dieser Woche, die sie hier sind, wieder näher.

Am Ende des Sommers und im Frühherbst sind die Zeitungen voll von aufgebrachten Kommentaren zu einer neuen Verordnung, mit der die Behörden die Stadt knebeln. Es ist ein Kampf entbrannt um Warenzuteilungen oder Verpflegungsscheine, wie sie genannt werden. Die armen Leute werden in einer derart erniedrigenden Weise behandelt, daß sie sich damit nicht abfinden können.

Die Armenfürsorge ist für die Behörden der Stadt in den letzten Jahren das Problem gewesen, mit dem sie sich am meisten herumzuschlagen hatten. Wieder und wieder hat es vom Staat Ermahnungen gegeben, die Auszahlung von Fürsorgegeldern einzuschränken. Doch anscheinend ist das ein Problem, das in nächster Zukunft nicht zu lösen sein wird. Die Zeitungen schreiben, daß donnerstags, wenn die meisten dieser Gelder im Stadthaus in Torvet ausgezahlt werden, »der Massenandrang so groß ist, daß weniger robuste Menschen beim Anstehen in Ohnmacht fallen«.

Im Juni schickte das Justizministerium an alle Kommunen,

die finanzielle Schwierigkeiten haben, ein Rundschreiben, in dem ihnen mitgeteilt wurde, daß sie staatliche Unterstützung nur bekommen, wenn sie die Ausgaben für die Armenfürsorge senken würden, indem sie anstelle von Barauszahlungen Warenzuteilungen vornehmen, weil diese Gelder »entweder für unnötige Dinge oder für ein liederliches Leben verschwendet« werden würden. Und die Verpflegungsscheine sollten am besten nur »für die allernotwendigsten Waren ausgeschrieben werden: Mehl, Kartoffeln, Hering und Magermilch«. So stand es klipp und klar in dem Text des Ministeriums. Genau damit wurde die Delegation aus Kristiansund in den Verhandlungen in Oslo über die Höhe des Zuschußetats konfrontiert.

Die Forderung nach Herabsetzung der Zuschüsse wurde in einem neuen Brief im Juli wiederholt, es wurde noch einmal hervorgehoben, daß die Unterstützungssätze, die in der Stadt gelten, zu hoch liegen und nach unten korrigiert werden müssen. Ein weiterer und noch schärferer Brief kam im September, in dem das Ministerium schrieb, es setze voraus, daß die Warenzuteilungen inzwischen in Gang gesetzt worden seien. Doch die Stadtverwaltung und der Vorstand verzögern die Sache, und der Bürgermeister sagt, er sei »gegen diese Form von Unterhaltsleistung«. Die Zeitungen berichten darüber in großer Aufmachung, sowohl die Leute in der Stadt wie auch im Distrikt verfolgen das alles genau und fühlen sich von dem, was passiert, betroffen. Das gilt für Storviks nicht weniger als für alle anderen im Dorf. Die Kommune hat nämlich ihre größte Erniedrigung 1929 erlebt, als sie unter staatliche Zwangsverwaltung gestellt worden war mit der schriftlichen Begründung des Ministeriums, es herrsche hier »ein Mangel an Verantwortungsgefühl und eine Tendenz des Verfalls«, was eine unerträgliche Schande für die Gemeinde ist. Wenn es nicht unbedingt sein muß, wird das nicht mehr erwähnt.

Es wird erzählt, daß die Jugendlichen des Dorfes, wenn sie außerhalb auf Festen waren, schikaniert wurden, indem sie auf die Bühne geholt und von den Anwesenden mit Bemerkungen wie »wir wollen doch einmal einen Menschen sehen, der administriert wird«, verspottet wurden. Das hat tiefe Wunden hinterlassen, das ist eine Herabwürdigung und eine unerhörte Schmach für die Gemeinde. Und nun ist möglicherweise Kristiansund an der Reihe, wenn sie dort nicht noch im letzten Augenblick irgend etwas rettet. Ist es verwunderlich, daß sie die Sache gespannt verfolgen?

Ende September fährt Julie in die Stadt. Sie will zum Zahnarzt. Sie hat dem Vater geschrieben und ihn gebeten, von ihrem Konto, das sie auf der Bank hat, etwas abzuheben, damit sie Geld für diese Reise hat. Wie immer schickt er ihr etwas von seinem Geld, ihr Geld solle erst angerührt werden, wenn es unbedingt nötig sei, meint er. Im übrigen habe er das Geld jetzt abgehoben, so unsicher wie alles sei, doch sie solle sich darüber keine Sorgen machen. Das Geld sei an einem sicheren Ort verwahrt.

Julie hat fürchterliche Angst davor, ihre Zähne zu verlieren. Allzu viele junge Leute in ihrem Bekanntenkreis haben schon ein Gebiß. Sie und Jørgen hatten Glück, alle beide, daß sie immer rechtzeitig in die Stadt zum Zahnarzt gekommen sind, gerade in den Jahren, in denen es am wichtigsten ist. Jørgen sagt, er habe Zähne wie ein Pferd. Sie muß dagegen mehr aufpassen, besonders wenn sie schwanger ist.

Sie ist jetzt im sechsten Monat, allmählich ist ihr die Schwangerschaft anzusehen, aber nur wenig, noch läßt es sich unter einer weiten Bluse über dem Rock verbergen und unter dem weiten, braunen Mantel, den sie sich, als sie das letzte Mal zu Hause war, nähen ließ. Dieses Mal wird sie bei

Randi wohnen, die düstere Stimmung im Hause von Storviks erträgt sie nicht. Zumal bei diesem Wetter mit den dicken Regenwolken, die sich den Fjord entlang wälzen, Berge und Hänge sind in ein trostloses Grau getaucht, kaum kommt das Tageslicht durch. Storviks wissen, daß sie in die Stadt kommt, ihnen nichts zu sagen, würde sie sich nicht trauen, doch jetzt sieht es so aus, als akzeptierten sie, daß sie ab und zu bei Randi übernachtet, wenn sie in der Stadt ist. Auf alle Fälle muß sie einen Kurzbesuch bei ihnen machen.

Es ist lange her, seit sie Randi sah, doch sie hat häufig Briefe von ihr bekommen, und das ist ein Zeichen dafür, daß alles in Ordnung ist.

Das Wohlgefühl, das ihr entgegenschlägt, gehört immer zu dem, was ihr am besten gefällt, wenn sie bei ihrer Freundin zu Besuch ist. Randi hat die einmalige Fähigkeit, Menschen das Gefühl zu vermitteln, zu Hause zu sein. Die Familie wohnt noch immer in der Zweizimmerwohnung, doch es ist nur schwer zu erkennen, daß hier fünf Menschen leben, so sauber und aufgeräumt, wie alles ist.

»Wenn es um ausreichend Platz geht, haben wir den reinsten Luxus«, sagt sie immer. »Denkt daran, wie viele Familien noch größer sind und bloß eine Einzimmerwohnung haben. Nein, wir können nicht klagen.«

Yngvar ist an diesem ersten Abend auch zu Hause. Er sieht gut aus, es scheint, das Leben, das er führt, bekomme ihm gut. Er ist wohl fast der bekannteste Journalist der Zeitung und derjenige, der am meisten geachtet wird, er gilt als unerschrocken und ist bekannt für seinen großen Gerechtigkeitssinn. Die drei bleiben lange am Küchentisch sitzen und unterhalten sich, während die Kinder sich im Wohnzimmer allein beschäftigen.

»Verfolgt ihr da draußen auf dem Lande mit, was hier in der Stadt los ist?« fragt Yngvar.

»Na, was denkst du denn, natürlich«, sagt Julie. »Das ist ja abscheulich.«

Yngvar lacht: »Abscheulich, Julie? Ich weiß nicht, ob das das richtige Wort ist, um die Situation zu charakterisieren, in der wir uns jetzt befinden. Aber nach allem, was ich so höre, ist ja bei euch da draußen in Øra auch nicht alles in Butter.«

»Nein, wahrlich nicht.«

»Was ist das bloß für ein Mist von eurer Kommune, daß sie das Sägewerk nicht das ganze Jahr über in Betrieb halten kann. Eine Schande ist es, daß es trotz dieses guten Zugangs zu Holz stillsteht.«

»Ja. Nein, ich weiß nicht, was da vor sich geht. Für gewöhnliche Leute ist es nicht so einfach, sich Klarheit darüber zu verschaffen«, sagt Julie.

»Ich kann dir nur sagen, Julie, daß es die Chance gab, eine Staatsanleihe zu bekommen, und damit hätte der Betrieb schon vor ein paar Jahren in Gang gesetzt werden können, doch man war zu feige, die Anleihe aufzunehmen. So war das, das ist die Wahrheit. Aber wahrscheinlich war es besser, mit der großen Arbeitslosigkeit im Dorf zu leben. Und du hast ja gesehen, wohin das geführt hat. Zu der staatlichen Verwaltung und der Schande, doch das hat sich die Kommune selber zuzuschreiben. Aber der Unterschied, bei euch arbeitslos zu sein und zur Armenfürsorge gehen zu müssen und hier in der Stadt, der besteht darin, daß ihr in der Nähe von Bauernhöfen lebt. Denn es findet sich wohl der eine oder andere Bauer, der den Armen ein Tröpfchen Milch oder einen Sack Kartoffeln zukommen läßt, wenn die Not vor der Tür steht?«

Hört sie eine Andeutung von Spott in Yngvars Stimme? Bildet sie sich das nur ein oder sieht sie richtig, daß Randi Yngvar warnende Blicke zuwirft?

»Wir tun, was wir können«, sagt sie. »Und ihr? Wie kommt ihr zurecht?«

Na ja, es gehe, sagt Yngvar, sie können nicht klagen. Es komme schon vor, daß er eine Lohntüte von der Zeitung erhalte. Und obwohl Randi ihre Arbeit in der Goma Fabrik wieder verloren habe, habe sie einen guten Ruf als Haushaltshilfe, und außerdem haben sie vom Frühjahr bis zum Herbst die Fischverarbeitung, bei der sich die Kinder nun voll nützlich machen.

Genau das sei eine große Hilfe für die Arbeitslosen bei ihr in der Gemeinde, meint Julie.

Nun, die Fischerbarone hier in der Stadt, die seien nicht gerade seine Kragenweite, sagt Yngvar, doch ohne die Arbeit in der Verarbeitung würde das für viele das reinste Hungerdasein bedeuten. Und obwohl dieser Wirtschaftszweig zur Zeit auch voll in der Krise stecke, könnten sie den Leuten bis jetzt immer noch die Löhne für ihre schwere Schufterei bezahlen. Doch ihm fällt es schwer, Randi und die Kinder dorthin zu schicken, weil er das Gefühl habe, anderen, die es nötiger haben, die Arbeit wegzunehmen.

»Aber ohne das Geld kommen wir nicht aus«, wirft Randi ein.

»Schau dich doch um, Randi«, sagt Yngvar. »Wie geht es uns im Verhältnis zu denen, die es wirklich schwer haben?«

»Darüber haben wir wahrlich schon oft genug gesprochen. Warum sollten wir gerade jetzt wieder davon anfangen, wo wir Besuch haben und es uns gemütlich machen wollen?«

»Es tut mir leid, Julie, aber ich hoffe, du verstehst, daß man sich manchmal aufregen kann.«

Er geht in das Wohnzimmer, wo er gemeinsam mit den Kindern schlafen soll, für ihn ist ein Behelfslager auf dem Fußboden aufgeschlagen, während Julie bei Randi im Ehebett schlafen wird.

»Es ist abscheulich, daß Yngvar aus seinem Bett verjagt

wird, nur weil ich gekommen bin«, sagt Julie. »Ich könnte doch auch auf dem Fußboden schlafen.«

»Unsinn. Wir lassen unsere Gäste doch nicht auf dem Fußboden schlafen, wenn es gar nicht nötig ist.«

Als sie im Bett liegt, läßt ihr die Unterhaltung, die sie hatten, noch keine Ruhe, es ist nicht nur das fremde Zimmer, sondern auch dieses vage und unangenehme Gefühl von Schuld. Als ob Randi ihre Gedanken erraten hätte, sagt sie:

»Du darfst nicht alles, was Yngvar gegenwärtig sagt, so ernst nehmen. Er ist furchtbar aufgebracht und verbittert wegen all dem, was passiert.«

Dieses Mal ging es beim Zahnarzt besser als erwartet. Er hat weder geschimpft noch gedroht. Ein paar Zähne wurden plombiert, aber es war nicht so schlimm, daß sie sich Spritzen geben lassen mußte. Erleichtert, es hinter sich gebracht zu haben, schleppt sie sich den Langveien hoch, es regnet, und der Wind versucht ein ums andere Mal, ihr den Regenschirm aus den Händen zu reißen. Sie ist auf dem Weg zu Selma, um mit ihr das zweite Frühstück einzunehmen.

Wie immer wird sie von Selma herzlich empfangen. Besorgt umkreist sie Julie, läßt das Dienstmädchen den nassen Mantel im Bad aufhängen, damit er trocknet, bevor sie wieder los muß, sie nimmt Julie beim Arm und leitet sie ins Wohnzimmer und bittet sie am Salontisch Platz zu nehmen.

»Du siehst blendend aus, Julie, und so gesund.«

»Ja, es geht mir gut, das ist richtig.«

»Und ein neues Kind ist unterwegs, höre ich.«

»Ja, das stimmt, so ist es«, sagt Julie, und ihr wird heiß.

Darüber mit Selma zu sprechen ist das Schwierigste von allem. Sie kennt ihren Kummer nur zu gut, denn sie wird nie das Glück erleben, Großmutter zu sein. Sogar eine Adoption haben Anne und Peter bestimmt schon auf Eis gelegt. Sie traut sich nicht mehr, das im Beisein von Selma zu erwähnen. Sigrid wird auch nicht mehr erwähnt. Sie weiß, welche Mühe es Selma noch immer bereitet, ganz natürlich über die Tochter, die sie verloren haben, zu sprechen. Dadurch sind die Gespräche zwischen ihnen in den letzten Jahren ziemlich schwierig geworden, und Selma hat sich verändert. Ihre energische Geschäftigkeit ist verschwunden, sie ist in sich gekehrter und abwesender geworden, dagegen strahlt sie eine würdevolle Ruhe aus, die sie früher nicht besaß. Lediglich ihren Händen ist anzusehen, daß diese Ruhe vielleicht doch nur vorgetäuscht ist, denkt Julie, während sie dasitzt und Selma betrachtet. Sie kann ihre Hände nicht stillhalten. Ruhelos bewegt sie sie auf dem Tisch, zieht die Tischdecke gerade, richtet die Blumenvase aus, faßt eine Tasse hier und einen Kuchenteller dort an. Oder sie fummelt an der Blusennaht herum, spielt mit den Servietten, knüllt ein Taschentuch zwischen den Fingern zu einem Ball zusammen. Julie kann ihren Blick von diesen Händen nicht lösen.

Scheinbar fließt das Gespräch, das sich um alltägliche und ungefährliche Dinge dreht, leicht zwischen ihnen hin und her. Selma spricht von Ivar, der in diesem Sommer wieder in Deutschland gewesen ist, von einem Brief, in dem ihr Anne geschrieben hat, wie es ihr geht. Um diese kleinen Dinge, über die man halt spricht, geht es. Als Julie sagt, daß sie gehen müsse, protestiert sie nicht, doch sie gibt nicht eher Ruhe, bis Julie zustimmt, daß Selma in der Bank anruft und Ivar bittet, herzukommen und sie zu Randi zurückzufahren. Sie kann es nicht verantworten, sie bei einem solchen Wetter auf die Straße zu schicken.

Bevor Julie geht, schaut sie sich noch einmal in den Räumen um, die so ganz ohne Leben sind, und sie hat den letzten glücklichen Abend in diesem Haus vor Augen, als sie hier war. Die Opernpremiere, die erste überhaupt, wie glücklich sie waren, alle. Unfaßbar, wenn man daran denkt, wie das Leben dieser Familie mitgespielt hat.

Ivar braucht nicht lange, um sie in den Fløivei zu fahren, deshalb bleiben sie eine Weile im Auto sitzen und unterhalten sich, bevor Julie ins Haus geht. Ivar erzählt von seiner letzten Reise nach Deutschland, wie schön er es dort fand. Es sei bestimmt bald so, sagt er, daß er anfange, Deutschland als sein zweites Heimatland anzusehen.

»Na, hör mir auf!« sagt Julie.

»Na, hör mir auf?« ahmt er sie lächelnd nach. »Du darfst nicht alles glauben, was in den Zeitungen steht, Julie. Es sieht alles ganz anders aus, wenn man vor Ort ist und alles mit eigenen Augen sehen kann.«

»Nun, wir müssen uns ja nicht jetzt darüber streiten. Auf alle Fälle siehst du aus wie jemand, dem es gut geht, Ivar. Es hat nicht den Anschein, daß dir die Krise und die Bank allzu große Sorgen machen. Man könnte annehmen, du bist verliebt.«

Die letzte Bemerkung äußert sie halb im Scherz, sieht aber, daß sie den berühmten Nagel auf den Kopf getroffen hat. Ivar wird knallrot wie ein Pennäler.

»Es stimmt also«, sagt sie triumphierend. »Verrat mir, wer es ist. Ist sie hier aus der Stadt?«

»Nein«, sagt er zögernd. »Eigentlich wollte ich es ja noch für mich behalten, aber da du mich nun einmal so direkt fragst... Dir will ich es sagen, Julie, aber du mußt mir schwören, keiner Menschenseele etwas davon zu verraten. Nicht einmal Jørgen, und schon gar nicht der Mutter. Versprichst du mir das?«

»Ja, bei meiner Ehre, ich gelobe es. Aber erzähl schon.«

»Ich habe sie vor drei Jahren in Berlin kennengelernt, aber damals war sie noch sehr jung, kaum neunzehn.«

»Ist sie Norwegerin?«

Nein, sie sei Deutsche. Ballettänzerin an der Oper. Sie habe schon ein paar Solorollen getanzt, nicht unbedingt die größten, meistens tanze sie zusammen mit anderen. Und Klavier spiele sie auch, besser als Anne.

Julie starrt ihn erstaunt an. Eine Deutsche. Ballettänzerin? Sie kann nicht glauben, was sie da hört.

Noch, findet er, sei sie zu jung, er fürchtet, sie werde es bereuen, wenn er sie hierher in die Kleinstadt hole. Wenn er Deutschland auch lieb gewonnen hätte, leben wolle er hier, in dieser Stadt. Aber sie ihrerseits sei gänzlich davon überzeugt und sich völlig sicher, daß sie das wolle. Wenn sie auch nicht tanzen könne, so könne sie doch wohl Unterricht geben, meint sie. Und gebe es nicht in dieser Stadt jedes Jahr Aufführungen? Ein richtiges Mädchen mit 'ner Nase im Gesicht sei sie, sagt er, obwohl sie schmächtig sei, rank und schlank wie eine Gerte, sagt er, und Julie kann die Zärtlichkeit in seiner Stimme hören. Im Sommer wolle er sie auf alle Fälle mitbringen. Und nach Storvik auch. Sie haben sich gedacht, daß sie sich dann die Verlobungsringe anstecken können.

»Aber das muß alles unter uns bleiben, Julie.«

»Wie heißt sie denn?«

»Helene.«

»Was für ein schöner Name. Na, du hast mich ja ganz schön überrascht, Ivar, aber ich wünsche dir viel Glück mit allem. Zu gönnen ist es dir!«

Nach diesem Gespräch mit Ivar fühlt sie sich ziemlich durcheinander. Er ist ein flotter Bursche, und nicht nur sie, auch andere haben sich darüber gewundert, daß er noch kein Mädchen gefunden hatte. Er ist jetzt achtundzwanzig und damit wohl alt genug dafür. Jetzt kennt sie die Antwort. Aber daß er sich eine Deutsche ausgesucht hat? Eine Ballettänzerin? Na, das wird noch Krach geben, wenn Synnøve und Kristoffer das erst erfahren werden. Und Jørgen, aber das soll nicht ihre Sache sein. Sie ist gerührt, weil er ihr sein Vertrauen schenkte und ihr das erzählt hat. Und wenn sie jemandem sein Glück gönnt, dann ist es Ivar. Schon immer hatte sie eine Schwäche für ihn. Auf Storvik war er ein Verbündeter gewesen, so völlig anders als die übrige Familie. Niemals hat sie etwas Böses an ihm ausmachen können. Deshalb muß sie ihm sein Glück gönnen. Es steht ihr nicht zu, sich einzumischen und ihm Vorschriften zu machen, wie er sein Glück suchen soll.

Yngvar ist heute abend zur Arbeit. Julie sitzt bei Randi und verspürt wie immer, wenn sie mit ihr zusammen ist, Geborgenheit und ein fast körperliches Wohlbefinden, mit einem Menschen, dem man vertraut, frei und offen sprechen zu können, ohne sich verstellen zu müssen. Und was sie Randi erzählt, wird niemals weitergetragen. Nach all den vielen Jahren ist ihr klar, wie einmalig und ungewöhnlich ihre Freundschaft ist. Unersetzlich und unentbehrlich, das ist sie.

Ohne daß sie es eigentlich selber wollen, kommen sie auf die Unterhaltung vom vergangenen Abend zu sprechen.

»Es gibt eine Sache, die ich nicht verstehe«, sagt Julie, »und das ist der Haß.«

»Haß? Was meinst du damit?«

»Na, ja, als ich einmal nach Øra kam und auf Arbeiter traf und Arbeitslose, auf deren Frauen und Kinder, da sah ich den blanken Haß in ihren Augen, wie sie mich anschauten. Und das kann ich einfach nicht verstehen. Was habe ich ihnen Schlimmes getan, das frage ich mich. Helfe ich ihnen nicht, so gut ich kann?«

»Aber verstehst du nicht, Julie? Die hassen nicht dich, sondern das, wofür du stehst. Den Stand, dem du angehörst, Bauern, Kaufleute, Industrielle, von denen sie schon immer unterdrückt wurden und die ihnen die Selbstachtung rauben.

Du darfst nicht vergessen, es ist gar nicht lange her, da hatten die Arbeiter in diesem Land noch nicht einmal das Wahlrecht. Dann aber kam einer und hat ihnen gesagt, daß sie etwas wert sind. Daß sie ein Anrecht auf ein menschenwürdiges Leben haben, sie, wie jeder andere Mensch auch. Daß sie einer Klasse angehören, auf die sie stolz sein können, in der Solidarität und Gleichheit zu Hause sind. Kannst du nicht verstehen, daß sie finden, vieles einfordern zu müssen?«

»Aber das ist doch nicht meine Schuld. Ich behandle die, die bei uns arbeiten, immer genauso wie unsere eigenen Leute, und bei uns auf Storvik essen wir alle an einem Tisch.«

»Ich spreche überhaupt nicht von dir, hör doch. Es gibt gewisse Dinge, die viel mehr zählen als ein einzelner Mensch, auch mehr als Storvik, um es einmal so zu sagen. Und das hat gerade begonnen. Schau dir das doch jetzt an, wer hat dafür zu leiden, wer muß für die schlechten Zeiten bezahlen? Sind es nicht die kleinen Leute?«

»Denkst du denn, wir haben es besser? Denkst du denn, Jørgen und ich, wir bekommen viel Geld in die Finger? Glaubst du das wirklich?«

»Aber du hattest immerhin Geld, um in die Stadt zum Zahnarzt zu kommen, oder nicht? Denkst du denn, ein Arbeiter aus Øra oder einer, der arbeitslos ist, hätte das nötige Kleingeld, um seine Frau in die Stadt zum Zahnarzt zu schicken?«

»Ich hatte kein Geld. Ich mußte meinen Vater um Geld bitten«, sagt Julie aufgebracht. Weinen schnürt ihr die Kehle zusammen wegen all dem, was gesagt wurde, weil es Unstimmigkeiten zwischen ihr und Randi gibt. Es ist das erste Mal, daß so etwas passiert.

»Aber du hast Geld bekommen, nicht wahr? Das Geld war zu beschaffen, es findet sich immer ein Ausweg. Aber wenn nicht, was dann? Bist du schon einmal in einer solchen Situation gewesen? Überleg mal, Julie. Du hast ein Haus, du hast Essen und was zum Anziehen für deine Kinder. Und wenn es nichts anderes mehr geben sollte, dann weißt du immer noch, du hast Milch und Brot und Kartoffeln, und Brennholz ist im Wald. Deine Kinder müssen nicht frieren und nicht hungern. Du mußtest nachts bestimmt noch nicht wach liegen, weil du nicht wußtest, was du den Kindern am nächsten Tag auf den Tisch stellen sollst oder ob du auf die Straße gesetzt wirst, ohne eine Bleibe zu haben. Hast du schon einmal versucht, einem Baby Haferschleim mit der Nuckelflasche zu verabreichen, weil kein Geld für Milch da war? Ich habe das versucht, wenn auch nicht oft, Gott sei Dank. So geht es den armen Leuten jetzt hier in der Stadt. Und so geht es den armen Leuten bei euch in Øra. Geh mal raus auf die Straße, Julie, und schau dir die Kinder von armen Leuten an. Du wirst sehen, wie blaß und mager sie sind, was sie für dunkle Ränder unter den Augen haben. Es ist so schlimm, daß sich die Leute das Leben der Alten, für die sie verantwortlich sind, wünschen. Ich denke, daß man ihnen wenigstens ihren Haß lassen soll, weil der bewirkt, daß sie überleben.«

Sie liegen in der Dunkelheit nebeneinander, ohne eine Wort zu sagen. Nach der Unterhaltung schaffen es beide nicht, ein paar Worte der Versöhnung zu sprechen. Schließlich ist es Randi, die es nicht mehr aushält. Julie spürt, wie sie mit der Hand leicht über ihren gewölbten Bauch streicht.

»Ich glaube, diesmal wird es ein kleines Mädchen, Julie.«

»Randi, ich halte den Gedanken nicht aus, daß wir verfeindet auseinandergehen sollen.«

»Wir werden uns nie verfeinden, Julie. Nie im Leben. Das weißt du doch?«

Sie genießt diese Schwangerschaft, schon die ganze Zeit über fühlt sie sich fast unanständig gesund. Doch es ist ein ziemlicher Wildfang, den sie da in sich trägt, ein zweiter Jostein, denkt sie oft. Zeitig im Morgengrauen wird sie von dem Kind geweckt, das sich in ihrem Bauch durch Strampeln bemerkbar macht. Dann liegt sie in dem dunklen Zimmer, die gefalteten Hände um den Bauch gelegt, lauscht sie auf die Atemzüge der Schlafenden um sich herum und ist von einem Glück erfüllt, das ihr den Atem nimmt. Schon fast vergessen hatte sie dieses ganz andere Gefühl von Glück bei einer Schwangerschaft, trotzdem erkennt sie es jetzt wieder, es ist mit nichts zu vergleichen. Es ist diese Nähe zwischen ihr und dem Kind in dieser Zeit, während es ihr noch ganz allein gehört und es ein vollkommener Teil ihrer selbst ist. Es ist ein Gefühl von Nähe und zugleich von Ewigkeit, als hätte es nie etwas anderes gegeben.

Helge war schon vier, als sie wieder schwanger wurde. Zu diesem Zeitpunkt hatte sie die Hoffnung schon fast aufgegeben, noch weitere Kinder zu bekommen. Die Sehnsucht, einen Säugling im Arm zu halten, hatte sie verdrängt, die Erinnerung an die Gerüche, an diese weiche, feuchte Haut, an die schweißnassen Locken im Nacken eines Babys. Deshalb war ihr Glück so groß, als sie sicher sein konnte, daß ein neues Leben in ihr heranwuchs. Mitten in einer Zeit, in der sich ein Berg von Sorgen vor ihnen auftürmte, kam das, was dem Alltag eine neue Dimension verleiht, etwas, dem man mit Freuden entgegensehen kann. Denn nicht nur sie freut sich, auch Jørgen. Die Jungen sind groß genug, um gespannt auf ein neues Schwesterchen oder Brüderchen zu sein, die übrige Familie freut sich, das Kind wird von allen sehnlichst erwartet. Synnøve hat die ganze Zeit gute Laune und ist sehr fürsorglich. Auch sie sieht dem Ereignis, wieder ein Baby ins Haus zu bekommen, freudig entgegen.

Elf Jahre ist sie nun hier. Es kommt ihr vor, als wäre es unendlich lange her, seit sie hierherkam. Diese großartige Hochzeit, die Erwartungen an das Leben, das vor ihnen lag, das schöne Dorf und der von der Junisonne überflutete Hof. Was ist daraus geworden? Der Hof von damals ist nicht wiederzuerkennen. Die schweren Zeiten haben alles in Mitleidenschaft gezogen. Das ganze Dorf ist davon betroffen, Verfall, wohin man schaut. Auf Storvik wurde er besonders spürbar, als Kristoffer in der Bank aufhörte. Die kleine Pension, die er erhält und die er sich vorläufig wegen der Schwierigkeiten, in denen sich die Bank befindet, nicht auszahlen läßt, würde auch nicht viel helfen. Und jetzt ist die Post dran. Sie haben erfahren, daß sie stillgelegt werden soll. Es sind so wenige Kunden in der Siedlung, daß die Post beschlossen hat, die Abfertigung an den Kaufmann zu übergeben, der schon die Geschäfte für die Dampfschiffahrtsgesellschaft führt. Das mit der Post ist nur eine Übergangsregelung, heißt es. Später müssen die Kunden von hier bestimmt zur Poststelle nach Øra gehen, wenn sie etwas zu erledigen haben. Auf diese Weise verliert Storvik gleich zwei Einkunftsquellen, mit denen zwar keine Reichtümer zu verdienen waren, die aber seit Generationen zum Hof gehörten, die ein Statussymbol waren, aber auch zusätzliche Einnahmen brachten.

Das macht sich schnell bemerkbar. Fast überall ist der Verfall auf Storvik sichtbar. Die Gebäude brauchen frische Farbe, ohne Pflege werden sie bei dem Wetter, das hier herrscht, nicht lange stehen. Im Sommer konnten sie die Fassade des

Wohnhauses, die am Weg zum Dorf hin liegt, streichen, so daß wenigstens ein Schandfleck beseitigt ist, die anderen Wände aber sind grau. Sie wurden seit dem Sommer, als Julie und Jørgen sich verlobten, nicht mehr gestrichen. Bei Unwetter und Regen werden diese Wände von Nässe dunkel, ja schwarz. Die Wirtschaftsgebäude brauchen ebenfalls Farbe, die Latten des Gartenzauns verrotten allmählich.

Julie hat oft daran gedacht, das Geld, das ihr Vater für sie in Verwahrung hat, anzugreifen, doch immer wieder ist es ihr Trotz, der sie daran hindert. Wenn der Hof ihnen gehörte, hätte sie es schon längst getan, dann hätte sie diesen deprimierenden Verfall nicht länger mit ansehen können. Wenn sie etwas von der Instandhaltung erwähnt und Kristoffer hört es, dann sagt er barsch, man müsse sich nach der Decke strecken. Und Jørgen hat wahrlich genug um die Ohren. Sie glaubt, er ist einfach zu kaputt, um sich um diese Dinge zu kümmern.

Frühzeitig an einem Morgen im Oktober geht Julie in den Stall. Es ist noch schummerig, bis das Tageslicht kommt, wird es noch dauern. Die Nächte in den letzten Wochen waren kalt, der Boden hartgefroren, in dem reifüberzogenen Gras bildet sich eine Spur. Sie schüttelt sich vor Kälte in dem schneidend scharfen Morgengestank im Stall. Morgens ist es so dunkel, daß sie, um arbeiten zu können, die Stallaterne anzünden muß.

Die Tiere sind unruhig, und sie sieht bald, warum. Grålin, das ist die Kuh, die im Sommer die Glocke trägt, das Leittier für die anderen, ist brünstig. Zähflüssige, glänzende Schleimfäden hängen aus ihrer Geschlechtsöffnung heraus, unruhig trampelt sie in ihrem Verschlag umher. So etwas wirkt sich immer auf die anderen aus – und nicht zuletzt auf den Zuchtbullen, der den Bauern der Siedlung gemeinsam gehört und abwechselnd bei jedem einmal im Stall steht. Diesen Winter bleibt er auf Storvik. Im Dorf hat man graue Westlandrinder, eine für diesen Landstrich bestens geeignete Rasse, nicht zuletzt deshalb, weil sie in den unwegsamen Weidegründen gut zurechtkommen. Normalerweise sind sie gutmütig und gefügig, aber sie haben Temperament. Die großen Zuchtbullen können hinterhältig und unberechenbar sein, doch der, den sie jetzt hier haben, ist ein braves, gutmütiges Tier. Trotzdem wäre sie nicht gern im Stall, wenn er sich losreißen würde. Zum Glück ist er richtig angebunden mit einer Halskette und einem Strick am Vorderfuß. Außerdem ist es beruhigend, daß er den großen Ring in der Nase hat, falls etwas passieren sollte. Jetzt steht er in seinem Verschlag und stampft und schnaubt brünstig. Das große Geschlechtsteil ragt rot aus dem schwarzen Bauch. Das geht nicht gut, denkt Julie. Zweimal ist Grålin schon gedeckt worden, ohne Erfolg. Kristoffer wird sich bestimmt nicht sonderlich darüber freuen, denn die Kuh wird erst im Spätsommer kalben. Sie muß Jørgen abpassen, bevor er mit dem Knecht Anders zum Holzeinschlag geht. Am besten ist es, wenn sie die Angelegenheit gleich erledigen. Wenn er zurückkommt, kann es zu spät sein.

Zuerst holen sie die Kuh aus dem Stall. Im Freien ist sie wild und kaum zu bändigen. Jørgen fegt mit ihr im Kreis herum, bis er sie endlich beruhigen kann und sie stehenbleibt.

»Schaffst du es, sie zu halten oder soll ich Anders holen?« fragt Jørgen.

»Natürlich kann ich sie halten«, sagt Julie. Wie oft war sie nicht schon dabei und hat das gemacht, das kann sie.

Sie streichelt der Kuh den Nacken und redet ihr gut zu. Da kommt Trym, der Hofhund, mit dem Schwanz wedelnd, auf sie zugesprungen.

»Nimm den Hund weg«, ruft Julie, aber es ist zu spät. Diese Kühe können Hunde nicht ertragen, und Grålin, die sowieso schon unruhig ist, gebärdet sich wie wild. Sie geht auf den Hund los, er verschwindet aus ihrer Reichweite, und die Kuh greift den an, der sich in nächster Nähe befindet, Julie. Alles geht unglaublich schnell, sie weiß nicht, wie ihr geschieht, und schon liegt sie auf dem Boden mit dem rasenden Tier über sich. Grålin stößt sie mit dem Kopf, schnaubt, trampelt mit den Füßen auf ihr herum, die scharfen Hufe pressen und quetschen ihren Körper gegen den frostharten Boden. Sie schreit, während sie versucht, sich auf den Bauch herumzurollen, durch einen Nebelschleier sieht sie Jørgen wie angewurzelt in der Stalltür stehen, und sie sieht Anders, der auf der Treppe vor dem Haus ebenfalls wie gelähmt dasteht.

»Kommt und helft mir doch!«

Beide, Jørgen und Anders, kommen angestürzt, halten die Kuh fest, Jørgen schlägt ihr mit einem Knüppel auf den Kopf und den Rücken.

»Hör doch auf damit«, stöhnt Julie.

Erst als Anders die Kuh richtig fest im Nasenloch zu fassen bekommt und herumdreht, beruhigt sie sich.

»Sieh zu, daß die Töle, dieses Mistvieh, wegkommt«, schreit Jørgen. »Wer, zum Teufel, hat ihn rausgelassen?«

Trym schleicht ängstlich mit eingezogenem Schwanz auf dem Hof herum. Synnøve, die den Krach gehört hat, sperrt den Hund ein.

»Was geht denn hier vor?« fragt sie.

»Habe ich nicht gesagt, daß der Köter im Haus bleiben muß, wenn Kühe draußen sind?« schreit Jørgen unbeherrscht.

Julie, inzwischen wieder mühsam auf die Beine gekommen, ist von dem Schock am ganzen Körper gelähmt.

Zusammengekrümmt steht sie da, die Arme um den Bauch gelegt, während sie das kalte Entsetzen schüttelt.

»Dir ist doch hoffentlich nichts passiert?« fragt Jørgen ängstlich.

»Nein, nein, ich glaube, es ging noch einmal gut, ich habe nur einen fürchterlichen Schreck bekommen.«

»Gott sei Dank, daß ich es nicht geschafft habe, den Bullen so schnell rauszuholen«, sagt Jørgen und muß sich schütteln. »Dann hätte es hier wirklich ein Unglück geben können. Dieser Bastard, das Höllenaas.«

»Aber es ist nichts passiert«, sagt Julie mehr zu sich als zu ihm. Sie macht den Rücken gerade, fühlt mit den Händen über Kreuz und Hüften. Sie ist steif und hat überall Schmerzen, aber sie kann sich auf den Beinen halten. Es wird schon wieder werden, tröstet sie sich selber.

»Es ist wohl am besten, wenn wir die Kuh wieder in den Stall zurückbringen. So unruhig, wie sie jetzt ist, kann man das Ganze nur noch verschieben.«

»Unsinn«, sagt Julie. »Hol du den Bullen raus, und Anders und ich, wir helfen, die Kuh zu halten.«

»Du gehst besser rein, damit du wieder zu dir kommst und dich erholst.«

»Unsinn, sage ich«, erwidert Julie scharf.

Der starke, brünstige Bulle kommt mit Jørgen im Schlepptau zur Stalltür herausgejagt. Er sieht nur noch die wartende Kuh, rast direkt auf sie zu, springt auf sie. Sie steht ruhig da und läßt sich decken, während Julie und Anders sie halten, sie gegen die harten Stöße des Bullen stützen. In diesem Akt roher Urkraft und Brunst liegt immer etwas Faszinierendes und zugleich Furchterregendes, heute in diesem grauen Morgenlicht und bei der gedämpften Stille, die in der Luft liegt, ist das noch stärker zu spüren. Dreimal lassen sie den Bullen springen, bis sie denken, daß sie es dabei bewenden lassen können.

»Wollen wir mal hoffen, daß es dieses Mal geklappt hat«, sagt Jørgen, nachdem sie die Tiere wieder in den Stall gebracht haben.

»Aber du, Julie? Du hast mir vielleicht einen Schrecken eingejagt. Bist du sicher, daß du dir nichts getan hast?«

»Nein, habe ich gesagt«, antwortet sie scharf. Denn sie muß das vergessen, vergessen, daß es passiert ist, diesen schrecklichen Moment voller Angst vergessen, diese Angst, die sie durchfuhr, als sie von dem rasenden Tier angegriffen wurde. Das Kind, es kann nicht sein, es darf nicht sein, daß das Kind Schaden dabei genommen hat. Im siebenten Monat ist sie, es ist gar nicht mehr lange hin.

»Du kannst jetzt ruhig in den Wald gehen, geh nur. Ich komme allein zurecht. Du mußt dir keine Sorgen machen.«

»Ich werde dir auf alle Fälle beim Säubern des Stalles helfen und beim Füttern der Tiere, bevor ich gehe. Und Mutter kann dir beim Melken helfen.«

»Das ist nicht nötig, habe ich gesagt.«

Jørgen gibt nicht nach, er füttert die Tiere, während Anders ausmistet und alles in Ordnung bringt. Und Synnøve hilft beim Melken. Prüfend schaut sie Julie an.

»Ist dir auch wirklich nichts passiert? Du bist kreidebleich im Gesicht.«

»Nein, mir ist nichts passiert. Aber es ist ja kein Wunder, daß ich blaß bin, bei dem Schrecken, den ich bekommen habe.«

»Ich begreife nicht, daß Grålin dich angreifen konnte, so gutmütig wie diese Kuh sonst ist.«

»Es war der Hund, verstehst du.«

»Ja, ich habe das schon gesehen, daß Kühe wild wurden, wenn ein losgelassener Hund in die Herde kam, und ich habe auch gehört, daß sie dann manchmal Menschen angreifen.

Aber auf unserem Hof haben wir so etwas noch nicht erlebt.«

»Nein, nun ist es aber passiert, und wir müssen aufpassen, daß es nicht wieder vorkommt«, sagt Julie und will nicht mehr darüber sprechen.

Nein, so etwas hat es wirklich noch nicht gegeben. Seit Jahren hat sie geholfen, die Kühe mit dem Bullen zusammenzubringen, und diesen ganzen Herbst über sind die Leute mit ihren Kühen hier gewesen, ohne daß irgendwie eine dramatische Situation eingetreten wäre. Warum mußte es ausgerechnet jetzt passieren, jetzt in ihrem Zustand?

Sie geht heute wie gewöhnlich an ihre Arbeit. Nach dem Zwischenfall hat sie Schmerzen am ganzen Körper, der Rükken tut weh, die Brust, der Bauch, die Schenkel schmerzen, sie hat das Gefühl, daß eine Rippe gebrochen ist. Den ganzen Tag über spürt sie Synnøves Blick auf sich ruhen, doch sie beißt die Zähne zusammen, will nicht zugeben, daß sie Schmerzen hat.

Auf diese Weise gelingt es ihr, die Angst zu verdrängen, bis sie am Abend endlich im Bett liegen. Es gelingt ihr, Jørgen mit einer eiskalten und ihr sonst fremden Wut davon abzuhalten, Fragen zu stellen, wie es ihr geht, bis sie an seinem gleichmäßigen Atmen erkennt, daß er eingeschlafen ist. Dann liegt sie da mit demselben Gefühl von Lähmung am ganzen Körper, das sie schon den ganzen Tag über hat, und wilde Angst überfällt sie, Schweiß bricht aus allen Poren ihres mißhandelten Körpers. Erstarrt lauscht sie in sich hinein, nimmt eine furchtbare Stille wahr. Ihr Körper fühlt sich wie abgestorben an. Still und tot, und im selben Moment, in dem dieser Gedanke gefaßt ist, schreckt sie vor dem furchtbaren Wort zurück, verdrängt es. Das darf nicht sein, o Gott, das darf nicht sein.

Die nächsten Tage, die folgen, läuft sie wie benommen

umher, aber man sieht es ihr wohl nicht an, denn die anderen verhalten sich wie immer. Doch sie hat mit einem merkwürdigen Gefühl im Körper zu kämpfen. Es ist, als wären ihre Hüften von zwei riesengroßen Händen umschlossen, die sie umklammern und zudrücken. Ihre Glieder sind wie Blei, aber verbissen sagt sie sich immer wieder, daß sie sich nicht unterkriegen lassen darf. Bis zur dritten Nacht hält sie das durch. Dann hilft alles nichts mehr. Wieder spürt sie dieses schmerzhafte Ziehen im Rücken, diese schwachen Krämpfe im Bauch. Vorsichtig steht sie auf, nimmt das Talglicht mit und zündet es im Flur an, sieht jetzt, was sie schon wußte, Blut im Schlüpfer.

Ruhig, ganz ruhig ist sie zunächst, als wäre das etwas, das einer anderen und nicht ihr passiert. Auch ihre Stimme ist ruhig und beherrscht, als sie sich zu Jørgen auf die Bettkante setzt und ihn weckt.

»Jørgen«, flüstert sie, »du mußt aufstehen und Feuer im Ofen im Gästezimmer machen. Und dann mußt du Anders zur Hebamme schicken.«

Mit geschlossenen Augen liegt Julie da, während die Hebamme sie untersucht und mit dem trichterförmigen Stethoskop ihren Bauch abhört. Diese ältere, vertrauenerweckende Frau hat sie von ihren anderen drei Kindern entbunden. Jedesmal hat sie ihr ein beruhigendes Gefühl gegeben. Jetzt zittert sie unter ihren Händen. Sie öffnet die Augen erst wieder, als die Hebamme bei ihr auf der Bettkante sitzt und ihre Hand ergreift. Da begegnet sie ihrem Blick und sieht, daß ihre Augen voller Tränen sind. Ein Tränenschleier in den Augen dieser Frau, die bekannt dafür ist, daß sie nie die Fassung verliert, nicht einmal in den schwierigsten Situationen.

»Julie, meine Liebe, was ich dir jetzt sagen muß, ist sehr hart. Ich wünschte, ich müßte das nicht tun. Aber du hast es wohl selber schon gespürt, nehme ich an. Es ist nichts zu hören, ich kann kein Lebenszeichen wahrnehmen. Ich denke, du mußt das wissen, damit du dir darüber im klaren bist, was auf dich zukommt.«

»Ja, ich habe es gewußt«, flüstert Julie. Sie weint nicht, doch die Tränen rinnen und rinnen, und sie kann sie nicht aufhalten.

»Du hättest mich und den Doktor schon früher holen lassen sollen, dann hätten wir dir vielleicht ersparen können, was dir in nächster Zeit bevorsteht. Das einzige, was ich dir im Moment sagen kann, du mußt nun stark sein. Und ich verspreche dir, daß ich alles tun werde, was in meiner Macht steht, daß du das überstehst. Wein dich jetzt richtig aus, später wirst du deine Kräfte brauchen. Ich gehe los und rufe beim Doktor an, damit wir wissen, wo er ist, und wir ihm Bescheid geben können. Du brauchst keine Angst zu haben. Dir wird geholfen.«

»Würdest du Jørgen bitten, daß er herkommt?«

»Ja, das mache ich, aber du mußt dich jetzt ausruhen, so gut es geht. Du hast ein Stück Arbeit vor dir, mein armes Kind.«

Sie sitzt im Bett. Ihr Gesicht ist so weiß wie das Nachthemd, das sie anhat, weiß wie die Bettwäsche ringsum. Mit brennenden schwarzen Augen starrt sie ihn an, grenzenlose Angst und Verzweiflung im Blick. Sie streckt ihm ihre Arme entgegen.

Er setzt sich zu ihr auf die Bettkante, umarmt sie, streichelt ihr den Rücken und fühlt sich dabei hilflos, wie noch nie in seinem Leben. Ihr ganzer Körper wird von einem wilden Weinen geschüttelt, einem Weinen, das ihm Angst einjagt, er kann sich nicht erinnern, jemals etwas ähnliches bei ihr erlebt zu haben.

»Jørgen, es ist nichts mehr zu machen, ich bringe ein totes Kind zur Welt.«

»Das weiß ich, Liebes. Ich würde gerne alles tun, damit dir das erspart bliebe.«

»Lieber Gott, hilf mir!«

»Ja, dafür können wir nun nur noch beten. Denn etwas anderes bleibt uns nicht übrig. Du mußt da durch. Ich muß da durch. Morgen ist es vorüber, Julie, das ist jetzt das einzige, woran wir denken dürfen.«

Mit einem langen, zitternden Seufzer holt sie tief Luft.

»Ja. Es bleibt mir nichts weiter übrig. Ich weiß das. Ich bin jetzt in meinem eigenen Körper gefangen, mir bleibt nichts weiter übrig. Und ich habe so fürchterliche Angst, Jørgen. Verstehst du das?«

»Dir wird geholfen, Julie.«

»Ja, das weiß ich auch«, sagt sie und entzieht sich seiner Umarmung, legt sich in das Kissen zurück.

»Wo sind die Kinder?«

»Sie schlafen noch.«

»Du sorgst doch dafür, daß sie von hier wegkommen?«

»Ja, ich schicke sie zu Ildri. Sollte es hier länger dauern, bis alles überstanden ist, sorge ich dafür, daß sie bei ihr übernachten.«

»Das ist gut.«

Ildri ist ein Mensch, bei dem man in solchen Situationen Zuflucht suchen kann. Sie ist Bäuerin auf einem kleinen Anwesen, das früher zu dem Hof gehörte. Sie hat selber viele Kinder, ist herzensgut, und bei ihr findet sich immer noch ein Plätzchen. Die Kinder kennen sie und fühlen sich bei ihr wohl.

»Du kannst jetzt gehen«, sagt sie matt.

Er streicht ihr über das Haar.

»Jetzt mußt du ein tapferes Mädchen sein«, sagt er. Gerne

würde er ihr noch mehr sagen, aber seine Stimme versagt ihm, er kann nicht mehr und eilt aus dem Zimmer.

Draußen auf dem Flur bleibt er stehen, lehnt den Kopf an die Wand, kämpft gegen Entsetzen und Weinen an, die ihn überwältigen wollen. Es ist äußerst selten, daß Jørgen Storvik betet, jetzt tut er es, doch die Worte, die er findet und die er die ganze Zeit immer wiederholt, sind nur: »Herr Gott, hilf uns!«

Er darf sich nicht gehen lassen, darf hier nicht so stehenbleiben. Drei Kinder sind da, um die er sich kümmern muß, die einen Anspruch darauf haben, daß er sich um sie kümmert. Wenn er sonst schon nichts tun kann, dann muß er auf alle Fälle doch wenigstens dafür sorgen, daß sie keinen Schreck bekommen. Er selbst wird sie zu Ildri bringen.

Er hätte nie gedacht, daß er so etwas wie heute durchmachen würde. Er bringt die Kinder zu Ildri, antwortet auf alle ihre Fragen, ohne zu wissen, was er sagt. »Warum ist Mama krank? Übernachten wir dort? Großmutter hat das gesagt.«

»Ja, ja, das kann vielleicht schon sein. Fragt jetzt nicht soviel.«

»Ich will da nicht ins Bett, wenn ich nicht mit Krister zusammen schlafen kann«, sagt Helge.

Er trägt Helge auf den Schultern, er braucht jetzt etwas zum Festhalten. Die beiden anderen folgen ihm auf den Fersen. Gott helfe ihm, wenn er ihnen das sagen muß. Wenn er ihnen sagen muß, daß nun doch kein neues Baby kommen wird. Alles ist wie ein Alptraum, unfaßbar, daß sie dort liegt und er hier mit seinen Kindern entlanggeht, unwirklich alles ringsum.

»So, ihr müßt jetzt schön artig sein, Jungs, und ärgert Ildri nicht allzu sehr«, sagt er, bevor er wieder gehen will.

Krister schaut ihn mit einem Blick an, der ihn heftig zusammenfahren läßt. Der Junge ist bleich, mit einem fragenden Entsetzen in den großen, ernsten Augen. Ob er etwas gehört haben kann? Auf alle Fälle ist er wohl groß genug, um zu verstehen. Er schüttelt diesen Gedanken ab, er kann jetzt an nichts anderes als an sie denken. Ildri begleitet ihn nach draußen auf die Treppe: »Wie steht es?«

»Nein, das ... du verstehst schon!«

»Die Kinder können hier übernachten. Dann habt ihr Zeit, um euch wieder zu fassen.«

»Danke, Ildri! Das werde ich dir nie vergessen.«

Zu Hause auf dem Hof wartet Anders, der ungeduldig auf der Stelle tritt.

»Gehen wir nicht in den Wald?«

»Ich nicht, aber du kannst gehen. Du kannst auf dem Holzplatz alle Äste wegräumen.«

Erleichtert eilt Anders davon, offensichtlich froh, der unheilvollen Stimmung, die heute über dem Hof brütet, entgangen zu sein. Nichts schüchtert einen Mann mehr ein als die Geburt eines Kindes, und wenn sie noch dazu auf diese Weise ... Was ihn betrifft, er will zu Hause bleiben. Wenn er ihr auch keine Hilfe ist, so kann er doch immerhin soviel tun und hier auf dem Hof bleiben. Aber zunächst hat er noch eine andere Sache zu erledigen. Er pfeift Trym heran, geht mit dem Hund, der ihm um die Beine tanzt, durchs Gelände zum Fuchshof hinauf. Dort oben hat er seine Büchse stehen. Jetzt lädt er sie, ruft Trym und geht mit ihm hinter die Drahtkäfige. Er befiehlt ihm, sich zu setzen, der Hund schaut ihn voller Vertrauen an, doch die einzigen Gefühle, die er in diesem Moment für dieses Tier hat, sind Haß und Verbitterung. Er setzt Trym den Gewehrlauf in den Nacken und drückt ab. Der Hund gibt ein scharfes Winseln von sich, springt in die Luft, fällt zappelnd zu Boden, nach einigen krampfartigen Zuckungen streckt er sich aus und bleibt leblos liegen.

Jørgens Wut ist verraucht. Das einzige, was er jetzt empfindet, ist eine müde Befriedigung über das, was er getan hat. Er hätte es nicht mehr ertragen können, diesen Hund noch im Hof zu sehen, er hätte ihn immer an den heutigen Tag erinnert. Er gräbt ein Loch in den gefrorenen Boden, legt den Kadaver hinein, schüttet es wieder zu, legt Äste darüber. Jetzt hat er getan, was getan werden mußte.

Aus den Käfigen im Fuchshof kommt ein ohrenbetäubendes Gebell. Die Tiere haben den Geruch von Blut wahrgenommen. Das bringt Jørgen in rasende Wut, er explodiert, droht mit einem Knüppel, schlägt mit ihm auf das Drahtgeflecht, wieder und wieder.

»Haltet die Schnauzen, Satansbrut!«

Auf dem Hof begegnet er der Mutter. Sie schaut ihn forschend an.

»War es schon Zeit, die Tiere zu füttern?«

»Nein«, sagt er kurz angebunden.

»Warum haben die Füchse einen solchen Krach gemacht? Ich habe genau gesehen, daß du dort hingegangen bist. Und Trym hast du auch mitgenommen. Und war da nicht ein Schuß zu hören?«

Er schaut sie nur an, antwortet nicht.

»Wo ist der Hund hin, frage ich dich.«

»Er ist verreckt«, sagt er rüde.

»Du bist wohl nicht gescheit, Jørgen. Weißt du, was du deinen Kindern angetan hast? Das war ihr Hund.«

»Halt die Klappe!« sagt er mit erstickter Stimme. »Ich kann das nicht mehr hören.«

»Ich gehe, du bist ja nicht ganz bei dir, es reicht mir«, sagt sie, und ihre Stimme zittert.

Er dreht sich auf der Stelle um und läßt sie stehen. Ihr Blick brennt ihm im Rücken. Nie zuvor hat er seiner Mutter gegenüber solche Worte gebraucht.

Aus einem Bretterstapel im Wagenschuppen sucht er sich die besten Stücke heraus und geht damit zum Backhaus. Halb in Trance, aber trotzdem mit unglaublicher Konzentration macht er sich daran, seinen Plan in die Tat umzusetzen. Er mißt und sägt kleine Enden zurecht, poliert sie, bis sie ebenmäßig und schön sind. Da steht die Mutter in der Tür.

»Ach, hier bist du. Willst du nicht reinkommen und ein bißchen was essen?«

»Nein, ich bekomme nichts runter.«

»Was treibst du denn hier eigentlich, Jørgen?« fragt sie und schaut ihn entsetzt an. »Du baust doch wohl nicht einen Sarg?«

»Nein, das nun nicht gerade«, sagt er abwesend. »Aber in irgend etwas muß es doch liegen.«

»Jørgen, mein Lieber ...«, sagt sie ratlos und stürzt zur Tür hinaus.

O nein, keinen Sarg, eine Kiste macht er, eine schöne kleine Kiste. Viel Mühe will er sich damit geben, als Verschluß auch einen Deckel machen, damit die Kiste zugenagelt werden kann.

Es ist schon schummrig geworden, als die Mutter wiederkommt. Er hat inzwischen eine Petroleumlampe angezündet und auf die Hobelbank gestellt. Die Mutter bringt Kaffee und einen Teller mit belegten Broten.

»Es ist niemandem damit geholfen, wenn du hungerst.«

»Ist es nicht bald überstanden?«

Er ist mit der Arbeit fertig, poliert die Kiste nur noch mit Sandpapier. Da ertönt der erste fürchterliche Schrei über den Hof, durchdringt alle Wände, trifft ihn wie ein Dolch, der ihm in die Brust gestoßen wird. Die Beine tragen ihn nicht mehr, er sinkt über der Hobelbank zusammen, klammert sich wie ein Betrunkener an sie. Zum ersten Mal hört er Julie während des Gebärens schreien.

»Herrgott, was geht da bloß vor sich?«

Doch da ist die Mutter bereits zur Tür hinaus.

Sie hört die furchtbaren Schreie, die knurrenden, gebrochenen Würgelaute, aber sie kann es nicht fassen, daß sie es selber ist, die sie da hört. Alles ist blutroter Nebel, in ihr, um sie herum. Sie erkennt kaum die Gesichter von Astrid und Synnøve, die über sie gebeugt stehen und sie nach unten und nach hinten an das Bettgitter drücken. Was der Doktor und die Hebamme mit ihr machen, kann sie nicht sehen. Nur diese hemmungslosen Schreie sind zu hören. Sie kann nicht atmen, versinkt im Strudel wahnsinniger Schmerzen.

»Sei still!« sagt Synnøve und gibt ihr eine Ohrfeige. »Du gehst noch zugrunde, wenn du so schreist.«

Für einen Moment holen Synnøves Worte sie zurück in die Wirklichkeit. Sie spürt kalten Stahl an den Schenkeln. Weit weg hört sie die Stimme des Arztes, der sie beruhigt.

»Versuche dich zu entspannen, Julie. Ich muß die Zange nehmen, aber es ist jetzt gleich ausgestanden.«

Sie schreit wieder wild und schrill, während alles aus ihr herausgezogen wird, alles, alle Eingeweide, bis von ihr nur noch eine leere Schale übrigbleibt. Ein fürchterlicher Gestank verbreitet sich im Raum, sie muß sich erbrechen, beißend brennende Galle, dann fällt sie wieder in das Kissen zurück und bleibt, nach Luft schnappend, mit geschlossenen Augen liegen. Sie kann jetzt nichts sehen, sie will nicht, sie kann nicht. So liegt sie da, während sie umsorgt wird, sie spürt, daß man sie fest zudeckt, das Fenster wird geöffnet. Da öffnet sie die Augen und sieht, daß es Abend geworden ist. Sie erkennt den Doktor, der sich die Hände wäscht, die Ärmel seines Hemdes sind bis weit über die Ellenbogen aufgekrempelt. Die Hebamme ist dabei, ihre Sachen in dem schwarzen Hebammenkoffer zu verstauen.

Der Doktor setzt sich zu ihr auf die Bettkante, nimmt ihre Hand.

»Das war vielleicht ein Kampf, Julie. Aber du warst tapfer, und ich bin mir ganz sicher, daß jetzt alles gutgeht. Ich gebe dir nun eine Spritze, damit du schlafen kannst. Du brauchst jetzt Ruhe, du mußt dich regenerieren. Ich komme morgen wieder vorbei und schaue nach, wie es dir geht.«

»Und was ist mit Jørgen?« flüstert sie.

»Er wartet schon darauf, dich jetzt zu sehen, aber vor allem mußt du schlafen.«

Der Doktor und die Hebamme drehen sich diskret weg, als Jørgen sich zu ihr setzt, sich über sie beugt und sie an sich schmiegt. Ratlos und ohne ein Wort zu sagen, in einem Schmerz, der über allen Verstand geht, klammern sie sich aneinander.

Den kleinen Stich im Schenkel spürt sie kaum, sie wird hochgehoben, spürt, wie sie über dem Bett schwebt, dann taucht sie ein in das barmherzige Dunkel, das sie aus all dem hier entführt.

Nie wird er die Schreie vergessen. Er weiß nicht, wie lange es dauerte, viele Stunden müssen es gewesen sein. Er hatte die ganze Zeit im Backhaus gesessen. Wenn es am schlimmsten war, hatte er sich die Ohren zugehalten, war auf dem Schemel hin und her gerutscht, während er betete, wie er noch nie in seinem Leben gebetet hatte.

»Gott, sei mir gnädig. Nimm sie nicht von mir!«

Dann – nach dem letzten, furchtbaren Schrei – die Stille. In dieser Stille blieb er sitzen, außerstande sich zu rühren, bis die Mutter wieder in der Tür stand. In den Händen hielt sie einen Schuhkarton, der mit einem Bindfaden verschnürt war. Ohne ein Wort gab sie ihm den Karton. Ihr Gesicht war im Lampenschein blaßgrau, schweißüberströmt.

Völlig außerhalb jeder Wirklichkeit nahm er den Karton entgegen, legte ihn in die Kiste. Erst da fand er seine Sprache wieder und fragte:

»Und Julie?«

»Ja, sie hat es gut überstanden. Es wird wieder mit ihr.«

Erleichtert atmete er auf. Sie lebt. Gott sei Dank.

»Und ... und das hier?« fragte er hilflos, auf die Kiste vor sich schauend.

»Ein kleines Mädchen wäre es geworden«, sagte Synnøve mit gebrochener Stimme.

»Ein Mädchen?« flüsterte er. »Herrgott. O Herrgott.«

Er strich sich über das Gesicht.

»Du kannst jetzt gehen, Mama, ich möchte allein sein.«

»Nein. Ich weiß, was du vorhast, aber du darfst es dir nicht ansehen. Auf keinen Fall, hörst du! Ich rühre mich nicht eher von der Stelle, bis die Kiste zugenagelt ist.«

Er schafft es kaum, den Hammer zu heben und die Nägel in den Deckel zu schlagen.

»Julie wird bestimmt schon auf dich warten.«

»Ja, aber ich kann doch nicht einfach von hier weggehen.«

»Warum denn nicht? Es gibt hier doch gar nichts mehr zu tun. Aber heute später am Abend mußt du damit zum Küster gehen. Er hilft dir bei allem.«

»Heute abend?« flüsterte er.

»Ja, heute abend. Etwas anderes bleibt dir gar nicht übrig.«

Da verlor er die Fassung, legte die Stirn auf die kleine, ärmliche Kiste und brach in hemmungsloses Weinen aus.

»Ja, der Herrgott auferlegt uns so manches, Jørgen. Manchmal ist es nicht so leicht, das zu verstehen. Das habe ich auch schon selbst erfahren müssen, mehr als einmal. Doch du mußt jetzt stark sein. Julie braucht dich nun, und ganz bestimmt helfen ihr deine Tränen in dieser Situation am allerwenigsten.«

Auch ihre Augen wird er nie vergessen, ihre Augen in dem Moment, als sich ihre Blicke trafen. Er konnte sie nur noch umarmen, brachte kein Wort heraus.

Es herrscht Frost, während er zum Hof des Küsters geht, über ihm ein hoher Sternenhimmel. Ein Nachbar kommt ihm auf dem Weg entgegen.

»Bist du es, Jørgen?«

»Ja«, sagt er und eilt weiter, froh, daß die Dunkelheit verbirgt, was er bei sich trägt. Die schwerste Last, die er je zu tragen hatte, denkt er.

Er klopft an, bleibt ohne einzutreten auf der Treppe stehen. Der Küster begrüßt ihn und hört ernst zu, was ihm Jørgen zu sagen hat.

»Das ist schmerzlich, Jørgen. So etwas ist immer besonders schmerzlich. Ein ungetauftes Kind ...«

Sie gehen zusammen zur Kirche hinüber, sprechen unterwegs kein Wort miteinander, erst als der Küster den Geräteschuppen hinter der Kirche aufgeschlossen hat und sie eingetreten sind, sagt er:

»Hier steht es sicher.« Er ist auch Lehrer in der Gemeinde, kennt hier alle Familien und deren Lebensverhältnisse.

»Wie hat Julie das denn überstanden?« fragt er.

»Ach, du weißt, wie schwer so etwas ist.«

»Ja, hin und wieder ist der Herr streng mit uns. Aber ist es nicht wenigstens ein Trost, daß das Kind in gesegnete Erde kommt? Ja, der Pastor und ich, wir finden, daß das richtig ist. Früher war es nicht so. Da wurden sie außerhalb der Friedhofsmauern begraben.«

»Wohin kommt das Kind?«

»Nein, Jørgen, das wirst du nie erfahren. Es ist am besten so. Wir werden schon einen Platz finden. Da kannst du sicher sein. Ich gehe gleich zum Totengräber, damit wir es vielleicht noch heute nacht regeln können. Das müssen ja nicht gleich alle Leute sehen.«

In dieser Nacht sitzt er bei ihr. Er hat auf einem Stuhl mit einer hohen Lehne Platz genommen, ist mit einer Decke zugedeckt, die die Mutter über ihn gebreitet hat. Zwischendurch nickt er immer wieder ein, aber nur kurz, denn er paßt auf, daß das Feuer im Ofen nicht ausgeht, damit es warm bleibt. Von dort kommt der einzige schwache Lichtschein im Zimmer. Unruhige Schatten tanzen über den Fußboden. Später in der Nacht spricht sie mit ihm.

»Wo sind die Kinder?«

»Sie sind bei Ildri. Mach dir um sie keine Sorgen. Schlaf nun.«

Vom Doktor hat er Pillen bekommen, die er ihr geben soll, damit sie schlafen kann. Er gibt ihr zwei davon mit einem Glas Wasser.

»Schlaf nun«, flüstert er und streicht ihr über das Haar.

»Schlaf nun.«

In seinem müden Kopf schwirren die Gedanken wild durcheinander, doch immer wieder sammeln sie sich in dem heißen Wunsch, daß mit ihr alles gut verlaufe, daß sie wieder dieselbe werden möge, die sie war, bevor das passierte. Ehe der Doktor ging, hat er mit ihm gesprochen und gesagt, daß das für Julie eine große Belastung gewesen sei, daß sie körperlich und psychisch viel durchmachen mußte.

»Sie braucht nun viel Ruhe und Erholung, für lange Zeit. Und was euer Zusammenleben betrifft, Jørgen, so müßt ihr damit warten, länger als gewöhnlich nach einer Geburt. Du verstehst, was ich meine?«

»Ja«, hatte Jørgen beklommen geflüstert und dabei zu Boden gestarrt.

»Ich sage nicht, daß sie keine Kinder mehr bekommen kann. Vielleicht kann sie, vielleicht nicht. Doch es wird seine Zeit dauern. Du mußt Verantwortung übernehmen.«

Man darf gar nicht daran denken. Noch schlimmer ist es, weil es ein Mädchen war, das sie verloren haben. Julies sehnlichster Wunsch war es, ein Mädchen zu bekommen, wie sehr hat sie sich auf dieses Kind gefreut.

Den Tag darauf am späteren Nachmittag kommt der Doktor und schaut nach Julie. Sie liegt mit gespreizten Beinen und angewinkelten Knien in ihrem Bett, während er sie untersucht. Den einen Arm hat sie über die Augen gelegt, um ihn nicht ansehen zu müssen, während sie so entblößt und in dieser entwürdigenden Stellung daliegt.

»Ich bin ganz vorsichtig«, sagt er.

Die Finger in den kalten Gummihandschuhen brennen auf der empfindlichen Haut. Sie ist genäht worden, innen, aber auch äußerlich. Obwohl er mit leichter Hand vorgeht, hat sie ein Gefühl, als schneide er die Wunden mit einem Messer auf.

»Na, das sieht doch gut aus«, sagt er und streift die Gummihandschuhe ab. »Aber dein Körper sieht nicht so gut aus.«

Verstohlen schaut sie an sich herunter. Ihr ganzer Leib ist von großen, blaulilafarbenen Flecken übersät, die von den Hufen der Kuh stammen. Er dreht sie herum, schaut sich ihren Rücken an.

»Das sieht schlimm aus. Tut dir eine Stelle besonders weh?«

»Es kann vielleicht sein, daß eine Rippe gebrochen ist.«

Als er mit seinen Händen gegen ihre Brust drückt, stöhnt sie leise auf.

»Nein, gebrochen ist nichts, aber die meisten Rippen sind geprellt. Du hast Glück gehabt, Julie. Die ganze Sache hätte entschieden schlimmer ausgehen können, als es der Fall war.«

»Ja, ich weiß.«

Trotz der Schmerzen fühlt sie sich noch immer am ganzen Körper, im Kopf wie gelähmt, noch immer ist sie nicht imstande, etwas zu empfinden.

»Du könntest vielleicht eine Spritze gebrauchen, aber wenn es nicht unbedingt nötig ist, möchte ich dir keine geben. Was du gestern bekommen hast, war Morphium. Das gebe ich nur, wenn es gar nicht anders geht, aber gestern hast du es gebraucht.«

»Nein, es ist nicht nötig«, sagt sie, doch ihr fällt ein, wie es war, als sie gestern die Spritze bekam, und sie ertappt sich bei dem Wunsch, daß sie das gerne wieder erleben würde, dieses Gefühl des schwebenden Traumzustandes, als sie die Wirklichkeit hinter sich gelassen hat.

Er nimmt das Glas mit den Tabletten von ihrem Nachttisch und hält es vor ihr hoch.

»Das sind ebenfalls starke Mittel«, sagt er. »Auch die nimm nicht, wenn es nicht unbedingt sein muß. Aber hab keine Angst, ein paar zu nehmen, wenn du nicht schlafen kannst.«

Er habe es so geregelt, sagt er, daß die Krankenpflegerin, die beim Frauenverein für Krankenpflege des Dorfes angestellt ist, die ersten Tage herkommen wird, um sie zu versorgen. Danach könnte das von Synnøve und Astrid übernommen werden. Ungeheuer wichtig sei in dieser ersten Zeit die Hygiene, sagt er. Um Infektionen zu vermeiden, sei es notwendig, regelmäßig Spülungen ihres Unterleibes vorzunehmen. Heute abend werde die Pflegerin herkommen.

Nachdem er gegangen ist, bringt Jørgen die Kindern zu ihr. Bei ihrem Anblick spürt sie, wie eine Sturzflut von Tränen, aus ihr hervorzubrechen droht, doch sie darf nicht weinen, sie darf die Kinder nicht erschrecken. Sie stehen mit ernsten Gesichtern an ihrem Bett, sind verlegen und betroffen über die ungewöhnliche Situation, daß die Mutter im Bett liegt und krank ist. Mit einem matten Lächeln schaut sie sie an.

»Geht es euch gut?«

»Ja, uns geht es gut«, sagt Krister feierlich.

Helge will zu ihr ins Bett klettern, und sie wird von einem Gefühl erschreckt, das sie bisher noch nicht kannte. Er darf sie nicht berühren, niemand darf ihr jetzt zu nahe kommen.

»Nein, nein«, sagt sie, »die Mama ist krank.«

Jørgen nimmt Helge auf den Arm.

»Die Mama muß sich jetzt erholen, dann wird sie schnell wieder gesund«, tröstet er die Kinder und geht mit ihnen aus dem Zimmer.

Die Tränen rinnen und rinnen unaufhörlich, ohne daß sie richtig weint. Da sieht sie das Glas mit den Tabletten auf dem Nachttisch und kann die Augen davon nicht lassen, daneben das Glas Wasser. Ein fürchterlicher Gedanke durchzuckt sie. Wenn sie das nähme, das ganze Glas, hätte sie alles hinter sich, für immer. Dieser Gedanke bereitet ihr Angst, wie sie sie nie zuvor in ihrem Leben verspürt hat. Wie von Sinnen hämmert sie mit ihren Fäusten gegen das Kopfende des Bettgestells.

»Jørgen, Jørgen!«

Sie hört, wie er die Treppe hochgestürmt kommt, und sie wird von Panik ergriffen. Was soll sie ihm sagen? In einer Eingebung kippt sie das Wasserglas um, und schon steht er in der Tür und schaut sie voller Todesangst an.

»Julie, was ist los?«

»Nein«, sagt sie und sinkt in ihr Kissen zurück. »Nein, ich habe solchen Durst, und dann ist mir das Mißgeschick passiert, und ich habe mein Wasserglas umgekippt.«

»Ach so, das war es bloß«, atmet er erleichtert auf. »Du hast mir vielleicht einen Schrecken eingejagt. Ich hole dir Wasser.«

»Nein, bleib hier, das hat keine Eile. Setze dich ein bißchen her. Nein, nein, nicht hier«, sagt sie, als er sich auf die Bettkante setzen will. »Setz dich auf den Stuhl. Ja, der Doktor hat gesagt, daß ich vorsichtig sein muß«, fügt sie hinzu, als sie Verwunderung in seinem Gesicht erkennt.

Sie nimmt das Glas mit den Tabletten vom Nachttisch.

»Ich habe große Angst, daß die Kinder da rangehen. Ich möchte, daß du es für mich aufbewahrst. Du kannst mir welche davon geben, wenn ich sie brauche«, sagt sie. »Ja, nur bis die Krankenschwester hier ist.«

»Aber die Kinder kommen doch ohne Erlaubnis gar nicht herein«, stellt er verwundert fest.

»Ich möchte, daß du es trotzdem machst.«

»Ja, ja, wenn dir das so wichtig ist«, sagt er und schaut sie lange an.

Er geht zum Fenster, bleibt dort stehen, seine Gestalt ist gebeugt und müde, er hat ihr den Rücken zugewandt. Nachdem das passierte, war sie von der Spritze, den Pillen, die sie eingenommen hatte, halb im Fieberwahn. Jetzt, in diesem Moment, dringt ihr alles mit angsterfülltem Grauen ins Bewußtsein. Sie wird von einem langanhaltenden Schüttelfrost gepackt, der ihr durch und durch geht, sich in alle Glieder ausbreitet, bis der ganze Körper schmerzvoll zittert.

»Jørgen?«

»Ja, Julie. Das ist alles so furchtbar.«

»Wo ist das Kind hin? Ich will es sehen.«

»Nein, das geht nicht. Das Kind ist schon in der Erde. In gesegneter Erde, das muß uns jetzt ein Trost sein.«

»Ich will wissen, wo das Kind begraben liegt.«

»Das werden wir nie erfahren. Du weißt doch, daß das immer so ist. Doch sie haben uns versprochen, daß sie einen schönen Platz bekommt.«

»Sie?« flüstert Julie mit steifen Lippen.

»Ja, Gott helfe uns. Es war ein kleines Mädchen«, sagt er, und seine Stimme ist von Tränen erstickt.

Da schreit sie, es ist ein langer, durchdringender Schrei, der durch das ganze Haus schallt.

»Ich will wissen, wo sie liegt. O Gott, ich muß wissen, wo sie liegt.«

Er dreht sich zu ihr herum, wie gelähmt bleibt er stehen, starrt sie an, streicht sich mit der Hand über das Gesicht.

Da schreit sie wieder: »Laß das sein! Ich kann das nicht ertragen.«

Hilflos kommt er auf sie zu, will sie umarmen, doch sie stößt ihn weg.

»Rühr mich nicht an!« schreit sie. »Geh jetzt! Hörst du, geh!«

Da steht Synnøve im Zimmer.

»Was ist denn hier los? Wollt ihr den Kindern einen Schrecken einjagen?«

Doch Julie schreit und schreit. »Rühr mich nicht an, geh!«

Zum zweiten Mal gibt ihr Synnøve heute eine schallende Ohrfeige.

»Mama, was machst du denn da? Du kannst sie doch nicht schlagen!« ruft er. Doch die Ohrfeige hat Julie zur Besinnung gebracht. Synnøves Stimme zittert vor Zorn.

»Daß du dich so hysterisch gebärden kannst. Denkst du nicht daran, daß du noch drei Kinder hast, die du zu Tode erschrickst? Du bist ein erwachsener Mensch, oder nicht?«

Julie ist jetzt ruhig, ihr ganzer Körper wie zu Eis erstarrt.

»Ich ertrage nicht, jemanden von euch hier zu haben«, erwidert sie kalt. »Nein, du rührst mich nicht an«, sagt sie, als Jørgen noch einmal versucht, sich ihr zu nähern.

»Jørgen, du kommst sofort mit mir nach unten«, befiehlt Synnøve scharf. »Hörst du nicht, daß sie in Ruhe gelassen werden will?«

In der Tür dreht Synnøve sich um und schaut sie lange an.

»Du denkst bestimmt, daß du die einzige bist, die so etwas durchmachen muß, Julie«, sagt sie, nun milder im Ton. »Aber du bist nicht die einzige. Hier siehst du jemanden, der das auch schon erlebt hat, und nicht nur einmal. Doch ich wußte, daß das Leben weitergehen muß. Daß es meine Pflicht war, für die Lebenden da zu sein. Darüber solltest du jetzt einmal nachdenken, Julie.«

Sie ist wieder allein, liegt da und starrt trüb vor sich hin, sie verspürt nur Haß, einen Haß, der in ihrem ganzen Körper brennt. Ein Gefühl, das ihr bisher völlig fremd war.

Astrid kommt herein und bringt ihr Essen. Belegte Brote, ein Glas Milch. Sie dreht ihr den Rücken zu.

»Ich kann kein Essen sehen.«

»O doch, du mußt ein bißchen was zu dir nehmen, wenn du wieder gesund werden willst«, sagt Astrid mild. »Willst du mich nicht ansehen?«

Langsam dreht sie sich in ihrem Bett herum, vermeidet es, Astrid anzuschauen, zieht ihre Hand zurück, als Astrid versucht, danach zu greifen.

»Du hast mir einmal geholfen, Julie. Das habe ich nicht vergessen. Jetzt bin ich an der Reihe, dich wieder auf die Beine zu bringen.«

»Ja.«

»Für Jørgen ist das Ganze auch schlimm. Er ist sehr verzweifelt. Er hat dir doch bestimmt erzählt, daß er Trym erschossen hat?«

»Was sagst du da?« flüstert Julie. »Er hat Trym erschossen?«

»Ja, hat er dir das nicht erzählt?«

»Aber die Kinder? Herrgott, was sagen die Kinder?«

»Er hat es aus Verzweiflung getan, Julie. Ich kann das verstehen.«

»Aber die Kinder?« jammert Julie. »Sie hatten ihn so gern.«

»Das war nur ein Tier, Julie.«

»Nur ein Tier?« fragt sie und bricht in ein Weinen aus, das sie in Stücke zu zerreißen droht. Sie schluchzt hemmungslos, die Schmerzen, die ihr das bereitet, bringen sie gänzlich aus der Fassung. Sie nimmt wahr, wie Astrid ihre Arme um sie legt, spürt ihre Hände, die sie streicheln und trösten, sie schafft es nicht, sich dem zu entziehen. Sie weint, bis sie erschöpft im Kissen liegt, leer, ermattet, kraftlos.

»Sieh her!« sagt Astrid. »Jørgen hat gesagt, daß ich dir das geben soll.«

Zwei weiße Pillen aus Astrids Hand, ein Schluck Wasser aus dem Glas. Sie ist zu erschöpft, um ihre Hand von Astrids Hand wegzunehmen. Astrid bleibt bei ihr sitzen, bis sie wieder eintaucht in die große Dunkelheit.

Schwester Else ist eine quicklebendige junge Frau Anfang Zwanzig. Das macht es ihr leichter, über die ersten Tage zu kommen. Sie kümmert sich unauffällig um Julie, verläßt das Zimmer nur, wenn sie nach unten zum Essen geht. In den Nächten schläft sie in einer kleinen Schlafkammer, die sich neben dem Gästezimmer befindet. Die Tür zwischen den beiden Räumen bleibt offen. Nach und nach gehören die langen, schlaflosen Nächte der Vergangenheit an, auch die Alpträume, die aus allen Ecken des dunklen Zimmers auf sie zugekrochen kommen, hören auf. Das alles bleibt ihr erspart, weil Schwester Else sie den ganzen Tag über wachhält, ihr nicht erlaubt, zu schlafen. Wenn sie nichts anderes zu tun hat, sitzt sie bei einer Handarbeit, schwatzt munter daher, erzählt dies und das. Das tut gut. Während dieser Zeit gelingt es Julie, zu vergessen. Es ist ein großer Trost für sie, Schwester Else hier zu haben. Außerdem schafft sie es, daß Julie ißt, sie gibt nicht eher nach, bis der Teller leer ist. Sie spürt, daß ihre Kräfte langsam zurückkehren. Dann kommt der Tag, an dem sie zum ersten Mal wieder aufstehen und sich selber waschen und zurechtmachen kann. Sie steht wie ein neugeborenes Fohlen auf wackeligen Beinen, aber sie schafft es. An einem der folgenden Tage fragt Schwester Else, ob sie nicht über das, was passiert ist, sprechen möchte.

»Nein, das schaffe ich nicht, noch nicht.«

»Ich frage dich nur, weil ich denke, es würde dir guttun. Aber du hast vielleicht recht, es ist wohl noch zu früh dafür. Nur eines mußt du wissen, es wird der Tag kommen, an dem du gezwungen sein wirst, den Tatsachen ins Auge zu blicken. Wenn der Moment kommt, an dem deine Niedergeschlagenheit am größten ist, dann denk daran, es ist ganz natürlich, daß du so empfindest, und du darfst dann keine Angst haben, darüber zu sprechen. Verdränge es nicht, sprich darüber mit den Menschen, die dich umgeben. Wenn du das nicht tust, besteht das Risiko, daß du nie damit fertigwirst.«

Nach Schwester Elses Abreise ist es einsam geworden. Jetzt hat Astrid ihre Pflege übernommen, sie schläft in demselben Raum wie Schwester Else, doch tagsüber bleibt Julie meistens allein liegen. Synnøve schaut jeden Tag herein, aber nur, wenn Astrid da ist, nie, wenn Julie allein ist. An den Abenden, wenn Jørgen vom Holzeinschlag zurück ist, sitzt er bei ihr. Auf dem Stuhl neben dem Bett, dichter kommt er nicht heran, und sie unternimmt ihrerseits nichts, um etwas daran zu ändern. Die Kinder werden nicht mehr erwähnt. Sie sieht ihm an, daß er leidet, sieht Ratlosigkeit in seinen Augen, wenn sein Blick, was selten passiert, ihrem begegnet. Doch das ist zuviel, diesen Anblick kann sie nicht ertragen. Sie sieht ihn an, und sie sieht einen Fremden.

Ab und zu kommen die Kinder zu ihr herauf. Still sitzen sie am Fußende ihres Bettes, verlegen und verunsichert fragen sie, ob sie nun bald gesund sei. Wann sie denn wieder aufstehen werde.

»Bald«, sagt sie dann. »Ich bin nun bald wieder gesund.« Sie versucht, so natürlich, wie sie nur kann, mit ihnen zu sprechen. Auch sie versuchen nicht mehr, sich ihr zu nähern. Vermutlich ist ihnen gesagt worden, daß sie das nicht dürfen. Sie sitzen dort am Fußende und sind weit, weit weg, in diesen Tagen sind sie ihr sehr weit entrückt.

Eines Tages kommt Krister allein zu ihr herauf.

»Setz dich her zu mir, Krister«, sagt sie, und er setzt sich zögernd zu ihr auf die Bettkante. Vorsichtig prüfend greift sie nach seiner Hand. Die Berührung mit dieser bloßen, dürren und festen Hand des Jungen versetzt ihr einen Schock, der ihr durch und durch geht. Nicht, weil sie Widerwillen empfindet, es ist etwas anderes, etwas, das sie nicht in Worte fassen kann. Er zieht seine Hand nicht weg, rot geworden, schaut er verlegen zu Boden. Sie weiß, er ist nun schon so groß, daß es ihn verlegen macht, wenn sie ihn anfaßt, aber es gelingt ihr, seine Hand festzuhalten.

»Mama«, sagt er, und seine Stimme ist kaum zu hören, »du weißt doch, daß noch ein anderes Kind kommen kann, später einmal. Ich möchte nicht, daß du so traurig bist.«

Das sagt er, ein Neunjähriger, ihr wird siedend heiß, und Tränen kommen mit einer Gewalt in ihr hoch, daß sie alle

Kräfte zusammennehmen muß, um sich dagegen zu wehren. Wie entblößt fühlt sie sich durch seine Worte.

»Ich weiß das«, sagt sie. »Ich weiß, Krister.«

Sichtlich erleichtert, daß er es geschafft hat zu sagen, worüber er bestimmt schon seit längerem nachgegrübelt hatte, zieht er seine Hand zurück und schaut ihr in die Augen.

»Sie sagen, du seist nun bald gesund und könntest wieder aufstehen.«

»Wer sagt das?«

»Alle.«

»Ja, ich stehe nun bald auf, vielleicht schon morgen. Und du, Krister? Geht es dir gut, klappt es in der Schule?«

»Ja, doch, aber es ist schon ziemlich schlimm.«

»Was ist denn so schlimm? Daß ich krank bin?«

»Das auch, aber außerdem ist Trym verschwunden.«

»Trym ist verschwunden?« fragt sie, und ihr wird heiß dabei.

»Ach, dann weißt du es also noch gar nicht. Papa sagt, der Fuchs habe ihn geholt.«

»Der Fuchs?«

»Ja, es gibt jetzt furchtbar viele Rotfüchse in der Nähe der Fuchsfarm.«

»Das ist furchtbar.«

»Ja, aber daran kann man eben nichts ändern«, sagt er verständig. »Aber Helge und Jostein, die haben fast einen ganzen Tag lang um Trym geweint.«

»Und du, hast du nicht geweint?«

»Ja, doch, ein bißchen schon.«

So ist es also. Er hat gesagt, der Fuchs habe den Hund geholt. Na, das soll seine Sache sein. Daß er sich so erniedrigen kann und seine Kinder anlügt.

Über vierzehn Tage hat sie nun im Bett zugebracht. Kristers Besuch macht ihr deutlich, daß es keinen Sinn hat, die Sache noch länger hinauszuzögern. Sie muß dem, wovor ihr so furchtbar graut, ins Auge sehen, sie kann den Leuten im Hause nicht länger ausweichen, sie muß ihnen in die Augen sehen und wieder in den Alltag zurückkehren.

Vor den langen Nächten graut es ihr. Stundenlang liegt sie wach und grübelt, kämpft mit qualvollen Gedanken, doch der Schmerz, der wirkliche Schmerz, den verdrängt sie. Will nicht daran denken, noch nicht, doch er sitzt wie eine Geschwulst tief in ihr. Sie hat versucht zu beten, aber noch nie ist Gott für sie so weit weg gewesen wie jetzt. Wie kann sie nach dem, was passiert ist, Vertrauen in ihn setzen?

Am letzten Abend, als sie im Bett liegt und versucht, sich Mut für das Zusammentreffen mit den Hausbewohnern am nächsten Tag zu machen, bittet sie Jørgen, ihr die Bibel zu holen. Daraufhin schaut er sie nachdenklich an, geht jedoch und holt das Buch.

»Ich weiß nicht, ob es gut für dich ist, wenn du jetzt über so etwas sinnierst«, sagt er, als er ihr die Bibel gibt.

Sie schaut ihn nur an, er geht und macht die Tür leise hinter sich zu.

Ziellos blättert sie in dem dicken Buch herum, es ist die Bibel der Mutter, die sie ihr mitgab, als sie hierherzog. Der Geburtstag der Mutter steht darin, wann sie konfirmiert wurde, wann sie und der Vater geheiratet haben. Alle Geburtsdaten der Kinder sind vermerkt. Hinter Synnas Namen und hinter dem Namen des kleinen Bruders, der gestorben ist, stehen jeweils ein Kreuz und das Sterbedatum.

Sie erinnert sich gut, was die Mutter zu ihr sagte, als sie ihr diese Bibel überreichte.

»Eigentlich sollte Synna sie erhalten, weil sie die älteste

war. Nun bekommst du sie, und wenn du einmal eine Tochter kriegst, dann kannst du sie ihr vererben.«

Schnell verdrängt sie diese Erinnerung.

Zur Konfirmation hat sie eine eigene Bibel bekommen, doch wenn sie in der Heiligen Schrift lesen will, dann greift sie zu dieser. In ihr zu lesen, findet sie feierlicher. Vielleicht, weil sie in gotischer Schrift gedruckt ist und sich dieser feierlichen, altmodischen Sprache bedient. In dieses Buch hat sie die Geburtstage ihrer eigenen Kinder geschrieben, aber auch das schiebt sie jetzt beiseite.

Im Schein der Petroleumlampe, die auf dem Nachttisch steht, blättert sie aufs Geratewohl in dem Buch. Es liegen Zettel darin. Auf den Seiten, wo sie liegen, sind einzelne Sprüche unterstrichen. Manches von ihrer Mutter, anderes von ihr selbst. Sie schlägt eine Seite mitten im Alten Testament auf. Die Worte, die dort unterstrichen sind und die sie sehr gut kennt, springen ihr entgegen, hämmern sich ihr ein. Fünftes Buch Moses, dreiunddreißigstes Kapitel, Vers fünfundzwanzig.

»Unter deinen Schuhen sei Eisen
und Kupfer; und wie deine Tage sind, soll
deine Stärke sein.«

Sie hat diese Worte schon so oft gelesen, hat bestimmt Trost in ihnen gefunden, doch jetzt bekommen sie einen völlig neuen Sinn für sie. Sie wird von einer Ruhe und von einer Resignation ergriffen, die sie so noch nie empfunden hat. In diesem Moment hat sie deutlich vor Augen, was aus ihrem Leben werden wird, aus ihrem und dem der Jungen, in diesem Augenblick führt sie sich alle Hoffnungen und Zukunftsträume vor Augen, die sie für sie hat. Vielleicht wird sie eines Tages auch Jørgen wieder in alles einbeziehen. Noch weiß sie nicht, wie sie das schaffen soll, möge Gott ihr verzeihen. Doch diese Worte sollen sie hier herausführen, sollen sie durch den Alltag leiten. Und klarsichtiger als je zuvor erkennt sie jetzt, daß sie ihr Leben in die eigenen Hände nehmen muß: »Wie deine Tage sind, soll deine Stärke sein«.

Sie wußte, daß es so werden würde. Keiner schaut ihr in die Augen, als sie sich am ersten Tag an den Frühstückstisch setzt. Niemand erwähnt, was passiert ist, sie wird nur gefragt, wie es ihr geht, hektisch spricht man über alltägliche Dinge.

Noch schafft sie es nicht, die Küchenarbeit zu übernehmen, nach dem langen Liegen im Bett ist ihr schwindlig und übel, sie nimmt sich eine Handarbeit vor, während Astrid und Synnøve arbeiten. Wieder bemerkt sie, daß Synnøve es vermeidet, mit ihr alleine zu bleiben. Wenn Astrid hinausgeht, findet Synnøve einen Grund, ihr zu folgen.

Nach dem Mittag ist Julie erschöpft, spürt, daß sie sich hinlegen muß. Als sie schon an der Tür ist und ins Gästezimmer gehen will, wird sie von Synnøve aufgehalten.

»Nein, dorthin kannst du nicht mehr«, sagt sie. »Ich habe das Bettzeug schon in die Wäsche getan.«

»Aber ich dachte, ich könnte mich dort noch eine Weile hinlegen«, antwortet Julie ratlos

»Das ist nun wohl nicht mehr nötig. Das Holz, das wir dort zum Heizen brauchen, wäre ja glatt weggeworfen. Aber ich habe dein eigenes Bett frisch bezogen.«

Fröstelnd liegt sie im Bett, die saubere Bettwäsche knistert kalt. Wie soll sie das ertragen? Zusammen mit ihm hier zu schlafen in diesem Zimmer, das ihr so fremd geworden ist. Sie schaut sich um in dem Raum, der im Obergeschoß über der Küche liegt und genauso groß ist wie die Küche darunter. Das Doppelbett, das sie von ihren Eltern zur Hochzeit geschenkt bekamen, steht mitten im Zimmer. Zwei wuchtige Betten mit hohen Rückwänden aus Maserbirke, auf jeder

Seite ein Nachttisch. Dazu aus demselben Holz die Frisierkommode mit Spiegel. Noch ist überall richtig viel Platz für weitere Betten. Nur Helge schläft jetzt hier, die beiden anderen haben zu zweit schon ihr eigenes Zimmer bekommen. Hier im Schlafzimmer hat immer ein selbstgezimmertes Kinderbett gestanden. Die letzten Jahre hat sie Bettwäsche, die nicht benutzt wurde, darin aufbewahrt. Jetzt sieht sie, daß das Bett aus dem Zimmer entfernt wurde.

Die ersten Nächte liegt sie steif auf ihrem Lager, so weit von ihm weg, wie es nur geht. Noch immer rührt er sie nicht an, streicht ihr nur vorsichtig über das Haar, bevor er gute Nacht sagt. Sie hält das nicht mehr aus. Eines Tages geht sie in das Zimmer hinauf und versucht, die beiden Betten auseinanderzuschieben. Das ist schwer, sie schafft es kaum, sie von der Stelle zu rücken, plötzlich steht Astrid in der Tür.

»Julie, was machst du denn hier?«

»Du kannst mir helfen.«

»Aber wozu soll das denn gut sein?«

»Ich schlafe sehr unruhig und wecke Jørgen dauernd«, sagt sie. »Es soll nur für eine gewisse Zeit sein, bis ich wieder zu Kräften gekommen bin.«

Mühsam schieben sie die schweren Betten nach rechts beziehungsweise links an die Wand, stellen die Nachttische daneben. Das Zimmer ist noch größer geworden, noch fremder, doch sie hat das Gefühl, getan zu haben, was getan werden mußte.

»Weiß Jørgen davon?«

»Selbstverständlich«, lügt sie.

Als er an diesem Abend ins Schlafzimmer kommt, bleibt er wie erstarrt stehen und guckt ungläubig. Sie liegt schon im Bett. Seine Wangen werden blaß.

»Was hast du denn gemacht?«

Schnell und ohne Luft zu holen sagt sie ihm dasselbe, was sie Astrid gesagt hat. Sie habe Angst, daß er nicht schlafen könne, weil sie so unruhig sei.

»Habe ich mich darüber beklagt?«

»Das ist ja nur für eine kurze Zeit«, sagt sie, ohne ihn anzuschauen.

»Na, gut, wenn du das sagst«, antwortet er müde. »Julie«, fügt er hinzu, »ich dachte, wir wollten einander helfen, um das hier durchzustehen, und dann das.«

»Du mußt mir Zeit geben, Jørgen!«

»Zeit? Sag mir doch mal, was ich dir getan habe. Machst du mich dafür verantwortlich, daß das passiert ist?«

»Nein, nein, so etwas darfst du nicht denken.«

»Du erträgst es nicht, daß ich dich berühre. Ich komme mir vor, als hätte ich eine ansteckende Krankheit, vor der du dich fürchtest.«

»Wenn du das Gefühl hast, dann mußt du mir das verzeihen, aber ich kann nicht anders. Noch nicht.«

Wie immer in der Vorweihnachtszeit versammeln sich die Männer an den langen, dunklen Abenden in der Küche. Wie immer gibt es viel Tratsch, viel zu besprechen und zu diskutieren, alles mögliche, was im Dorf und draußen in der großen Welt geschieht: alles von Hitler und Mussolini bis Quisling hier im eigenen Land oder die kleinen Ereignisse in der Gemeinde.

Die Frauen sitzen für gewöhnlich mit einer Handarbeit dabei. Überhaupt sitzen sie nie einfach so da ohne Strickzeug in den Händen oder Kleidungsstücke, die geflickt und gestopft werden. Sie mischen sich selten in die Diskussionen ein, aber sie hören zu und bekommen auf diese Weise an diesen Abenden viel mit.

Das meiste, was gesagt wird, rauscht an Julie vorbei, doch etwas bleibt auch in ihrem Gedächtnis haften.

Am 25. November melden die Zeitungen, daß Kristiansund unter staatliche Verwaltung gestellt ist. Die Regierung hat einen Staatssekretär des Justizministeriums zum Leiter der Verwaltung ernannt. Vom 1. Dezember an wohnt er in Kristiansund. Das löst Empörung in der Stadt aus, es kommt zu Massenkundgebungen und Demonstrationen gegen die »Aushungerungspolitik« des Staates. Eltern drohen damit, ihre Kinder nicht mehr in die Schule zu schicken. Eine Gruppe fordert die Fortsetzung der Hilfe für hungernde Kinder. Nachdem der Frauenverein für Krankenbetreuung die »private Schulspeisung« mit der Verteilung von Butterbrotpaketen aufgenommen hat und die staatliche Verwaltung auch darüber Kontrolle ausüben will, nimmt die Empörung noch zu. Weil ihnen der Wert dieser Maßnahmen direkt beziehungsweise von den Mitteln der Familienfürsorge abgezogen werden soll.

Zu alldem kommt noch dieses erniedrigende Gefühl, das Recht auf Selbstverwaltung eingebüßt zu haben. Die Stadt ist bankrott, muß Konkurs anmelden, eine unerträgliche Situation.

Tidens Krav ist die Zeitung, die sich am weitesten vorwagt, wenn es darum geht, zum Angriff gegen die »Regierungsdiktatur« vorzugehen und gegen den »Gutschein-Vogt«, dem von der Kommune ein monatlicher Lohn von achthundert Kronen ausgezahlt wird. Eine Summe, die ein gewöhnlicher Mensch nicht fassen kann. Und das zur selben Zeit, in der die kleinen Leute der Stadt hungern und die verhaßten Gutscheine für Essen annehmen müssen. Für diesen Lohn kann sich der »Gutschein-Vogt ein Leben wie im Schlaraffenland im Grand Hotel leisten«, schreibt die Zeitung.

Darüber wird in der Küche auf Storvik gesprochen. Den meisten tut es leid, daß die Stadt in eine solch schwierige Lage geraten ist, doch andere sind ziemlich schadenfroh und sagen, daß die Stadt jetzt ruhig einmal die Medizin kosten könne, die die Gemeinde schon schlucken mußte. Und gab es jemanden in der Stadt, der Mitleid mit ihnen hatte, als sie hier dasselbe durchmachten?

Deshalb muß Julie an Randi denken. Sie hätte ihr schon längst schreiben sollen, berichten, was passiert ist, aber dazu findet sie nicht die Kraft. Vor Weihnachten erhält sie von Randi einen langen Brief, in dem sie ihr von all den Ereignissen in der Stadt berichtet. Randi wünscht ihr alles Gute für die bevorstehende Niederkunft. Selbst darauf antwortet sie nicht, schickt ihr nur eine Karte, auf der sie fröhliche Weihnachten und ein gutes neues Jahr wünscht. So etwas hat es bisher noch nicht gegeben.

Weihnachten kommt ihr wie ein Alptraum vor, den man überstehen muß. Das Kind hätte in der Nachweihnachtswoche geboren werden sollen.

Nach Neujahr ruft Randi an.

»Wie geht es dir, Julie? Ich habe Ivar in der Stadt getroffen, er hat mir erzählt, was passiert ist.«

»Ich kann jetzt nicht darüber sprechen, aber es geht mir gut.«

»Ja, ich verstehe«, sagt Randi, die wohl genausogut weiß wie sie, daß man draußen auf dem Lande am Telefon sich nicht richtig privat austauschen kann, weil die Angestellten in der Telefonzentrale alle Gespräche nach Lust und Laune mithören können.

»Komm her, Julie. Mach dich ein paar Tage frei. Das wird dir guttun.«

»Ich weiß nicht, später vielleicht. Aber ich werde dir schreiben.«

Zunächst verschiebt sie es immer wieder, aber eines Abends setzt sie sich hin, um den Brief an die Freundin zu beginnen. Ihr Kopf ist voll von Gedanken, die sie gerne in Worte fassen würde, aber es werden nur ein paar Zeilen, in denen sie kurz berichtet, was passiert ist. Ihr Kopf funktioniert nicht mehr so, wie er sollte, die Arbeitstage sind für sie eine Plage, durch die sie sich quälen muß. Sie weint nie mehr, ist weder imstande, Freude noch Kummer zu empfinden. Das Kind wird nie erwähnt, nicht zwischen ihr und Jørgen, von niemandem, mit dem sie zu tun hat. Es ist, als wäre es nicht geschehen. Und sie und Jørgen verhalten sich wie zwei Fremde zueinander. Es gibt Tage, an denen sie glaubt, daß sie es nicht mehr aushält.

Nach Weihnachen im Winter 1933 wird die Post zum Kaufmann verlegt. Obwohl sie darauf vorbereitet waren, sind die Veränderungen größer, als sie gedacht hatten. Besonders, was Astrid betrifft. Solange sie sich um die Post kümmerte, war das eine plausible Begründung, daß sie weiterhin auf dem Hof lebte. Jetzt ist sie wirklich zu der unverheirateten Tochter geworden, die der übrigen Familie im Haus als Gratishilfe zur Verfügung steht. Schon immer war sie still und wortkarg gewesen, doch jetzt scheint es, als verstärkte sich dieser Zug an ihr. Das einzige, was ihr offensichtlich wirklich Freude macht, ist die Musik. Seitdem neuerdings ein Radio im Haus ist, sucht sie dort nach Musik, oder sie sitzt am Klavier. In solchen Momenten strahlt sie Jugendlichkeit aus, ansonsten aber hat sie aus sich ein Wesen gemacht, das den Eindruck einer alten Jungfer, wie sie sich selber einmal nannte, noch verstärkt. Sie hat zugenommen, zeigt keinerlei Interesse mehr, sich modern zu kleiden, wie das früher der Fall war; ihre Haare hat sie wieder wachsen lassen und zu einem

Knoten im Nacken zusammengebunden. Mit ihren dreiunddreißig Jahren sieht sie älter aus, als sie ist.

Was Astrid anscheinend ebenfalls Freude macht, ist der Umgang mit den drei Jungen. Sie hat eine unglaubliche Geduld mit ihnen, und wenn die Kinder irgend etwas wollen, dann wenden sie sich an sie oder an Synnøve. Astrid setzt sich mit ihnen ans Klavier, Krister hat schon viel gelernt, und Helge ist auch eifrig dabei, so klein er noch ist. Jostein ist der einzige der Jungen, der kein besonderes Interesse für Musik zeigt. Er ist ungeduldig, zieht Spiele vor, die Energie erfordern und bei denen er selber bestimmen kann. Helge wird sicherlich wie Krister, still und in sich gekehrt, aber er hat ein so strahlendes Lächeln, daß alle in seiner Nähe dahinschmelzen.

Daß die Post weg ist, macht sich noch auf andere Weise bemerkbar. Wirtschaftlich sowieso, aber darüber hinaus ist es auf dem Gehöft merkwürdig einsam geworden. Sie waren daran gewöhnt, daß der Hof und das Postkontor an den Abenden, wenn die Post ausgegeben wurde, voller Menschen war. Viele von denen, die kamen, um die Post zu holen, schauten bei der Gelegenheit in der Küche vorbei. Auch weiterhin kommen Nachbarn und Leute aus dem Dorf zu einem Schwatz vorbei, aber es ist nicht mehr so wie früher. Dabei liegt es nicht daran, daß es keine Gesprächsthemen mehr gäbe, so wie die Zeiten sind. Interessiert verfolgt man, was vor Ort und außerhalb geschieht. Das Radio hat den Leuten jetzt die große Welt direkt nach Hause ins Wohnzimmer gebracht, aber nicht alle besitzen eins. Die keinen Apparat haben, gehen zu denen, die – wie Storviks – einen haben.

Sie hören Mussolini und Hitler im Radio, und obwohl sie kein Wort von dem, was sie sagen, verstehen, machen sie sich ein Bild von den beiden, über die in den Zeitungen soviel geschrieben wird. Sie meinen, daß Hitler trotz seines

Geschreis etwas kultivierter wirke als Mussolini, der, wie sie sagen, wie ein wildes Tier brülle. Außerdem müsse Hitler anscheinend ein akzeptabler Mann sein, schließlich wurde er kurz nach Neujahr Reichskanzler in Deutschland. Das sei ein Amt, das Respekt gebiete. Eindruck macht, daß er sagt, er werde die große Arbeitslosigkeit und die Not in Deutschland in den Griff bekommen. Auch, daß er den Kommunismus bekämpfen will, »die rote Gefahr«, wie das genannt wird. Das sind Worte, die auf fruchtbaren Boden fallen. Die Angst vor dem Kommunismus in den bürgerlichen Parteien bewirkt, daß der Hitler-Staat als etwas Positives betrachtet wird, als eine nationale und moralische Wiedergeburt, das betrifft vor allem die Bauernpartei und die Liberale Volkspartei. Andere sind skeptischer. »Aftenposten« schreibt, der rote und der braune Sozialismus seien fast ebenso abscheulich, »aber wenn wir gezwungen wären, eine Wahl zwischen Stalins und Hitlers Diktatur zu treffen, dann würden wir uns zweifellos für die Hitlers als das kleinere der beiden Übel entscheiden«.

Am stärksten wendet sich die Arbeiterbewegung gegen Hitler. Und zwar deshalb, weil sich der Nazismus schon seit vielen Jahren mit seinem versteckten Terror gegen die deutsche Arbeiterbewegung richtet. Nach Hitlers Machtübernahme wird dieser Terror sichtbar. In diesem Jahr sind bereits Emigranten aus Deutschland nach Norwegen gekommen. Man räumt ihnen Platz in der Arbeiterpresse und in den linken Blättern ein, um die Zustände in Deutschland zu schildern. Sie geben erschütternde Berichte über Massenverhaftungen von Kommunisten und anderen Gegnern des Nazismus in Deutschland. Doch das stiftet in erster Linie nur große Verwirrung, die Leute wissen nicht, was sie davon halten, was sie glauben sollen.

Hier in Norwegen hat der frühere Verteidigungsminister

Vidkun Quisling Neujahr 1933 eine neue Partei gegründet, Die Nationale Sammlung. Die Partei hat wenig Zulauf, Jugendliche jedoch zieht sie stark an, besonders die Stadtjugend aus der Mittelklasse. Viele von ihnen sind junge Burschen, die vorher dem Vaterlandsbund angehörten. Quisling findet auch Anhänger unter Waldarbeitern und Kleinbauern in Südostnorwegen. In Stavanger und Umgebung gelingt es dem geschickten Propagandisten Gulbrand Lunde, von Beruf Chemie-Ingenieur, innerhalb der Partei eine Fraktion zu bilden, die faschistisches mit christlichem und ethischem Gedankengut mischt. Aber landesweit findet Quisling genausowenig Beachtung wie seine Partei, der der baldige Untergang prophezeit wird.

Ansonsten gibt es genügend Sorgen auf lokaler Ebene. Das Sägewerk in Øra ist weiterhin nur ein paar Wochen im Frühjahr in Betrieb, von der Kommune wird Notstandsarbeit organisiert. Hinter vorgehaltener Hand spricht man darüber, daß die Schleiferei nicht mehr die Sicherheit bietet wie früher einmal. Die Krisenzeit scheint überhaupt kein Ende nehmen zu wollen. In den Zeitungen ist kaum von etwas anderem als von Elend, Zwangsversteigerungen und Konkursen, Notstandsarbeit und Armenfürsorge die Rede. Die Krisenhilfe der Stadtbewohner, die hier in dieser Gegend keine wirkliche Hilfe für die Bauern war, trotzdem aber als moralische Unterstützung empfunden wurde, wird eingestellt. Als sich einige Führungsmitglieder Quislings Nationaler Sammlung anschließen, wird der Verband gesprengt und löst sich auf. Mutlosigkeit macht sich breit, und die trüben Zukunftsaussichten beschäftigen die Leute dermaßen, daß ihnen keine Kraft mehr bleibt, sich richtig für die Landes- oder Weltpolitik zu engagieren. Die langen Diskussionen zu diesen Themen sind für sie eher Unterhaltung und eine Flucht aus dem düsteren Alltag.

Nie zuvor hat sich Jørgen so einsam gefühlt wie in diesem Winter. Nie hatte er solche Arbeitstage, im Wald mit den Stämmen und dem Brennholz, zu Hause bis spätabends mit den Bilanzen für den Fuchshof. Wie ein Verrückter hat er geschuftet, um Geld für den großen Kredit zu beschaffen, ohne daß es irgend etwas zu nutzen scheint. Eine Enttäuschung folgte der nächsten. Der Wurf der Welpen, der zugrunde ging, das zweitklassige Fell, schlechte Fellpreise. Die Mutlosigkeit, weil man nie Geld in den Händen hat, weder für den eigenen Gebrauch noch für die Familie. Verbissen hat er gegen alle Schwierigkeiten gekämpft, konnte nicht, wollte nicht aufgegeben. Er, der nach den langen Arbeitstagen immer schlafen konnte, macht jetzt Nächte durch, in denen er fast kein Auge zubekommt. Brief für Brief hat er erhalten, sowohl von dem Onkel als auch von dem Schwiegervater, mit der Aufforderung, das Ganze abzuwickeln. Der letzte Brief des Onkels war keine förmliche Bitte, sondern eine Anordnung. Der Onkel hat die Sache selber in die Hand genommen. Er hat Kontakt mit einem Geschäftsmann in Trondheim aufgenommen, der die Fuchszucht im großen Stil betreibt, der Fuchshöfe, die in Schwierigkeiten geraten sind, aufkauft – sowohl in Trøndelag als auch hier im Distrikt. Er hat sich bereit erklärt, nach Storvik zu kommen und sich den Fuchshof anzusehen. Es besteht große Hoffnung, daß er den Hof kauft und Jørgen als Geschäftsführer einsetzt. Jørgen dürfe nicht mit einem großen Lohn rechnen, schreibt der Onkel, aber es sei immer noch besser als gar nichts, und auf alle Fälle besser als ein Bankrott. Und Jørgen kann damit einen großen Teil seines Kredites abzahlen.

Nächtelang liegt er wach, weiß, daß er darauf eingehen, daß er kapitulieren muß. Das Ganze war ein Traum, für den er alles getan hat, um ihn Wirklichkeit werden zu lassen. Und es ging um weitaus mehr als nur darum, es war ein Symbol für seine Selbständigkeit. Wie soll er diese Niederlage verkraften? Und er hat dabei nichts mehr zu sagen, gar nichts. Aber es ist nicht nur die Sache mit dem Fuchshof, die ihm den Schlaf raubt. Julie, das mit Julie ist fast das schlimmste von allem. Julie, die hier wie eine Fremde umherwandelt, die eine Kälte um sich verbreitet, daß er es nicht wagt, sich ihr zu nähern, schon gar nicht, sie zu berühren. In den Nächten, wenn er wach liegt und sie atmen hört, ist die Sehnsucht nach ihr, ist der Abstand, der sich zwischen ihnen aufgetan hat, ein Schmerz, der nicht von dieser Welt zu sein scheint. Es ist nicht nur der räumliche Abstand, die große freie Fußbodenfläche zwischen ihren beiden Betten, die getrennt jeweils an einer Wand stehen. Es ist mehr als das, sie leben in einem Haus zusammen, essen am selben Tisch, schlafen im selben Zimmer, aber es ist, als lebe jeder in seiner eigenen Welt.

Noch immer verspürt er im Innern Sehnsucht nach ihr, nach ihrem Körper, danach, daß alles sein möge, wie es einmal war, nach Nähe und Vertrautheit. In der letzten Zeit hat er dem großen nagenden Gefühl im Innern nur einige wenige Male nachgegeben, aber jedesmal, bevor er es wagte, sie anzusprechen, hatte es ihn davor gegraust, und er war in Schweiß ausgebrochen.

»Julie, kann ich ein Weile zu dir kommen?« flüsterte er dann, aber bei diesem jammernden Ton seiner eigenen Stimme wurde ihm am ganzen Körper heiß vor Scham.

Dann war sie zu ihm gekommen, gehorsam, als wäre nach einem Kind gerufen worden. Leblos lag sie unter ihm, fremd und fern, ihre kalten Hände, mit denen sie ihm über den Rükken strich, leblos, bis es vorüber war und sie durch das Zimmer in ihr Bett zurücktrottete. Und er blieb beschämt und sich erbärmlich fühlend zurück, kam sich wie ein Verbrecher vor. Wie jemand, der sich an ihr vergangen hatte. Die Erinnerung an ihren leblosen Körper, an die fremden, schwachen Würgelaute von ihr bewirken, daß sich alles in ihm umdreht. Er weiß nicht, ob er das noch ertragen kann. Es ist nicht zu glauben, wenn er daran denkt, wie sie einmal war. Als ihr Körper vor Leben bebte, während sie ihm diese große Freude bereitete, als das für sie beide die größte Freude war, die es gab. Als das die Momente waren, die sie beide über den Alltag trugen.

Wieder und wieder grübelt er darüber nach, was an jenem Morgen geschah. Der Hund, die Kuh, die Julie angriff. Wäre es vermeidbar gewesen? Macht sie ihn für das, was passiert ist, verantwortlich? Wenn es so ist, kann er es nicht fassen. War das denn kein Unglück? Und Gott weiß, daß auch er um das Kind, das kleine Mädchen, das sie verloren haben, trauert. Nächtelang hat er deshalb geweint und gedacht, sie würden einander helfen, um darüber hinwegzukommen. Julie erwähnt das Kind gar nicht mehr, und wenn sie bei der Arbeit ist, sieht es aus, als ob sie wieder dieselbe wie früher wäre, doch er sieht ihr an, daß sie weit weg ist. Noch eine andere Veränderung bemerkt er an ihr, nämlich, daß sie für die Kinder mehr Zeit aufbringt, als das früher der Fall war. Sie setzt sich mit Krister hin und achtet darauf, daß er die Schularbeiten pünktlich und ordentlich erledigt, paßt jeden Tag auf, daß er sich ans Klavier setzt und die Übungen macht, die ihm Astrid aufgibt. Sie hat begonnen, Jostein lesen und schreiben beizubringen, im Herbst soll er eingeschult werden, und Julie liest den drei Kindern vor. Oder sie näht Sachen für sie, meistens ändert sie alte Kleidungsstücke um. Wie die Dinge auch immer stehen, die Kinder müssen ordentlich aussehen, sagt sie. Nun war Julie immer tüchtig als Mutter, aber dieser ambitionierte Zug ist ihm früher nie aufgefallen. Auch darüber grübelt er nach, grübelt, weil er davon ausgeschlossen ist. Das ist ein vages Gefühl, das er nicht in Worte fassen kann. Aber am allerschlimmsten ist es, wenn er sie dabei ertappt, wie sie ihn betrachtet. Dann sieht er eine Kälte in ihren Augen, etwas, das wie Verachtung aussieht, sie hat dann einen Ausdruck in ihrem Blick, der ihn frösteln macht. Wenn sie bemerkt, daß er sie beobachtet, lacht sie ihn an, ihr Blick wird ausdruckslos, aber sie lächelt, und er glaubt dann fast, daß die Kälte, die er gerade beobachtete, Einbildung war. Sie macht ihn so unsicher, daß er sich keinen Rat weiß, wie er damit umgehen soll.

Der fremde Mann, den Jørgen eines frühen Morgens im März vom Kai abholt, wird von den Leuten, die ihn kennen, der Fuchsbaron genannt. Er ist ein Mann, der aus allem, was er anpackt, Geld macht, heißt es. Groß und hager, ragt er aus der Menschenmenge heraus, fällt durch seine aparte Kleidung auf. Heute morgen hat er eine karierte Jacke an und Knickerbocker, darüber einen langen, braunen Ledermantel, auf dem Kopf trägt er eine karierte Mütze. Er gehört zu den Menschen, die sich extravagant kleiden können, ohne daß es lächerlich wirkt. Eher unterstreicht es die Autorität, die dieser Mann einflößt. Eine dicke, weiße Haarmähne, der scharfe Blick, buschige Augenbrauen, Adlernase, all das verstärkt den Eindruck von Macht, und dazu im Kontrast steht sein freundliches Lächeln, seine sanfte Stimme, ein Lächeln, das Jørgen erschauern läßt.

Es bleibt nicht unbemerkt, daß dieser Mann von Jørgen abgeholt wird. Obwohl der Dampfer aus Trondheim hier in aller Herrgottsfrühe ankommt, haben sich schon viele eingefunden, um zu schauen und nach Neuigkeiten zu fragen. Bald wird das ganze Dorf wissen, warum er gekommen ist. Jetzt ist eingetreten, was sie erwartet hatten. Jørgen muß den Fuchshof aufgeben. Es ist hier nicht besser als anderswo, die meisten sind bestimmt schadenfroh darüber, denkt Jørgen und spürt ihre Blicke auf sich gerichtet, spürt, wie sie hinter seinem Rücken höhnisch lachen, während er mit dem großen Mann in der Kutsche die Steigung zum Hof hinauffährt. Es kommt ihm vor, als könnte er ihre Worte hören. Daß er, Jørgen Storvik, ein größenwahnsinniger Trottel sei, der geglaubt habe, er könne damit ganz allein fertig werden. Wo sich so viele zusammentun und trotzdem aufgeben müssen. Außerdem sei er überhaupt kein Geschäftsmann und tauge schon gar nicht als Bauer, weil er noch immer wie ein Knecht unter der Fuchtel seines Vaters stehe, viel länger, als es sonst auf den Höfen in der Siedlung üblich sei. Oh, es ist, als höre er, was sie sagen. Ihre Schadenfreude, weil das ausgerechnet auf Storvik passiert. Die doch immer etwas Besseres sein wollten als die anderen in der Siedlung, sagen sie bestimmt.

Auf Storvik wird dem Fremden ein Empfang bereitet, wie es sich gehört. Julie hat im Wohnzimmer einen einladenden Frühstückstisch gedeckt, Kristoffer und Jørgen essen mit Dahl, wie der richtige Name des Mannes lautet. Höflich, wenn auch reserviert, unterhält sich Kristoffer mit dem Fremden. Sie berühren ausschließlich neutrale Themen, die Fuchsfarm wird nicht erwähnt. Jørgen sitzt mit dem beklemmenden Gefühl dabei, daß der Mann alles von ihm weiß, auch, daß der Verkauf des Fuchshofes nicht zur Sprache kommen darf, solange Kristoffer zugegen ist. Julie, in einem frisch gebügelten Alltagskleid und mit Schürze, geht stillschweigend herum und kümmert sich um ihr leibliches Wohl.

Nach dem Frühstück besichtigen sie den Fuchshof, und Dahl zeigt sich mit dem, was er sieht, zufrieden. Über ein paar Verbesserungen wird noch zu sprechen sein, ansonsten sei alles in Ordnung und zeuge von guter Pflege, sagt er, und das hört sich an, als ob der Handel bereits perfekt wäre. Für einen Moment spürt Jørgen Trotz in sich aufkommen, aber er flackert nur kurz auf, um anschließend genauso schnell, wie er gekommen ist, wieder zu verschwinden. Der Jørgen angeborene Respekt vor der Autorität und vor Menschen, die eine höhere Position einnehmen als er selber, lassen ihn schweigen.

»Sie haben eine schöne Frau«, sagt Dahl, als sie wieder zum Hof zurückschlendern. »Sie müssen gut auf sie aufpassen.«

Jørgen antwortet nicht, verspürt nur einen tiefen Widerwillen gegen diesen freundschaftlichen, jovialen Ton.

Der Vertrag liegt auf dem Tisch. Jørgen wird blaß, als er ihn liest. Die Summe, die er für den Hof mit den lebenden Tieren erhält, deckt nicht einmal die Hälfte des Kredites.

»Sie schauen skeptisch drein, Herr Storvik. Sind Sie mit dem Betrag nicht zufrieden?«

»Ja, doch. Nein, ich weiß nicht«, sagt Jørgen und verflucht sich selber, weil er sich so klein vor diesem Mann vorkommt.

»Ich habe den Vertrag Herrn Bankdirektor Storvik in Kristiansund vorgelegt, und er meinte, die Summe sei akzeptabel. Ich bin der Meinung, ich habe mich entgegenkommend gezeigt. Wir dürfen die Zeiten nicht vergessen, Herr Storvik.«

Im Vertrag steht, daß Jørgen für die Pacht des Bodens und für die Fütterung und Pflege der Füchse jährlich einen bestimmten Betrag erhalten soll. Wenn die Farm eines Tages einen ordentlichen Überschuß erzielt, kann über eine prozentuale Beteiligung Jørgens gesprochen werden. Das soll später verhandelt werden, jetzt liegt es an ihm selber, Schwung in das Geschäft zu bringen. Die Verpachtung des Bodens ist von Jørgens Vater genehmigt.

Letzteres treibt ihm die Schamröte ins Gesicht. Der Vater

hat also von der Sache gewußt, ohne ihm auch nur ein Wort davon zu sagen. Er fühlt sich überrumpelt, erniedrigt, und er braucht sich die Summe, die er als Vergütung erhalten soll, nur anzuschauen, um zu wissen, daß sie kaum reichen wird, um Tilgung und Zinsen des Kredits zu decken.

»Sie finden niemanden, der Ihnen mehr bieten wird als ich. Darüber sind Sie sich doch wohl im klaren?« sagt Dahl, und jetzt ist seine Stimme eisig.

Nein, das weiß er. Er hat verloren. Ihm bleibt nichts anderes übrig, als zu unterschreiben. Träume. Zerstörte Träume. Soll es für ihn im Leben nichts anderes mehr geben?

Glücklicherweise lehnt Dahl die Einladung zum Mittagessen ab. Er habe im Nachbarort zu tun, sagt er und bittet Jørgen anzurufen und ihm das einzige Taxi, das es im Dorf gibt, zu bestellen.

Nachdem Dahl den Hof verlassen hat, bleibt Jørgen sitzen und blättert selbstvergessen in dem Vertrag herum. Julie räumt die Kaffeetassen und das Kuchenbrett weg.

»Na, wie ging es?« fragt sie.

Er schiebt die Papiere zu ihr hinüber, und sie blättert darin, gleichgültig, ohne jedes Zeichen von Interesse oder Aufregung.

»Ja, was hast du denn anderes erwartet?«

»Der Satan soll dieses Volk holen«, sagt er verbittert. »Wie die andere niedertrampeln.«

»Ich hoffe, du hast nun gelernt, Jørgen, daß es Macht und Geld sind, die bestimmen. Dagegen sind wir kleine Leute. Und was ist mit deinem Vater? Was ist mit seinem Geld?«

Da braust er auf. Mit geballten Fäusten steht er vor ihr, in seinen Schläfen hämmert das Blut.

»Du glaubst wohl, du hast hier im Haus das Monopol darauf, zu leiden, Julie. Du, du läufst die ganze Zeit herum und...«

Ihr Blick läßt ihn einhalten.

»Zur Hölle!« faucht er durch die Zähne und knallt die Tür hinter sich zu.

Jedesmal, wenn sie aus dem Küchenfenster schaut, muß sie zum Friedhof und zur Kirche sehen. Sie sind gewaltig groß, und ihre Ausmaße nehmen zu, wachsen, bis sie nichts anderes mehr wahrnimmt. Es zieht sie dorthin, zum Kirchhof, doch bisher hat sie es noch verdrängt, hat nicht gewagt, sich der Kirche zu nähern. Genauso wie sie Kummer und Schmerz verdrängt, obwohl sie sich in ihr festgesetzt haben, wie eine Geschwulst im Körper, immer spürbar. Seit das passiert ist, hat sie nicht mehr geweint. *Diesem* Weinen freien Lauf zu lassen, wagt sie nicht. Weil sie dann untergeht.

Irgendwie bringt sie die Tage hinter sich, aber sie läßt sich nie ohne Handarbeit nieder, oder sie beschäftigt sich mit den Kindern. Auf diese Weise gelingt es ihr, die Gedanken unter Kontrolle zu halten. An jedem Abend ist sie dankbar, daß sie wieder gut über einen Tag gekommen ist, und sie klammert sich an die Stelle in der Schrift, die sie fand: »Und wie deine Tage sind, soll deine Stärke sein.« Das wird, das muß ihr helfen, über die Tage zu kommen. Sie versucht, an die Jungen zu denken, sie hat die Aufgabe, ihnen ein besseres Leben zu ermöglichen, ein besseres, als sie es führt. Dafür will sie kämpfen, sie wird dafür sorgen, daß sie eine bessere Ausbildung erhalten, ihren Platz im Leben finden werden. Sie versucht, bei diesen Gedanken zu bleiben, an ihnen festzuhalten, bis sie eingeschlafen ist, aber nachts gelingt ihr das nicht, kann sie sich der fürchterlichen Alpträume nicht erwehren, vom Weinen eines Kindes geweckt, findet sie sich vor Angst schweißgebadet in dem dunklen Zimmer wieder. Danach folgen viele schlaflose Stunden, während sie versucht, die

Angst zu überwinden und sie sich sagt, daß solche Alpträume nach allem, was passiert ist, ganz natürlich sind. Daß das von der fürchterlichen Ungewißheit ausgelöst wird, und es wird ihr klar, daß sie nicht eher Ruhe finden wird, bis sie weiß, wo ihr Kind liegt. Sie weiß, wo sie begraben werden. In anderen Gräbern, zusammen mit Särgen Fremder oder vielleicht an der Friedhofsmauer. Ausgeschlossen sollen sie werden, diese Kinder, die totgeborenen, die ungetauften, ausgeschlossen von der Erinnerung, von allem. Genau wie es hier auf dem Hof ist, das Kind wird nie erwähnt, es hat nicht existiert. Doch für sie hat es gelebt, es war ein Teil von ihr, ein Teil, der aus ihrem Leib herausgerissen wurde, in ihr und in ihren Träumen lebte es. Der Gedanke, daß es kein Grab geben soll, zu dem sie gehen kann, ist ihr unerträglich.

Gemeinsam mit Synnøve und Kristoffer geht Julie zum Ostergottesdienst. Jørgen will nicht mitkommen, und Astrid bleibt zu Hause, um sich um das Festtagsessen zu kümmern. Steif und voller Anspannung sitzt sie mit Synnøve in der Kirchenbank, konzentriert sich darauf, alle Gedanken, alle Gefühle auszukoppeln, so daß sie keine Kraft mehr hat, die bekannten Osterlieder mitzusingen. Das will sie auch gar nicht, denn die Osterlieder lösen sowieso schon eine Lawine von Gefühlen in ihr aus.

Nach dem Gottesdienst gehen Kristoffer und Synnøve vor, um mit dem Pastor zu sprechen und ihn zum Ostermittagessen einzuladen. Vor der Kirche trifft sie Bekannte mit denen sie sich unterhält. Sie sieht, daß sich Synnøve und Kristoffer schon auf dem Nachhauseweg befinden. Da geht sie auf den Friedhof. Es fällt nicht weiter auf, denn an diesem Tag schauen viele nach den Familiengräbern, und Julie geht zum Grab des alten Jørn, liest Laub auf und was sich angesammelt hat, ansonsten sind noch ein paar fast weggeschmolzene Schneeflecken vom Winter zurückgeblieben. Sie nimmt sich viel Zeit, wartet, bis alle Leute den Friedhof und den Kirchberg verlassen haben. Dann macht sie sich an das, weswegen sie eigentlich hergekommen ist und geht umher und sucht nach frischen Gräbern. Sie haben noch keine Steine, statt dessen einfache Holzkreuze mit den Sterbedaten. In der Zeit, als sie ihr Kind verlor, ist niemand gestorben. Sie ist mit der Suche so beschäftigt, daß sie Pastor Høyvik erst bemerkt, als er hinter ihr steht und sie anspricht.

»Wonach suchst du, Julie?« fragt er mild.

»Mein Kind«, sagt sie überrumpelt, nach Luft schnappend, das hatte sie nicht sagen wollen.

»Dachte ich es mir doch.«

»Ich muß wissen, wo es begraben liegt, sonst finde ich keine Ruhe mehr.«

Nachdenklich schaut Høyvik sie an, lange.

»Wir sagen nie, wo diese Kinder liegen, meistens weiß das nicht einmal ich. Niemand, außer dem Totengräber. Aber in dem Falle habe ich es zufällig vom Küster erfahren, als er mir von dem Unglück, das euch getroffen hat, erzählte.«

Sie faßt den Pastor beim Arm, ihr Herz klopft so heftig, daß sie das Gefühl hat, ersticken zu müssen.

»Sie müssen mir das sagen. Sonst ... sonst gehe ich zugrunde.«

»Ich überschreite jetzt weit meine Befugnisse, deshalb muß das zwischen uns beiden bleiben, aber du sollst es erfahren, du sollst wissen, wo dein Kind begraben liegt.«

Halb benommen folgt sie dem Pastor, er geht hinunter zu der äußersten Ecke des Friedhofs. Alles in ihr zittert, alles in ihr, und sie zittert am ganzen Körper. Unten an der Friedhofsmauer in einem Birkenhain, der einen Haufen verbirgt, auf dem Äste und verrottetes Gras liegen, bleibt Høyvik stehen. Niemand kann sie hier stehen sehen, weder von der Hauptstraße her noch von den umliegenden Höfe aus. Vielleicht vom Wasser her, aber auf dem Fjord ist kein Boot zu sehen. Nichts, nur diese rauschende Stille.

Der Pastor legt seinen Arm um ihre Schulter.

»Hier irgendwo soll es sein. Ich weiß nicht genau wo, nur, daß es hier in der Nähe des Birkenwäldchens ist. Hierher kannst du gehen, wenn du trauern willst, Julie.«

Weinen will in ihr aufkommen, aber selbst jetzt noch, in diesem Moment, den sie so sehr herbeigesehnt hat, drängt sie es zurück.

»Wollen wir für dein Kind beten?« fragt Høyvik mit gedämpfter Stimme.

»Ja, ja, ja«, flüstert sie.

Er sagt den Tauftext auf, und die Worte gehen ihr durch und durch: »Lasset die Kindlein und wehret ihnen nicht, zu mir zu kommen, denn solcher ist das Himmelreich.«

Danach sprechen sie gemeinsam das Vaterunser, Julie mit einer Stimme, die kaum mehr als ein Flüstern hervorbringt, und sie wird von einer großen Ruhe erfaßt, einer Ruhe, die sich in Körper und Seele ausbreitet. Jetzt wird sie es schaffen, auch wenn sie nicht weinen kann, auch wenn sie von *dem* noch immer nicht erlöst ist, auch das wird sie schaffen, eines Tages, später.

Als sie den Weg zum Hof hinuntergehen, sagt Høyvik:

»Ich hatte nie Probleme mit dem Glauben, Julie. Ich darf wohl sagen, daß mein Glaube immer stark genug war, um alle Zweifel zu überwinden. Und dennoch bereitet es mir immer mehr Schwierigkeiten, in dem, was Gott mit uns Menschen alles geschehen läßt, einen Sinn zu erkennen. Wir, die wir uns Gottesmänner nennen, machen es uns oft allzu leicht mit dem Gebrauch von Worten, wenn ein Unglück eintritt. Was mich betrifft, so habe ich mit der Zeit gelernt, mich davor zu hüten, solche Floskeln zu benutzen. Ich weiß, daß mich viele für das, was ich gerade getan habe, verurteilen würden, aber nicht Gott. Niemand soll kommen und mir erzählen wollen, daß Gott einen Menschen abweist, der in Not geraten ist. Gott segne dich und gebe dir nun Frieden.«

Erst nachdem sie an diesem Abend im Bett liegt, kommt ihr der Gedanke, daß Jørgen heute eigentlich hätte dabeisein müssen. Ein Gedanke, der sie erschüttert und erschreckt. Keinen einzigen Augenblick hat sie an Jørgen gedacht, als sie dort, wo das Grab ihres Kindes sein soll, stand. Sie schiebt den Gedanken beiseite. Es wäre jetzt zu viel, über das Verhältnis zwischen ihr und Jørgen weiter nachzudenken. Sie weiß, wo das Kind liegt. Sie hat dem Pastor versprochen, daß es zwischen ihnen beiden bleibt, tröstet sie sich. Ein anderes Mal, wenn die Zeit gekommen ist, soll Jørgen es erfahren, später. Doch so lange soll das ihre Angelegenheit sein, nur ihre.

Der Garten ist immer Synnøves Stolz gewesen, aber seit sie älter ist und von Rückenproblemen geplagt wird, hat Julie die meiste Arbeit davon übernommen. Nichts macht ihr mehr Spaß als Gartenarbeit in der hellen Jahreszeit, und sie setzt ihren ganzen Ehrgeiz hinein, daß die Beete vom Frühjahr an, wenn die Schneeglöckchen, Sternhyazinthen und die anderen Frühlingsblumen herauskommen, bis zum Spätherbst, bevor die letzten Winterastern und Dahlien ein Opfer des Frostes werden, gut gepflegt sind. Besonders an den langen, hellen Frühlingsabenden liebt sie es, im Garten zu arbeiten, wenn ihr die Gerüche des Feuers, in dem die Gartenabfälle verbrannt werden, von frischer Erde und sprießendem Grün in die Nase steigen. Die Beete sind mit Teppichen aus Tausendschön umrandet – von dunkelrot bis hin zu den grellsten Farben von rosa bis weiß. Es gibt so viele davon, daß die Pflanzen ausgedünnt werden müssen, damit sie nicht überhandnehmen. Während sie an einem späten, blauschimmernden Maiabend mit dieser Arbeit beschäftigt ist, entschließt sie sich, zum Friedhof zu gehen. Sie sammelt die besten der ausgejäteten Pflanzen in einen Korb. Im Hof trifft sie auf Synnøve, die nur bemerkt, daß es für solche Arbeiten schon reichlich spät am Abend sei. Da Julie sich um die Familiengräber kümmert, wundert sich niemand, daß sie auf den Friedhof geht.

Stille, Friede überkommen sie, als sie die Pforte zum Kirchhof hinter sich geschlossen hat. Zu dieser Tageszeit trifft sie hier niemanden mehr. Vor den Steinen des Familiengrabes hat sie auch Tausendschön als Umrandung gepflanzt, aber weil der Friedhof wegen seiner Lage Frost und Wind ausgesetzt ist, sind viele eingegangen. An die Stelle der verdorrten Pflanzen setzt sie neue, danach schleicht sie, sich umschauend, ob sie von jemandem beobachtet wird, zu der Ecke des Friedhofs hinunter. Unter dem vertrockneten Gras vom Vorjahr grünt es schon, und mit einem kleinen Spaten sticht sie kaum wahrnehmbare Löcher in die Erde, in die sie die Pflanzen aus ihrem Korb setzt. Die ganze Zeit schaut sie sich wachsam um, ihr Atem geht in kurzen Stößen, in der Brust spürt sie einen Kloß wie aus Eisen, während sie – schnell und konzentriert – tut, was sie tun muß. Danach betrachtet sie ihr Werk, schaut, ob sie Spuren hinterlassen hat, aber noch sind die Pflanzen sehr klein, ohne Knospen, ihr Grün geht in dem anderen Grün unter. Eine Weile bleibt sie stehen, regungslos, schließt die Augen, atmet tief und mit einem lang anhaltenden Seufzer durch, dann geht sie.

An der Friedhofspforte stößt sie auf Jørgen, und sie erstarrt innerlich und verspürt dieses sonderbare Frösteln im Innern wie jedesmal, wenn sie ihn anschaut. Jetzt mit Angst gemischt. Hat er sie gesehen, mitbekommen, was sie gemacht hat?

»Was fällt dir ein?« fragt er erregt. »Was machst du denn zu dieser Zeit hier auf dem Friedhof?«

»Ich hatte Pflanzen übrig, die vertrocknet wären, wenn ich bis morgen gewartet hätte.«

»Und wenn dich Leute gesehen hätten, was denkst du denn, was die gesagt hätten?«

»Was die Leute sagen? Soll ich mich darum kümmern?« fragt sie und hört selber die Kälte in ihrer Stimme. »Nein, wieso... Darf ich denn nicht unser Familiengrab in Ordnung halten?«

Nie zuvor war das Familiengrab der Storviks so gepflegt wie in diesem Sommer, und rings um den Abfallplatz in der Ecke des Friedhofs blühen im Gras kleine Fleckchen rot, rosa und weiß. Viele dieser kleinen Gewächse werden niedergetrampelt, wenn die Leute hier Unkraut und vertrocknete Blumen wegwerfen, aber diese anspruchslosen Pflanzen sind widerstandsfähig, und die meisten überleben.

»Fürchterlich, wie sich dieses Mistzeug verbreitet«, sagen die Leute.

In diesem Frühjahr mußte die Bank, der Storvik in Kristiansund vorsteht, aufgeben. Bei dem Vergleich, der geschlossen wurde, gingen zwanzig Prozent der Einlagen verloren, und ein fast genauso großer Anteil wurde auf unbestimmte Zeit in einem Sicherungsfonds einbehalten. Der Rest soll zu bestimmten Terminen über mehrere Jahre verteilt abgehoben werden können. Ungefähr gleichzeitig ereilte dasselbe Schicksal die Bank hier im Dorf. Natürlich sind die Leute verbittert, weil sie ihr Erspartes verloren haben, ganz oder teilweise, obwohl sie noch Hoffnung haben können, daß sie im Verlaufe der Zeit einen Teil wiederbekommen werden. Die Zeitungen üben sich nicht gerade in vornehmer Zurückhaltung bei der Kritik dieser Angelegenheit. Kristoffer ist froh, daß er vor dem Zusammenbruch der Bank aus der Sache herauskam, während Storvik in Kristiansund alles, was in seiner Macht liegt, versucht, um die Bank zu retten. Als er an einem Wochenende gleich nach dem Zusammenbruch hier war, bekamen sie einen alten Mann zu Gesicht. Abgemagert und gebeugt, ein Schatten seiner selbst. Weder er noch Selma wollen diesen Sommer herkommen. Storvik sagt, er könne sich in dieser Situation keinen Urlaub leisten, jetzt müsse er alles daransetzen, um dem Ganzen wieder auf die Beine zu helfen. Die Leitung der Bank solle reorganisiert werden, unter anderem, indem neue Mitglieder aus dem Distrikt aufgenommen werden, und das mache seine Anwesenheit erforderlich. Selma will zu Hause bleiben und ihn dabei unterstützen. So werden Ivar und seine deutsche Verlobte, die zu einem Kurzbesuch herkommen wollen, in diesem Jahr die einzigen Sommergäste sein. Ivar fährt nach Deutschland, um sie abzuholen. Dieses Mal nicht nach Berlin, sondern nach Dresden, wo sie geboren wurde und aufgewachsen ist und wo ihre Eltern noch wohnen. Von Ivar wissen sie, daß der Vater dort an der Universität Professor ist und daß beide Eltern eifrige Amateurmusiker sind. Sie trügen es mit großer Fassung, daß Helene, ihre einzige Tochter, sich in Norwegen niederlassen will, sagt Ivar.

Synnøve hatte die Neuigkeit von Ivars deutscher Verlobten sehr viel ruhiger aufgenommen, als zu erwarten war. Allerdings murrte sie, nannte das eine eigenartige Grille, und er hätte sich doch wohl wie andere auch ein norwegisches Mädchen suchen können, aber ein Drama machte sie nicht daraus.

»Etwas anderes war wohl auch nicht zu erwarten«, sagt sie. »Der Junge geht ja immer seine eigenen Wege.«

Wie erwartet, ist sie steif und reserviert, als sie die beiden im Hof begrüßt, aber es dauert gar nicht lange, bis Helene das Eis zum Schmelzen bringt, und das gelingt ihr nicht nur bei Synnøve, sondern auch bei den anderen im Haus. Sie ist liebenswert, spricht schon gut norwegisch, ist zurückhaltend, trotzdem kommt man mit ihr leicht ins Gespräch. Sie gleitet in das neue Milieu hinein, obwohl es sehr fremd für sie sein muß. Anmutig, ist das Wort, das Julie einfällt, wenn sie Helene sieht. An der Seite dieses zierlichen Wesens kommt sie sich wie ein Riesenweib vor. Helene ist klein und grazil, hat ihr dunkles Haar straff nach hinten gekämmt, ihr kleines, ebenmäßig geschnittenes Gesicht, wird von großen, hellblauen Augen dominiert. Sie geht nicht wie andere Menschen, sie schwebt durch die Räume, indem sie die auseinanderzeigenden Füße mit den Zehen zuerst aufsetzt. Sie ist die erste und einzige leibhaftige Ballettänzerin, die ihren Fuß in dieses Dorf gesetzt hat. Und natürlich erregt das Aufsehen. Mehr Leute als gewöhnlich finden sich an diesen Tagen auf Storvik ein.

Wie immer, wenn Ivar zu Hause ist, wird viel musiziert. Ivar spielt Geige, während sich Astrid und Helene am Klavier abwechseln. Helene gewinnt das Vertrauen der Kinder. Überwältigt und bewundernd umkreisen sie sie. Große Freude an den Gesprächen mit ihr hat auch Julie. Es begeistert sie, daß sie sich mit einem Menschen unterhalten kann, der sich für mehr als nur die alltäglichen Dinge interessiert. Helene kennt sich in der norwegischen Literatur gut aus, in der ersten Zeit treffen sie sich wohl vor allem deswegen. In diesen kurzen Momenten vergißt Julie alle Qualen und Sorgen, und sie merkt, daß sie für diesen Menschen, der ihre neue Schwägerin werden wird, Zuneigung entwickeln kann.

An den Abenden, wenn alle im Wohnzimmer beisammensitzen, ist es unumgänglich, daß sich ihre Gespräche der Politik zuwenden, und besonders den Verhältnissen in Deutschland. Ivar begeistert sich für Hitler noch genauso wie früher, für seine Philosophie und für das, was er Deutschlands Erwachen nennt.

Jørgen reagiert am stärksten darauf, er ist gereizt und regt sich auf. In solchen Momenten bricht seine merkwürdig ablehnende Haltung durch, die er hin und wieder gegenüber seinem Bruder zu erkennen gibt.

»Du siehst wohl nur das, was du sehen willst, Ivar. Aber was sagst du zu dem Terror, den der Mann gegen unschuldige Menschen ausübt?« fragt er.

»Rede doch nicht über Sachen, von denen du keine Ahnung hast«, sagt Ivar. »Ich bin dagewesen, und ich habe gesehen, was ich gesehen habe.«

Bei solchen Diskussionen sitzt Helene stumm da, betrachtet die beiden, meistens mit einem Lächeln, aber in ihren Augen ist ein tiefgründiger Ernst zu erkennen. Was Ivar sagt, ist genau das, was Julie dazu sagen würde, wenn zwischen ihr und Jørgen alles wie früher wäre. Sagen würde sie, daß er es lassen solle, in Anwesenheit von Helene so etwas zur Sprache zu bringen, daß es ihr peinlich sein müsse, so etwas mitanzuhören. Aber sie bringt nicht die Kraft auf, sich mit ihm auf eine Diskussion darüber einzulassen.

An einem anderen Tag fragt Helene sie, wie das Verhältnis zwischen Jørgen und Ivar ist.

»Oh, das ist wohl wie meistens zwischen Brüdern«, sagt Julie leicht dahin. »Ein bißchen rivalisieren sie miteinander. Du weißt doch, wie das ist zwischen dem älteren und dem jüngeren Bruder. Möglich, daß sie einander ein bißchen zu sehr mögen?«

Helene gibt sich mit dieser Antwort zufrieden. Doch die Frage beschäftigt Julie schon so lange, wie sie hier ist. Sie weiß, daß Jørgen Ivar die Musik mißgönnt, daß er wegen des

Unglücks, bei dem er einen Finger verlor, verbittert ist, weil damit für ihn selber Schluß war mit dem Geigenspiel, aber das kann noch nicht alles sein. Es ist etwas, über das sie schon immer gegrübelt hat, ohne eine richtige Antwort darauf zu finden.

Im nächsten Sommer wollen Ivar und Helene heiraten. Im kommenden Winter will Ivar im Obergeschoß des Hauses des Onkels eine Wohnung für sie beide einrichten. Selma freut sich darüber bestimmt am meisten. Es ist gut, wenn wieder Leben ins Haus kommt, sagt sie.

Der Besuch der beiden war ein Lichtblick. Die Erinnerung daran läßt Julie nicht los, nach und nach bleibt diese Erinnerung wie ein Schmerz in ihr zurück. Die Art, wie die beiden miteinander umgingen. Die Wärme in ihren Blicken, wenn sie sich begegneten, die kleinen Berührungen, wenn sich ihre Hände wie zufällig streiften ... Grau und still ist es geworden, seit sie abgereist sind.

Später im Herbst wird die Familie von einem weiteren Unglück heimgesucht. Erling Storvik wird in der Bank tot aufgefunden. Eines späten Abends hatte er allein über Abrechnungen gesessen wie schon so viele Abende zuvor. Als er nicht rechtzeitig zum Abendbrot nach Hause kam, womit er es sonst äußerst genau nahm, fuhr Ivar zu der Bank, um ihn abzuholen. Er fand ihn dort, er war vornüber auf den Schreibtisch gefallen. Das Herz hatte versagt.

Kristoffer reagiert zunächst wütend auf diese traurige Nachricht. Hatte er nicht dem Bruder gesagt, er solle das Leben ruhiger angehen? Daß er nicht alles, was verlorengegangen sei, alleine retten könne? Aber nein doch, der Bruder mußte sich ja für unabkömmlich halten, nie auf sich oder auf die Familie Rücksicht nehmen. War es da verwunderlich, daß es so endete? donnert er. Doch sein Gesicht ist über den Verlust des jüngeren Bruders von Trauer gezeichnet. Jeder weiß, daß das Verhältnis zwischen den beiden, so ungleich sie auch waren, einzigartig gewesen ist. Niemand hatte sie je streiten hören, aber sie hatten große Freude an langen Diskussionen, die sie immer friedfertig und tolerant führten.

Alle außer Julie waren zu der großen Beerdigung gefahren. Zusammen mit Helene reisten Anne und ihr Mann aus Berlin an, und alles, was in der Stadt Rang und Namen hat, war dabei. Ein schwacher Trost, sagt Synnøve, der Selma herzlich leid tut. Sie sei im übrigen bei der ganzen Zeremonie ziemlich ruhig geblieben.

Es sei furchtbar, wie manche vom Schicksal heimgesucht werden, sagt Synnøve. Im Frühjahr wäre Storvik siebzig geworden. Er hatte geplant, sich zurückzuziehen, sein Alter geruhsam zu verleben, wie er das nannte, noch habe er viele gute Jahre vor sich. Dann das. Diese Familie hatte einmal alles, Geld, hatte als eine der angesehensten Familien der Stadt eine gute Position, hatte zwei hübsche und begabte Töchter, es sah aus, als würde ihnen alles auf einem goldenen Teller präsentiert, meint Synnøve. Und was ist jetzt davon übriggeblieben? Erst sollten sie Sigrid verlieren, Anne wohnt kinderlos in Berlin, und nun das. Nein, jetzt ist Synnøve um so froher, daß Selma Ivar hat. Die beiden in einem leeren Haus, in der Hülle dessen, was einmal das Heim einer glücklichen Familie war.

Der Onkel hat Ivar das Haus testamentarisch vermacht. Synnøve und Kristoffer freuen sich, obwohl das keine große Überraschung für sie ist. Ivar muß Anne eine anständige Summe zahlen, und immer, wenn sie nach Hause kommt, darf sie in ihrem Elternhaus umsonst wohnen, und dieses Wohnrecht behält sie zu denselben Bedingungen für den Fall, daß sie eines Tages wieder nach Norwegen zurückkommen sollte. Selma bleibt in dem Haus wohnen, und Ivar muß sich um sie kümmern, solange sie lebt.

Synnøve ist froh darüber, daß Ivar ein Mädchen gefunden hat, das seine Frau werden wird. Auch das wird für Selma gut sein. Und wenn sie Kinder bekommen, wird Synnøve sich wohl damit abfinden müssen, daß Selma genauso Großmutter ist wie sie selber.

»Aber das macht nichts, ich gönne es Selma«, sagt sie.

Das unmögliche Verhältnis, das sich zwischen ihr und Jørgen entwickelt hat, nimmt Julie mit, auch wenn sie das verdrängt und alle möglichen Entschuldigungen dafür findet, daß es so gekommen ist. Aber was ihr in letzter Zeit noch mehr zu schaffen macht, ist, daß sie die Küche mit der Schwiegermutter teilen muß. Das geht ihr auf die Nerven, mehr als je zuvor. Sie will ihre Ruhe haben, um ihren Gedanken nachhängen zu können, sie erträgt es weder, wenn ihr die Schwiegermutter, noch Astrid zu nahe kommen. Sie hatte gedacht, sie hätte in diesem Punkt resigniert und sich damit abgefunden, daß es nie mehr anders werden würde. Jetzt graut es ihr jeden Morgen, wenn sie aufwacht und ein neuer Tag bevorsteht. Es graut sie vor der Schweigsamkeit. Die Kinder sind inzwischen so groß geworden, daß sie die längste Zeit des Tages draußen sind, entweder in der Schule oder zum Spielen. Astrid ist schweigsam, verbittert, sie ist ihr sehr fremd geworden, Synnøve ist genauso schweigsam und verdrießlich. Die drei Frauen sprechen nicht miteinander, außer wenn sie müssen, und dann nur über Dinge, die die Arbeit betreffen. Es kommt vor, daß sie den ganzen Arbeitstag in dieser lähmenden Schweigsamkeit verbringen.

In dieser Zeit schreibt Julie oft an ihre Mutter. Sie hat sie seit Jahren nicht mehr gesehen, nur Briefe und ganz selten einmal ein Telefongespräch erhalten den Kontakt zwischen ihr und dem Elternhaus aufrecht. An Randi schreibt sie auch, doch sie merkt selber, daß die Briefe, die sie verfaßt, nichtssagend sind, sich um den Alltag drehen. Randi drängt, daß sie sich treffen, sie wolle wissen, wie es Julie wirklich gehe, schreibt sie. Doch Julie widerstrebt das innerlich sehr, sie will sich jetzt nicht mit Randi treffen, fürchtet, daß alles hervorbrechen würde, alles, was sie verdrängt, alles, was sie vergessen will, und das darf nicht passieren, das hält sie nicht aus. Deshalb ist es die Mutter, der sie sich anvertraut. Erneut vergißt sie alle ihre Erfahrungen, wenn es um solche Bekenntnisse ging. Sie schreibt nichts von dem Kind, das sie verloren hat, sondern berichtet von dem Unglück, das dazu geführt hat. Und die Mutter nimmt kein Blatt vor den Mund, wenn es gilt, Jørgen zu kritisieren. Aber während Julie sich früher davon distanzierte, tut sie es jetzt nicht. Mehr und mehr sieht sie Jørgen mit den Augen der Mutter. Ihr fällt ein, was die Mutter einmal über Jørgens verstümmelten Finger sagte. Daß sie es nicht ertragen könnte, wenn sie jemand mit solchen Händen anfassen würde. Jetzt ertappt sie sich dabei, wie sie auf Jørgens Hände starrt, auf die blaurote, stramme Haut über dem Stummel des abgehackten Fingers, und sie muß sich schütteln, und es fröstelt sie vor Unbehagen.

Diese Gedanken erschrecken sie, versetzen sie in große Angst. In solchen Momenten geht sie zu ihm, nachts zu ihm ins Bett, will für ihre bösen Gedanken sühnen. Doch es ist eine Qual, eine furchtbare Qual. Manchmal würde sie am liebsten schreien, um sich schlagen, wenn sie so daliegt und gegen die Panik ankämpft, er mit seinem schweren Körper auf ihr, während sie seine Hände auf ihrer nackten Haut spürt, doch sie zwingt sich, ihm über den Rücken zu streicheln, über das Haar …

In einer solchen Nacht sagte er mit einer Verbitterung, die sie verletzte:

»Ich glaube, es ist am besten, wenn wir damit aufhören,

Julie. Ich denke nicht, daß keiner von uns beiden etwas davon hat.«

Diese Worte trafen sie, rührten an einem Gefühl, das so fest eingekapselt war, daß sie kaum noch wußte, daß es da war. Nein, wollte sie sagen. Nein, wir müssen zu dem zurückfinden, wie es einmal war. Doch sie schaffte es nicht, war nicht dazu imstande.

»Wenn es so ist und du das so haben willst«, sagte sie nur. Sie fühlte sich leer und ohne jedes Gefühl, als sie in ihr eigenes Bett zurückging.

Alle Niederlagen der letzten Zeit, der Verlust des Eigentumsrechts an der Fuchsfarm, die Stellung, die er auf dem Hof einnimmt, und schließlich, und das nicht als Unwichtigstes, das Verhältnis zwischen ihm und Julie, das alles macht ihm schwer zu schaffen. Er sieht keinen Ausweg aus diesem Elend, und das erfüllt ihn mit Bitterkeit und einer schwelenden Wut, die sich mit der Zeit gegen den Vater richtet. Nach erneuten und zermürbenden Zusammenstößen wegen der Übernahme des Hofes, nach erneuten ausweichenden und abgestandenen Antworten des Vaters, kommt ihm ein Gedanke. Wer hat gesagt, daß er hier als Knecht seines Vaters bleiben muß, solange es ihm paßt? Wer hat das Recht, ihm diese Bürde aufzuerlegen? Ist er nicht ein erwachsener Mann, mündig, mit dem Recht, über das eigene Leben zu verfügen? So wie es jetzt ist, werden sie beide kaputtgemacht, er und Julie. Er sieht, wie sehr es sie mitnimmt, daß sie tagaus und tagein mit seiner Mutter zusammen sein muß. Julie hat recht, wenn sie sagt, sie sei nicht mehr als eine Magd auf dem Hof. Und der Gedanke, den er noch nie zu denken gewagt hat, wird zu einer Zwangsvorstellung, wie besessen kann er nur noch das eine denken. Sie müssen weg von hier. Er kann die volle Verantwortung für seine Familie in die eigenen Hände nehmen. Es gibt ja hier im Haus einen anderen Sohn, den Goldjungen, der wie ein Held gefeiert wird, sobald er zur Tür hereinkommt. Ivar, der Hitler-Sympathisant, mit seiner kleinen Tänzerin. Sollen sie doch nun seinen und Julies Platz hier einnehmen. Das wird ein anderer Tanz. Dann werden sie vielleicht begreifen, wie sein Leben hier war auf dem Hof. Das wird etwas anderes sein, als nur wie die Herrschaft herumzuflanieren, etwas anderes, als wenn der Herrschaft aufgewartet wird und alle Mahlzeiten in der guten Stube serviert werden. Eine Bürde ist es, dieses Erbe, das auf ihn gefallen ist und das er nie wirklich haben wollte. Mit leichtem Herzen wird er es an Ivar weiterreichen. Ivar, der alles bekommen hat, was er sich selber immer gewünscht hat, eine Ausbildung, gute Arbeit, die Musik. Er verspürt eine große Erleichterung über den Entschluß, den er gefaßt hat. Er wird ihr Zusammenleben retten, das Zusammenleben seiner kleinen Familie, und der einzige Ausweg besteht darin, sie hier herauszuholen.

Landwirtschaft, das ist das, was er kann, und sein Traum ist es, einen Hof zu kaufen, weit weg von diesem Dorf. Er fängt an, die Zeitungen aufmerksam zu verfolgen, ständig werden Höfe zum Verkauf angeboten. Auf einige dieser Annoncen antwortet er, schreibt hin und bittet um Informationen. Auf der Post wundert man sich über die vielen Briefe, die Jørgen aus allen Ecken des Landes erhält. Er sagt, daß diese Korrespondenz die Fuchszucht betreffe. Dasselbe sagt er dem Vater, dem auch nicht entgangen ist, wie viele Briefe Jørgen in letzter Zeit bekommt.

Wer nicht fragt, ist Julie. So wie sie geworden ist, kümmern sie solche Dinge nicht. Sie hat sich angewöhnt, abends lange aufzubleiben, sie bleibt alleine in der Küche sitzen, oft bis lange nach Mitternacht. Sie macht Handarbeiten, meistens aber liest sie, ja, sie verschlingt die Bücher. Manchmal kommt es vor, daß er zu ihr hinuntergeht, sie ins Bett holt, aber auch dann liegt sie da und liest noch weiter. Er hat sich daran gewöhnt zu schlafen, während die Lampe auf ihrem Nachttisch noch brennt. Immer weniger weiß er, was in ihr vorgeht. Ab und zu kommt sie zu ihm ins Bett, gibt sich ihm hin, erinnert ihn an frühere Zeiten. Aber meistens ist sie kalt, schaut ihn mit eisigem Blick an, ist eine Fremde, die er nicht kennt. Er kann es einfach nicht glauben, daß sich ein Mensch so verändern kann, sozusagen von einem Tag auf den anderen. Ihren Kummer kann er verstehen, aber das? Und dann diese Ungewißheit, nie weiß er, wie sie ihm begegnet. Denn es kommt vor, daß sie ihn bittet, bis spät abends bei ihr in der Küche sitzen zu bleiben, daß sie dann etwas Gutes zu essen macht, sich lange mit ihm unterhält. An einem solchen Abend weiht er sie in seine Pläne ein.

»Von hier weggehen?« fragt sie und schaut ihn mit großen Augen an. »Meinst du das im Ernst?«

»Ja, natürlich. Es gibt keinen anderen Ausweg.«

Mit hektischen roten Flecken im Gesicht, mit strahlenden Augen begibt sie sich mit ihm auf die Traumreise. Sie bleiben sitzen und unterhalten sich bis lange nach Mitternacht. Später gibt sie sich ihm leidenschaftlich und mit einer Glut hin, fast hatte er schon vergessen, daß sie so sein kann, mit einer Intensität, die ihn fast beängstigt. Doch soll er nicht glücklich sein? Sie ist wieder bei ihm, gemeinsam werden sie die Verantwortung für ihr Leben übernehmen.

Die Veränderung an ihr ist so groß, daß es allen auffällt, es ist, als atme das ganze Haus erleichtert auf. Sie schwatzt mit Synnøve und Astrid, und als Jørgen sie eines Tages bei der Arbeit trällern hört, durchfährt ihn ein freudiger Schreck. Wenn er ihrem Blick begegnet, leuchten ihre Augen ihn an wie an jenem Abend, als er ihr sein Geheimnis, das er mit sich herumtrug, anvertraute. Das Geheimnis, das sie wieder zusammengeführt hat, ihr beider Geheimnis, denn die Eltern dürfen nicht eher etwas davon erfahren, bis alles klar ist. Auch er träumt davon. Von dem Tag, an dem er zu dem Vater gehen und ihm sagen wird, daß er seinen Hof, was ihn angehe, nun für immer behalten könne. Denn er, Jørgen, habe sich einen anderen Hof angeschafft.

Nun muß er nicht mehr allein im Bett liegen, vorbei sind die langen schlaflosen Nächte. Jeden Abend kommt sie zu ihm. Stundenlang liegen sie dann manchmal da und schmieden Pläne, und Julie ist für ihn fast wieder dieselbe wie früher. Eines Abends nimmt er allen Mut zusammen und fragt sie, ob sie nicht wieder die Betten zusammenrücken wollen.

»Nein, noch nicht. Bald!« sagt sie schnell und geht zurück in ihr eigenes Bett.

Noch muß er schlafen, während sie ihre Nachttischlampe brennen läßt, aber jetzt hat er Zeit und kann warten. Sie ist zu ihm zurückgekehrt.

Eines Tages findet er, wonach er gesucht hat. In der Nachbargemeinde von Julies Heimatort wird ein Hof verkauft. Nachdem er dem Eigentümer geschrieben hat, bekommt er ein Bild geschickt. Das Anwesen liegt hoch und mit freier Aussicht auf den Fjord, die Gebäude sind gepflegt, der Hof ist in Schuß, die Kaufpreis beträgt vierzigtausend Kronen. Eine Summe, bei der es Jørgen kalt den Rücken herunterläuft, obwohl er etwas Ähnliches erwartet hatte und er das schon schaffen wird. Einen Kredit braucht er mit dem Hof als Sicherheit, dazu braucht er noch einen Kredit, für den er einen Bürgen finden muß. An wen sonst als an seinen Schwiegervater soll er sich wenden? Julie ist genauso begeistert wie er, und sie ist sich ganz sicher, daß ihr der Vater schon helfen wird.

Gemeinsam schreiben sie einen langen Brief an Julies Vater.

Sie schreiben ihm, wie sie die Verhältnisse hier auf dem Hof empfinden, daß Kristoffer sich sträube, Jørgen den Hof zu überschreiben, daß sie das als einzigen Ausweg sähen, um aus der Sache herauszukommen.

Die Antwort von Julies Vater läßt nicht lange auf sich warten, und es ist der unbarmherzigste Brief, den sie je bekommen haben. Was sei denn das für eine halsbrecherische Idee? fragt Johannes. Vierzigtausend Kronen, wissen sie überhaupt, was das für eine Summe sei? Wie wollten sie es denn schaffen, einen solchen Kredit zu tilgen? Vierzigtausend heute können in ein paar Jahren ganz schnell ein Vielfaches kosten, so wie es jetzt um den Geldmarkt bestellt sei. Nein, Jørgen solle mal auf dem Boden bleiben, den nassen Finger in den Wind halten und prüfen, wo er stehe. Ob er nicht aus der Riesendummheit mit der Fuchsfarm gelernt habe. Und wenn das schon ein Traum und ein Wagnis gewesen sei, so ist das jetzt noch weit mehr als ein Risiko, der glatte Wahnwitz sei das, und es könne von seiner Seite aus nicht die Rede sein von irgendeiner Form von Kaution. Er habe schon so, wie die Dinge lägen, genug Geld verloren. Nun solle Jørgen zu seinem Vater gehen und verlangen, daß er ihm den Hof übergebe, wie es ihm nach dem Erbhofrecht zustehe. Er, Johannes, verlange dies nun. Nicht nur um Jørgens willen, sondern auch um seiner Tochter willen und der Kinder wegen. Falls Jørgen nicht imstande sei, die Sache endlich in Ordnung zu bringen, wolle er persönlich Kontakt mit Kristoffer Storvik aufnehmen, schreibt er.

Kreidebleich im Gesicht gibt Jørgen Julie den Brief. Sie liest ihn stumm, dann schaut sie ihn mit eisigem Blick an.

»Das mußt du machen, sprich mit deinem Vater.«

Er antwortet nicht, reißt ihr den Brief aus der Hand und schießt zur Tür hinaus.

Draußen auf dem Hof trifft er auf den Vater, bleibt vor ihm

stehen, vor Wut, die ihn fast zum Platzen bringt, bleibt ihm beinahe die Sprache weg.

»Was ist los mit dir, Junge?« fragt Kristoffer.

»Ich verlange augenblicklich von dir, daß du mir die Verantwortung übergibst.«

»Na, das ist ja erstaunlich«, sagt Kristoffer in seiner Art, wie nur er das kann.

»Wenn du das nicht sofort machst, gehe ich meiner Wege«, schreit Jørgen unbeherrscht.

»So ein dummes Gerede. Benimm dich wie ein erwachsener Mann und blamier uns nicht bis auf die Knochen. Die Nachbarn können dich hören«, sagt Kristoffer und läßt ihn stehen.

Völlig ratlos bleibt er zurück, weiß nicht, was er mit sich anfangen, wo er hin soll. Schließlich landet er im Backhaus und fertigt einen neuen Stiel für die Axt an. Er arbeitet, ohne zu wissen, was er eigentlich tut, in seinem Kopf saust es, der kalte Blick, der ihn von Julie traf, ist das einzige, was er vor Augen hat. Synnøve und Kristoffer kommen abwechselnd, um ihn zum Essen zu holen, doch er bleibt im Backhaus, bis alle Lichter im Haus ausgegangen sind.

In ihrem Innern hatte sie gewußt, daß das Ganze nur ein Traum war. Ein willkommenes Geschenk für sie, etwas, an das sie sich klammern konnte, etwas, um vor der Wirklichkeit auszuweichen. In der momentanen Klarheit ihrer Gedanken sieht sie, daß es für Jørgen dasselbe war, auch er hat wohl nie daran geglaubt, diesen Traum verwirklichen zu können. Eine Flucht vor dem Alltag für sie beide. Sie liegt in ihrem Bett und brennt vor Scham wegen des Briefes, den sie ihrem Vater geschrieben haben, daß sie es doch wirklich wagten, ihn zu bitten, dieses wahnwitzige Projekt zu unterstützen. Wahnwitz, der Vater hat vollkommen recht damit.

In diesem Moment sieht sie Jørgen wirklich mit den Augen der Mutter. Ein Träumer und Phantast. Ein großer Junge, der nie erwachsen wird, um Verantwortung übernehmen zu können, weder für sie noch für die Kinder. Und ihr kommt es vor, als ob sie Kristoffers, Synnøves Worte höre: »Sieh zu, daß du erwachsen wirst, Junge.«

Genau das ist es, was sie einsehen muß. Die Wirklichkeit hat sie wieder. Der Traum, in den sie sich eingelullt hat, macht die Wirklichkeit nur noch gräßlicher. Unverzeihlich, das ist es.

Es kümmert sie nicht, wo Jørgen hingegangen ist. Nachdem sie das Licht gelöscht hat und er endlich kommt, tut sie so, als schlafe sie, doch er läßt sich nicht täuschen.

»Ich weiß, daß du wach bist, Julie. Und du ... Ich habe darüber nachgedacht, wenn aus dem Kauf des Hofes nichts wird, dann kann ich doch versuchen, eine Arbeit als Pächter zu finden. Erfahrung habe ich genug, du weißt, ich habe die Landwirtschaftsschule besucht.«

»Nein, nun hör aber auf, Jørgen. Sind wir hier, so wie es uns geht, nicht schon Pächter genug? Und das ohne Bezahlung? Ich will nichts mehr davon hören. Verstehst du mich?«

Alles wird noch schlimmer, als es je zwischen ihr und Jørgen und den beiden anderen Frauen im Haus war. Es kommt vor, daß sie tagelang kein einziges Wort mit ihnen wechselt, und manchmal empfindet sie deren Gegenwart wie einen physischen Schmerz. Einen Schmerz, der am Körper brennt, auf der Haut, in ihrem Innern. Sie hätte Lust, sie anzuschreien: »Guckt mich an und sagt mir, was ihr seht!« Ab und zu, wenn sie so schweigsam umhergeht, wird sie von Angst gepackt, daß sie davon krank werden, daß sich das auf ihr Gemüt legen könnte. Und dann Jørgen, keine Macht der

Welt könnte sie dazu bewegen, daß sie sich jetzt, wo alles so gekommen ist, seinem Bett nähern würde. Sie ist außerstande, sich vorzustellen, was er dabei fühlt.

»Bist du nicht gesund?« fragt Astrid sie eines Tages.

»Natürlich bin ich gesund.«

»Was ist es dann? Quält dich vielleicht der Gedanke an dein Kind? Möchtest du, daß wir darüber sprechen, wir beide, miteinander?«

»Nein. O nein, so etwas darfst du nicht denken.«

»Nein, sicher willst du das nicht. Aber am Anfang des Jahres hast du schon einmal so glücklich und zufrieden ausgesehen. Da dachten wir, du hättest es überwunden. Du mußt wissen, daß wir uns große Sorgen um dich machen, ich genauso wie unsere Mutter. Vielleicht solltest du ein paar Tage verreisen, nach Hause zu deiner Mutter und deinem Vater, um etwas zu Kräften zu kommen.«

»Verreisen? Was denkst du, ist dann mit den Kindern? Krister und Jostein haben doch Schule.«

»Um die Kinder mußt du dir keine Sorgen machen, um die kümmern wir uns schon.«

»Meine Kinder allein lassen? Nein, das mache ich nie wieder. Nein, Astrid, das fehlte mir gerade noch. Der Winter hat schon immer an mir gezehrt. Und deshalb müßt ihr mir einfach nur etwas Zeit damit lassen«, sagt sie und will nicht mehr darüber sprechen.

Doch Astrid hat eine Sehnsucht in ihr geweckt. Verreisen, zu ihren Eltern fahren, bei ihnen Trost finden, aber sie schlägt sich diese Gedanken aus dem Kopf. Im Sommer kann sie hinfahren, und dann kann sie die Kinder mitnehmen.

Später im Frühling spitzt sich eines Tages alles zu. Jostein hat demnächst Geburtstag. Acht Jahre wird er, und sein innigster Wunsch sind ein paar Skistiefel. Er ist ein eifriger Skifahrer, noch liegt hoher Schnee, und es fährt sich gut. Die Stiefel, die er besitzt, hat er von Krister übernommen, sie sind ihm zu klein. Sie drücken an den Füßen, und er hat Frostschmerzen in den Zehenspitzen. Julie hat mit Jørgen darüber gesprochen, und er hat gesagt, daß er sehen wolle, was er machen könne. Was das bedeutet, weiß sie. Er muß seinen Vater um Geld bitten. Typisch für ihn, daß er das an einem Nachmittag am Kaffeetisch, während sie dort mit mehreren zusammensitzen, zur Sprache bringt.

»Jostein braucht jetzt neue Stiefel«, sagt er prüfend. »Seine jetzigen sind ihm zu klein.«

Niemand geht darauf ein und sagt etwas.

»Der Junge hat Geburtstag«, sagt er darauf, jetzt etwas schärfer. »Er braucht neues Schuhwerk. In den Schuhen, die er hat, frieren ihm die Füße.«

»Es wäre der reinste Unfug, jetzt neue zu kaufen, wo der Winter fast vorbei ist. Und zum nächsten Jahr ist Krister aus seinen vielleicht rausgewachsen. Außerdem haben wir nun schon ein Geschenk gekauft«, sagt Synnøve. »Aber wenn es so ist, daß du Geld dafür hast ...«

»Du weißt, zum Teufel, genausogut wie ich, daß ich keins habe«, braust Jørgen auf.

»Sprich nicht so mit deiner Mutter, Junge«, sagt Kristoffer schroff. »Außerdem kommt das überhaupt nicht in Frage. Der Junge kann bis nächstes Jahr warten. Wir brauchen das Geld jetzt für andere Dinge hier auf dem Hof.«

Da steht Julie vom Tisch auf, mit kreidebleichem Gesicht und funkelnden Augen schaut sie sie an:

»Macht euch keine Sorgen. Ich werde das Geld für Josteins Schuhe selber beschaffen.«

Es ist mucksmäuschenstill in der Küche, bevor sie die Tür hinter sich zuschlägt.

Sie sitzt auf der Bettkante, schaukelt hin und her, wie ein

Echo klingt es in ihr: Sie wird es ihnen zeigen, sie wird es ihnen zeigen. So etwas werden sie mit ihr nicht mehr machen.

Auch dieses Mal schafft sie es, sich so weit zu beruhigen, daß sie zurück an ihre Arbeit gehen kann. Obwohl sie den Rest des Tages gemeinsam mit Astrid und Synnøve in der Küche verbringt, wird über das, was vorgefallen ist, kein Wort mehr verloren. An ihrem einen Mundwinkel vibriert ein leichtes Zittern, das sie nicht kontrollieren kann. Das ist das einzige, was ihre innere Erregung deutlich macht.

Nach dem Abendbrot desselben Tages bittet Kristoffer sie um eine Unterredung, unter vier Augen, wie er sagt. Er geht vor ihr ins Wohnzimmer, so weit weg, daß die anderen nicht hören können, was er ihr zu sagen hat. Wenn er soviel Rücksicht nimmt, denkt sie, wird er ihr eine Rüge erteilen wegen ihrer Bemerkungen am Kaffeetisch.

In dem Zimmer, das in der Winterzeit außer an Festtagen nicht benutzt wird, ist es eiskalt. Kristoffer zündet die Petroleumlampe an, die auf dem Tisch steht. Das dunkle Licht bewirkt, daß er noch größer wirkt als sonst, sein Gesicht noch finsterer erscheint.

Er steht vor ihr, in seinen Augen eine angsteinflößende Kälte. Jetzt sieht sie den Brief, den er in der Hand hält, und sie erkennt die Schrift ihres Vaters. Und noch bevor er etwas sagen kann, begreift sie, worum es geht. Ihr Vater hat Ernst gemacht und an Kristoffer wegen der Übertragung des Hofes geschrieben.

Er betont jedes Wort, während er zu ihr spricht:

»Ich möchte, daß du eines weißt, Julie, noch bin ich es, der hier auf dem Hof das Sagen hat. Und niemand, niemand, sage ich, soll versuchen, sich in meine Angelegenheiten einzumischen. Du kannst deinen Vater grüßen und ihm das mitteilen«, sagt er kalt. »So, das war alles, mehr habe ich nicht zu sagen.«

Sie hat ein Gefühl, als sammle sich das gesamte Blut ihres Körpers im Kopf, bevor es aus ihr herausströmt und sie von einer eiskalten Ruhe ergriffen wird. Das ist der Moment, in dem sie einen Entschluß faßt.

»Du kannst sicher sein, Kristoffer Storvik. Ich werde mich nicht mehr in deine Angelegenheiten einmischen.«

An diesem Abend schreibt sie der Mutter. Sie möchte zu Ostern nach Hause kommen und die Kinder mitbringen. »Jetzt habe ich genug«, schreibt sie. »Ich kann nicht mehr.« Soll die Mutter es doch deuten, wie sie will. Sie schreibt nur kurz, erklärt nichts weiter, bittet aber den Vater, ihr das Geld für die Reise zu leihen. Und die Mutter bittet sie, gleich anzurufen, sobald sie diesen Brief erhalten habe, damit sie wisse, ob es in Ordnung sei, daß sie komme.

Außer Jørgen wagt niemand, ihre Reise zu erwähnen.

»Das wird dir guttun, Julie. Aber möchtest du nicht, daß ich dich begleite? Wird es mit den Kindern denn nicht zu anstrengend für dich?«

»Nein, ich fahre alleine.«

»Ja, dann ...«, sagt er verstört.

Sie wartet bis zum letzten Abend, bevor sie ihm sagt, was noch gesagt werden muß.

»Ich werde dich vermissen«, beginnt Jørgen.

Sie steht nun vor ihm, aufrecht, nimmt ihren Blick nicht von ihm.

»Jørgen«, sagt sie ruhig, »es gibt bestimmt vieles, was du nicht verstanden hast, doch jetzt sollst du wissen, daß ich nicht eher zurückkomme, bis der Hof uns gehört. Und falls ich zurückkomme, dann weigere ich mich, die Küche mit deiner Mutter zu teilen. Keinen Tag mehr, verstehst du das?«

Er ist kreidebleich im Gesicht.

»Was sagst du da? *Falls* du zurückkommst, hast du gesagt? Du kannst doch nicht im Ernst gemeint haben, daß...«

»Du hast gehört, was ich gesagt habe.«

»Aber was ist mit den Kindern?« fragt er hilflos. »Krister und Jostein, die müssen doch zur Schule gehen.«

»Denkst du denn, daß es dort, wo ich herkomme, keine Schule gibt?«

»Aber die Leute, was werden die sagen?«

Da schaut sie ihn lange an, dreht sich um und geht.

Selma hat darauf bestanden, daß sie auf der Reise bei ihr übernachten. Es kommt gar nicht in Frage, daß sie in der Pension absteigen, sie hat für sie alle mehr als genug Platz. Unterwegs graut es sie, dort hinzukommen. Sie weiß auch nicht, was Synnøve ihr erzählt hat.

Aus den großen Zimmern weht ihr eine gähnende Leere entgegen. Erling Storvik füllte mit seiner Persönlichkeit das ganze Haus, ob er zugegen war oder nicht. Jetzt ist das Haus wie eine leere Hülle, genau wie Selma es gesagt hat. Selma empfängt sie lächelnd und freundlich, doch es ist ein Lächeln, das ihre leblosen Augen nicht erreicht. Dieser Blick, dieses Gesicht, in dem der Schmerz tiefe Furchen hinterlassen hat, schnürt Julie die Kehle zusammen. Und wenn Selma nach Sigrids Tod schon wie abwesend war, dann ist sie es jetzt noch mehr. Sie fängt mit Julie ein Gespräch an, aber es dreht sich nur um unwichtige Dinge. Julies Reise spricht sie nicht an. Den Kindern lächelt sie zu.

»Was du für feine Jungen hast«, sagt sie abwesend. »Was für ein Reichtum.«

Auch die Kinder werden von der Atmosphäre des Hauses angesteckt. Mit großen Augen gehen sie umher und schauen sich alles an, die Nippes, die Bilder, den großen Flügel, meistens bleiben sie aber schön ruhig auf ihren Stühlen sitzen und benehmen sich wie Erwachsene.

Nur wenn sie auf Helene und Ivar zu sprechen kommen, lebt Selma auf und ein Funke in ihrem toten Blick wird entfacht.

»Sie ist ein bezauberndes Mädchen. Ich freue mich sehr darauf, daß sie herkommt. Die Wohnung im Obergeschoß ist nun fast fertig, aber ich will Ivar nicht die Freude nehmen, sie dir zu zeigen.«

Nach Ivars Heimkehr wird die Stimmung leichter. Er versteht es sehr gut, sich mit den Kindern zu unterhalten, auch Selma lebt auf. Kaum haben sie sich vom Mittagstisch erhoben, will er ihr auch schon die Wohnung zeigen, mit einem Feuereifer wie ein kleiner Junge. Hier oben riecht es nach Farbe und frischem Holz. Die beiden größten Schlafräume sind zu Wohnzimmer und Eßzimmer geworden, verbunden durch einen breit gewölbten Bogen. Eine Kammer, die zuvor zur Aufbewahrung von Kleidern diente, ist zu einer netten, kleinen Küche umgebaut worden. Außerdem haben sie zwei geräumige Schlafzimmer hier oben, an Platz wird es ihnen nicht fehlen. Die beiden Zimmer sind hell und gemütlich mit Aussicht über die Stadt und den Hafen, und man kann sogar das Meer sehen. Im Verhältnis zu den etwas düsteren Räumen im Erdgeschoß ist das hier oben wie in einem anderen Haus.

»Unten wird auch renoviert«, sagt Ivar. »Was jetzt die Bibliothek ist, soll Selmas Schlafzimmer werden.«

Im Erdgeschoß gibt es ein weiteres großes Schlafzimmer, neben dem Mädchenzimmer. Irgendwann will er unten ein Bad einbauen. Die Kammer neben der Bibliothek wird sich gut dafür eignen, aber bis dahin müssen sie sich alle das Bad im Obergeschoß teilen.

»Ihr werdet es hier schön haben«, sagt Julie.

»Ja, findest du nicht auch?« entgegnet Ivar. Wohl noch nie hat sie ihn so glücklich strahlen sehen wie jetzt.

Auf den Dachboden muß sie noch mit, weil er ihr zeigen will, welche Pläne er für hier oben hat. Eine einzige Glühbirne erhellt mit ihrem kalten Licht diesen Raum, er hat dieselbe Grundfläche wie das Haus, auf allen Seiten mit Dachschrägen. Ungemütlich, wie solche Dachböden zu sein pflegen, alles mögliche Gerümpel kreuz und quer übereinander gestapelt.

»Das soll Helenes Zimmer werden«, sagt er. Er wird den Dachboden zweiteilen und aus der einen Hälfte einen Übungsraum machen, einen Tanzsaal für Helene. Die Längswände werden großflächig mit Spiegeln versehen, entlang der einen Wand kommen Holme. Neuer Fußboden wird verlegt, und er wird Regale für das Grammophon und die Platten bauen. Er beschreibt das Ganze so lebendig, daß sie alles vor Augen hat.

»Verstehst du, Helene muß irgendwo üben können. Und außerdem will sie Schüler unterrichten.«

»Du lieber Himmel«, sagt Julie erstaunt. »Aber du wirst das schon machen!«

»Ich habe gehört, du kannst schon gut Klavier spielen, Krister?« fragt Ivar, als sie am Kaffeetisch sitzen. »Möchtest du nicht mal den Flügel ausprobieren?«

Krister windet sich verlegen auf seinem Stuhl.

»Nein, ich habe keine Noten hier.«

»Na, da wird sich schon was finden«, sagt Ivar und blättert im Notenkorb.

»Sieh mal, was ich gefunden habe. *Für Elise*. Ich bin mir sicher, daß Astrid dir das beigebracht hat.«

Vorsichtig und suchend kommt Krister durch das Stück.

»Nun versuchst du es noch einmal, und dann spielen wir gemeinsam.«

Mit Hilfe der Violine spielt Krister fast ohne Fehler. Julie, voller Stolz, sieht sich bestätigt; was sie gerade in Angriff genommen hat, lohnt allen Kampf und die Mühe. Sie tut das nicht für sich, sondern für die Kinder. Um deren Leben geht es.

Ivar sucht andere Noten heraus, kleine Walzer und Menuette, die Krister kann. Plötzlich befinden sie sich in einem anderen Haus.

»Das hat der Junge aber gut gemacht, denke ich«, sagt Ivar lachend. »Und was ist mit dir, Jostein, willst du nicht auch spielen?«

»Nein, das kann ich nicht so gut.«

»Vielleicht solltest du es mit der Geige probieren?«

»Nein. Ich halte es für besser, wenn ich beim Fußballspielen bleibe«, sagt Jostein etwas altklug.

»Na, das ist gar nicht so dumm«, entgegnet Ivar und zieht ihn an den Haaren. »Und du, Helge?«

»Ja, doch, etwas spielen kann ich. Ich kann *Mikkel, der Fuchs* spielen. Und dann kann ich noch was, aber das ist schwerer. *O Mädchen, o ja*, heißt das.«

»Na, dann versuchst du es damit.«

»Vielleicht schaffe ich es, wenn du mich auf der Geige begleitest.«

Sie schaut auf die kleine Gestalt, steif und ernst vor Konzentration, die Beine baumeln vom Klavierhocker, und ihre Augen füllen sich mit Tränen. Sie schaut zu Selma hinüber und sieht, daß auch ihre Augen blank sind. Sie weiß, daß sie sich an die Zeit erinnert, als das hier im Haus zum Alltag gehörte.

Jostein, aber vor allem Krister wunderten sich, daß sie den Schulranzen und alle Schulsachen mit auf die Reise nehmen sollten.

»Fahren wir nicht in die Osterferien?« fragte er erstaunt. »Und warum kommt denn der Papa nicht mit?«

Sie hat viel Zeit aufwenden müssen, um es zu erklären. Sie sei nicht richtig gesund, sagte sie, und der Doktor habe ihr geraten, nach Hause zu ihren Eltern zu fahren, um sich auszuruhen. Ostern könne eine zu kurze Zeit dafür sein, und dann müssen Krister und Jostein dort, wo sie hinfahren, zur Schule gehen. Jostein ist noch ziemlich klein, er geht in die erste Klasse, ihm erscheint die Sache abenteuerlich, während Krister skeptisch ist.

»Ich weiß nicht, ob ich das möchte.«

»Aber du mußt, verstehst du. Glaubst du nicht, daß es interessant ist, neue Kinder kennenzulernen?«

»Wie kannst du krank sein, Mama, wenn man dir nichts ansieht?« fragte Krister und schaute sie prüfend an.

»Das ist keine Krankheit, die man von außen sieht, weißt du.«

»Ist es etwas Gefährliches, was du hast, Mama?«

»Nein, du brauchst keine Angst zu haben. Ich brauche nur etwas Ruhe und muß wieder zu Kräften kommen.«

Krister geht in die vierte Klasse, im Herbst wird er elf, und es quält sie, daß er vielleicht mehr begreift, als sie ahnen, aber es sieht so aus, als hätte er sich mit ihren Erklärungen zufriedengegeben.

Alles ist wie früher, doch es kommt ihr vor, als ob die Zeit stehengeblieben wäre. Trotzdem wird ihr mit jedem Mal alles fremder. Nur die Menschen verändern sich. Die, die damals, als sie hier lebte, noch Kinder waren, sind inzwischen erwachsen, die, die im mittleren Alter waren, sind alt. Daran erkennt sie, wie die Jahre vergangen sind. Ihre Mutter umsorgt sie mehr, als sie es früher getan hat, und im übrigen wird mit keinem Wort erwähnt, warum sie diese Ostertage hier verbringt.

Zum Fest sind die Brüder zu Hause, beide sind nun erwachsene Männer. Oddmund ist mit seinem Studium in Bergen schon gut vorangekommen, und Kristian macht dieses Jahr das Abitur. Er will in die Fußspuren seines Bruders treten und zum Herbst versuchen, auch einen Studienplatz an der Handelshochschule zu bekommen. Ingrid hat gerade die weiterführende Schule beendet. Sie wird im Sommer konfirmiert. Als Julie sie fragt, was sie mit ihrem Leben anfangen wolle, hat sie sofort eine Antwort parat. In diesem Jahr bleibt sie zu Hause und hilft der Mutter im Haushalt. Dann will sie sich, wie ihre Schwestern, an der Amtsschule bewerben.

»Und was ist danach?« fragt Julie verwundert.

»Na ja, danach werde ich die Haushaltsschule besuchen, und dann werde ich heiraten.«

»Heiraten?« fragt Julie lächelnd. »Du mit deinen Fähigkeiten. Du solltest dir eine ordentliche Ausbildung verschaffen, verstehst du.«

»Nein, warum sollte ich? Schau dir doch Johanne an, was hat ihr das genutzt? Nein, das ist doch Quatsch. Ich werde heiraten und einen Haufen Kinder haben.«

»Du wirst deine Meinung schon noch ändern, denke ich. Eines Tages wirst du, genau wie ich, das Dorf hier verlassen.«

»Aber ich habe keine Lust, von hier wegzugehen. Ich möchte hier wohnen, für immer.«

Es ist, als höre man Synna, als sie in diesem Alter war. Wenn Julie enthusiastisch davon sprach, daß sie eine Ausbildung anstrebe, sagte Synna immer:

»Du kannst das ja machen. Ich werde heiraten.«

Auch im Aussehen gleicht Ingrid Synna immer mehr. Dieselben hastigen Bewegungen, ihre Wesensart, alles, als ob Synna von damals vor ihnen stünde. Die Schwester, die in ihrem Innern noch immer ein Schmerz ist.

Die ersten Tage vor dem Fest sind die Brüder zusammen mit anderen Jugendlichen aus dem Dorf oben auf der Alm, aber am ersten Feiertag zum Gottesdienst sind sie zur Stelle. Fast eine ganze Bankreihe nehmen sie in der Kirche ein, Johannes, ihre Brüder und die drei Jungen. Julie sitzt zwischen Ingrid und der Mutter auf der Seite der Frauen. Von all dem, was vor sich geht – der Predigt, dem Osterevangelium, den Liedern –, kommt nichts bei ihr an, so tief ist sie in Gedanken versunken. Sie muß an den Ostergottesdienst im vergangenen Jahr denken, als sie erfuhr, wo ihr kleines Mädchen begraben lag. Jetzt durchlebt sie alles noch einmal, den Schmerz, die Ruhe, aber auch das, was sie solange verdrängt hat. Jørgen, noch immer weiß er von nichts. Nachdem eine Zeit verstrichen war, wurde es für sie allmählich unmöglich, ihm davon zu erzählen. Jetzt kommt es ihr vor, als bringe sie nie mehr die Kraft dafür auf. Vielleicht ist es am besten, wenn sie das mit sich allein abmacht, wenn das auf diese Weise ihr Schmerz bleibt. Obwohl sich mit der Zeit schon Schorf auf der Wunde gebildet hat, gehört nicht viel dazu, daß sie wieder aufbricht. Nach und nach hat sie sich an den Schmerz gewöhnt. Auch daran, daß sie ihn allein tragen muß. Natürlich weiß sie, daß Jørgen trauerte, daß er vielleicht sogar noch immer trauert, doch nicht zu ertragen war, daß das Kind, die Erinnerung daran totgeschwiegen werden sollte. In letzter Zeit hat sie ein paar Mal versucht, mit Jørgen darüber zu sprechen, doch er ist ausgewichen. Schließlich mußte sie akzeptieren, daß das Kind nur für sie existiert hat. Es war ihr Kind, und damit ist das Grab allein ihr Grab.

An dem Abend, nachdem die Brüder abgereist sind, bleibt sie mit den Eltern allein am Küchentisch sitzen. Jetzt ist die Zeit gekommen, daß sie miteinander über Julie sprechen, über ihre Zukunft und die der Kinder. Der Vater sagt, daß er, bevor er ihr zu dem Schritt geraten habe, gründlich darüber nachgedacht hatte. Daß das hart gegenüber Jørgen ist, ja, er wolle sogar das Wort gebrauchen, brutal. Aber er ist zu der Überzeugung gelangt, auf einen groben Klotz gehöre ein grober Keil, damit Kristoffer versteht, daß es jetzt ernst ist. Dennoch wäre es ihm lieber gewesen, wenn man die Angelegenheit friedlich geregelt hätte und es nicht notwendig geworden wäre, zu einem solchen drastischen Mittel wie diesem zu greifen. Doch nun ist sie hier, nun darf sie nicht nachgeben, jetzt muß sie die Sache durchstehen.

Es ist wie im Traum. Erst jetzt wird ihr endgültig klar, worauf sie sich eingelassen hat.

»Und was ist, wenn sie nein sagen? Was ist, wenn Jørgen nicht will, daß ich zurückkomme?«

»Das wird nie passieren«, schnaubt die Mutter. »Er braucht dich, mehr als du ihn brauchst. Jørgen ist doch viel zu weich, um auf eigenen Beinen zu stehen.«

»Nein, nun sei aber still!« sagt der Vater. »Ich will in unserm Haus keine Kritik mehr an Jørgen hören. So schwer es auch für dich ist, Julie, und für uns, am schwersten von uns allen hat es Jørgen. Es ist keine Kleinigkeit, einem Menschen ausgeliefert zu sein, der so stark ist wie sein Vater. Aus diesem Grunde müssen wir Härte gegen Härte setzen. Kristoffer muß seine eigene Medizin zu kosten bekommen, das ist das einzige, wovor dieser Mann Respekt hat.«

»Ja, du mußt jetzt stark sein, Julie. Wir werden dich unterstützen, alles tun, was wir können. Und du darfst dich dieses Mal nicht von schönen Worten verführen lassen«, sagt die Mutter und schielt auf den Brief von Jørgen, der heute abend gekommen ist. Der ungeöffnet vor Julie auf dem Tisch liegt.

Die Jungen haben sich schnell beruhigt, viel schneller, als Julie zu hoffen gewagt hätte. Krister und Jostein finden sich in der Schule überraschend gut zurecht. Die Schule ist hier wie zu Hause zweigeteilt. So geht Krister zum Unterricht für die Großen und Jostein zum Unterricht für die Kleinen. Daß das so reibungslos klappt, ist nicht zuletzt darauf zurückzuführen, daß Julies Mutter bereits über die Feiertage gleichaltrige Kinder zum Spielen eingeladen hat. Dadurch hatten sie am ersten Schultag nach Ostern schon Bekannte, und all das Neue, das auf sie zukam, war für sie deshalb nicht so bedrohlich, wie es ihnen unter anderen Umständen gewesen wäre. Helge hat immer einen der Brüder zu Hause, dadurch ist es für ihn nicht so langweilig. Außerdem findet er einen eigenen Spielkameraden, ein kleines, gleichaltriges Mädchen vom Nachbarhof. Nach und nach werden die zwei unzertrennlich, entweder sie spielen hier, oder Helge ist drüben bei der kleinen Jorunn, wie sie heißt. Die Brüder sind froh, den Kleinen nicht immer im Schlepptau zu haben, wenn sie mit den neuen Kameraden spielen oder zum Großvater in die Werkstatt gehen. Sobald die anderen Kinder hier sind, hört Julie, wie sie den hiesigen Dialekt nachahmen, aber wenn sie miteinander oder mit ihr sprechen, benutzen sie ihren Heimatdialekt. Helge kann die Mundart am schnellsten, er sei bald ein waschechter Romsdaler, sagt Julies Vater. Für sie ist es eine große Erleichterung, daß das Ganze so reibungslos verläuft.

Eines Tages, als sie zum Einkaufen im Laden ist, trifft sie ihren alten Lehrer, Ingebrikts Vater. Noch immer unterrichtet er in der Gemeinde, und er lobt die Jungen, besonders Krister, der seinem Alter weit voraus sei, wie er sagt.

»Offensichtlich hat er gute Erbanlagen«, meint er. »Seine Mutter war ja auch nicht schlecht. Nein, aus dem Jungen kann etwas werden, wenn er nur Gelegenheit bekäme, seine

Fähigkeiten zu entwickeln. Aber er ist wohl der älteste, der den Hof erben wird?«

»Ja, wir werden sehen«, sagt Julie, der vor Stolz und Freude heiß geworden ist.

Wenn die Jungen diese Zeit hier so gut überstehen, wie es jetzt aussieht, dann wird sie es selber wohl auch schaffen, ganz bestimmt.

Eines Tages sitzt sie mit der Mutter am Küchentisch, und sie schauen zu, wie Helge und Jorunn spielen. Jorunn hat ihre Puppen mit, und Helge ist noch nicht so groß, daß er sich des Mädchenspiels schämen würde. Das tut er nur, wenn die Brüder da sind und ihn ärgern. Jetzt spielt er mit den Puppen genauso selbstvergessen wie Jorunn.

»Der Junge hätte ein Mädchen werden sollen«, sagt die Mutter. »Für einen Jungen ist er fast zu hübsch.«

Dasselbe hatte sie einmal auch von Krister gesagt, und Julie sieht es selber. Die hellen, gelockten Haare, Synnas braune Augen, die langen Wimpern, es grenzt fast an Ungerechtigkeit, daß ein Junge ein derartiges Aussehen besitzt. Aber ansonsten ist er doch ein richtiger Junge. Er ist jetzt sechs Jahre alt, der Babyspeck ist weg, in der letzten Zeit ist er kräftig in die Länge geschossen, und es scheint, als bekäme er von den drei Kindern die beste Figur. Während Jostein und Krister lang und ungelenk sind, den typischen Körper der Storviks haben, sieht Helge von seiner Gestalt her fast wie ein erwachsener Mann aus. Merkwürdig, wenn man das sieht, diese schmalen Hüften, die Schultern, denen man jetzt schon ansieht, daß sie einmal breit und kräftig werden. Ein richtiger kleiner Athlet.

»Es wird für euch teuer, Mama, wenn ihr uns hier die ganze Zeit durchfüttern müßt«, sagt sie eines Tages.

»Ach, das überstehen wir schon. Aber wenn es so werden

sollte, daß es länger dauert und du das Gefühl hast, du müßtest selber auch ein paar Kronen verdienen, dann kannst du doch jederzeit Näharbeiten für die Leute übernehmen. Man spricht heute noch davon, wie gut du nähen kannst.«

»Was aber, wenn ich hierbleibe? Was, wenn ... wenn es mit Scheidung endet?«

Im selben Moment, in dem sie das Wort ausgesprochen hat, fröstelt es sie. Sie hat nicht gewagt, daran zu denken, noch viel weniger, es auszusprechen. Scheidung, den Rest des Lebens in Schande leben?

»Nein, ach nein, so weit wird es niemals kommen. Scheidung, davon kann keine Rede sein, aber daß es lange dauert, darauf sollten wir uns sicherlich einstellen. Und ich habe Vorsorge getroffen, daß es hier nicht allzuviel Gerede von den Leuten gibt.«

»Gerede? Daran habe ich gar nicht gedacht.«

Aber Helga schon. Sie kennt die Leute, weiß, wieviel weniger hier dazu gehört, daß es in der Gerüchteküche im Dorf brodelt. Deshalb hat sie zu Hanna, Johannes' Schwester, Kontakt aufgenommen. Wenn Helga möchte, daß die Leute Auskünfte – welcher Art auch immer – erhalten sollen, ist es am sichersten, zu Hanna zu gehen. Dann dauert es gar nicht lange, und das ganze Dorf weiß Bescheid.

»Was hast du ihr denn gesagt?«

»Die Wahrheit. Daß du ein Kind verloren hast, daß du dabei zu Schaden gekommen bist und der Doktor dir verordnet hat, dich auszuruhen, um wieder auf die Beine zu kommen. Man muß ihnen ja nicht auf die Nase binden, daß es schon über ein Jahr her ist, als es passierte. Und ich habe gesagt, daß du die Kinder mithast, weil du es nicht übers Herz gebracht hast, sie zurückzulassen. Damit, denke ich, ist erst einmal die schlimmste Neugierde der Leute befriedigt, ohne daß wir Schaden nehmen.«

Es ist unwirklich. Diese ständige Kritik der Mutter an Jørgen, ohne daß Julie Widerspruch erhebt, doch in ihr staut es sich an und ist eine Art Alibi für das, was sie gerade tut. An manchen Tagen, wenn sie zusammen mit der Mutter bei der Arbeit ist, hat sie das Gefühl, daß die Zeit zurückgedreht worden ist, daß es wieder ist, wie es einmal war, sie und die Mutter, wie damals, als sie jung war. Tage, an denen Jørgen Storvik und ihr Leben dort so weit weg sind, als hätte es sie nie gegeben. Tage, an denen nur die Kinder sie daran erinnern, daß es *dort* wirklich gibt.

Die Briefe von Jørgen kann sie nicht ignorieren, aber sie liest sie kaum. All diese schönen Worte, diese flehentlichen Bitten, sie möge doch wieder nach Hause kommen. Daß alles gut werde, wenn sie nur nach Hause käme. Die Briefe, die sie ihm schreibt, sind kurz und unpersönlich, sie berichtet von den Kindern, wie es ihnen hier geht, von der Schule, und sie wiederholt in jedem Brief ihre Forderungen, die sie stellte, bevor sie abreiste. Sie komme nicht eher wieder, bis alles geregelt sei.

Tagsüber schafft sie es, alles zu verdrängen. Da hat sie die ganze Zeit die Mutter um sich, da hat sie ihre alltäglichen Aufgaben, die Arbeit, die Kinder, die sie ständig fordern. Schwieriger ist es, die Abende und Nächte zu überstehen. Dann ist es unmöglich, den Gedanken zu entfliehen. Das Verhältnis zwischen ihr und Jørgen. Wie konnte es so weit kommen, und warum hat der Verlust des Kindes das Ganze ausgelöst? Denn ausgelöst wurde es dadurch. Und es lag nicht nur an dem, was passierte. Warum waren seit diesem Tag Geborgenheit, Freude, warum war alles wie weggeblasen? Sie hat ihn nie dafür verantwortlich gemacht, daß es passiert ist, es war ein Unglück, für ihn genauso schrecklich und schmerzlich wie für sie, das ist ihr klar. Aber wie konnte es geschehen, daß die Freude, die sie zusammen hatten, verschwand? Wie konnte es geschehen, daß er, sein Körper, der ihr soviel Glück geschenkt hat, daß alles an ihm sie mit einem solchen Ekel erfüllen konnte? Darauf ist keine Antwort zu finden. Das einzige, was sie jetzt weiß, ist, sie muß den Kampf durchstehen. Es geht nicht nur um ein selbständiges Leben für sie, sondern in erster Linie darum, daß sie zueinander zurückfinden, zu der Freude, zu dem, wie alles einmal war.

Seit Julies Abreise sind die Tage für Jørgen ein Alptraum. Er weicht den Leuten aus, die nach Julie fragen und ständig bohren, ob sie nicht bald nach Hause komme. Sie sei krank, antwortet er dann kurz. Jeden Tag kommt es zu erbitterten Zusammenstößen mit dem Vater, aber es nutzt alles nichts, weder Bitten noch Drohungen.

»Du bildest dir doch wohl nicht ein, Jørgen, daß da irgendwer kommen und mir diktieren kann, was ich zu tun habe? Und ein Weib schon gar nicht«, schnaubt der Vater. »Nein, der Tag kommt schon noch, an dem sie klein beigibt.«

»Bevor uns der Hof nicht gehört, kommt sie nicht zurück. Begreifst du das nicht? Wenn du jetzt nicht bald nachgibst, dann haue ich auch ab, das wirst du sehen!«

Und der Vater tut, was er schon immer getan hat, er geht wütend seiner Wege. Hoffnungslosigkeit und Verzweiflung machen Jørgen kaputt. Grau und öde ist der Hof, aus jedem Zimmer schreit ihn die Leere an, vom Hof, in seinem Innern das Echo von lärmenden Kinderstimmen, es ist zum Wahnsinnigwerden.

Eines Tages steht er vor dem Vater mit einem Brief von Julie in den Händen.

»Sieh dir das an, nun kannst du lesen, was sie will, hier steht es, schwarz auf weiß.«

Schwarz vor Wut im Gesicht liest der Vater Julies Brief.

»Verdammt noch mal«, faucht er, und mit dem Brief in der Hand fegt er zu Synnøve in die Küche.

Auch seine Mutter ist auf ihn wütend, und nicht minder, sie ist verletzt, Vorwürfe hageln auf ihn nieder. Sei das der Dank für alle Mühen und Plagen, die sie der Hof gekostet habe? Habe sie nicht alles getan, was man nur tun könne, seit Julie auf den Hof kam, die Kinder gehütet, sich im Haus genauso abgerackert wie im Stall. Und nun solle sie aus ihrer eigenen Küche verjagt werden? Gehöre sich das? Und die Schande, das Gerede der Leute, denke Julie daran nicht?

Das Gerede der Leute, die Familienehre retten, das ist für Synnøve genauso wichtig wie für Helga. Was hier gerade in der Familie vor sich geht, darf den Leuten im Dorf nicht zu Ohren kommen. Und Synnøve macht das auf ihre Art. Sie lädt den Frauenverein für Krankenbetreuung zu einer Zusammenkunft auf Storvik ein. Bei der Gelegenheit erklärt sie die Ursachen für Julies Abwesenheit. Sie erzählt, daß Julie das Kind verloren habe, das wissen alle schon. Sie erzählt von der schweren Geburt, die Julie so mitnahm, daß sie noch immer nicht richtig auf die Beine gekommen sei. Daß der Doktor ihr empfohlen habe, sich auszuruhen und zu erholen. Und wo könnte sie das besser als bei der eigenen Mutter?

»Die Jungen hat sie mitgenommen, um mich und Astrid nicht noch zusätzlich mit Arbeit zu belasten, während sie weg ist. Julie hat schon immer solches Verantwortungsbewußtsein gezeigt«, sagt Synnøve und hofft, daß sie es auch dieses Mal wieder geschafft hat, die Familie vor Schande zu bewahren.

Nachdem Kristoffer Julies Brief gelesen hat, geschieht etwas, das Jørgen Hoffnung schöpfen läßt. Ohne auch nur ein Wort ihm gegenüber darüber zu verlieren, hat der Vater zwei Tischler kommen lassen, die angefangen haben, die Ausgedingewohnung instandzusetzen. Voller Optimismus schreibt er Julie einen Brief. Jetzt könne sie nach Hause kommen, jetzt gehe es los! Die Antwort, die er erhält, ist reserviert, kühl. Sie werde erst dann kommen, wenn alles, worum sie gebeten habe, geregelt sei.

Es ist Sommer, Schulferien, und die Jungen laufen an den Tagen, an denen es das Wetter zuläßt, draußen barfuß und halbnackt herum. An einem dieser Tage kommt der Brief von Kristoffer mit der Botschaft, daß er kapituliert habe, daß Julie und Jørgen den Hof übernehmen können und daß das Altenteil bezugsfertig sei. Sie könne jetzt nach Hause kommen, doch er bittet darum, daß ihr Vater sie auf der Reise begleite. Am selben Tag erhält sie auch von Jørgen einen Brief. Einen Brief voller Optimismus und Hoffnung. Nun könne sie gleich ihre Sachen packen, nun müsse sie sofort nach Hause kommen, er könne nicht mehr länger warten. Obwohl jeder Tag in der letzten Zeit die Hölle für ihn gewesen sei und er nicht gewußt hätte, wie er ihn überstehen sollte, sei es doch richtig gewesen, was sie getan habe. Wenn Julie nicht so hart geblieben wäre, hätte sein Vater nie im Leben nachgegeben, schreibt er.

Sie verspürt Erleichterung, daß alles überstanden ist, aber keine Freude. Diese Zeit hat gewaltig an ihr gezehrt. Sie ist nicht fähig Freude zu empfinden, aber die Kinder jubeln, als sie erfahren, daß es bald nach Hause geht. Sie ruft Jørgen an und sagt ihm, daß er sie zurückerwarten könne, sobald Ingrids Konfirmation vorüber sei.

»Soll ich kommen und euch abholen?« fragt er eifrig.

»Nein, das ist nicht notwendig, mein Vater begleitet uns auf der ganzen Reise.«

Johanne wird mit ihrer Familie nach Hause kommen, um an der Konfirmationsfeier teilzunehmen. Sie werden bei Ingebrikts Eltern wohnen. Julie hat ihre Schwester seit dem Sommer, als sie und Ingebrikt geheiratet haben und auf Storvik waren, nicht mehr gesehen, als sie die Taufpaten für Helge waren. Sechs Jahre ist das jetzt her, und Johanne hat seither drei Kinder zur Welt gebracht. Sie hat zwei Mädchen, fünf und vier Jahre alt, und einen kleinen Jungen, der knapp drei ist. Nur ein Jahr Abstand zwischen den Kindern. Als der Junge geboren worden war, hatte Julie der Schwester geschrieben, wenn sie und Ingebrikt weiterhin in so dichter Folge Kinder bekämen, wäre das Dutzend bald voll; doch nach dem Jüngsten sind bisher keine weiteren hinzugekommen.

Julie freut sich darauf, Johanne wiederzusehen, sie hofft, daß sie die alte Vertrautheit, die sie damals, als sie jünger und noch zu Hause waren, wiederfinden können, daß es anders wird als diese unpersönlichen Briefe, die sie im Verlaufe der letzten Jahre von der Schwester bekommen hat. Johanne will mit ihrer Familie eine Woche vor der Konfirmation herkommen, und Julie freut sich schon auf diese Tage. Wenn sie auch nicht hier mit im Haus wohnen werden, hofft sie doch auf viele schöne Stunden, die sie sich mit der Schwester unterhalten kann, daß sie genug Zeit finden werden, um nach all diesen Jahren wieder miteinander vertraut zu werden.

Den ersten Tag, den sie hier sind, kommen Johanne und Ingebrikt mit den Kindern am Nachmittag zum Kaffee, und die Begegnung wird für Julie zu einem Schock. Sie erkennt ihre Schwester kaum wieder. Johanne ist dünn geworden, fast mager, markant ragen ihre Wangenknochen aus dem spitzen Gesicht hervor. Der runde Mund zeigt ein kaum merkliches Lächeln, doch ihre Augen sind ohne Leben. Steif und fremd gibt sie Julie die Hand und begrüßt sie.

»Julie, wie schön, dich wiederzusehen.«

Ingebrikt ist noch immer derselbe, steif und korrekt. In der Runde am Kaffeetisch ist er es, der das Gespräch führt. Johanne sitzt bloß da, sagt nur etwas, wenn man sich direkt an sie wendet, die ganze Zeit mit diesem unmerklichen Lächeln. Wenn man sie anspricht, schlägt sie die Augen nieder, oder ihr Blick flackert ruhelos im Zimmer umher. Es sei eine lange und ermüdende Reise mit den drei Kindern gewesen, sagt sie entschuldigend. Diese drei Kinder, die nicht den Eindruck machen, daß sie irgend jemandem zur Last fallen können, so wie sie dasitzen, jedes auf seinem Stuhl, ohne sich zu rühren, wohlerzogen, in den frischgebügelten Sommersachen und mit makellos sauberen, weißen Strümpfen an den Füßen. Auch ihre Jungen sitzen merkwürdig ruhig am Tisch, mustern die drei fremden Kinder ihrer Schwester. Nach dem Kaffeetrinken fragen die Jungen die drei Kleinen, ob sie zum Spielen mit nach draußen kommen, aber alle drei schütteln nur stumm den Kopf, winden sich geniert auf ihrem Stuhl. Nicht einmal Johannes, der wie kein anderer mit Kindern umgehen kann, schafft es, daß sie auftauen. Solange der Besuch dauert, sitzen sie wie Miniaturen von Erwachsenen auf ihren Stühlen.

»Na, es wird schon noch werden, wenn wir uns erst besser kennen, nicht wahr?« fragt Johannes und erhält ein zustimmendes Nicken zur Antwort.

»Was ist bloß mit Johanne los!« sagt Julie aufgebracht, nachdem sie gegangen sind.

»Was soll mit Johanne sein?« fragt die Mutter scharf.

»Du siehst doch wohl auch, wie sehr sie sich verändert hat?«

»Möglicherweise hat sie sich verändert, aber dir fällt das sicher mehr auf als mir. Ich habe sie ja die letzten Jahre häufiger gesehen, weißt du. Nein, Johanne geht es bestimmt nicht schlecht.«

»Aber so mager, wie sie geworden ist und so erschöpft?«

»Ist das so verwunderlich mit drei kleinen Kindern so kurz nacheinander? Und dazu dann noch die anstrengende Reise.«

»Aber ich habe das starke Gefühl, daß irgend etwas nicht stimmt. Hast du die Kinder gesehen? Es ist unnatürlich, daß Kinder so sind.«

»Nein, nun halt aber die Luft an, Julie, und mach keine Probleme, wo keine sind. Die Kinder genieren sich vor uns, weil wir so selten zusammenkommen. Ist das so verwunderlich? Und außerdem sind sie gut erzogen. Du mußt zudem bedenken, daß es Kinder einer Pfarrersfamilie sind, und die müssen ja auch ein gutes Beispiel für andere sein. Nein, nun laß mal Johanne alles machen, wie sie will. Ich denke, du hast mehr als genug mit dir selber zu tun.«

»Ihren Dialekt hat sie ebenfalls abgelegt«, sagt Julie. »Ich hätte nie gedacht, es je zu erleben, daß Johanne Riksmål spricht.«

»Soll sie nun auch noch dafür kritisiert werden? Sie ist Pastorsfrau, sie muß wohl so sprechen, daß die Leute sie verstehen. Außerdem solltest du mal ganz ruhig sein. Du hast deine Muttersprache doch auch vergessen, oder nicht?«

Johanne kommt jeden Tag mit den Kindern, aber nie ohne Ingebrikt.

»Es ist, als ob er verhindern möchte, daß Johanne alleine mit uns spricht«, sagt Julie.

»Was du für Unsinn redest!« erwidert die Mutter und bläst die Backen auf. »Willst du Ingebrikt zur Last legen, daß er Fürsorge und Interesse für seine Familie zeigt?«

Aber die Stimme der Mutter täuscht sie nicht. Julie hört genau heraus, daß sie sich wegen dem, was sie sieht, ebenfalls Sorgen macht. Und sie weiß, daß die Mutter sich das nur nicht eingestehen möchte. Johanne, auf die sie immer so stolz war. Und sie, Helga, mit einer Tochter, die Pastorsfrau ist.

Einen Tag muß Ingebrikt sie doch einmal allein lassen. Johannes bittet ihn, mit ins Bethaus zu kommen, wo er zusätzliche Tische und Stühle für das Mittagessen zur Konfirmation abholen möchte. Draußen herrscht strahlendes Sommerwetter. Julie sitzt mit Johanne auf der Bank unter dem großen Traubenkirschbaum auf dem Hof. Um sie herum spielen Johannes Kinder einträchtig mit Helge und Jorunn. Die drei Kinder sind nach und nach aufgetaut, aber sie sind noch immer vorsichtig und ängstlich beim Spielen. Julie weiß, diese Chance kommt nie wieder. Jetzt muß sie versuchen, mit Johanne zu sprechen, schauen, ob sie hinter der steifen Maske die wirkliche Johanne wiederfinden kann.

»Wie geht es dir eigentlich, Johanne? Du hast dich ja fürchterlich verändert. Ist er nicht ..., ist er nicht gut zu dir, der Ingebrikt?«

»O doch«, sagt Johanne ängstlich, »er ist gut und so geduldig mit mir.«

Nicht er, sie sei schuld, daß sie mitunter Schwierigkeiten haben. Sie habe niemanden, mit dem sie darüber sprechen könne.

»Doch«, sagt Julie mild und nimmt ihre Hand. »Mit mir kannst du darüber sprechen.«

Es ist, als ob eine Lawine ins Rollen kommt, Johannes starres Gesicht, in das sie schaut, löst sich auf, sie spricht mit atemloser Stimme, die Worte kommen im Stakkato, wie von einem Menschen, der es nicht gewohnt ist, mit anderen zu sprechen. Erstens gehe es darum, ein guter Christ zu sein, sie habe sich bemüht, das zu schaffen, immer. Aber es helfe alles nichts, sie bemühe und bemühe sich, um besser zu werden, Tag für Tag. Und alles sei noch hoffnungsloser geworden, nachdem der Junge geboren worden sei. Sie dürfe das eigentlich nicht erzählen, sagt sie. Ingebrikt habe ihr verboten, darüber zu sprechen, keinem Menschen darf sie etwas davon sagen, weder ihrer Mutter noch sonst wem, das gehe nur sie beide und sonst niemanden etwas an, sagt er. Doch es sei so gewesen, daß diese Geburt sie fast das Leben gekostet habe. Danach mußte sie ins Krankenhaus, und dort sei ein Eingriff vorgenommen worden, nun könne sie keine Kinder mehr bekommen. Julie spürt, wie sich Johannes Hand in ihrer festkrallt, ihre Stimme ist belegt und rauh vom Weinen, doch sie schaut Julie aus brennenden, trockenen Augen an.

»Du darfst nichts der Mutter davon sagen. Das ist eine Sünde, eine Sünde, die zu der, daß ich dir alles erzählt habe, noch hinzukäme. Wo ich Ingebrikt doch versprochen habe ...«

»Johanne, liebes Kind«, sagt Julie, von dem Einblick in das Innenleben ihrer Schwester tief erschrocken.

»Seit diesem Tag habe ich das Gefühl, daß mein Leben, daß unser Leben zerstört ist.«

»Aber du hast doch die drei Kinder bekommen, das ist doch viel, um dankbar zu sein, Johanne.«

»Das weiß ich, und ich danke Gott dafür, jeden Tag.«

Das ist mehr, als Julie ertragen kann, sie erträgt es nicht, das Unglück ihrer Schwester mit ansehen zu müssen.

»Aber ihr könnt doch trotzdem ein gutes Zusammenleben haben, du und Ingebrikt. Ja, ich meine, auch wenn keine Kinder mehr dabei entstehen, so ...«

»Zusammenleben? O nein, wenn es *das* ist, was du mit Zusammenleben meinst, damit ist Schluß. Hast du denn gar nichts begriffen, Julie? Wenn keine Kinder dabei entstehen können, dann ist es Sünde. Liest du nicht die Bibel?«

»Du meinst, daß ...«

»Ja«, sagt Johanne, und jetzt ist ihre Stimme schneidend scharf, hart.

»Und wenn es passiert, dann ist es unsere Schuld. Wir Frauen haben dafür zu sorgen, daß es nicht passiert.«

»Was redest du denn da?« fragt Julie schockiert.

Wieder umklammert Johanne Julies Hand.

»Vergiß alles, was ich dir erzählt habe, Julie. Versprich mir das. Ich hätte nie mit dir darüber sprechen dürfen, mit niemandem. Möge Gott mir vergeben.«

»Aber du brauchst Hilfe, Johanne. Du kannst so etwas doch nicht mit dir allein herumschleppen.«

»Versprich mir das, hörst du!« sagt Johanne, und in ihren Augen sieht Julie einen Schmerz und eine Angst, daß es nicht zu ertragen ist. Und wie eine schwere Last, die sie im Innern mit sich herumträgt, kommt in ihr die Erinnerung hoch, wie sie auf dem Friedhof an der Stelle stand, wo ihr Kind begraben liegt. Wie der Pastor mit ihr sprach und sie dadurch zur Ruhe kam, aber doch keine Erlösung fand und nicht weinen konnte. So muß es Johanne jetzt auch gehen.

»Ich verspreche dir, daß ich das für mich behalte. Aber du mußt mir versprechen, daß du an mich schreibst, wenn du es eines Tages nicht mehr aushalten solltest. Willst du mir das versprechen?«

An dieser Stelle werden sie von Johannes Ältester unterbrochen, die hysterisch heulend in die Arme ihrer Mutter gelaufen kommt. Sie ist hingefallen, auf den Knien ihrer weißen Strümpfe sind große schwarze Flecke zu sehen.

»Daß du dich nicht vorsehen kannst«, schimpft Johanne. »Habe ich dir nicht gesagt, daß du vorsichtig sein sollst?«

»Hast du dich gestoßen, du armes Kind?« fragt Julie.

»Nein, nein«, sagt das Mädchen und weint, »aber sieh doch meine Strümpfe!«

»Bei der Wärme solltest du sie barfuß herumlaufen lassen«, sagt Julie.

»Barfuß?« faucht Johanne. »Soll ich sie wie die Zigeuner herumlaufen lassen?«

»Papa wird sehr zornig sein«, sagt das Kind weinend.

»So, so«, tröstet Johanne. »Papa ist jetzt ja nicht hier, weißt du. Und ich habe noch ein paar saubere Strümpfe für dich mit. Wir gehen jetzt rein zur Großmutter, ziehen die anderen an, und diese hier werde ich waschen. Dann braucht der Papa das dieses Mal gar nicht zu erfahren, und dann kann das ein Geheimnis zwischen uns beiden bleiben. Aber nur, wenn du versprichst, beim nächsten Mal vorsichtiger zu sein.«

Schockiert schaut Julie den beiden nach. Hat Johanne solche Angst vor Ingebrikt, daß sie, wenn sie weggeht, saubere Sachen für die Kinder einsteckt, weil es passieren kann, daß ein Fleck auf die blütenweißen Sachen kommt? Und das, was sie ihr hier erzählt hat? Sollte ihr Leben so werden? Johanne, die immer die fröhlichste von ihnen allen war?

Am Mittagstisch während des Konfirmationsfestes kommt es zu einem Ereignis, das sich Julie ebenso fest einprägen wird. Der Braten ist gegessen, die benutzten Teller sind abgeräumt, und sie sitzen da und warten auf das Dessert, der traditionellen Zwetschgengrütze mit Schlagsahne, die es zu solchen Anlässen gibt. Jetzt, am Ende des Festessens, herrscht am ganzen Tisch eine muntere Stimmung. Der hochfestliche Teil mit einer schönen Rede, die Johannes für seine Tochter gehalten hat, ist vorüber. Jetzt, da dieses Mittagessen bald gänzlich gelungen sein wird und kurz vor seinem Abschluß steht, unterhält Helga sich angeregt. Da passiert dem Jüngsten in der Runde, Johannes Sohn, ein Mißgeschick, indem er sein noch halbvolles Glas Saft umkippt. Ein großer, roter Fleck breitet sich auf dem weißen Tuch aus, und im selben Moment stehen seine Augen voller Tränen.

»Du mußt nicht traurig sein. Das Tischtuch kann wieder gewaschen werden«, tröstet Helga ihn, doch das Kind tut nun etwas, das ihnen allen einen Schrecken einjagt. Er krabbelt von seinem Stuhl herunter, geht zu seinem Vater hinüber und streckt ihm beide Hände entgegen. Ingebrikt versetzt ihm einen harten Schlag, erst auf die eine, dann auf die andere Hand. Und das Kind steht da, gibt keinen Laut von sich, nur Tränen rinnen in Strömen über seine Wangen.

»Was sagst du jetzt?« fragt Ingebrikt. In seiner milden Stimme ist Eis.

»Verzeihung, Vater«, flüstert das Kind.

»Und nun?« fragt Ingebrikt weiter.

Da geht der kleine Junge zu Helga, streckt ihr die Hand entgegen.

»Verzeihung, Großmutter.«

»Nein, aber... Du mußt doch nicht...«, sagt Helga. »Mein liebes Kind.«

Ingebrikt zeigt auf die Tür, die in den Flur führt, und der Kleine huscht hinaus, schließt leise hinter sich die Tür.

Es ist totenstill im Zimmer, während das Dessert herumgereicht wird. Johanne sitzt da, Gesicht und Hals feuerrot. Die einzigen, die auf den Zwischenfall nicht reagieren, sind die beiden kleinen Mädchen. Schön artig und still essen sie von ihren Tellerchen, doch Helga hat sich jetzt besonnen.

»Mußte das denn sein?« fragt sie entrüstet. »Und das an einem solchen Tag?«

»Ja, das mußte sein«, entgegnet Ingebrikt mit derselben erschreckend milden Stimme. Er lächelt, aber um die Wangen herum ist er weiß, in seinen Augen eine Kälte, die Julie erschauern läßt.

»Es kann doch nicht wahr sein, daß das Kind auf dem Flur stehen muß und keinen Nachtisch bekommt!« sagt Helga.

»Er weiß selber, daß das, was er getan hat, böse war.«

»Er ist doch noch ein Kind!«

»Er ist groß genug, um den Unterschied zwischen Gut und

Böse zu kennen. Er weiß selber, daß er den Nachtisch nicht verdient hat. Kinder müssen aus ihren Fehlern lernen, so muß das sein«, sagt Ingebrikt. »Aber nun wollen wir uns die Mahlzeit am Ende nicht noch von dem Jungen verderben lassen«, sagt er und lächelt versöhnlich.

»Von dem Jungen?« fragt Julie, die sich nicht beherrschen kann, doch der unglückliche Blick, den ihr die Schwester herüberschickt, hält sie davon ab, noch mehr zu sagen.

Die Gäste haben das Haus verlassen. Es ist der letzte Abend, den Julie hier ist, sie hätten noch so manches zu besprechen, sie und die Eltern. Aber wieder ist Johanne zur Hauptperson geworden. So war es eben schon immer, denkt Julie, im Guten wie im Schlechten.

»Ihr müßt aufpassen, daß das mit Johanne gutgeht«, sagt sie.

»Wie sollen wir das denn machen, wo sie so weit weg ist?« fragt die Mutter gereizt. »Außerdem, hat sie nicht Ingebrikt an ihrer Seite? Nein, Johanne kommt schon zurecht.«

»Aber seht ihr nicht, wie sie aussieht? Und die armen Kinder, was soll aus denen werden?«

»Nein, ich halte dieses Gerede nicht aus. Und du mußt begreifen, Julie, daß wir uns nicht einmischen können, welche Erziehung sie ihren Kindern angedeihen lassen.«

»Erziehung nenne ich das nicht«, sagt Julie aufgebracht. »Das, was Ingebrikt mit den Kindern macht, nenne ich Tyrannei.«

»Bist du vielleicht noch nie in die Situation gekommen, deinen Kindern einen Klaps zu geben?«

»Doch, das ist schon vorgekommen, aber meine Kinder sind nicht zu Tode erschrocken. Aber Johannes Kinder sind es.«

»Du mußt stets übertreiben, Julie, so war es schon immer.

Aber ich und der Papa, waren wir nicht immer für euch da? Haben wir dich nicht aufgenommen, damit du Ordnung in dein Leben bringen kannst. Jetzt mußte ich wochenlang mit ansehen, was du durchzumachen hattest, und nun kommst du mir schon wieder mit Johanne. Das ertrage ich nicht, hörst du. Und Johanne, sie war von euch allen immer die Stärkste. Wieso sollte es ihr nicht gelingen, ihr Leben in den Griff zu bekommen, wo du es doch auch geschafft hast?«

Stumm hat der Vater den Wortwechsel zwischen Julie und der Mutter verfolgt.

»Die Mama hat recht. Wir können kaum etwas anderes tun, als nur zu hoffen, daß alles in Ordnung geht, das hoffen wir für euch alle.«

Die Erinnerung an die Verabschiedung von Johanne heute abend läßt Julie nicht los. Mit keiner Miene ließ sie erkennen, daß sie sich an das Gespräch unter dem Baum auf dem Hof erinnerte. Als Julie versuchte, sie zu umarmen, machte sie sich erst steif und wich dann zurück. Johanne, die sich ihr immer um den Hals geworfen hatte, ganz gleich, wer es sehen konnte. Ingebrikt reichte ihr höflich die Hand und sagte auf Wiedersehen. Mit ihm hat sie an diesen Tagen fast kein Wort gewechselt, ist ihm ausgewichen, so wie er ihr auch aus dem Weg gegangen ist. Doch sie hat gespürt, wie er sie mit den Augen verfolgte, sie hatte dabei dasselbe unbehagliche Gefühl wie früher.

»Du schreibst mir doch, Johanne?«

»Ja, natürlich, das tue ich.«

Das Gefühl, die Schwester im Stich gelassen zu haben, liegt ihr schwer im Magen, und sie kann dieses Gefühl nicht ertragen. Sie erträgt es genausowenig wie die Mutter. Sie hat nun mehr als genug mit sich und ihren Angelegenheiten zu tun. Morgen brechen sie auf zur Rückreise nach Storvik. Sie fahren nach Hause.

Die Julisonne brennt auf den nackten Armen, während sie in dem leichten Sommerkleid, mit dem Mantel über dem Arm, in Molde zusammen mit ihrem Vater und den Kindern den Kai entlanggeht. Es ist noch früh am Morgen, aber über den Bergen am Horizont liegt schon ein Schleier flirrender Hitze. Die Luft ist voll von diesen eigenen Gerüchen der See, von dem widerlichen Gestank nach Teer und Öl, Fischabfällen und frisch ausgenommenen Fischen von den Booten, die gerade mit dem Fang eingelaufen sind. Diese Gerüche, sie erinnern sie immer an ihre Kindheit, als es ein großes Glück war, wenn man mit in die Stadt durfte. Ein Glück, das ihre Jungen an diesem Morgen bestimmt auch empfinden, während sie in ihrer morgendlichen Ausgelassenheit um die zwei Erwachsenen herumtollen. Sie ist sehr froh, daß ihr Vater sie nach Hause begleitet. Wenn er an ihrer Seite ist, wird es für sie viel leichter sein, den Leuten auf Storvik gegenüberzutreten. Vor diesem Moment graut es ihr schon lange, wenn sie alle wiedersehen wird, wenn sie ihnen in die Augen schauen und für das, was sie getan hat, geradestehen muß, es graut ihr so sehr davor, daß sie sich wie krank fühlt.

Der Vater deutet auf ein Schiff, das am Kai liegt, es heißt »Gann«. Er habe darüber gelesen, sagt er. Quisling habe das Schiff gechartert. Er fahre damit die Küste entlang, er sei unterwegs, halte Vorträge und treibe Propaganda für seine neue Partei. Und die Apostel, die er auf der Reise mithabe, sei eine Schar junger Grünschnäbel, heißt es. Wahrscheinlich Halbstarke, die nichts Besseres zu tun haben. Es werde ihm bestimmt nicht gelingen, allzuviele umzudrehen. Diese Partei sei zum Untergang verurteilt, meint der Vater.

»Aber begreifst du das, Julie, daß sich ein so großer Mann auf eine derartige Phantasterei einläßt? Er, der einmal Außenminister war. Das ist unbegreiflich. Aber Geld genug dafür müssen sie haben. Es kann ja keine Kleinigkeit sein, ein solches Schiff für Wochen zu chartern, das kostet. Und bei den wenigen Mitgliedern, die die Partei hat, weißt du, woher sie das Geld haben?«

»Ich kenne jemanden, der eingetreten ist.«

»Wer denn. Kenne ich ihn?«

Aber Julie möchte nicht darüber sprechen. Was Ivar tut, soll seine Sache sein.

Interessiert, wie er an Politik nun einmal sei, habe er viel darüber gelesen, sagt der Vater, aber bisher sei er noch nicht richtig klug daraus geworden, was Quisling eigentlich mit seiner Partei wolle. Eine diffuse Philosophie, die man nur schwer verstehen könne, aber soviel er verstanden habe, befände sie sich in ziemlicher Nähe zu Hitlers Naziphilosophie. Und von so etwas werden ordentliche Menschen bald einen gebührenden Abstand halten. Im übrigen glaube er nicht, daß eine Gefahr bestehe und hierzulande etwas Derartiges einen Durchbruch schaffen könne.

»Nein, Quisling hat schon bald ausgetanzt, egal, wieviel Geld er für diesen lächerlichen Ulk, auf den er sich da eingelassen hat, verschwendet.«

Am Kai werden sie von Jørgen erwartet. Als sie seine Gestalt erblickt, ist ihr beklommen zumute. Sie sieht ihm an, wie sehr ihn diese Zeit mitgenommen hat, er ist dünner geworden, oder fällt ihr das nur auf, weil sie so lange weg war? Er schaut sie nicht an, während er ihr die Hand reicht und sie begrüßt. Das verwundert sie. Die letzten Briefe von ihm waren so voller Optimismus, voller Hoffnung. Wenn schon nichts anderes, aber eine Spur von Freude in seinen Augen bei diesem Wiedersehen hatte sie erwartet. Aber seine Augen weichen ihrem Blick aus, er sieht unendlich müde aus. Die Jungen scharen sich um ihn, ein bißchen verlegen. Jørgen nimmt Helge auf den Arm.

»Endlich seid ihr wieder zum Papa nach Hause gekommen.«

»Ja, das mußten wir doch, weißt du.«

Mit einem unwirklichen Gefühl steht sie wieder im Hof. In Reih' und Glied angetreten stehen sie da, alle, die zum Haus gehören, wie beim ersten Mal, als sie herkam. Wie damals geht sie herum und reicht jedem die Hand, wie damals hat sie das Gefühl, neben sich zu stehen.

»Wir haben für euch den Abendbrottisch im Wohnzimmer gedeckt«, sagt Synnøve. »Ihr werdet dort erwartet, sobald ihr euch ein bißchen frisch gemacht habt.«

Julie verschlägt es die Sprache, als sie in die Küche kommt, sie ist vollkommen renoviert, alles frisch gestrichen. Die Wände sind hellgelb, der Schrank und die Zierleisten blau.

»Hast du das hier alles gemacht, Jørgen?« fragt sie erstaunt.

»Ja, ich dachte, du würdest dich freuen, wenn das endlich einmal gemacht wäre. Und ich denke, es sind die Farben, die du magst.«

»Das ist schön, richtig schön.«

Aber am meisten fällt ihr auf, wie leer es hier ist. So sauber und aufgeräumt, daß es aussieht, als wohnten hier gar keine Menschen mehr. An den Fenstern saubere und frisch gesteifte Gardinen, auf dem Fußboden gereinigte Flickenteppiche, die Stühle stehen am Tisch und an der Fensterwand in Reih und Glied. Auf dem Tisch liegt ein neues Wachstuch, und in der Mitte thront ein Krug mit Blumen aus dem Garten.

»Hast du die Blumen hingestellt?«

»Nein, das war bestimmt Astrid.«

Sie sitzen am Abendbrottisch im Wohnzimmer. Synnøve wartet ihnen auf, Julie hat die ganze Zeit das beklemmende Gefühl, Gast in ihrem eigenen Haus zu sein.

»Willst du dich nicht mit zu uns an den Tisch setzen?« fragt sie hilflos.

»O nein, ich esse später«, sagt Synnøve und wirft ihr einen scharfen Blick zu.

Sie fühlt sich zurechtgewiesen wie ein Kind. Wenn sie hier auch nicht selber Gast ist, ihr Vater ist es. Wie konnte sie vergessen, was hier Brauch ist? Wenn Gäste im Hause sind, ist es die Pflicht der Hausfrau, ihnen aufzuwarten.

Nach dem Essen bittet Synnøve sie mitzukommen, um sich die Ausgedingewohnung anzuschauen. Die Wände zu dem Raum, der früher der Postschalter war, sind herausgenommen worden, so daß die Küche größer geworden ist. Es gibt hier jetzt ausreichend Platz sowohl für den langen Tisch als auch für weitere Sitzgelegenheiten. Einen neuen Kochherd gibt es auch, und die ganze Wohnung ist frisch renoviert. Neben der Küche befindet sich eine Schlafkammer, die den Schwiegereltern bereits in den letzten Jahren als Schlafzimmer gedient hat.

»Du lieber Himmel«, sagt Julie, »das ist ja gemütlich hier.«

»Ja, du sagst es«, gibt Synnøve zurück, und bei dem Spott in ihrer Stimme wird es Julie heiß. »Und dann sind wir der Meinung, daß wir ein Anrecht auf das Wohnzimmer haben. Wir müssen Platz haben, um Leute empfangen zu können, aber natürlich könnt ihr es auch benutzen, wenn Bedarf besteht.«

»Selbstverständlich sollt ihr das Wohnzimmer haben«, sagt Julie.

Sie versteht gut, daß Synnøve sich verletzt fühlt, und will das Gespräch auf etwas lenken, was weniger gefährlich ist.

»Wie geht es Ivar?«

»Ja, er ist in Deutschland, um zu heiraten, wie du sicher weißt. Ich erwarte sie bald hier, zusammen mit Selma. Aber das ist nichts, worum du dich kümmern mußt.«

»Natürlich werde ich sie empfangen.«

»Nein. Sie sind meine Gäste. Sie werden nicht bei euch einquartiert.«

»Das ist doch nicht nötig ...«

»Und da du gerade hier bist, solange dein Vater hier ist, mußt du dich nicht um den Sommerstall kümmern. Du bist bestimmt noch kaputt nach der langen Reise.«

»Nicht doch, es tut gut, wieder zu Hause zu sein«, sagt Julie versöhnlich. »Und wie schön renoviert die Küche ist!«

»Es ist gut, daß du mit dem, was du übernehmen wirst, zufrieden bist«, sagt Synnøve und schaut ihr direkt in die Augen. »Es fehlte gerade noch, daß du das nicht wärest nach allem, was du erreicht hast.«

Draußen im Flur trifft sie Astrid. Sie streichelt Julie schnell über den Arm.

»Das wird sich schon noch geben, du wirst sehen. Du mußt nur abwarten, die Zeit wird dir helfen.«

Die Worte rühren Julie, der erste kleine Hoffnungsschimmer, seit sie heute abend hier angekommen ist.

Rasch und leise zieht sie sich aus, wie merkwürdig, wieder hier zu sein, in diesem Zimmer. Die Sommerdüfte strömen in den blauschummrigen Raum, die Gardinen wehen sachte in der fast unmerklichen Abendbrise. Der durchdringende Duft des Geißblattes vor den Fenstern weckt Erinnerungen in ihr, eine schmerzliche und halbvergessene Sehnsucht nach dem, was einmal war, nach ihm. Er rührt sich nicht, sagt nichts zu ihr, aber sie weiß, daß er wach ist. Sie setzt sich zu ihm auf die Bettkante, beugt sich über ihn, legt ihre Wange an seine.

»Möchtest du, daß ich heute nacht hier bei dir liege?« flüstert sie.

»Nein, Julie, jetzt nicht. Nicht heute nacht. Ich kann nicht«, sagt er.

Er rührt sie nicht an.

»Ja, du mußt entschuldigen, aber ich bin müde«, fügt er hinzu.

Sie liegt in ihrem eigenen Bett, ihr Herz klopft in der Brust, ihr ganzer Körper brennt wegen dieser unvorstellbaren Schmach. Sie hat sich ihm angeboten, und er hat sie abgewiesen. Zum ersten Mal wurde sie von ihm abgewiesen, und sie hätte nie gedacht, daß sie sich deshalb so schämen würde. Nun hat sie ihre eigene Medizin zu kosten bekommen, denkt sie verbittert. Denn hat sie das nicht immer als ihr Privileg angesehen, ihn abzuweisen, wann immer es ihr paßte? Nur selten einmal zu ihm zu gehen, wenn er ihr leid tat? Ihn gnädig gewähren lassen? In diesem Moment sieht sie sich selber, wie sie sich ihm gegenüber verhalten hat, und was sie sieht, ist nicht sonderlich schön.

»Julie, es gibt da eine Sache, die du unbedingt wissen solltest«, sagt er. »Du mußt nicht denken, daß mein Vater den Hof aus den Händen gibt, ohne Forderungen zu stellen. Wir können den Hof sofort übernehmen, aber er verlangt, daß er dir überschrieben wird.«

»Was sagst du da?« flüstert sie. »Nein. Nein, Jørgen, das kann nicht wahr sein!«

»Doch, es ist so, und wir müssen uns damit abfinden. Ich muß mich damit abfinden.«

»Aber ich will das nicht.«

»Es nutzt nichts, was wir wollen. Du mußt dem zustimmen.«

»Wann hast du das erfahren?«

»Heute. Kurz bevor ich euch vom Dampfer abholen wollte. Er sagt, es habe juristische Ursachen, daß wir so verfahren. Es sei sicherer, wenn alles auf dich überschrieben werde, dann würden die Schulden, die ich außerhalb des Hofes gemacht habe, den Hof nicht belasten.«

»Hat mein Vater irgend etwas mit dieser Sache zu tun?« fragt sie voller Angst. Sie weiß, daß ihr Vater und Kristoffer in letzter Zeit im Briefwechsel standen.

»Nein, das hat er nicht. Mein Vater braucht gewiß keine Hilfe von außen für die Dinge, die er ausbrütet«, sagt Jørgen verbittert. »Aber jetzt möchte ich nicht mehr darüber sprechen, wir wollen es nicht mehr erwähnen. Verstehst du das?«

»Du machst doch hoffentlich nicht mich dafür verantwortlich?«

»Nein«, sagt er müde. »Nein, das tue ich nicht. Aber jetzt will ich schlafen. Das wird morgen ein Tag. Der Lehnsmann kommt morgen her, um die Übertragungsurkunde auszustellen. Na, den Tag werden wir auch noch überleben.«

Jetzt ist ihr alles klar, warum er sie heute abend gemieden hat, ihrem Blick ausgewichen ist, und sie muß für ihn büßen. Was muß das für eine Demütigung für ihn sein. Wie kann Kristoffer das seinem eigenen Sohn nur antun? Sie kann sich nicht darauf einlassen. Um Jørgens willen kann sie das nicht.

Am nächsten Tag nach dem Frühstück spricht sie mit dem Vater.

»Hast du gewußt, Papa, daß Kristoffer mir den Hof überschreiben will?«

»Ja, ich habe es erfahren, unmittelbar bevor wir hierhergefahren sind.«

»Aber warum hast du nichts gesagt?

»Ich dachte, es sei besser, wenn Jørgen es dir selber sagt.«

»Das kann ich doch nicht machen. Das würde uns zugrunde richten.«

Der Vater sagt, er verstehe gut, daß Julie aufgebracht sei, aber sie solle kein größeres Problem daraus machen, als es ist.

»Es ist gar nicht so ungewöhnlich, daß man heutzutage so verfährt. Denn es geht darum, den Hof zu sichern, so wie es momentan aussieht. Eine juristische Spitzfindigkeit, um es einmal so auszudrücken.«

»Das glaube ich nicht. Kristoffer macht das nur, um Jørgen eins auszuwischen. Nur warum, frage ich mich.«

»Nein, Julie, so etwas darfst du nicht sagen. Denn ich verstehe überhaupt nicht, wieso Jørgen sauer ist, jetzt, wo er bekommt, worauf er gewartet hat. Ihr solltet froh sein, daß ihr den Hof endlich übernehmen könnt, es ist keinen Tag zu früh. Wer von euch auf der Übertragungsurkunde steht, ist doch egal, das ist bald vergessen. Du darfst keine Angst davor haben. Willst du, daß ich mit Jørgen darüber spreche und versuche, ihn umzustimmen, damit er die Sache mit anderen Augen betrachtet?«

»O ja, kannst du das nicht machen, Papa?«

Die Mahd ist voll im Gange. Sie haben für diese Zeit der Ernte zwei Mägde und zwei Knechte zum Helfen eingestellt. Wenn alles andere auch teuer und schwierig ist, Hilfskräfte sind billig, und die Leute stehen Schlange nach der Erntearbeit auf den Höfen. Astrid geht Julie in der Küche zur Hand, doch Synnøve hat sich noch nicht blicken lassen, außer, als sie die Milch von den Kühen im Sommerstall zum Schleudern abgab. Astrid ist heute freundlich, doch abwesend und stumm. Bestimmt ist sie wie Julie zur Genüge mit ihren eigenen Gedanken beschäftigt. Als der Mittagstisch fertig gedeckt ist, will Astrid gehen.

»Willst du nicht mit uns essen?« fragt Julie.

»Nein, ich esse mit Mutter und Vater.«

»Aber du arbeitest doch hier, dann ißt du auch hier.«

»Vorläufig ist es wohl am besten, wenn ich gemeinsam mit ihnen esse. Sie fühlen sich sonst so einsam, weißt du.«

Julie fühlt sich schlagartig bedrückt. So wird es also werden?

Durch das Fenster sieht sie Jørgen zusammen mit ihrem Vater über das Feld kommen. Sie sieht, daß sie miteinander sprechen, und sie hofft inständig, es gelingt ihrem Vater, Jørgen klarzumachen, daß es nicht ihre Schuld ist, wenn es so gekommen ist, wie es gekommen ist. Ihr Vater strahlt eine Ruhe aus, die Vertrauen einflößt. Sie weiß, daß Jørgen zu ihm aufschaut. Wenn das jetzt, wo sich die Situation so entwickelt hat, nur helfen würde.

Die Situation kommt Jørgen unerträglich vor, während er hier am Tisch im Wohnzimmer gemeinsam mit Julie und den Eltern sitzt. An der einen Stirnseite des Tisches hat der Lehnsmann Platz genommen. Julies Vater hat es abgelehnt, dabei zu sein. Das sei ihre Sache, hat er gesagt. Er habe kein Recht, sich einzumischen. Alles, was der Lehnsmann sagt, geht Jørgen gegen den Strich. Er hört es, aber er kann es nicht aufnehmen. Noch nicht, außerdem weiß er auch so, welche Bedingungen der Vater daran knüpft, daß er sich auf das Altenteil zurückzieht. Jedenfalls weiß er soviel, daß es kein Spaß für ihn und für Julie werden wird, diese Forderungen zu erfüllen. Die Eltern erhalten zwei Kühe, eine davon ist eine einjährige Färse. Sie behalten vier erwachsene Schafe, und ihnen gehört der Nachwuchs dieser Tiere, hinzu kommt, daß sie selbstverständlich frei über das Futter von der Ernte des Hofes verfügen können.

»Wir müssen immerhin Leute empfangen können«, sagt Kristoffer.

Julie und Jørgen müssen Ivar auszahlen. Wie das abgewickelt werden soll, muß Jørgen mit Ivar besprechen. Und Ivar und seine Familie können in den Ferien und wann immer sie wollen unentgeltlich auf dem Hof wohnen. Astrid behält ihr Wohnrecht auf dem Hof, solange sie es wünscht und bleiben möchte, solange sie lebt. Dasselbe gilt auch für den Knecht Anders. Beide erhalten Kost und Logis, dazu alles, was sie sonst für Kleidung und Lebensunterhalt brauchen. Julie und Jørgen müssen auch dafür sorgen, daß für alle der Beitrag für die Krankenkasse bezahlt wird, damit sie abgesichert sind, falls einmal etwas eintritt. Der Lehnsmann sagt außerdem, daß es klug sei, Julie den Hof zu überschreiben. Bei diesen Zeiten, das sagt er auch.

Zwei Nachbarn sind als Zeugen bei der Unterzeichnung der Übernahmeurkunde herbestellt. Jørgen muß sich zusammenreißen, damit seine Hand nicht zittert, während er als Ehegatte des Eigentümers seine Unterschrift leistet. Er sitzt gemeinsam mit allen am Kaffeetisch, unterhält sich, benimmt sich höflich, doch danach kann er sich an die Gespräche, die an dem Tisch geführt wurden, überhaupt nicht erinnern. So schnell er das Zimmer verlassen kann, ohne Aufsehen zu erregen, verschwindet er durch die Tür, nimmt sein Angelzeug und zieht in die Berge.

Solange ihn jemand vom Dorf aus sehen kann, geht er die Steilhänge ruhig hinauf. Niemand soll sehen, in welchem Zustand er ist. Er ist Jørgen Storvik, und er ist auf dem Weg in die Berge, um sein Anglerglück zu versuchen, doch als er nicht mehr gesehen werden kann, rennt er los, er rennt, bis rote Flecke vor seinen Augen tanzen und Blutgeschmack in seiner Kehle steht.

»Zum Teufel«, schluchzt er. »Der Teufel soll sie holen!«

Er ist der einzige, der an diesem Abend am See mit der Angelrute sitzt. Mitten in der Erntezeit haben die Leute für so etwas keine Zeit. Alles, was er macht, macht er rein gewohnheitsmäßig. Er befestigt den Wurm am Haken, wirft die Angelschnur aus, beobachtet den Schwimmer, zündet die Pfeife an, bläst zum Schutz vor den lästigen Mücken große, blaue Rauchwolken um sich in die Luft, macht das halb in Trance, während die Gedanken in seinem Kopf kreisen und kreisen.

Das war die endgültige Niederlage. Die hat er heute erlebt. Zum Schluß hat er es doch geschafft, der Vater, er hat es geschafft, ihn zu brechen, ihn so zu demütigen, jetzt gibt es keine Möglichkeit mehr, je wieder auf die Beine zu kommen. Warum? Er wird es nie erfahren. Es nutzt alles nichts, egal, wieviel sie von Sicherheit und Jurisprudenz predigen, daß der Hof nicht Julies Hof ist, sondern ihr gemeinsamer. Auf dem Papier steht sie als Nutzer, als Eigentümer, nichts anderes. Der Hof, für den er sich abgerackert hat, solange er zurückdenken kann. Weil er das Erbeigentumsrecht auf den Hof hatte, weil er eines Tages der Besitzer sein sollte. Und nun, was ist nun außer der Erniedrigung und der Schande für ihn davon übriggeblieben? Und es kommt noch etwas hinzu, er kann sich nicht helfen, aber er muß einfach daran denken. Das Papier wird öffentlich rechtskräftig gemacht, es wird in der Zeitung stehen, das ganze Dorf wird darüber sprechen, und es hilft ihm kein bißchen, daß andere das auch so machen. Die Hölle ist das. Und seit gestern, seit der Begegnung mit dem Vater, als er ihm sprachlos gegenüberstand und sich anhören mußte, was er ihm zu sagen hatte, daß der Hof auf ihren Namen umgeschrieben wird, seit gestern klingen ihm die Worte des Vaters in den Ohren, haben sich in ihm festgesetzt: »Ich finde, die Sicherheit gebietet es, wenn ich den Hof abgebe, daß er auf Julie überschrieben wird. Das

Weibsbild hat bewiesen, daß es ein bißchen Mumm in den Knochen hat.«

So höllisch infam kann der Vater sein.

Julie. Wäre es so weit gekommen, wenn sie nicht so starrköpfig gewesen wäre, wenn sie nicht abgereist wäre? Dann hätte der Vater den Hof nicht abgegeben, das weiß er. Dann hätte er nicht das durchmachen müssen, was er gerade durchmacht, doch dann wäre *sie* auch nicht zurückgekommen. Es ist zum Verrücktwerden.

Kaum war sie ein paar Tage weg, da verzehrte ihn schon die Sehnsucht nach ihr, ließ ihn nicht zur Ruhe kommen. Er vergaß völlig, wie sie sich ihm gegenüber in der letzten Zeit nach dem Verlust des Kindes verhalten hatte, als zwischen ihnen alles anders geworden war. Er vergaß es, er war so voller Hoffnung, als er begriff, daß der Vater nachgeben würde. Und dann sollte das passieren. Und gestern abend, als sie zu ihm kam, bei ihm sein wollte, ihre weiche Wange an seine schmiegte, und er nicht imstande war, sie anzurühren. Qualvolle Erinnerungen übermannten ihn. Obwohl er es sich nie so sehr gewünscht hatte wie in diesem Augenblick, er konnte einfach nicht. Dieser Widerwille, den sie ihm gegenüber gezeigt hat. Was war es jedesmal für eine Erniedrigung, wenn er sie bat, zu ihm zu kommen. All die Male, die sie ihn abwies, aber noch schlimmer ist es, wenn er daran denkt, wie sie aus Mitleid zu ihm kam und ihm gnädig war. Denn er wußte es, er durchschaute es, immer. Er versuchte es zu verdrängen. Aber in seinem Innersten wußte er, daß es so war. Gestern abend wurde ihm blitzartig klar, so kann er nicht mehr leben. Er kann es nicht, er schafft es nicht mehr. Wird er es je wieder schaffen?

Den ganzen Abend über ist Julie herumgelaufen und hat Ausschau nach ihm gehalten. Sie hat ihn in die Berge gehen sehen, und sie fühlte sich versucht, ihm zu folgen, erfüllt von all dem, was sie ihm sagen wollte, jetzt, nachdem alles überstanden war. Doch sie hat widerstanden, weiß, daß er diese Stunden für sich alleine braucht, denn es gibt für ihn bestimmt so manches, über das er nachdenken muß, wie für sie auch.

Sie liegt wach da und lauscht auf seine Schritte, es ist schon weit über Mitternacht, als er kommt. Sie bleibt regungslos liegen und betrachtet ihn, während er sich auszieht und sich hinlegt.

»Haben die Fische gebissen?« fragt sie.

»Ja, schon, fünf, sechs kleine Forellen.«

Dann sagen sie nichts mehr. Es ist so still im Zimmer, daß es ihr vorkommt, sie könne ihr eigenes Herz schlagen hören. Da sagt er:

»Na, nun bist du wohl zufrieden, Julie?«

Diese Bitterkeit in seiner Stimme, diese Hoffnungslosigkeit schneidet ihr ins Herz. Sie kann nicht antworten, ihr fehlt die Kraft dafür, sie findet keine Worte für all die Gefühle, die sie im Innern bewegen. Sie fühlt sich leer, müde, willenlos, ohne Saft und Kraft. Zufrieden? Nein, dafür hat sie das Ganze zu viel gekostet. Das einzige, was sie in diesem Moment noch denken kann, ist, daß es zu spät ist. Daß es viel zu spät ist für sie.

Am nächsten Morgen sieht sie ihn im Hof stehen, und sie geht zu ihm hinaus, stellt sich neben ihn.

»Es tut mir leid, daß es so enden mußte«, sagt sie.

»Dazu gibt es nichts mehr zu sagen«, erwidert er. »Aber jedenfalls gehört es nun uns«, fügt er hinzu und schwingt die Arme, als wolle er alles umarmen, die Gebäude, das Grundstück, die Felder.

»Das ist doch wahrlich genug, um es in Angriff zu nehmen!« sagt Julie.

»Ja, hier muß wirklich so manches instandgesetzt werden, am Haus und an allem anderen. Und außerdem sind es wohl nicht nur die Gebäude, die hier repariert werden müssen?« sagt er, während sich ihre Blicke treffen.

Sie kann sich nicht erinnern, diesen Ernst und diese Trauer überhaupt schon einmal in seinen Augen gesehen zu haben.

»Aber wenn wir uns gegenseitig helfen?« flüstert sie.

»Ja, Julie, wir müssen uns gegenseitig helfen. Eine andere Möglichkeit gibt es jetzt nicht mehr«, sagt er, streicht sich mit der Hand schnell über das Gesicht und geht.